U0010402

彰化學 022

翁鬧的世界

蕭蕭・陳憲仁編

晨星出版

【叢書序】

啓動彰化學
——共同完成大夢想

林明德

　　二十多年來，台灣主體意識逐漸抬頭，社區營造也蔚爲趨勢。各縣市鄉鎮紛紛編纂史志，大家來寫村史則方興未艾。而有志之士更是積極投入研究，於是金門學、宜蘭學、澎湖學、苗栗學、台中學、屏東學……，相繼推出，騰傳一時。

　　大致上說來，這些學術現象的形成過程，個人曾直接或間接參與，於其原委當有某種程度的了解，也引起相當深刻的反思。

　　一九九六年，我從服務二十五年的輔大退休，獲聘於彰化師大國文系。教學、研究之餘，仍然繼續台灣民俗藝術的田調工作。一九九九年，個人接受彰化縣文化局的委託，進行爲期一年的飲食文化調查研究，帶領四位研究生進出二十六個鄉鎮市，訪問二百三十多個飲食點，最後繳交《彰化縣飲食文化》（三十五萬字）的成果。

　　當時，我曾說過：往昔，有一府二鹿三艋舺的符碼；今天，飲食文化見證半線風華。這是先民的智慧結晶，也是彰化的珍貴資源之一。

　　彰化一帶，舊稱半線，是來自平埔族「半線社」之名。清雍正元年（1723），正式立縣；四年（1726）創建孔

廟，先賢以「設學立教，以彰雅化」期許，並命名為「彰化縣」。在地理上，彰化位於台灣中部，除東部邊緣少許山巒外，大部分屬於平原，濁水溪流過，土地肥沃，農業發達，有「台灣第一穀倉」之美譽。三百年來，彰化族群多元，人文薈萃，並且累積許多有形、無形的文化資產，其風華之多采多姿，與府城相比，恐怕毫不遜色。

二十五座古蹟群，各式各樣民居，既傳釋先民的營造智慧，也呈現了獨特的綜合藝術；戲曲彰化，多音交響，南管、北管、高甲戲、歌仔戲與布袋戲，傳唱斯土斯民的心聲與夢想；繁複的民間工藝，精緻的傳統家俱，在在流露令人欣羨的生活美學；而人傑地靈，文風鼎盛，舊、新文學引領風騷，成果斐然；至於潛藏民間的文學，既生動又多樣，還有待進一步的挖掘與整理。

這些元素是彰化的底蘊，它們共同型塑了「人文彰化」的圖像。

十二年，我親近彰化，探勘寶藏，逐漸發現其人文的豐饒多元。在因緣俱足之下，透過產官學合作的模式，正式推出「啟動彰化學」的構想。

基本上，啟動彰化學，是項多元的整合工程，大概包括五個面相：課程設計結合理論與實際，彰化師大國文系、台文所開設的鄉土教學專題、台灣文化專題、田野調查、民間文學、彰化縣作家講座與文化列車等，是扎根也是開拓文化人口的基礎課程，此其一；為彰化學國際化作出宣示，二○○七彰化文學國際學術研討會聚集國內外學者五十多人，進行八場次二十六篇的論述，為彰化文學研究聚焦，也增加彰化學的國際能見度，此其二；彰化師大文學院立足彰化，於人文扎根、師資培育、在職進修與社會服務扮演相當重要

角色，二○○七重點發展計畫以「彰化學」爲主，包括：地理系〈中部地區地理環境空間分析〉、美術系〈彰化地區藝術與人文展演空間〉與國文系〈建置彰化詩學電子資料庫〉三個子題，橫向聯繫、思索交集，以整合彰化人文資源，並獲得校方的大力支持，此其三；文學院接受彰化縣文化局的委託，承辦二○○七彰化學研討會，我們將進行人力規劃，結合國內學者專家的經驗與智慧，全方位多領域的探索彰化內涵，再現人文彰化的風貌，爲文化創意產業提供一個思考的空間，此其四；爲了開拓彰化學，我們成立編委會，擬訂宗教、歷史、地理、生物、政治、社會、民俗、民間文學、古典文學、現代文學、傳統建築、傳統表演藝術、傳統手工藝與飲食文化……等系列，敦請學者專家撰寫，其終極目標乃在挖掘彰化人文底蘊，累積人文資源，此其五。

彰化師大扎根半線三十六年，近年來，配合政策積極轉型爲綜合大學，努力參與社區總體營造，實踐校園家園化，締造優質的人文空間，經營境教，以發揮潛移默化的效果，並且開出產官學合作的契機，推出專案，互相奧援，善盡知識分子的責任，回饋社會。在白沙山莊，師生以「立卦山福慧雙修大師彰師大，依湖畔學思並重明德化德明。」互相勉勵。

從私立輔大退休，轉進國立彰師大，我的教授生涯經常被視爲逆向操作，於台灣教育界屬於特例；五年後，又將再次退休。個人提出一個大夢想，期望結合眾多因緣，啓動彰化學，以深耕人文彰化。爲了有系統的累積其多元資源，精心設計多種系列，我們力邀學者專家分門別類、循序漸進推出彰化學叢書，預計每年十二冊，五年六十冊。並將這套叢書獻給彰化、台灣與國際社會。

彰化學

　　基本上，叢書的出版是產官學合作的最佳典範，也毋寧是台灣學的嶄新里程碑。感謝彰化縣文化局、全興、頂新、帝寶等文教基金會與彰化師大張惠博校長的支持。專業出版社晨星的合作，在編輯、美編上，為叢書塑造風格，能新人耳目；彰化人杜忠誥教授，親自題寫「彰化學」三字，名家出手為叢書增色不少，在此一併感謝。

　　回想這套叢書的出版，從起心動念，因緣俱足，到逐步推出，其過程真是不可思議。

　　「讓我們共同完成一個大夢想吧。」我除了心存感激外，只能如是說。

·林明德（1946～），台灣高雄縣人。國立政治大學中文博士。現任國立彰化師範大學國文學系教授兼副校長。投入民俗藝術研究三十年，致力挖掘族群人文，整合民俗藝術，強調民俗是一切藝術的土壤。著有《台澎金馬地區區聯調查研究》（1994）、《文學典範的反思》（1996）、《彰化縣飲食文化》（2002）、《阮註定是搬戲的命》（2003）、《台中飲食風華》（2006）、《斟酌雅俗》（2009）。

【編者序】
真人真影真性情

蕭蕭

　　日治時期的翁鬧（1910.2.21～1940.11.21），在台灣新文學史上，一直被稱爲「幻影之人」，彷彿是一個不可知、不可瞭解之人，一直要等到二〇〇七年一月國立成功大學台灣文學研究所，由林瑞明教授所指導的日籍研究生杉森藍的碩士論文《翁鬧生平及新出土作品研究》，迷霧才逐漸撥離，輪廓才開始清晰；直到二〇〇九年五月一日明道大學舉辦「翁鬧的世界——翁鬧百歲冥誕紀念學術研討會」，翁鬧終能以確定的活動空間，精確的生活軌跡，拋除「幻影之人」的迷障，重新爲世人所認識。《翁鬧的世界》這本書，就是這次研討會的論文集。

　　翁鬧出生於台灣被日本所統治的明治四十三年（1910）二月二十一日，生父母爲陳紂、陳劉氏春，出生別爲四男，原居住地是台中廳武西堡關帝廳庄二百六十四番地（屬今永靖鄉）。大正四年（1915）五月十日，六歲的翁鬧成爲翁進益、邱氏玉蘭之螟蛉子，主要的生長背景、活動空間，是在社頭庄湳雅一八五番地（今社頭鄉山腳路）一帶。因此，以生父所在地而言，翁鬧應該是彰化永靖人；以養父所在地而言，翁鬧才是彰化社頭人。

　　如果將翁鬧的一生分爲三個階段，第一階段爲憂鬱少年成長期（1910～1923），其環境正是今日社頭鄉山腳路與新雅路所形成的T字形路口，從此點往西延伸可以回到生父老家，往南延伸可以經朝興村「翁厝」到田中（翁鬧在此教過書），往

北延伸可以經柴頭井（翁鬧在此教過書）、湖水坑（翁鬧在此住居過）到員林（翁鬧在此教過書），翁鬧小說與新詩中所懷念的鄉土記憶，就在這個區塊中；翁鬧師範學校畢業後執教的三個學校，也在這個區塊中。

　　第二階段為文學青年養成期（1923～1934），是指翁鬧於大正十二年公學校畢業入學台中師範學校，讀完普通科五年、演習科一年，昭和四年畢業，這段師範生時期（1923～1929）；以及畢業後分別在員林公學校、員林公學校柴頭井分教場、田中公學校任教，一共服務五年（1929～1934）的正教員時期。生活範圍為台中師範學校及八卦山腳，生活內容則是六年的師範學校文學養成教育，以及連結少年成長期的八卦山腳農村觀感與經歷。這十一年，翁鬧讀書、交遊，往來於學府、田野中，吸納、冥想，迴旋在現實與想像的世界裡。

　　第三階段是現代文學銳意創作期（1934～1940），是指翁鬧盡完義務教職後前往日本東京遊學，直至昭和十五年十一月二十一日逝世為止，這段期間是翁鬧文學創作的高峰期，詩與小說的現實性、現代性，完全展露。就詩作而言，翁鬧詩作雖不多，但對於自己生長過的土地，卻有真確的描繪，他見證記憶深刻、感覺鮮明，這正是新詩創作最直接而有力的要素，他也親身例證台灣新文學之所以存在的必然性，與台灣新文學奠基於廣義的現實主義土壤裡，卻能蓬勃開出充滿生命活力的藝術之花。以小說來看，林明德舉〈天亮前的戀愛故事〉為例，認為「翁鬧純熟運用意識流手法，不僅營造戲劇張力，也展現獨自的小說美學。……小說文本的事件所釋放出來的訊息，是多重的，包括：人生觀、戀愛觀、世紀末色調、瘋狂的靈魂、狎妓經驗等等，這足以說明這篇小說的耐人尋味與獨到的藝術造詣。細讀小說文本之際，我們彷彿作了一次靈魂在傑作冒險

彰化學

之旅，感觸自是驚心動魄。」李進益則指出「翁鬧小說寫作的動機，顯然不全是為了忠實地呈現客觀的外在世界，從短篇小說來看，他毋寧是在從事一種內省的思考與探索，他所重視和追求的理想境地，偏向人性、心理方面大於政治、經濟社會層面，就是被視為「平實展現台灣農村的景物和人情」的〈羅漢腳〉，其作品的主題仍未停留或侷限於如實的反映現實層面而已。」

　　翁鬧出身殖民政權下台灣農村貧困家庭，以養子身分力爭上游，進入當時的師範體系，本來可以就此穩定自己的生活資源，謀求世俗所盼望的幸福，但他竟以熱愛文學的堅定信念，篤志於台灣文學的現代化，接納最新穎的西方文學流派，即使漂泊異國，病倒他鄉，也在所不惜。就這種堅強的文學意志而言，翁鬧既能照顧台灣農村現實，又能運用嶄新技巧，為台灣文學的現代化貢獻才智，無疑是彰化文學、台灣文學最值得學習的典範。

2009年冬天寫於明道大學

【目錄】 contents

細讀翁鬧〈天亮前的戀愛故事〉

林明德（彰師大教授兼副校長）

一、前言

　　葉石濤《台灣文學史綱》曾指出，台灣新文學的成熟期大概在一九二六～一九三七年之間。[1]

　　這階段以中文寫作的作家佔大多數，第一篇小說是賴和的〈鬥鬧熱〉（1926），接著張我軍、楊守愚、陳虛谷、張深切等人陸續上場，他們大多出身台灣農村，透過寫實主義，反映了殖民社會問題與民眾的困境；同時以日文寫作的作家輩出，包括楊逵〈送報伕〉（1934）、呂赫若〈牛車〉（1935）、張文環〈父の顏〉（1935）、龍瑛宗〈植有木瓜樹的小鎮〉（1937）等人先後以日文作品闖入中央文壇，展現本島作家的魅力。但值得注意的是，翁鬧這個人，他在一九三四年，前往東京留學，一九三五年發表四篇小說，即：〈音樂鐘〉、〈戇伯仔〉、〈殘雪〉與〈羅漢腳〉；一九三六年，發表〈可憐的阿蕊婆〉，一九三七年，發表〈天亮前的戀愛故事〉；一九三九年，發表中篇小說《有港口的街市》之後，客死異鄉。幾年之間，展現小說創作的天份與驚人的質量。面對這位傳奇人物，劉捷說他是「幻影之人」，楊逸舟則嘆為「夭折的俊才」。長久以來，學者對他的生平事蹟、卒年死因，議論紛紛，莫衷一是，至於他的中篇小說《有港口的街市》[2]則

1　見葉石濤著《台灣文學史綱・第二章台灣新文學運動的開展・第三節台灣新文學的三個階段》（高雄：文學界雜誌社，1987年2月）。

2　見翁鬧著，杉森藍譯：《有港口的街市》（台中：晨星，2009年4月）。

未見蹤影，遑論研究。

這裡，我們想細讀〈天亮前的戀愛故事〉[3]，以探討翁鬧短篇小說的藝術成就。

二、翁鬧這個人

翁鬧，明治四十三（1910）年二月二十一日，出生於台中廳武西堡關帝廟社二百六十四番地，是陳紂、陳劉春的四男。五歲時，被彰化（社頭）雜貨商翁進益收為養子（螟蛉子）。他上有姊翁愛，下有弟翁明道。

一九二三年，翁鬧以優秀的成績進入台灣總督府台中師範學校演習科。在學期間認識吳天賞、楊逸舟與吳坤煌等文友，開始接觸文學。他的學籍成績在作文、漢文、英語與音樂四科都有不錯的表現。

一九二九年畢業，到員林國小擔任訓導，二年後，轉任田中國小，教唱歌與話し方。一九三三年，他以〈淡水の海江〉（淡水海邊寄情）一詩發表於《福爾摩沙》創刊號，正式踏入文壇。

一九三四年，翁鬧二十五歲，結束教師生涯，前往東京留學，在「高圓寺」落腳，「常與當時出名的日本小說家及散文家在一起」，或參與文學活動，並展開他的文學之路，作品大都刊載於《台灣文藝》、《台灣新文學》與《台灣新民報》。一九三五年，與四十六歲日本婦女同居。發表四篇小說，即：〈音樂鐘〉、〈戇伯仔〉、〈殘雪〉與〈羅漢腳〉，其中〈戇伯仔〉被選為日本改造社發行刊物《文藝》雜誌的選外佳作，葉石濤《台灣文學入門》曾評為「日文小說的最大收

3 見鍾肇政，葉石濤主編：《光復前台灣文學全集》（台北：遠景，1979年7月）。

彰化學

穫」之一。

一九三六年，發表〈可憐的阿蕊婆〉；一九三七年，發表〈天亮前的戀愛故事〉，這篇與〈音樂鐘〉、〈殘雪〉被論者視為翁鬧「戀愛三部曲」；一九三九年，發表中篇小說《有港口的街市》。

昭和十五（1940）年十一月二十一日，客死異鄉，得年三十一歲。翁鬧的創作體裁包括：新詩、隨筆、中短小說、日譯英文詩、感想與評論等，大都在東京的留學歲月，可見其創作天份與驚人的質量。他生前念念不忘「寫出優秀的」、「純文學性的作品」。[4]

在台灣友人的印象裡，翁鬧是位「妄大」的人（楊逸舟語），是典型「在東京苦修流浪的文藝人」、他「生活浪漫」、「像夢中見過的幻影之人」（劉捷語），「虛無感」（楊逸語），愛談戀愛、崇拜日本女子，還有「寫情書的癖性」（楊逸舟語）。[5]

三、一種文本多元詮釋

〈天亮前的戀愛故事〉發表於一九三七年一月《台灣新文學》第二卷第二號；一九七九年，遠景出版社出版《光復前台灣文學全集》，收錄魏廷朝[6]翻譯的小說文本。歷經四十多年，才逐漸引起讀者的興趣與論者的關注，例如：

4　以上參考彰化縣戶政事務所「翁鬧戶籍資料」、陳藻香、許俊雅編譯：《翁鬧作品選集》（彰化：彰化縣立文化中心，1997年7月）。

5　見陳藻香、許俊雅編譯：《翁鬧作品選集、卷二隨筆與書信、明信片》（彰化：彰化縣立文化中心，1997年7月）。

6　魏廷朝（1936～2004），台灣省桃園人。台大法律系畢業。一九六四年五月，與彭明敏教授、謝聰敏起草〈台灣自救宣言〉，被捕。一生進出三次政治牢獄合計十七年之多，人稱台灣民主鬥士。一九八八年擔任日本大阪經濟法科大學講師。著有《台灣人權報告書（1949～1996）》，1997年。

羊子喬解說：「抒發如夢似詩的戀愛故事，訴說第一人稱的我，對於追求異性而失望的心態。」[7]（1979）

張良澤詮釋：「這篇小說是翁鬧最直截地表達了某種人生觀和戀愛觀的作品。……筆者讀此篇，想起一顆熱情而孤獨的靈魂，不禁百感交集。」[8]（1985）

許素蘭分析：「以獨語的方式，敍述主角早熟的情欲，以及挫敗的戀愛經驗。作者藉自然界其他生物交歡的情景，喻寫主角強烈的愛欲，尤其是有關蝴蝶的一段，生動細膩，美麗而殘忍。主角如獵犬般，終日尋愛而不獲，黯然神傷的景況，正是翁鬧一再受挫於異性的寫照。」[9]（1991）

施淑揭示：「這篇帶有惡魔（Diabolism）味道的小說，它的世紀末色調，它之力圖表現思想上無法明說的事物，乃至於敍述上的不穩定、幾近消失了輪廓的語言及文體，爲台灣文學開展了一個新的面向，使它成爲三〇年代台灣小說的『惡之華』。」[10]（1992）

謝肇禎認爲：「翁鬧以第一人稱自白剖析的文體，闡述男子思慕異性、渴望愛情的經緯。訴說的對象是一個柔情心善的女性：『你』，文末逐漸明朗浮現；所以，『你』便是整篇文章隱設的讀者，聆聽翁鬧喃喃的絮語。……意識的流動非常真實，描繪現實生活和情境夢想的落空，瀰漫著偏執、純摯的性靈感受。……有一股愈夜愈華麗萎靡的熱流溼浸全身。」[11]（1996）

許俊雅分疏：「小說從想談戀愛寫起，到午夜，再到黎

7　同註3，〈送報伕〉，卷六。
8　〈關於翁鬧〉，《台灣文藝》九十五期，1985年。
9　〈〈幻影之人〉翁鬧及其小說〉，《國文天地》第七卷第五期，1991年10月。
10　施淑編：《日據時代台灣小說選》：翁鬧介紹（台北：前衛，1992年12月）。
11　〈地平線上的幻影——淺談翁鬧小說的特質〉，《文學台灣》第十八期，1996年4月。

明天亮前『我』的離開為止，時間只是一個晚上。雖然時間很短，但錯綜夾雜不少記憶的追溯，從十歲、中學十五歲、十七歲、十八歲到目前的三十歲，時間綿亙約一、二十年。……在感情的認識上，翁鬧似乎是沉迷於自我封閉的虛幻世界裡。……美國伊爾文·史東（Irving Stone）的《梵谷傳》曾藉嘉舍大夫的話說：『沒有一個精妙的靈魂，沒有瘋狂的成分。』對於翁鬧一生而言，亦正是如此。」[12]（1997）

上述六位學者個個針對小說提出閱讀觀點，讓文本情境由幽而顯，的確能引人入勝，也毋寧肯定了翁鬧精湛的小說藝術。

近年來，有關日本一九二〇年代新感覺派再度被討論，也對當時若干小說研究提供新視野。其中，謝靜國強調：「日本的新感覺派是短命的，但它卻和私小說一樣對文壇具有長遠的影響，台灣作家中，首先運用新感覺的寫作藝術和技巧的當推巫永福的〈首與體〉（1933），而將私小說以降個人的、頹廢的、浪漫的和耽美的色調推向極致的則當屬翁鬧，……〈天亮前的戀愛故事〉中，那個在即將屆滿三十歲的前一夜已宣告青春結束，自稱是『意志與行為極端分裂』的男子，終於『一生』慘澹的戀愛史，即便面對眼前這個故事的聽眾，還是處於一種極度壓抑的狀態，而正是這種意志與行為的極端分裂，讓這個意識早熟的男子始終沒有一償『想談戀愛』的夙願。」[13]（2008）

至於陳依雯《新感覺派小說的頹廢意識研究》[14]（2004）

12　同註4，〈幻影之人──翁鬧及其小說〉（代序）。

13　〈漂泊、邊界、青春夢──二十世紀三〇年代台灣作家私人話語的建構〉，《文學台灣》第六十七期，2008年7月。

14　國立中山大學中國文學系碩士論文，2004年1月。

與杉森藍《翁鬧生平及新出土作品研究》[15]（2007）兩種碩論，對於新感覺派的理論與相關作品底蘊的分析，都相當深刻，其觀點也有助於翁鬧小說文本的理解。

四、新感覺派解碼

　　日本新感覺派的出現大概有幾種原因，一是一九二三年關東大地震，因現代科技文明導致社會驟變，讓政治、經濟都面臨空前的「震動」，災後的重建，新興都會、西式生活型態，新的意識隨之而起，形成一種新的感覺變化；二是一九二四年，以橫光利一（1898～1947）、川端康成（1899～1972）、片岡鐵兵（1894～1944）和中河與一（1897～1994）等十四人所創辦的《文藝時代》雜誌，揭櫫創作上否定寫實主義，技巧上主張在感覺性的表現中，注入新的生活感情和強烈的生命感，質言之，揚棄當時流行的寫實手法，採取嶄新的擬人法或比喻法。於是一時文壇出現虛無感、剎那美、速度與頹廢等經驗，遙契歐美現代主義文學的精神。

　　然而「新感覺派」一詞，並非《文藝時代》同仁所命名，而是評論家千葉龜雄在〈新感覺派的誕生〉（1924）所提出。新感覺派的文學運動，在一九二五～一九二六年，達到顛峰，不過，於一九二七年五月，隨《文藝時代》的停刊而結束。

　　固然，一九二〇年代，日本新感覺派文學運動只有短短幾年，卻與私小說一樣，對文壇影響相當深遠；一九三〇年代，台灣留日作家像巫永福（1913～2008）、翁鬧、劉吶鷗等人，不僅運用新感覺派的寫作藝術與技巧，同時也表現特殊的成就。

15　國立成功大學台灣文學研究所碩士論文，2007年1月。

　　基本上，日本新感覺派的創作特色是：強調主觀是唯一的眞實，文藝要表現自我的新感覺；把感性、知性放在理性之上，以個人的感覺生活，取代理性認識；主張形式決定論——形式即內容，內容即形式；否定日本文學傳統，全盤接受西方現代主義文學。

　　至於其表現技巧，則是：表現在被嚴重扭曲的時代與社會，人的生存基本關係、價值與意義；以混亂的思想意識，揭示資本主義社會矛盾和衝突，人本能的唯我主義以及非理性、反理性的東西，宣傳悲觀、絕望和頹廢，人類生活的悲劇；運用象徵和暗示，通過人在刹那間的感覺，展示內部人生的全面存在和意義；以新奇的文體和華麗的辭藻，表現主觀感覺的外部世界，使描寫對象獲得生命；運用擬人和誇張的手法，表現自我感受和內在世界，描繪人物的纖細而哀傷的感情與變態心理的微妙徵象。[16]

　　翁鬧於一九三四年前往日本東京留學，雖然《文藝時代》已停刊，不過該文學集團的大家仍然活躍文壇，他深受此一文藝思潮影響與啓發，無論在小說創作的內容取材或形式技巧都與傳統小說有所不同，也跟寫實主義以反帝、反封建爲主軸的普羅文學大異其趣。他擅長心理分析、象徵比喻與意識流手法，並且帶有濃厚的文學趣味，是現代主義文學最佳的範例，張恆豪曾肯定的說：「日治時代的台灣小說，可說到了翁鬧的手上，才有獨樹一幟的表現，才開啓了另一文學藝術的嶄新領域。」

五、細讀小說文本

---

16 以上綜合葉渭渠著《日本文學思潮史　第二十三章藝術現代派文學思潮》（台北：五南，2003年3月）。

〈天亮前的戀愛故事〉共四節，約一萬四千字，屬短篇小說。

第一節由主角「我」揭開戀愛宣言：「想談戀愛。想得都昏頭昏腦了。為了戀愛，決心不惜拋棄身上最後一滴血，最後一片肉。那是因為相信只有戀愛才是能夠完成自己的肉體與精神的唯一軌跡。」

接著是對十八歲出身北方雪國的柔情心善女性「你」，訴說一個出身南國熱帶早熟孩子的故事：「我想把我自己所經驗的事，所想起的事等等，毫不誇張，也毫不歪曲地告訴你。」

主角追溯大概十歲左右，在庭院看見一隻火紅雞冠的公雞發兇追逐一隻雪白溫順的母雞的情景，本想逃跑的母雞，被兇猛的公雞騎到背上，突然放棄抵抗，彎下身體，享受「這一瞬間」。雞的事件，把著實殘酷的觀念移植到主角身體中，正如「香蕉」逼熟的情形，「我」經過反覆逼熟，成為早熟的少年。十歲那年春天，順利通過中學入學考試，隨母親到山上寺廟還願，站在寺廟前院，忽然看見兩隻鵝東倒西歪、親熱地走過，「兩人，不，兩隻走進屋簷底下來了。」公鵝爬到母鵝背上，跌落十九次，最後牠們流著口水，……。

十五歲那年初春，有一天主角在音樂室彈鋼琴時，窗戶飛進兩隻美麗的鳳蝶，看得出陶醉的模樣。在「少年時代到青年時代的過渡期，那真是心狠手辣。」狂暴是「我」的名字，以真正的折磨法──執拗的刑求，活生生將牠們拆開來，兩隻同時從爛醉中遽然清醒過來，各自遠飛。

主角原想談談那「更熱烈的豬」、「更兇猛的牛」、「更微妙的蛇」，還有「蠶」的故事，這都是他的「自然教室」精彩的話題，也證明了早熟少年的敏銳感覺與獨到的發現。

倘若說第一節是故事的引子，無疑地，第二節是主角想要告訴「你」的正事──戀愛故事的開始。

　　主角訴說「戀愛」真諦：「像我這樣的廢料，自然沒有理想、希望這類好東西。從而，一般人所嚮往的名譽、成功、富貴等等事體，我更是從來沒有想過。不過，我倒是想過要把自己喜歡的唯一的女孩，緊緊地摟抱在懷裡。是的，我只想要這樣。現在也仍舊這樣想。啊，心愛的女子！把那女人用這隻胳膊盡力摟抱，貼緊那甜蜜的櫻唇，然後使這副肉體合而為一的時候，『我』這個東西才會體現出完整的狀態。」

　　主角坦白自己的「不成材」、「廢料」（三見）、「窩囊廢」、「偏執狂」與「瘋瘋顛顛」的個性，是一個意志與行為極端分裂的男人，面對單純善良的「你」，首次敞開「內心深底」，把自己的真面目暴露出來：他以苦悶的情緒、瘋狂一般的心境希求的愛人是「含笑中毫不慌張的聖女似的姿容」。在三十歲最後一天的「這一瞬間」，面對「十八歲」宛若在生命刺上最後致死的一劍，引發他追憶十七、八歲，渴望抱住愛人，只要一秒鐘，「我的肉體可以完全跟愛人的肉體融合，我的靈魂也可以完全與愛人的靈魂緊緊地貼在一起。」可是「那一秒鐘」迄今還不來探訪他的青春。

　　第三節，承上而來，敍述一件戀愛故事：中學四年級（17歲），深秋的一個星期天，與朋友在街上跟蹤一位穿淺紅色的衣服，年紀大約十八歲的女性——有著著實柔軟的腰和優美的腳。他倆進入布莊、婦女用品店，從繁華的馬路跟到僻靜的馬路，找到她家，終於真相大白：小姐明天要出嫁。這是「我」的慘痛初戀，也是「我」與朋友的失戀，共同「陷入深淵一般的憂愁裡」。

　　第四節敍述五年級（18歲）八月下旬，愛上青梅竹馬的鄰居女孩班上「花容月貌」的朋友，魂被勾去，完全神迷了。十一月，一個淒風的星期天，決定獨自暗訪她家。以「一生中所能發出的唯一漂亮話」：「伯母，請把令媛嫁給我吧！」沒

想到答案是：她有未婚夫在家鄉，加上父親在一星期前去世。他恭恭敬敬地在故人靈前行拜，低下頭感覺忍受不住沉重的東西壓在心上，他哭了。兩年後，得知她已結婚，第四年的某一天，她突然來信（卻沒寫上地址），坦承對他的仰慕，以及自己青春已逝。

　　這是「我」到今夜為止的戀愛故事。第一次到「你」這兒來，感謝「你」耐煩地熱心傾聽「我」又長又臭的故事（因為沒有一個可以談這些話的朋友），「你」一定從幾百個男人口裡聽到同樣的話題，可是像「我」──一位意志與行為極端分裂的男人，今夜怕是第一次。天開始亮了，「我」該走了。「你」哭了，為什麼？如果「你」願意認真思考「你」與我的命運，我答應下次再來找「你」。請送我到門口，請露出「你」的笑容，讓我看一眼，這樣我就可以放心回去了。

　　顯然地，小說的結構極為縝密，好像一把扇，開闔之際展現精彩的內涵，而「我」／「你」既拉開序幕也放下落幕，彷彿是扇的兩股。

　　小說的時間鎖定在：「我」三十歲的最後一天的雪夜──後天是聖誕節，明天是生日；主角傾訴的對象是一位十八歲柔情善良的女性，從午夜到黎明天亮前，「我」離去為止，只有一個晚上，但透過意識流的手法，錯綜時空開展二十年的情欲經驗與戀愛故事。

　　場景的安排是耐人推敲的，小說文本中，「我整個晚上躺在你身旁」的情景，類似橫光利一的現實經驗，據川端康成的描述，一個陪宿女子（妓女）與橫光利一相處一夜，橫光卻「什麼也沒有做」（據妓女對川端所述）[17]。換句話說，這種情境是有可能發生的，加上翁鬧短篇小說中涉及妓女的描述也

17　余阿勳：《日本文壇散記　川端康成訪台前一夕談》（台北：漢文書局，1972年初版）。

不乏其例，像：〈戀伯仔〉的「窨子」、「娼妓」，〈可憐的阿蕊婆〉的「私娼窟」等。再證之於文本脈絡所呈現的，尤其第四節最後「我」與「你」的傾訴與告別，可以明確的看到，主角下榻的地點當與窨子有關，而那位芳齡十八、真正善良的女子，也呼之欲出，可能是位陪宿的女子（妓女）了。

有趣的是，主角一夜「什麼也沒有做」，只要「你」好好當一位傾聽戀愛故事的對象；不過，「你」聽了一夜傾訴，卻也為「我」的坦白率真而感動落淚。其實這是一次嫖妓經驗，但並非生理的需求，而是心理上的發洩，怎見得？請看「我」的自白：「啊，我想擁抱你！用我兩隻胳膊全力抱緊！不，我沒有這份福氣。啊，不行，不行！請把那頂帽子遞給我。下次來的時候再說好了。到那時候我一定會提起勇氣給你看的。現在可不行！」這段話，就是最好的證明了。

小說的敘事觀點是第一人稱，作者安排「我」三十歲意志與行為極端分裂的男人，面對「你」十八歲柔情心善的女子，其組構有如複雜／單純，邪惡／天真。透過新感覺派創作特色與表現技巧，呈現小說新境。尤其於心理分析、意識流、象徵比喻的靈活運用，更見作者的苦心孤詣。值得注意的是，「我」／「你」遍布小說文本段落，根據統計，其次數如下：

第一節：「我」88見／「你」31見；
第二節：「我」103見／「你」30見；
第三節：「我」39見／「你」7見；
第四節：「我」104見／「你」28見。

全篇「我」共計334見／「你」92見。這種驚人的數據說明了作者敘事觀點的大膽設計，從而構成小說的詭異特質：「我」的喃喃絮語不僅反映了特殊性格，也說明了傾訴心聲的

急迫性。相對於「你」這位耐煩地熱心傾聽者，既顯示她的善良本性，在同情諒解之際，給予最大的撫慰。例如：

（一）你從現在起，由於聽我的故事，會越來越認為我是荒唐；我縱然愚笨，也可以充分料想到這一點。無論你怎樣看待我，那是你的自由。完全是你的自由。可不是嗎？因為你絕對不會把我高估到能夠阻止或自由自在地左右你的意志吧。我的意志？不，我並不具備多大的意志，更何況我又有首先尊重別人的意志的習慣。自說自語，很沒有面子，但請你相信，由於尊重別人的意志，結果我心裡面終於弄得跟失去意志一樣了。我到喪失意志為止的經過，本想告訴你，可是說起它來簡直就沒完沒盡，所以還是先往下面講。話雖然這麼說，從我這樣跟你說話便可知道，我並不是完全喪失意志的。這不是笑話。即使是我，也不想活到完全喪失意志為止。因此，總而言之，請你只要記住一點：就是我還剩著一小塊意志。[18]

（二）多方聯想起來，我覺得自己似是一個完全不適於生存的人。這是真的。我老早以前就一點一點地感覺到我是一個不適於生存的人。這種感覺要到什麼時候才會達到可怕的毀滅的頂端呢，那連我自己也不清楚。大概不會在那麼遙遠的將來吧？不過，我的毀滅，是跟你毫無關係的事。連對我自己，也是無所謂的事……。[19]

（三）那麼，我來告訴你，我們，也就是我跟我的朋友，由於

18　〈天亮前的戀愛故事〉第一節。
19　同註18，第二節。

怎樣的原委而發現彷彿像是愛人的女性吧。情形是這樣的。是在星期天。我們一早就在逛街。朋友是個哲學家，他仰慕叔本華。並且認為這個世界是值得悲觀的，值得慨歎的。我？我什麼東西也不讀，換句話說，是個廢料。那時候，朋友自己說他正面臨著精神上的蛻變期。[20]

（四）啊，我想擁抱你！用我兩隻胳膊全力抱緊！不，我沒有這份福氣。啊，不行，不行！請把那頂帽子遞給我。下次來的時候再說好了。到那時候我一定會提起勇氣給你看的。現在可不行！因為我還有一肚子該說的話，難過得很。下次如果有機會來一定特地再談那些話。現在，我心裡還很難過……。咦，你哭了嗎？為什麼呢？到底是為了什麼呢？請不要哭。就算為了讓我輕鬆一點好了，請不要哭。被你一哭，下次我再來找你，會使我的心變得沉重，腳變得遲鈍。真正善良的你！請不要哭。再說，如果你答應在我下次再來以前，願意一直就你自己和我的命運認真地想一想，那麼我就答應下次一定再來找你。[21]

　　「我」在情海奔波，被整得好累，渴望停靠「你」這港口憩息，從而「我」的苦悶、焦慮、絕望、頹廢與悲劇等情愫，終於找到出路，心靈也獲得淨化與昇華（Catharsis）。

　　在人物性格上，作者塑造的「我」，屬於圓型人物，通過一夜傾訴，展現主角不為人知的隱私——自我，與複雜的癖性，「我」坦白剖析自己的不成材、窩囊廢、廢料、偏執狂、

20　同註18，第三節。
21　同註18，第四節。

瘋瘋顛顛的個性，是一個意志與行為極端分裂的男人。至於「你」以及其他戀愛對象，則屬於扁平人物，只表現單純的一面。由於小說的需要，以「我」為主，藉著「我」的喃喃絮語與錯綜時空，揭開二十年的情欲經驗與戀愛故事以及一夜嫖妓經歷，為告別青春劃上句點。

新感覺派主張形式決定論，以為形式即內容，內容即形式，我們在翁鬧的小說文本得到證明，在語言與文體上，他創造一個嶄新的面向。新感覺派的小說一向揭示資本主義社會矛盾與衝突，甚至反都會、反文明。在這篇小說裡，也可以看到一些具體的事例，主角「我」強調「要現在的人類忘掉他們的生活方式與一切文化，再一次回到野獸的狀態。」他厭惡掛在肩膀前面的「圍巾」，甚至看到「簡直想吐」，還有令人發瘋的噪音──「收音機」；他反城市，以及令他毛骨悚然的「電車」、「汽車」與「飛機」。「我覺得自己似是一個完全不適於生存的人。」過去如此，現在依然如此。

在情節上，小說文本給人的印象，好像有些零亂，其實內在結構是有相當精心的設計，藉著獨語的方式，意識流手法與心理分析、語言辯證，既展示主角的複雜性格，也營造複雜的情節。

「意識流」一詞是由心理學家威廉・詹姆士（William James）所創，乃泛指心靈活動，而且是未形之於言語之前的心理活動。在文學上，尤其是小說，將意識流運用於寫作技巧上，稱為意識流小說，歐美盛行於一九二〇至三〇年代，並且影響日本新感覺派的小說家。

意識流技巧對文學創作的貢獻是，使小說人物的刻劃從外在行為與現實的描述轉向內在心靈的挖掘，這種轉變，不但賦予小說人物內在生命，也打破傳統上對時間的認識。從此，作家筆下的人物可以在時間的隧道裡馳騁，自由聯想。意識流技

巧的「美學」所要標榜的是：漫長的回憶透過人物的追溯，一幕一幕地呈現在腦海裡，等於是讓他重新瞭解往事，而在最後的一瞬間得到新的體會。[22]

翁鬧純熟運用意識流手法，不僅營造戲劇張力，也展現獨自的小說美學，因此這篇小說又可稱為意識流小說。

至於主題意識上，小說文本的事件所釋放出來的訊息，是多重的，包括：人生觀、戀愛觀、世紀末色調、瘋狂的靈魂、狎妓經驗等等，這足以說明這篇小說的耐人尋味與獨到的藝術造詣。

細讀小說文本之際，我們彷彿作了一次靈魂在傑作冒險之旅，感觸自是驚心動魄。

六、結語

一九三七年一月，翁鬧〈天亮前的戀愛故事〉發表於《台灣新文學》第二卷第二號。一九七九年，因為魏廷朝的中譯本，才使得這篇沉埋日文世界四十多年的小說重現台灣文壇，引起讀者的興趣與學界的關注，不能不說是奇蹟了。

三十年來，有關的詮釋十分多元，在眾聲喧嘩裡，我們也聽到若干「知音」，尤其是在新感覺派理論的對照下，讓小說文本重回歷史情境，也契合作者的生命脈搏，的確能新人耳目。

本文在這些基礎上，進行細讀，嘗試依據現代小說的觀點來檢視翁鬧小說的奧祕，思索這篇經歷七十年歲月的小說造詣。

---

22 以上參考蔡源煌《從浪漫主義到後現代主義》（台北：雅典出版社，1987年初版）。

畸零的象徵，孤兒的救贖
——以翁鬧新出土小說《有港口的街市》為分析對象

杉森藍（成功大學歷史研究所博士生）

一、前言

　　《有港口的街市》原刊載於《台灣新民報》由學藝欄主編黃得時策劃的新銳中篇小說特輯中。除了翁鬧的作品之外，還有王昶雄的〈淡水河漣漪〉、陳華培的〈蝴蝶蘭〉、呂赫若的〈季節圖鑑〉、龍瑛宗的〈趙夫人的戲畫〉、陳垂映的〈鳳凰花〉、中山千枝的〈水鬼〉、張文環的〈山茶花〉等九篇。翁鬧的《有港口的街市》是「新銳中篇小說特輯」的第一篇，從昭和十四年（1939）七月六日開始連載到八月二十日，總共四十六回。黃得時在〈晚近台灣文學運動史〉裡曾提到，一九三九年是台灣文學運動的空白期：

　　盧溝橋事變勃發同時，本島的文學活動也遭致暫時停滯，直到昭和十五年（1940）一月一日《文藝台灣》創刊以前的兩年半時間，《台灣新民報》上的新銳中篇小說的企劃之外，沒有一個文學活動亦沒有文藝雜誌。這兩年半可以說是台灣文學運動的空白時代。[1]

　　黃得時接著說明策劃特輯的緣起：「隨著事變長期繼續，

眾人也逐漸恢復做文學的心情，加上被朝鮮及滿州厲害的進展所刺激，台灣文學必須有所發揮的想法，不期而遇地在眾人念頭浮現了。這就是台灣新民報出現新銳中篇小說的緣故。」[2]而「依靠這些作品，暫時萎縮的文學熱情再度昂揚。」[3]由此可見翁鬧這篇作品的歷史價值了。

龍瑛宗〈一段回憶——文運再起〉（〈ひとつの回憶——文運ふたたび動く〉）（發表於《台灣新民報》，1940年1月1日，13版）提及：

> 翁鬧的《有港口的街市》、王昶雄的〈淡水河漣漪〉、呂赫若的〈季節圖鑑〉等作品，若以通俗小說之意圖為根基而寫成，那麼問題就另當別論。但即使如此也不免使人產生過於混水摸魚之感。
> 翁鬧筆風向以抒情見稱，但這篇作品卻反而給人像是刻意走輕快節奏的造型師之感。

在龍瑛宗的眼裡，翁鬧的《有港口的街市》、王昶雄的〈淡水河漣漪〉、呂赫若的〈季節圖鑑〉均以通俗小說形式呈現，但是，黃得時卻認為：「最富潛力的翁鬧，以本篇為最後作品而去世，可說是本島文壇的一大損失。」[4]

本論文在翁鬧死因的推測裡提到，據陳遜章的回憶：「昭和十三年（1938），有一天來了個刑事，才知道這些都源自於翁鬧。他們找不到翁鬧，才來找我們。」[5]陳遜章認為，翁鬧有可能是因為被刑警追捕，開始逃亡，逃亡的經驗也反映在翁

2　同前註，頁99。
3　同前註，頁99。
4　同前註，頁99。
5　張炎憲、曾秋美：〈陳遜章先生訪問紀錄〉，《台灣史料研究》14卷，1999年12月，頁161-181。

鬧的創作中。

翁鬧在《有港口的街市》的序言裡，自述創作的動機：

陸地和海洋互相擁抱的地方，是各式各樣的旅客歇泊的地方，在那裡自然應該有它自己跟別人不同的生活樣態。聽到晨霧中搖曳的汽笛時、看到夜霧中如幻影般漂浮的桅桿時，人們正在為明天而夢呢？還是被悔恨擾亂著心神呢？這則故事是著名通商港口在某段人類史上的一個斷層。在那裡旅遊、佇立碼頭上的我，曾想過為這座港口寫些什麼，之後再次訪問那裡的我，愈來愈想要寫些什麼。因此我開始盡力收集資料。如今資料整理出來了，我想將這篇文章獻給失去父親的孩子、跟小孩離別的父親以及不幸的兄弟。如果能夠得到讀者的喜愛，那便足以令我喜出望外了。

《有港口的街市》發表時間是昭和十四年（1939）七月六日，從上述陳遜章的回憶以及翁鬧的序言中，可知翁鬧一九三八年這段期間藏身神戶。翁鬧也自述創作的動機和社會歷史的意義──在被時代、環境潮流所撥弄的翁鬧，想將這篇作品「獻給失去父親的孩子、跟小孩離別的父親以及不幸的兄弟。」我們不禁要問：這部中篇小說是否也是翁鬧要獻給自己的？

二、故事情節

《有港口的街市》的舞台是國際都市神戶的港口，故事分成序言、一至五章以及終曲。在序言中提到，故事發生在一九二五年，描寫神戶港外國蒸汽船進港的情形，以及日本女

人谷子跟著水手們離開了神戶。

第一章描寫的是：一九二七年二十八歲有走私寶石和嗎啡嫌疑的女人有年谷子，與一個離家出走的青年乳木純在從香港回神戶的船上邂逅，接著與刑警可兒、及谷子情同手足的油吉重逢。小說再回到谷子被遺棄的童年經驗，雖然被松吉老人收養，卻因老人的過世而進入孤兒院、感化院，谷子受不了感化院猶如苦刑般的生活而逃離，加入不良幫派——紫團，揭露出孤兒悲慘的命運。同時描寫谷子親生父親乳木氏遺棄孩子的來龍去脈。

第二章則是從乳木純的故事開始，他念念不忘在船上遇到的谷子，也描寫乳木純的父親乳木氏改過自新，回歸宗教的懷抱之後，繼承牧師的職務，並費盡心思尋找遺棄的女兒。在偶然的機會下，乳木氏和谷子於拘留所相見、談話。接著又回頭敘述乳木純與真綺子的戀情。

第三章則描寫了許多神戶風景，以谷子與油吉的交談為中心，敘述神戶不良少年小新以及街頭女人阿龍與谷子的互動。第四章則從關西金融界大人物山川太一郎與刑警可兒利吉的故事開始，詳細描寫俄羅斯馬戲團，以此帶領出乳木純與谷子、支那子的重逢，並描寫同昌一夥人的假鈔偽造集團。第五章主要描寫山川太一郎事業的沒落以及他所經營的舞廳遭到檢舉的過程。最後在終曲篇，乳木氏透過乳木純才知道自己一直尋找的親生女兒竟是谷子。而谷子則到故事最後要離開神戶時，才得知乳木氏就是自己的父親。

小說劇情圍繞著神戶發展，翁鬧以自身的經驗和歷史事件，對爵士音樂、寶塚歌劇、俄羅斯馬戲團、舞廳、電車、神戶、奏川街頭的情景和歷史，均有細膩的描寫。

為了能夠理解這篇小說，以上將故事中人物一一分類整理。但是在小說中，這些情節並非單純按照時間順序排列，例

如「谷子的故事」發展到某個程度時，其他的小故事順勢插進來，然後又回到「谷子的故事」。像這樣，不同人的不同故事，不斷地相互交錯。翁鬧的敘事方式並非直線進行，故事發生的順序往往與文中的順序不一致，這就是所謂的「錯時法」。

這種「錯時法」的寫作方式，以及小說中諸多人物的交錯編排，已經跟新感覺派的獨白式小說技巧大不相同。

翁鬧自己也表明，這篇小說是「收集資料」而寫成的，可見不完全是自己想像出來的。照小說中的人物及場景安排來看，也依循著某種程度的歷史、社會現實環境。表面上用全知的敘述觀點來描繪不同人物的故事，實際上也影射了翁鬧的個人生活經驗。

例如，翁鬧是學音樂出身的，小說中就會特別注意到音樂的背景，甚至還能談到一段保羅·羅德門所創的爵士音樂，就連看到女學生的制服，都知道她們是寶塚歌劇院的學生。因為神戶是一個國際性的港口，日本第一齣歌舞劇《我的巴黎》就是在神戶上演，翁鬧甚至將小說人物真綺子安排進這場歌舞劇中。

翁鬧除了將自己對音樂的敏銳度寫進小說之外，小說中的乳木純想當畫家、宮田在國中時寫了奇怪的詩、創辦同仁雜誌，結果因賠錢收掉了，宮田又回到「不事生產」的老樣子，這兩個人物都具有翁鬧在美術及文學上的影射。

雖然在這篇《有港口的街市》中，從一些人物、情節、場景可以看到翁鬧的影子，但主軸與結構上的安排，還是放在谷子等人身上。小說中的「錯時法」，在某種程度上可說是取法了新感覺派中的現代主義寫作技巧，但其表現出來的精神卻是對現實社會的關懷，因為劇情一直圍繞在孤兒、妓女等社會底層人物的悲苦遭遇上。

　　翁鬧將寫作的焦點，從「自己」轉移到「他人」，從寫自己感受的新感覺派，到用現代主義的寫作方式來呈顯現實主義的人道關懷，這就是新出土的《有港口的街市》的特別之處，也是這篇小說的文學價值所在。可惜這篇文章發表後沒多久，翁鬧就過世了，算是他的絕筆之作。

　　為什麼翁鬧第二次來到神戶，還特別收集了資料來寫這篇小說呢？消極的因素可能是為了逃避刑警的追捕，積極的意義，有可能是翁鬧想在文學創作上有所突破。如果翁鬧沒死的話，也許他晚年的小說會類似這篇《有港口的街市》，呈現不同於新感覺派的樣貌。

三、創作背景

（一）時空背景的安排

　　《有港口的街市》故事並非直線進行，故事發生的順序與文本的順序不一致，這就是所謂的「錯時法」。「錯時法」其實是結構主義者熱奈特（G. Genette）在《敘事話語》中提出的小說手法之一。首先從故事的重點開始描寫，接下來為了說明劇情或背景而追溯過去。像這樣的手法十分普遍，可說是敘述或小說傳統的手法之一。

　　「錯時法」分為「順敘法」和「倒敘法」兩種。「倒敘法」是回想、追憶。「順敘法」則是預言、預測，讓讀者抱著希望繼續讀下去的手法。

　　翁鬧在《有港口的街市》的序言裡先描寫谷子偷渡到國外的情形，然後在第一章裡描寫兩年後谷子與乳木純的邂逅，自此展開故事，接著再回到谷子小時候，追溯到谷子親生父親乳木氏的故事等。因此翁鬧採用的是「倒敘法」。

　　《有港口的街市》以神戶為舞台，整個故事圍繞著神戶而

生，另外翁鬧花了不少篇幅細膩地描寫神戶風景。明治時代後期經過甲午戰爭，大阪成為日本最大的經濟都市，而神戶則發展成東洋最大的港灣城市。翁鬧在小說的開頭描寫：

> 西元一八六〇年。
> 當時神戶還是小小的停泊港，沒想到六十年後發展迅速，過了三年後，又因為大地震和火災，變成日本第一大海港了。（1）

神戶也是日本爵士樂發源之地，因為港口有很多外國人，小說一開頭就從外國蒸汽船開始描寫，接著「出生於印度的、爪哇的、英國的、墨西哥的，這樣的四個美國人」等，及其他不同國籍人士多不勝數，像支那人同昌、馬戲團的俄羅斯人、德國人所經營的咖啡廳「juchheim」。摩登都市神戶的飯店就有以下的描寫：

> 在靠山的地方有神戶一流的飯店——東亞飯店。
> 在關東大地震之後，從東京跑到關西的有名作家，在其創作中如此寫道：「神戶街頭柏油路很多，但這是最漂亮的路。」
> 這就是從東亞飯店筆直到海岸的東亞路。（20）

《文藝時代》稻垣足穗的作品裡面，也常常出現東亞飯店。它是一九〇八年英國、德國、美國、法國人共同出資經營的飯店，以飯店專用建築方式來設計、施工，在當時的飯店中，可說是走在時代的尖端。三之宮東亞路就曾出現在谷崎潤一郎的作品中，谷崎潤一郎在關東大地震之後，搬到關西陸續發表作品。描寫被女性玩弄的男人之悲喜劇《痴人的愛》，引

起了很大的迴響。而作品《赤い屋根》（紅色屋頂）也曾描寫東亞路一帶及東亞飯店附近的情景，就連鐵路也成了摩登都市的象徵：

> 從東亞飯店到海岸的路上，有三條穿過大街的鐵路。
> 第一條是從大阪神戶電車快車終點站上筒井，前往須磨的市營電車山手線，第二條是東海道線的鐵路，再走一個町段左右又有一條鐵路，這就是神戶市的第一條市營電車鐵路榮町線。
> 頭一段到山手線是所謂神戶的山手地帶，過了這條鐵路後的東亞路，是以外國人為主要客群的商店街。（21）

　　在關西，盛行模擬美國都市電車路線的建設，一九〇五年以阪神電氣鐵道為開端，接著阪急寶塚線（1910年開業）、阪急神戶線（1920年開業）等，而在大阪、神戶之間，則有環境舒適的郊外住宅區不斷開發。因而，此地的都市、文化發展，均與鐵路有密切的關係。隨著阪神地區鐵路網的開通，大阪商人、藝術家、文化人全搬到這裡來。他們既重視傳統，又受到西洋文化的影響，這群享受生活情趣的人們，形成了一股名為「阪神間現代主義」的獨特風格。
　　這一段彷彿是川端康成在《淺草紅團》中所描寫的關東大地震後的景象。經過地震後的重建，出現了全新的風貌。在《淺草紅團》裡面，鐵路是一種摩登之物的象徵。翁鬧再繼續描寫東亞路附近的景色：

> 走到東亞路的盡頭，在飯店的前面左轉，兩個人不知什麼時候，來到了諏訪山公園的登山口。
> 這公園的另外一個名字叫「金星臺」。

園名的由來是因為美國的天文學者曾在此努力研究過天文學問之故。為了紀念此事，在公園的角落，豎立了用英文刻成浮雕的紀念碑。

有無金星不得而知，但因為這裡是高崗，能夠一目了然地瞭望神戶整個街市。（22）

諏訪山公園一九〇三年開放為遊樂園。一八七四年法國的觀測隊在這個公園進行金星的觀測，因此，諏訪山公園的瞭望台被稱為「金星臺」。園內還有紀念觀測的金星觀測紀念碑。

接著以淺草來形容神戶新開闢的市區，翁鬧對神戶風景以及街市歷史細膩的描寫，呈現出神戶國際商港的新穎圖像。

明亮燃燒著的南邊天空，是神戶的淺草、湊川新開闢的市區。

模仿了地震前淺草一二樓的神戶鐵塔，被天鵝絨肥皂的廣告燈照得明亮而聳立。

越過眼前街市的另一邊，白天能夠眺望到紀州半島與淡路島一帶的海，但現在只能看到海港中漂浮的船隻燈火，像遍布的星星般閃耀，連船的影子都看不到。只是隔著黑暗，汽笛的聲音，微微地顫動著，緩緩地傳遞過來。
（24）

（二）都市文化

翁鬧對神戶風景以及街市歷史的描寫十分用心，他將收集來的資料，不斷地插進各段故事裡頭，另外值得注意的是，當時都市文化：

一九三〇年，堂堂進入東都的關西有力的電影製作公司、

帝國電影株式會社的走紅女演員，又是最高幹部的女演員。這位最高幹部女演員歌野八百子，正是後期出現的紫園女團長呢！（10）

「帝國電影演藝株式會社」是一家電影製作公司。成立於一九二○年，為大阪的實業家山川吉太郎所創立。在〈港口的街市〉裡的山川太一郎角色，也是翁鬧模仿山川吉太郎的吧。山川吉太郎在一九一四年建設大娛樂設施「樂天地」，就像〈港口的街市〉裡面的舞廳「Trockadero」。「Trockadero」是「三層樓的建築物，一樓是撞球場、麻將遊戲場，二樓是舞廳，三樓是旅館。」（39），而「樂天地」也是三樓層。帝國電影在一九三○年攝影棚被燒掉的同時，樂天地也跟著倒閉了。

那一年的十月。

日本的科尼島——純他們這麼稱呼的寶塚歌劇場裡，日本最初的歌舞劇《我的巴黎》隆重上演了。（19）

一九二七年，寶塚歌劇團演出日本最初的歌舞劇《我的巴黎》。總共演出十六場、總登台人數高達二一○個，演出時間是一個半小時，在當時來講，簡直是無法想像的超級演出。台上出現汽船、火車、汽車等跨時代的文明產物，演員們忙得幾乎沒有喘息的時間。另外，在服裝上也是一大創舉，完全是從前寶塚歌劇看不到的大膽露腿露臂，讓觀眾驚豔連連。而主題曲也大受歡迎，獲得空前的成功。[6]翁鬧接著描寫觀眾乳木純的情形：

6　http://www.skystage.net/Prgm/Detail/638.html。

當然，真綺子被分配的舞女角色，只是一個換幕間補場的小角色而已，然而這個舞女的姿態卻在純的腦海中留下了深刻的印象。

從此以後，純跟真綺子，不用說，開始了柏拉圖式的戀愛。（19）

　　神戶也是日本爵士音樂的發源之地，因為港口有很多外國人停駐，保羅‧惠特曼所創的爵士音樂也出現在這篇小說中，更加顯示出神戶這個國際大港的多元文化。

這一年，在似乎已窮盡日本西洋音樂界裡，發生了一件大事。那就是保羅‧惠特曼（Paul Whiteman）創造出的爵士樂渡海而來。

時至今日，惠特曼也好、海倫凱勒（Helen keller）也罷，他們的名字幾乎成了常識，但在當時，只有某部分人知道而已。說到爵士樂，很多人認為那不過是背離音樂之道的狂躁喧鬧聲而已。而為了宣傳爵士樂，菲律賓的carton爵士樂團第一次在神戶登陸了。（18）

　　爵士樂在二○年代萌芽，在三○年代開花結果。作曲家喬治‧蓋希文（George Gershwin）與保羅‧惠特曼（Paul Whiteman）在一九二四年合作一曲〈藍色狂想曲〉，是古典樂作曲家首次將爵士樂交響樂化。經歷了與多位知名樂手如歐瑞小子（Kid Ory）、奧立佛國王（King Oliver）和Fletcher Henderson的合作，小號手路易‧阿姆斯壯於一九二五年從紐約返回芝加哥，成立自己的五重奏，這個樂團爾後加入低音號與鼓，成為著名的熱樂七重奏（The Hot Seven）。

這裡亦是酒館的密集地帶，壓倒三絃的琴音，是到處入耳
的流行爵士樂，唱得行人的腳步都亂了。

不過，年輕人即使穿得西裝畢挺，也不得不到這種酒館去
吧。

剛好這時候，〈紅燈、藍燈〉的道頓堀進行曲風靡市井，
在這酒館「夢・巴黎」也是如此，從方才就一直重複演奏
同樣的進行曲。（28）

由於新的西洋爵士音樂與文化的引進，使得神戶新舊文化
並陳，人們一面重視傳統，一面受到西洋文化的影響，這也形
成「阪神間現代主義」獨特的風格。

四、創作主題

（一）社會畸零人的象徵

針對《有港口的街市》一文來進行分析，首先必須討論
「孤兒」在翁鬧的文學世界中象徵著什麼？以及藉由孤兒的書
寫與觀照，來觸及他小說中重要的意涵？翁鬧文學中的孤兒
開啓了其作品中的認同議題，也成爲小說中重要的文學象徵
手法，翁鬧用窮人、孤兒、妓女和寡婦來說明他者被剝奪的
處境，爲弱勢者代言，基於眾生平等的悲天憫人胸懷，從作家
創作心理上來看，翁鬧流星般的生命與孤兒盪氣迴腸的故事之
間，有著共同的悲涼，格外具有書寫幼時陰影的象徵意義，據
楊逸舟的回憶：「自稱是養子，對於親生的雙親一無所知」。[7]
「自己是個養子」這想法一直深烙在翁鬧心裡，他一生似乎都
在尋找親生父母的形象，「尋找親生父母」的主題都一再地出

---

7 張良澤：〈關於翁鬧〉，《台灣文藝》95期，1985年7月。

現在翁鬧的作品裡，成為翁鬧小說中持續存在的意象。

描述孤兒的生活，也是日本新感覺派代表作家川端康成作品中的鮮明象徵，川端康成兩歲喪父，三歲又喪母，由祖父帶大，到十五歲時，祖父也去世，從此成了天涯一孤兒，他在日後一些自傳性的作品中也曾回憶這段孤兒經驗。川端康成的小說具有獨特的藝術風格，主要描寫孤兒的生活，表現對已故親人的深切懷念與哀思，以及描寫自己的愛情波折，敘述自己失意的煩惱和哀怨，其主導的藝術風格是感傷與悲哀的調子，以及難以排解的寂寞。

例如川端康成抒情地描寫對少女思慕的《伊豆的舞孃》，也是作者自稱的「孤兒毅力」，為了平撫少年時期的心理創傷。從《十六歲的日記》到《油》、《葬式の名人》、《孤兒の感情》等，均是追求孤兒毅力的作品。換句話說，由於母體經驗的缺乏，必然引起對外在母體激烈的渴望之心。《伊豆的舞孃》是試圖從「孤兒意識的憂鬱」解脫，反映在川端康成對流浪旅藝人的親睦：

> 在家鄉，川端康成一直在人們一聲聲的「可憐啊，可憐啊」聲中，強迫扮演著可憐者的角色；在「天下的一高」校園，他又常常「離開一步」；而在這次伊豆之旅中，在他不堪忍受自憐復自厭的折磨而獨自一人悄然離校旅行的途中，偶然遇到並同行的「伊豆的舞孃」的一聲「好人哪」的評價，自然會一下子冰釋了一高學生川端康成心靈上鬱積的嚴寒，陰暗剎那如洗般明淨了。這是因為「伊豆的舞孃」對他既無輕蔑也無好奇，僅只是以平常心對平常人，這正是川端康成此時此刻的精神心靈最重要的。似乎二十年來人們還從來沒有以尋常人一般，和他交往。在川端自己都在懷疑自己是否正常時，這樣的與他人之間的情

感交流，哪怕僅僅是一句「好人哪」，定會引起無窮的情感波瀾。實際上，當八年之後，川端康成將這次伊豆之旅的所見所感昇華釀造為藝術精品《伊豆的舞孃》時，才標誌著那句「好人哪」引起的情感咀嚼回味，終於有了可觸可感的歸宿。[8]

川端康成以鄉愁來尋找靈魂歸宿的家，其小說可以說是歸返之歌，從初期的《伊豆的舞孃》，川端康成之旅已經開始，在現實探求的同時，也有作者回溯生命歷程的意味。

針對這篇《有港口的街市》，翁鬧自己說：「我想把這一篇，獻給失去父親的孩子、跟小孩離別的父親以及不幸的兄弟。」翁鬧在這篇作品描寫主人翁谷子的生命歷程：從出生、被遺棄、在社會底層下被命運無情撥弄，到最後逃到國外去，一方面描寫貧困家庭的小孩、以及孤兒的幼少年期的心理創傷，一方面描寫著國族認同問題，也開啟他對身分認同的的質疑與探索。小說的開端，翁鬧從海港特有的景色開始描寫，谷子被發現偷渡到香港，加上走私寶石和嗎啡的嫌疑再次回到神戶，翁鬧開始追尋謎樣的谷子，對於她到底有怎樣的過去開始進行追索：

谷子到底有怎麼樣的過去呢？
雖然想起來也沒什麼用，但是偶爾想起來也不錯，不是嗎？（6）

原來谷子有一段不可告人的身世，她被因偷竊而入獄的父親遺棄在貧困部落裡，幸得松吉老人的收養，才得以艱苦地生

8　張國安：《川端康成傳》（台北：業強，1990年4月），頁24-25。

存下來：

> 村落的人們雖然是松吉老人的親戚，但也是毫無關係的
> 人。
> 不用說，在這種情況下，人們當然希望成爲後者。
> 而且，這個貧民村落裡，沒有任何一個家有餘力給六歲的
> 小孩東西吃。
> 檀那寺的住持經常注意這個小孩。這小孩的身世怎麼這麼
> 像「孤兒院」的小孩啊！
> 這些小孩們在街頭上是這麼說的：「跟爸爸死別了，跟媽
> 媽生別了，沒有家可以回去也沒有錢……」（7）

　　谷子雖然身爲孤兒，但擁有堅毅的形象和頑強的生命力，
她將所有缺憾的憤懣，轉化爲能量與養分，這就是她最動人的
性格：

> 那段期間，谷子當然出落得幾乎令人認不得，但是明顯的
> 憔悴面容，正顯示她黯淡的生活。
> 繼承了頑固的松吉老人脾氣，谷子也是一派倔強而固執，
> 不過卻擁有一種令人落淚的溫柔。（8）

　　松吉老人過世之後，谷子歷經了孤兒院、感化院、加入神
戶幫派紫團、成爲街頭上的妓女，看盡街頭上各種流浪的孤兒
生活，更顯孤兒在社會陰暗角落中生活的窘困與孤立無援，他
們必須爲自己的生命奮鬥：

> 「我嘛，一個人總可以勉勉強強地過吧。」
> 「這樣喔。」

兩個人聽谷子這麼說就不再勸進了。

如此說來，女人總能夠挨下去的。

而谷子則當了酒館的女招待……（11）

身為女性孤兒，更是女性命運中的邊緣人，西蒙‧波娃的《第二性》中談到，在人類歷史和文化的長河中，男人是做為絕對的主體（the subject）而存在的，而女性則為成為男人的對立面和附屬體而存在，所以西蒙‧波娃所提到的「第二性」[9]，是在社會和文化中普遍存在的一種歧視女性的觀念。

過去我們認為歷史、經濟發展、傳統習俗等和性別無關，但是性別理論挑戰這一點，而將性別因素放入所有歷史、經濟和傳統之中，引入性別關係此一分析角度。而身為為生存與工作抗爭的女性孤兒而言，不僅是經濟弱勢的女性，其社會位置、個人身分與選擇，更是座落在父系男權社會中，《有港口的街市》的場景在神戶這個國際性的港口，人種複雜，商業貿易繁榮，充斥著異國情調和光怪陸離的人事物，由於社會環境的關係，下階層的女性以當妓女為生存之道：

> 如果有人感嘆海港特有的這些女人的存在是國恥，那大概要被責難為笨蛋吧。外國人遺落在海港的錢，其中三成的確是靠她們的本領撿起來的。這無疑是海港意想不到的收穫。
>
> 在神戶逐漸繁榮的同時，海港女人的數量也悄悄地跟著增

9　西蒙‧波娃著，陶鐵柱譯，《第二性》（台北：貓頭鷹，1999年10月）。西蒙‧波娃的《第二性》中指出女人是男人的客體和他者（the Other），這裡的他者是指女人相對於男人所處的邊緣化的、陌生人的特殊處境和地位，而這種處境和地位是低於男性的，由於女人一直被界定為天生的他者，現實世界是被男性主宰與統治的。

加。（1）

關於妓女，翁鬧在其詩作〈寄淡水海邊〉中，曾描述作者對一名十六歲就被迫賣身的少女的情愛與思念，而在《有港口的街市》裡描述妓女生活的片段中，翁鬧也解剖出人性的現實面，呈現出人性中貪欲、自私的弱點，以及身為妓女背後的悲慘經歷：

> 當然在這附近出沒的女人，絕不會接近沒錢的男人。若不是身穿流行的西裝，看起來很有錢的窮光蛋，她們會立刻端出年輕夫人或千金小姐的架子，對他們嗤之以鼻。
> 這些女人十個當中有八九個是船員的妻子，要不就是窮途末路的寡婦。
> 一年當中，船員丈夫只有十天或二十天左右在家，船員妻子要找到這麼好的副業是不必花什麼工夫的。（20）

在這個貿易發達的國際商港中，谷子能選擇的工作機會卻十分有限，成為妓女是下階層女性以身體交換生存的最後選擇，以身體為商品，以性為交易內容，可說是妓女的基本工作，這樣的現象雖然普遍存在於各地，但在不同的社會文化環境中，仍可能呈顯不同的面貌。因此，從歷史的角度觀察，娼妓問題並非孤立的社會現象，也是特定歷史階段中社會文化的反映，同時，其本身也是某些社會文化發展的基地。在大部分的社會中，多視娼妓為「特殊行業」，在國際商港中成為妓女的谷子，一個手無縛雞之力的年輕弱女子，受到周遭人的唾棄、鄙視，甚至那些下流男子輕浮地挑逗，卻仍須在那樣的環境中打滾，更反映出日本社會的傳統父權文化和西方注視下的東方主義：

谷子也在那段期間，轉來轉去地換工作，當舞孃、售票場的收票員、最後成了街頭的女人——也就是外國人口中的「可愛的日本姑娘」了。（11）

小說另外一個敘事主線是支那子的故事，支那子也同樣是孤兒，她是朝子的小孩，朝子在海港地方上有權勢、有妻兒的山川太一郎經營的舞廳「Trockadero」裡工作，山川太一郎代表了男性對物質文明的追求、情欲的追逐，與女體的迷戀：

這舞廳是採會員制的，大部分的會員都是海港地方上有頭有臉的人物，卻沒有一個正經的，所謂的不良老人多不勝數。這些人不只要抱著女人或被女人抱著跳舞，他們要跟女人喝酒、要跟女人跳舞，而且喝醉跳累之後，還要抱著女人睡覺，為重要條件。

所以這裡的女人全是舞女，也同時都是妓女。（39）

山川太一郎是以什麼樣的眼光看待妓女？妓女在社會價值的觀念裡，是一個被物化的對象，在以父權制度文化下，大多數女性的意識當中，存在著牢不可破的男性權威，女性永遠活在男性權威和判斷之下，正是通過物化，女性不論在身體上或精神上都是他者與客體。

山川認為女人是只要買東西給她，她就會馬上提供身體來答謝的動物。（40）

身為父權代言人的山川太一郎，先是玩弄朝子，後來厭倦她之後，便將她資遣：「對山川八年來的怒氣狠狠燃燒著她的

心。奪取她童貞的色魔，讓支那子成爲私生女的壞蛋，而現在
又要奪走她的工作。惡魔！惡魔！（12）」後來她企圖殺死山
川太一郎，卻沒有成功，罹患肺病的朝子最後留下十二歲的支
那子自殺，和朝子情同姐妹的谷子，就負起了照顧孤兒支那子
的責任，谷子將照顧支那子這項重責大任，視做生存下去的動
力，不僅流浪許久而疲憊的心可以被救贖，就連生命的價值也
從此再確立。

> 現在，谷子有一個像自己的小孩一樣地疼愛的女兒，十七
> 歲的支那子，大概是認識她母親朝子的時候——對了！那
> 的確是谷子二十歲，當舞孃的時候呢！
> 朝子不但罹患肺病，而且在舞廳的亞麻油氈上，被男人摟
> 著跳舞。當時朝子已有九歲的支那子。
> 支那子的父親是個貿易商人，雖然是海港有頭有臉的人
> 士，有妻有子的身分，卻玩弄了像女兒一樣的朝子。
> 支那子出生後八年，她父親胖嘟嘟的身子，開始在谷子與
> 朝子的舞廳進進出出了。
> 不知道在什麼時候，山川買下了舞廳，成爲經營者，出現
> 在她們面前了。（11）

在這個孩子的成長過程中，雖然母親如同虛線，但是透過
谷子對希望與未來的執著，依舊會有個想像式的實體被塑造出
來，讓孩子有值得學習模仿的對象：

> 「如果事情進行順利，我要改邪歸正。你也該洗手不幹
> 吧。」
> 「問題又嚴重了！」油吉默默地笑著。
> 「不是開玩笑的。是眞心話啊。也是爲了支那子……」谷

子是真的這麼想的。

至少要讓被朝子委託的支那子，過幸福的人生。朝子與自己都過得太不幸了。

忽然想起了有關朝子的種種回憶，谷子心中不由得百感交集。（26）

　　在此我們看到了谷子的堅韌以及義無反顧。帶著未來與希望，谷子已然從支那子的救贖中轉變為救贖者的地位，這也暗示谷子生命型態的轉變，谷子的生命也正因成為救贖者而重新開始。照顧支那子的谷子不僅代表自己，也象徵著母親對於生命的執著與犧牲，翁鬧用極動人的筆調，去歌頌谷子努力扶養一個健全光明的小孩，努力要從孩子未來的生活中，洗淨自己羞恥的一生，谷子寫給乳木氏的信中流露出身為母親的驕傲，谷子因為支那子而展現不同的新面貌：

　　在此很厚顏地拜託您，就像前幾天跟您說過的，我在本地舉目無親，處境又非常艱難。雖然我是這樣的女人，但我自認把支那子培養得很出色，並不會比別人差的……（45）

　　第二章則是從乳木純的故事開始，他念念不忘在船上遇到的谷子，也描寫乳木純的父親乳木氏早年因妻子身亡，貧窮潦倒而拋棄了孩子，後來改過自新，回歸宗教的懷抱之後，繼承牧師的職務，費盡心思尋找曾經遺棄的女兒。

　　就這樣，又過了幾年……現在的他，深深懷念老牧師的教誨，成為一個虔誠的神之使徒。

　　當然，他以盡力尋女的心情，將重新做人的歲月花費在尋

找孩子上，然而一切卻彷彿只是徒然的努力罷了。（9）

　　因緣際會，身負教誨責任的牧師乳木氏和谷子在拘留所相見談話，谷子因意外發生而留下的小指傷痕，在乳木氏心中留下不可抹滅的印象：

　　但是乳木氏卻一直記得谷子。
　　谷子小指被切斷的鮮明傷痕，關於谷子的一幕幕記憶，有時會不斷在乳木氏心中盤旋。
　　喔，可憐的街頭女人！（17）

　　乳木氏透過乳木純才知道一直尋找的親生女兒是谷子，卻因為在谷子成長過程中未盡父親之責，而不敢與親生女兒相認，心中的懊悔愧疚的糾葛情感，使得乳木氏失去表露真情的勇氣，深覺自己沒有權利自稱父親：

　　「谷子是妳的本名嗎？」
　　「是。」
　　之後，兩個人交談了很久。
　　這一次，谷子說出了真話。乳木氏一動不動地彎著脖子傾聽著。
　　已經毋庸置疑了，這個女人就是乳本氏長年在找的女兒。
　　乳木氏眼眶裡晶瑩的淚水，輕輕地掉下來了。
　　但是，乳木氏終究沒有自稱他是父親。
　　谷子的那些話，深深地打動了乳木氏。
　　這個擁有不幸的過去的女兒，一定很記恨她的雙親吧。
　　乳木氏覺得自己沒有權利自稱父親。（45）

谷子到故事的最後離開神戶時，才知道乳木氏就是自己的父親，谷子雖然十分震驚，父親給了她一種非世俗意義的導引，在靈犀相通的片刻，在父女相認原該悲喜交加，谷子卻沉默而噤聲。和父親相認，使得原本身為孤兒的谷子，以身世的確認重新肯定自我，那不僅僅只是因為找到血緣的承繼，背後的意義無非是為谷子下一個流浪人生階段而準備：

　　純反彈式地大叫：「姊姊！」

　　「咦？！」這個叫法對谷子來說很意外。

　　純好不容易才斷言說：「妳是我的姊姊。」

　　「咦？」

　　「我父親這麼說的。」說完之後，純好像摟著支那子，走下了梯子。

　　無數的紙帶從船上朝著送行人的頭上，迅速地白的紅的飄落下來。

　　舷梯被移走了，Ｓ丸漸漸地開始離開碼頭。

　　乳木氏上氣不接下氣地跑來了。

　　「喔，知道了。」

　　乳木氏終於看見了谷子，好幾次跟她深深地點頭。然後拍了一下支那子的肩膀，很快地舉起手來。

　　一領會了那個意思，谷子就點了點頭。

　　啊，那個人就是純所說的，是我的父親吧，谷子心裡不知為什麼鬱悶起來了。（完）

（二）對資本主義的批評

　　山川太一郎垂涎朝子的美色，朝子在山川的追求下生下一女：

支那子的父親是個貿易商人，雖然是海港有頭有臉的人士，有妻有子的身分……（11）

身為關西金融界的大人物，有妻子兒女的貿易商人山川太一郎跨足多項產業，在紡織、汽船界占有舉足輕重的地位，迅速累積了巨大的財富，因而成為地方上的霸主，是工業、交通運輸業的新興產業資本家[10]：

話是非從這靠近山區的某個宅邸開始說起不可。在巨大的門牌上，一眼就可以看到寫著粗大的「山川太一郎」的字眼。
在進去這棟房子之前，我們得先了解山川太一郎的地位。但是山川汽船股份公司董事長、東邦紡織股份公司董事、其他兩三家公司的大股東，山川太一郎，可說是關西金融界的大人物。（30）

山川因女兒漾子的亂倫事件而受到媒體輿論的壓力：「山川有一個二十三歲的女兒，去年接近年底時，女兒漾子因為素行不良，被警察拘捕了。為了漾子而跟宮田洋介競爭的板井正二，也一起被逮捕了。資產家的女兒亂倫！報紙的報導讓山川看得目瞪口呆。社會的壞心眼，一起轉向他了。」加上全球性

---

10 資本家一詞是出自西方經濟學思想學派，尤其是馬克思主義，定義資本主義社會所做的階級劃分當中的富有階級之一。在馬克思主義裡，資產階級被定義為在生產商品的資本主義社會中擁有生產工具的階級，和「資本家」實際上是相同的意思。在當代的馬克思主義用語中，資產階級是指那些控制了公司機構的人，控制的方法則有透過對公司大多數股份的掌握、選擇權、信託、基金、仲介、或關於市場業務的公開發言權。因此「資本家」是指財富主要透過投資得來的人，而他們毋須工作以求生。馬克思主義認為無產階級（賺取薪資者）與資產階級在本質上是互相敵對的，勞工自然都希望薪資能夠愈高愈好，然而資本家卻希望薪資（即成本）能夠愈低愈好，資本家以剝削勞工為累積財富的方法。

的不景氣使他的事業下滑，國內又因昭和空前的大貪污事件爆發，政府開始嚴格監視資本家，在災難接二連三發生後，山川的重要文件又無故被偷：

> 大小災難滾成了一個大雪球，開始步步逼近山川。
>
> 一到了三月，關係企業之一的東邦紡織倒閉。接下來是開往溫泉的電力鐵道經營發生困難。
>
> 同時，山川汽船股票也兵敗如山倒地一路下滑，跌到谷底。暴跌、暴跌、再暴跌。
>
> 很少叫苦的山川太一郎，對於接連不斷的苦難，也不免覺得狼狽不堪了。
>
> 在此期間，山川汽船的股票迅速慘跌，為了脫離困境，山川的作法是傾售其私產，將下跌的……
>
> 山川的臉色蒼白，垂頭喪氣。「現在總得想個辦法……」
>
> 但是，偏偏在這個時候，山川身邊又發生了件大事。
>
> 在春天一個微暖和的夜晚，山川打開重要文件，專心致志地思考今後的對策，明天可能會下雨，關得緊緊的房間悶得蒸熱，再加上整個房間充斥雪茄的味道和煙氣，使得山川兩眼刺痛。
>
> 山川站起來打開窗戶，只見星星微暗的天空，一點風都沒有。文件放著、窗戶也開著。山川從房間出去小便，僅僅五分鐘的來回時間，回到房間的他不由得呆住了。
>
> 桌上的文件不見了。（38）

山川手下的舞廳「Trockadero」原本十分賺錢，因為可兒警官利用公權偏袒山川的財團，向個別企業集團輸送利益。官商勾結也體現出當時的政府政策和政治制度，為了保障資本的累積，政府不惜犧牲人民的權益和需求，然而由於掩護山川的

可兒警官被開除，使得山川的舞廳被處以鉅款，並勒令停業：

> 從第二天開始，舞廳停止營業、被處鉅額的罰款、可兒警
> 官被開除——報紙報導的還不只這些。
> 山川汽船公司職員的罷工。他們要求立刻給付拖欠已久的
> 工資、縮短上班時間、改善不佳的伙食……。
> 不知從哪裡怎麼傳的，遺失的重要文件最後竟落到勞動者
> 抗議組織手上。
> 很遺憾，山川沒有得勝。劇情急轉直下，幾天之內，山川
> 汽船就要轉讓給某公司了。
> 揭露舞廳事件的人到底是誰？（40）

瀕臨破產的資本家山川喪失了財產所有權，從而也失去了
資本家身分，最大的主因是重要文件落入競爭對手手裡，加劇
資本家之間的競爭，競爭敵手讓山川徹底破產，而這一切都是
谷子一手策劃的結果，小說除了暗示谷子為朝子報仇之外，也
毫不留情地譴責了剝削勞工的資本家山川：

> 三月二十八日各大報紙爭相報導山川汽船的沒落，谷子叫
> 小新偷的文件被送到勞動者抗議組織的手上，並且被公開
> 出來了。
> 山川太一郎完完全全被企業界擊退了。（43）

五、結語

　　《有港口的街市》小說圍繞著神戶展開，基於翁鬧實際的
經驗、歷史性事實，細膩地描寫爵士音樂、寶塚歌劇、俄羅斯
馬戲團、舞廳、電車、神戶、奏川等街頭情景、歷史。

　　翁鬧在敘述故事時，已經跟新感覺派的獨白式小說技巧有所不同，其進行方式不是直線的，而是諸多人物的交錯編排，此外，對現實社會的關懷也是小說中重要的主題，圍繞在孤兒、妓女等社會底層階級的悲苦遭遇，從寫自己感受的新感覺派，到用現代主義的寫作方式來呈現人道關懷。這篇小說的創作主題，一是社會畸零人的象徵，谷子從對孤兒支那子的救贖中轉變為救贖者的地位，這也是暗示谷子生命型態的轉變，和父親相認，使得原本身為孤兒的谷子，以確認自己身世的方式重新肯定自我；二是對資本主義的批評，翁鬧在小說中對條件優越的資本家山川，逐步脫離生產勞動，變為剝削勞工的資本家，表達了嚴厲的譴責。

參考文獻

一、文獻史料

・〈港のある街〉（有港口的街市），《台灣新民報》，1939年7月6日～8月20日。

・《フォルモサ》（東方文化復刻本），1-3，1933年7月～1934年6月。

・《台灣文藝》（東方文化復刻本），1：1-3：7、8，1934年11月～1936年8月。

・《台灣新文學》（東方文化復刻本），1：1-2：5，1935年12月～1937年6月。

・《台灣新民報》日刊部分（台灣新民報社，1938年10月14日、1939年7月6日～8月20日）。

二、專書論著

・羊子喬、陳千武編：《光復前台灣文學全集9～12》（台北：遠景，1997年7月三版）。

- 林瑞明：《台灣文學的歷史考察》（台北：允晨，1996年7月）。
- 李南衡編：《日據下台灣新文學明集》（台北：明潭，1979年3月初版）。
- 陳藻香、許俊雅編譯：《翁鬧作品選集》（彰化：彰化縣立文化中心，1997年7月）。
- 許俊雅：《日據時期台灣小說選讀》（台北：萬卷樓，1998年11月初版）。
- 許俊雅：《日據時代台灣小說研究》（台北：文史哲出版社，1995年2月）。
- 張恆豪編：《翁鬧、巫永福、王昶雄合集》（台北：前衛，1991年7月）。
- 葉石濤、鍾肇政編：《光復前台灣文學全集1～8》（台北：遠景，1997年7月三版）。

最後的汽笛聲
──《有港口的街市》在翁鬧創作歷程的位置與意義

許素蘭（靜宜大學講師）

一、前言

在晚近關於翁鬧研究的論文中，筆者特別注意到日本在台留學生杉森藍的碩士論文──《翁鬧生平及新出土作品研究》[1]。她的論文，在以「文體論」的觀念，分析翁鬧小說特色、詮釋翁鬧文本內涵、比較翁鬧與日本新感覺派作家作品的關係等「內部研究」之外，並且著力於翁鬧生卒年、身世背景、戶籍資料、學生時代表現、留日生活等「外緣研究」，也討論到筆者在〈青春的殘焰──翁鬧〈天亮前的戀愛故事〉〉文中，[2]所提「翁鬧的養父在員林當醫生」的問題。[3]

杉森藍的論文提供許多可貴的文獻資料，大大擴展了翁鬧研究的面向；更難得的是，她的論文並且附錄了翁鬧新出土的現代詩〈征け勇士〉（中譯：〈勇士出征去吧！〉）與中篇小說〈港のある街〉（中譯：《有港口的街市》）的日文原作，以及由她翻譯的中文未刊稿[4]。

1　杉森藍：《翁鬧生平及新出土作品研究》，台南：成功大學台灣文學研究所碩士論文，林瑞明先生指導，2007年。
2　許素蘭：〈青春的殘焰──翁鬧〈天亮前的戀愛故事〉〉，《聯合文學》182期，1999年12月。
3　提供筆者此一訊息的許文宗教授爲員林人，與杉森藍訪查所得：翁鬧曾經在9到10歲之間住過親戚在員林街開設的「壽泉醫院」（詳見杉森藍論文，頁52），有地緣關係。
4　翁鬧著，杉森藍譯：《有港口的街市》（台中：晨星，2009年5月）。

　　〈勇士出征去吧！〉刊載於一九三八年十月十四日《台灣新民報》，內容描寫勇士出征前車站送行的情景，充滿昂揚的愛國熱情，反映了中、日開戰後的戰鬥氛圍。

　　同樣發表於《台灣新民報》，以日本國際化港市——神戶為小說背景、日本人為主要小說人物的《有港口的街市》，則為黃得時策劃的「新銳中篇創作集」的第一篇[5]，刊載時間為一九三九年七月六日至八月二十日。

　　長久以來，《有港口的街市》一直是翁鬧文學缺漏的一塊拼圖，如今得以出土，令人感到無限欣慰。

　　在小說刊登前的「作者的話」裡，翁鬧表示本篇小說寫的是「著名通商港口在某時代的人類史上的一個斷層」[6]，而這個港口是他「曾經在那裡旅遊、佇立」的碼頭，也「曾經想為這港口寫些什麼」（頁92），因此有了這篇小說的誕生。

　　雖然沒有其他文獻，可以進一步說明翁鬧為何想為他「曾經在那裡旅遊、佇立」的港口「寫些什麼」，卻又想把這樣一篇作品，「獻給失去父親的孩子、跟小孩離別的父親，以及不幸的兄弟」（頁94）的創作動機，但是，不同於翁鬧其他小說，如〈羅漢腳〉、〈戇伯仔〉、〈可憐的阿蕊婆〉；也不同於「新銳中篇創作集」其他作家作品，如王昶雄〈淡水河的漣漪〉、張文環〈山茶花〉之以故鄉台灣、台灣人為書寫對象，《有港口的街市》充滿「異國情調」的文本內容，在作者自道的寫作動機之外，是否隱含有其他更深層的內涵與寓意，則是值得深入探討的。

　　而這也是筆者寫作本論文的興味所在，本論文將以此為論

5　「新銳中篇創作集」還包括：王昶雄〈淡水河的漣漪〉、陳培華〈蝴蝶蘭〉、呂赫若〈季節的圖鑑〉、龍瑛宗〈趙夫人的戲畫〉、陳垂映〈鳳凰花〉、張文環〈山茶花〉等。

6　翁鬧：《有港口的街市》刊載前「作者的話」，杉森藍譯；引文見翁鬧著，杉森藍譯：《有港口的街市》（台中：晨星，2009年5月），頁92；又：本論文再有引用《有港口的街市》譯文，將直接在文末標明頁碼，不另做註。

述重點之一。

另方面，做爲翁鬧「最後作品」的《有港口的街市》[7]，不僅在小說取材上，和翁鬧之前的作品有很大的差異性，在內容表現上，也有不同於之前作品的地方，這些差異與不同代表怎樣的意義呢？整體而言，《有港口的街市》在翁鬧創作歷程的位置又是如何呢？它和翁鬧其他作品有何關聯性呢？本論文將透過其文本分析探討之。

二、「神戶港」的地景意義

一九三七年七月，「蘆溝橋事件」發生，緊接著中、日戰爭爆發，台灣作家受到戰事影響，從開戰以來，一直到一九四〇年一月《文藝台灣》創刊之前的兩年半之間，文學活動幾乎呈現暫時停頓的狀況。其間，黃得時策劃，一九三九年七月開始，於《台灣新民報》連載八個多月的「新銳中篇創作集」，則是台灣作家「隨著事變長期繼續，眾人也逐漸恢復做文學的心情，加上被朝鮮及滿州厲害的進展所刺激，不期而遇地在眾人念頭浮現了台灣文學也必須有所發揮的想法」[8]，文學熱情再度昂揚的創作表現。

彼時，仍在日本留學的王昶雄，從少年時期就懷抱著想描寫淡水河「這條與我（按：王昶雄）有深厚淵源的河流」的願望，[9]接受邀稿即如願地以「淡水河」做爲他初次執筆中篇的小說背景，寫下〈淡水河的漣漪〉。

同樣留滯日本，翁鬧卻選擇異地的「神戶港市」，做爲他

7　黃得時著，葉石濤中譯：〈輓近台灣文學運動史〉，《台灣文學集，日文作品選集2》（高雄：春暉，1999年2月），頁99；日文原刊《台灣文學》第2卷第4號，1942年10月。

8　同上註。

9　王昶雄著，李鴛英譯：〈〈淡水河的漣漪〉「作者的話」〉，《王昶雄全集，第一冊》，（板橋：台北縣政府文化局，2002年10月），頁372。

為此一特集創作的小說場景。

作家對他書寫的對象，往往摻雜有某種情感因素，除非是「為文造情」的寫手。王昶雄從小生長於淡水河畔，而以淡水為書寫對象，不用說，他的內心一定充滿濃濃的鄉情；神戶是翁鬧曾經旅遊、佇立的港口，翁鬧想為它「寫些什麼」，想必也有其情感成分在。只是，對故鄉的情感是人類普遍的情感之一，讀者容易體會；對異地的情感則有其特殊性，翁鬧對「神戶港」到底懷抱著怎樣的情感，作者沒有直接說明讀者不易了解。

實際上，位於日本瀨戶內海的神戶港，在日治時期原是大多數台灣人從基隆港出發前往日本，靠岸的港口，也是由日本返回台灣，啓航的碼頭，可說是台灣留日學生連結故鄉台灣與逐夢之地日本的橋樑。

王昶雄自一九二九年赴日求學，直到一九四二年完成學業才回台定居，假期中時有往來台灣與日本之間，〈淡水河的漣漪〉就是一九三九年從台灣往日本的旅途上，船離開基隆時，在基隆的海上起草的。[10]

從基隆港出發，「過了六十小時左右，船已經行在瀨戶內海了，明媚的須磨明石就要看見了」[11]，船也很快就要抵達神戶港了──對王昶雄來說，前面迎接他的是「明媚」的未來，背後則是故鄉親人的祝福與等待；故鄉溫暖、親切的召喚，以及值得期盼的未來，讓王昶雄感覺「世界縮短啦」[12]。

而翁鬧呢？

翁鬧從一九三四年，懷著想進入中央文壇的青春夢想，離開台灣前往日本，到一九三九年的三、四年間，所發表的

---

10 王昶雄著，黃玉燕譯：〈獨白──〈淡水河的漣漪〉執筆完畢〉，《王昶雄全集，第一冊》，同上註，頁111。
11 同上註。
12 同上註。

詩和小說，雖曾引起好的迴響與鼓勵，如郭水潭即稱其〈羅漢腳〉：「是作家極高的浪漫性所衍生出來的寫實成功之一面」[13]；藤原泉三郎則認為〈羅漢腳〉是當期《台灣新文學》四篇小說中文筆最熟練的一篇，「對描寫的著眼點，亦達水準。若以此筆法去挑戰更完整的題材，必可寫出好的作品」[14]。但是，其隨性、放浪、不切實際、不在意人情世故的生活方式與行為舉止，卻無法得到態度嚴謹的朋友們的認同與諒解。[15]

儘管有時「一年到頭穿的是黑色金鈕的大學生制服，蓬頭不戴帽子，⋯⋯四處旁聽，逛講演會、書舖或參加各種座談會」[16]，有時在和他「浪人」性向契合的高圓寺浪人街四處遊逛，[17] 和作家文人閒聊，表面看來日子似乎過得很自在，其實，他的內心卻是充滿虛無感的──一九三六年在給楊逵的明信片上，翁鬧即如此寫道：

> 楊君，謝謝來信。你要我把虛無感踢開，但似乎不大可能。（換句話說，也許就是我的毛病也說不定。）還能有這樣奢言的時刻，或許是值得慶幸的。毛病我會努力去驅散，踢開它的。我真羨慕你精神抖擻的樣子。[18]

13　郭水潭著，陳藻香譯：〈文學雜感──關於翁鬧氏的〈羅漢腳〉〉（節錄），《翁鬧作品選集》，（彰化：彰化縣立文化中心，1997年7月），頁239。原刊《新文學月報》第2號，1936年3月2日。

14　藤原泉三郎著，陳藻香譯：〈放肆之評──台灣新文學創刊號作品評〉（節錄），《翁鬧作品選集》，同上註，頁243。原刊《台灣新文學》1卷2號，1936年3月3日。

15　參閱張炎憲、曾秋美：〈陳遜章先生訪問記〉，《台灣史料研究》14號，1999年12月；楊逸舟：〈憶夭折的俊才翁鬧〉，《台灣文藝》95期，1985年7月。

16　劉捷：〈幻影之人──翁鬧〉，《翁鬧作品選集》，同註13，頁277。原刊《台灣文藝》第95期，1985年7月。

17　翁鬧在〈東京郊外浪人街──高圓寺界隈〉文中，曾提到：「高圓寺是多麼嘈雜而浪人風味頗濃的街呢」、「我的性向或許跟這浪人街恰恰相吻合」（引文見《翁鬧作品選集》，同註13，頁68）。原刊《台灣文藝》第2卷第4號，1935年4月。

18　翁鬧著，陳藻香譯：〈明信片〉，《翁鬧作品選集》，同註13，頁77。原刊

　　雖然無法得知楊逵從哪些地方觀察到翁鬧充滿「虛無感」，而要翁鬧將「虛無感踢開」。但是翁鬧認為「虛無感也許就是我的毛病也說不定」的自我陳述，卻也直接表露了翁鬧深層的黝闇與孤寂；在翁鬧來說，與故鄉隔著遼闊海洋的日本，或許並非像王昶雄那般，是象徵光明未來的「明媚」陸地。

　　另方面，從小過繼給別人當養子，「對於親生的雙親一無所知」的翁鬧，[19] 或許也無法像王昶雄那樣感知故鄉人對他的期盼與關懷，他和故鄉人之間，也難以建立某種情感聯繫，原本打算學成回國的青春夢想隨著歲月的消逝，逐漸成為夢幻泡影，「台灣」似乎已成為回不去的故鄉；站在曾經佇立、徘徊的神戶港口，看著從基隆開來神戶、神戶開往基隆的船隻，終日來來往往，翁鬧內心的孤寂與沉重，或許不僅僅是做為養子，或做為被殖民者的「被拋棄感」而已，甚且有著存在主義者所說：「深深地感知自己是被不知名的力量投擲到這世界上的孤兒」的強烈孤獨感，而不知「故鄉在何方」也說不定。

　　雖然目前尚無相關文獻，可以證明翁鬧當年是否從神戶港上岸日本，但是做為大多數台灣人靠岸日本的港口，「神戶港」原本就具有「揮別故鄉」的地景意涵，翁鬧以之做為《有港口的街市》的小說場景，更使它從單純的地景，蛻變成具有文本內涵的文學意象，從這個角度看，翁鬧是否從神戶港上岸，都無礙於「神戶港」在《有港口的街市》裡，具有「鄉愁」象徵的地景意涵。

　　除了做為從殖民地台灣來的船隻的停泊港，「神戶港」

《台灣新文學》1卷3號，1936年4月1日。

19　楊逸舟：〈憶夭折的俊才翁鬧〉，《台灣文藝》95期，1985年7月；引文見《翁鬧作品選集》，同註13，頁251。

自開港以來，更是外國船隻靠岸的國際港，受外國文化影響甚深，在日本而言，也是充滿異國情調的港市。

這樣一個港市，對「青春浪人」的翁鬧自然具有強烈的吸引力。

翁鬧的生命本質，或許誠如前面所說，是「虛無」的；但是，與「虛無」同時存在的卻是被「虛無感」所激發的「放浪青春」：

> 所謂青春時代，是精神抖擻，體力充沛，如閃電般翱翔天際的時代。是該去體驗各種不同習俗的佳期；是聽夜半鐘聲之時期；無論是居在城市或鄉村，都該放眼去觀賞日出日落美景之時期；……為了看一場失火的現場，不惜走上一哩之路。為了欣賞一場劇，不惜整天佇守在戲院。這就是青春。古人曾說：「放浪形骸享受青春」，自有它的道理。[20]

而充滿異國情調、多元文化混生，「有它自己跟別的不同的生活樣態」（頁92）的國際港市——神戶港，對於青春放浪、熱情昂揚、對新事物異文化充滿好奇與追求之興致的翁鬧，不用說，正是一個符合他想「體驗各種不同習俗」之需求的地方。

《有港口的街市》的敘事時間，主要集中在一九二五年到一九三〇年之間，也就是大正末年到昭和五年之間，是新世代的開始也是舊世代的結束。

那樣的年代正是新興的異國文化，在明治維新之後，不斷傳入日本的年代，翁鬧在小說中即提到菲律賓的carton爵士

20 陳藻香譯：〈跛腳之詩〉，《翁鬧作品選集》，同註13，頁196。原刊《台灣文藝》第2卷第4期，1935年11月。

樂團，首次在神戶最好的電影院「松竹座」，演奏新興的爵士樂；也提到日本最初的歌舞劇「我的巴黎」在「寶塚歌劇場」公演，以及由白俄羅斯人組成的馬戲團在神戶演出的事。

在場景描寫上，翁鬧特別著墨於從神戶一流的飯店——「東亞飯店」筆直通往海岸、外國人喜歡在那裡散步的漂亮馬路——東亞路，而「眷戀異國的人們，至少暫時可以享受異國風情呢」（頁198）；另外，翁鬧也提到東亞路盡頭的諏訪山公園，為了紀念曾經在此地專心做研究的美國天文學家，另有一「金星臺」的名字，藉此表示美國天文學家與日本的交流。

種種地景與細節描述，一方面既塑造了《有港口的街市》小說中的異國文化氛圍與地景樣貌，也呈顯了神戶之所以吸引翁鬧，兼具現代化與波希米亞風的城市特質。

從這個特質看來，神戶則又是翁鬧擁抱世界文化的起點。

既是異鄉漂泊、離別的海岸，也是擁抱世界的起點，交織著離別與重逢、希望與絕望、熱情與虛無、黑暗與光明、死亡與新生等各式各樣的對比性意涵，對翁鬧而言，「神戶」雖然是一個異國的港市，卻也是夢想的航站，以之為《有港口的街市》的小說場景，既是翁鬧內在心靈的自我投射，也是豐饒的文學意象的呈露。

三、孤兒的故事

除了以「神戶」為背景，凸顯小說場景的特殊意義，《有港口的街市》在文本內容上，也與翁鬧之前發表的作品，有很大的差異性。

首先，《有港口的街市》的女主角有年谷子，雖然並非第一位出現在翁鬧筆下的年輕女性，但是她與翁鬧筆下其他年輕女性，卻有很大的不同——

　　例如：目前在文獻上被認為是翁鬧第一首詩的〈淡水海邊寄情〉詩中，讓主角「背著你，偷偷地／灑下了潸潸的眼淚」的未滿十六歲的少女；第一篇小說〈音樂鐘〉裡，主角終夜幻想觸摸、摟抱而終不可得，事隔多年仍伴隨著音樂鐘的曲音流盪在主角記憶之門，「豐滿而又爽朗的女孩」。

　　另外，內容敘述留日台灣男子同時情牽舊識台灣女友與新歡日本愛人，始而難以取捨，終而雙雙放棄之愛情故事的〈殘雪〉；一九三七年發表，主角以獨語方式，向燃燒青春火焰的十八歲女孩，傾訴自己蒼白、早熟之青春記憶與破碎、挫敗之戀愛經驗的〈天亮前的戀愛故事〉，也都可以看到年輕女性的身影。

　　在這些作品中，通常有一第一人稱男性敘事者「我」存在，以「我」為主體，「女性」不僅是男性主角愛戀、思慕的對象，也是被男性凝視、描繪的客體，小說著重的往往是女體的描寫，而非人物性格的塑造，例如：在〈淡水海邊寄情〉裡，即有這樣的句子：「我曾經握著你的纖手／出神地望著你婀娜的倩姿」；在〈殘雪〉與〈天亮前的戀愛故事〉中，則分別出現：「高聳的鼻子，明亮的眼睛，類似可愛動物的微薄嘴唇，引人的烏黑頭髮──多麼美麗的女孩」（〈殘雪〉）；「她有著著實柔軟的腰和優美的腳，我的熱情立刻達到沸點」（〈天亮前的戀愛故事〉）的敘述。

　　這些女子，以被男主角認為美麗、活潑、熱情的身姿，出現在讀者面前，卻也真如「幻影之人」般，沒有鮮明的個性，也缺乏以其為主體的情節敘述，轉眼又從讀者眼前消失，難以留下深刻印象。

　　而《有港口的街市》裡的有年谷子，卻正好相反：

　　有年谷子因為母親產後過世、父親在獄服刑，一出生就成為孤兒，幸經善心的松吉老人收養，才得以存活下來。

彰化學

六歲的時候，老人去世，谷子輾轉被送到孤兒院與感化院。

十五歲那年，谷子逃離感化院，一度加入神戶兩大不良少年幫派之一的「紫團」，以「紫團」做為棲身之地。「紫團」後因警察檢束而解散，谷子為了生活，先後當過舞孃、售票場姑娘，後來更成了「街頭的女人——也就是外國人口中『可愛的日本姑娘了』」（頁150）。

小說即以谷子當街飛奔，向不付錢的外國水手追討酒錢，並請水手讓她搭船偷渡香港，兩年後再度返回神戶港拉開序幕，敘寫以谷子為中心的「孤兒的故事」。

在小說中，翁鬧不僅不再把女性角色的有年谷子，當作被男性角色凝視、描繪的「客體」，而以有年谷子為小說書寫的主體；小說情節的開展，也是以有年谷子為中心，透過谷子的生命歷程、生活經驗，呈顯小說所意欲表達的主題。

換句話說，寫了那麼多年輕女性的翁鬧，似乎是直到《有港口的街市》，才真正有了以年輕女性為主角的小說書寫。

除了做為小說書寫的主體，在角色塑造上，谷子為了生活而奮鬥、粗礪的女性形象，也大大不同前述作品中偏重於「賞玩」性質的女性造型。

就這一點而言，「有年谷子」的出現，可說是翁鬧女性小說人物塑造上的突破與創新。

其次，《有港口的街市》正面積極、富於救贖意涵的結局安排，也是翁鬧之前作品難得見到的。

谷子為了生活，雖然不得不混進不良幫派、當街頭女人、酒吧女老闆，也曾經是偷渡客、走私寶石，並參與偽幣製造者流通偽幣，彷彿繁華神戶，黑暗角落盛開的陰翳之花。

然而，翁鬧卻賦予谷子「一種令人落淚的溫柔」（頁132）、富俠義精神與強韌的生命力：當外國酒客想白吃白

喝，谷子可以當街飛奔向其索討；爲了護衛被資本家山川太一郎蹧蹋的舞女朝子，谷子也可以不畏危險，橫身擋在朝子與持刀的保鏢之間，終至左手小指被截斷一節；朝子自殺身亡後，谷子更毅然負起養育朝子的私生女——支那子的責任，並且盡力培養支那子，避免支那子再度走上母親的命運。

另外，谷子更幫助迫害她的惡人的情婦阿龍戒除酒癮、擺脫糜爛生活建立家庭，之後兩人聯手協助警方破獲山川太一郎所經營，以伴舞爲名、賣淫爲實的舞廳，並舉發山川太一郎汽船公司剝削員工的不法行爲、懲罰爲虎作倀的惡人。

透過這些爲社會掃除罪惡、爲弱勢者爭取公平正義的行爲，谷子逐漸脫離陰暗的孤兒命運、擺脫孤兒意識，生命獲得救贖與昇華。於是，在將支那子託付給牧師乳木氏收養之後，害怕往日罪行（走私寶石）被揭發的谷子，毅然決定離開神戶，逃往與台灣同爲日本殖民地的大連。[21]

谷子不再視偷竊、走私、流通僞幣等，過去曾做過的事爲當然，決定改變生活的原因，固然在於谷子本性善良，另外卻還有一個重要的轉化契機，那就是牧師乳木氏的宗教情操對她的感召。

乳木氏其實就是谷子未曾相認的親生父親，未當牧師之前，曾經是因偷竊服刑的大盜。谷子出生那天，乳木氏越獄逃亡，因飢餓闖入美國人傳教士家中企圖搶劫，卻反而受傳教士感化自動歸獄；乳木氏出獄後爲傳教士收留，並成爲虔誠的神的使徒，繼傳教士爲該教會的牧師。

翁鬧以「惡念很強的人，善念其實也很強」的說法（頁172），詮釋乳木氏從令人痛恨、戰慄的大盜，變成人人尊

---

21 1904年日本向俄國宣戰，後俄國戰敗，將其統治的中國大連、旅順讓給日本，日本於1905年在大連、旅順設總督府，將大連、旅順規劃爲「關東州」；讓人好奇的是，大連、台灣同爲日本殖民地，翁鬧爲何安排谷子逃往大連，而不是台灣呢？

敬、慈愛的宗教家的行為轉變，也以之彰揚乳木氏「徹底」的個性與行動的決志。

成為牧師的乳木氏，時常到拘留所教誨被拘留的嫌疑犯，也時時打聽被棄養的女兒的消息。

某次，谷子以「賣淫的現行犯」被帶到拘留所，幸經乳木氏保釋才得以脫身。

那次會面，雙方都不知道對方就是自己的親人。

然而，乳木氏宗教家的形貌，卻深刻地留在谷子腦海裡；他的宗教情操也深深感動谷子，成為谷子日後獲得救贖的契機。

雖然小說情節過於通俗化、簡單化谷子對抗資本家的過程，但是乳木氏「由惡轉善」，以及谷子「鋤惡救弱」的行為所揭示，「超凡入聖」與宗教救贖的積極意義，卻也足以翻轉翁鬧在〈天亮前的戀愛故事〉裡，被評論家施淑認為是表現了「虛無和毀滅的欲望」[22]的「頹廢」形象。

姑且不論，表現「超凡入聖之積極力量」，是否比表現「虛無和毀滅的欲望」更接近「真實」；這樣的思想主題，總是開創了包括以台灣農村為題材的〈羅漢腳〉、〈戇伯仔〉、〈可憐的阿蕊婆〉等小說中，未曾出現的，傳遞了可期待之未來的作品訊息，也突顯出，發表於戰爭期間的《有港口的街市》，不論在翁鬧個人創作歷程上，或「時代意識」上，都有其開創新局面之階段性意義。

此外，資本家山川太一郎的角色安排，也是小說中值得討論的重點之一。

在翁鬧作品中，也不是沒出現過批判資本主義的文字，例如〈戇伯仔〉裡的戇伯仔每天不停地努力工作，卻仍然難以溫

22 施淑：〈感覺世界——三○年代台灣另類小說〉，《兩岸文學論集》（台北：新地文學，1997年6月），頁100。

飽的生活景況，所反映台灣農民（無產階級）無法自主，只能任市場機制（資產階級）隨意宰制的處境，即隱含了對資本家的批判；在〈可憐的阿蕊婆〉裡，翁鬧也曾透過阿蕊婆的二兒子——海東所遭遇的經濟風波，對財團與警察的利益掛鉤，提出批判。

儘管如此，在《有港口的街市》之前，翁鬧並未具體創造一特定對象的「資本家」小說人物。

在翁鬧的觀念裡，台灣並沒有真正的「台灣人資本家」；他認為讓殖民地台灣人陷入悲慘生活的是比一般有產階級勢力更浩大的殖民統治，正如他在評論賴明弘〈夏〉裡所說：

> 在咱們的台灣島上，究竟有多少如林萬舍之輩（按：林萬舍為〈夏〉之小說人物）？擁有二三十萬圓的家產而悠悠然自適過活的人呢？依我想：在台灣，我們在比那些有產階級更浩大的勢力……的桎梏之下，不是正在步著沒落的步伐呢？[23]

而且，就文學表現而言，翁鬧重視的是「實實在在的人性」[24]，他認為：「應該把人性放在實際客觀的角度來觀察。若一提支配階級、有產階級，就立刻把它設定於敵對的位置而去憎恨的話，無庸贅言的，那只像一個小兒科病患」[25]。

或許是這樣的社會觀與文學觀，讓翁鬧在以台灣社會為背景、台灣人為書寫對象的小說中，一直缺少「資本家」，也因此甚且被評論者認為他的小說人物「與資本主義社會發展有著同質性的人的破滅」[26]。

---

23 翁鬧：〈新文學三月號讀後感〉，《翁鬧作品選集》，同註13，頁203。
24 同上註，頁202。
25 同上註。
26 施淑：〈日據時代小說中的知識份子〉，同註22，頁45。

　　如今在以日本人爲小說人物《有港口的街市》裡出現邪惡的資本家山川太一郎，是否因爲其爲「日本統治者」的象徵，以之做爲「比那些有產階級更浩大的勢力」的暗喻呢？

四、最後的汽笛聲

　　逃往大連的前夕，谷子突然受到乳木氏的訪問。

　　這是父女倆第二次會面。在乳木氏眼中，和第一次在居留所看到的女子比起來，生命已然脫胎換骨的谷子，在「衣服、小動作各方面都改變了很多」（頁314）。

　　乳木氏終於從谷子的言談中，證實谷子就是自己尋找多年的女兒。然而，認爲遺棄女兒、將女兒推入不幸境遇的自己，「沒有權利自稱父親」（頁314），乳木氏竟不敢和谷子相認。

　　而谷子也是直到開往大連的輪船即將啓航，鑼聲響起，才從趕來送行的乳木純口中，知道他就是自己同父異母的弟弟，牧師乳木氏是親生父親。

　　在與父親臨別的一瞥中，谷子與父親雖然有著心靈相應的默契，卻也只能默默地隨著船隻離岸漸行漸遠，在汽笛聲中告別故鄉與親人……：

　　　　無數的紙帶從船上朝著送行人的頭上，迅速白的紅的飄落下來。
　　　　船梯被移走了，S丸漸漸地開始離開碼頭。乳木氏上氣不接下氣地跑來了。
　　　　「喔，知道了。」
　　　　乳木氏終於看見了谷子，好幾次跟他深深地點頭。然後拍了一下支那子的肩膀，很快地舉起手來。

一領會了那個意思，谷子就點了點頭。

啊，那個人就是純所說的，是我的父親吧，谷子的心裡不知爲什麼鬱悶了起來。船一離開防波堤，就在那邊做了個大迴轉。

於是，看不到谷子了。突然，支那子的肩膀激烈地振動起來，開始顫抖哭泣了。

「不要哭，不要哭。」然後，乳木氏凝視著漸漸遠離而去的船隻。（頁322、324）

　　故事結束，離開日本母土的孤兒谷子仍然繼續流浪；而創造了谷子的翁鬧也沒有再踏上自己的母土台灣。

　　以寫實爲主的《有港口的街市》，人物非常多，有流浪街頭的小混混、純眞的少女、滿懷青春夢想的青年學生、欺壓善良的惡霸、剝削勞工的資本家、傳教士、電影演員……，彷彿大型歌舞劇般，在「神戶」這個國際港市的大舞台上，熱鬧地扮演底層人物爲生活奮鬥的故事，以及人性的善與惡。

　　就小說表現技巧而言，《有港口的街市》或許不是那麼成熟[27]，故事情節的設計也過於通俗化和浮面化，但是，可以看得出來，翁鬧不僅努力在建構一個與小說背景相契合的故事內容，也用心於勾勒小說場景——神戶，在前述現代化與波希米亞風之外，新舊交錯的城市風貌與歷史變遷，例如，在敘述孤兒院院長的馬鈴薯園時，翁鬧同時也以從美國引進馬鈴薯的村田新左衛門，在「斷髮令」頒布後，仍留著舊式髮髻的行爲表徵，既敘寫馬鈴薯引進日本的歷史，也突顯村田新左衛門既先進又傳統的叛逆個性，以及當時髮式流行的風潮：

27　例如「插敍」與「倒敍」手法的運用，即顯得有些混亂；而情節的進展也過於側重在「交代故事」上面，缺乏經營。

斷髮令老早就下了，海港的人們爭著誇耀外國人，把頭髮
梳成七三分頭或背頭，用髮臘把頭髮梳得發亮，其中卻有
一個反其道梳了一頭舊式髮髻的人──日本的馬鈴薯王村
田新左衛門，他從美國進口馬鈴薯的種子，大規模地開始
種植馬鈴薯，不久之後，在海港一帶四面八方都是馬鈴薯
田，而孤兒院的田裡，也種了馬鈴薯，豐富了孤兒院長的
飯食。（頁132）

又如敘寫酒館密集的湊川地區，翁鬧也以壓倒三絃琴音的
爵士樂混亂行人的腳步，做爲神戶港「西化」與城市變遷的象
徵：

這裡曾經留下了平相國清盛的福原京的痕跡，現在卻成了
妓院區，的確是紅燈籠的港口。
鱗次櫛比的房子，不只是出租的宴會會場，這裡亦是酒館
的密集地帶，壓倒三絃的琴音，是到處入耳的流行爵士
歌，唱得行人的腳步都亂了。（頁240）

另外，除了前述所提有關東亞路、金星臺的敘述，翁鬧也
藉谷子被棄之地──「澡堂之谷」，由「澡堂之谷」而「安養
寺山」、而「大倉山公園」的地名更易，寓寫時代變遷。

從這種種內容敘述，可以看出，《有港口的街市》的寫作
手法，基本上仍延續了以台灣農村爲背景的〈羅漢腳〉、〈戇
伯仔〉、〈可憐的阿蕊婆〉等作品的寫實性與現實性，不同的
是，〈羅漢腳〉、〈戇伯仔〉、〈可憐的阿蕊婆〉的調子是陰
鬱、沉重的，而《有港口的街市》則是明朗、輕快的。

《有港口的街市》如果不是翁鬧最後之作，其比翁鬧之前
其他作品更爲鮮明的寫實性、現實性，以及積極正面之主題內

涵，或許正是翁鬧擺脫虛無與頹廢，開創文學新歷程、建立文學新風貌的起點也說不定。

遺憾的是，繁華如夢、青春如煙，《有港口的街市》之後，翁鬧就此從台灣文壇消失！

翁鬧為何選擇與台灣無關的異鄉異地——神戶，做為創作歷程中具有「轉捩點」意涵的作品之小說場景，在前述「神戶港」的地景意義之外，筆者還做了這樣的推測：

翁鬧一心想進軍「中央文壇」，為了讓日本讀者容易接受台灣文學，在討論到顧及台灣鄉土色彩與日本讀者的接受度時，翁鬧雖然主張在名詞使用上，「採用台灣與內地折衷的方法」[28]，卻也認為：「鄉土色彩固然重要，但，寫出來的東西也要使這些的人（指日本本土的讀者）所能了解的程度才好」[29]，甚至，進一步地，「就形式而言，我（按：指翁鬧）認為採這邊（按：指東京）文壇的形式並無不可。宛如日本文學在形式上可相同於世界文學之形式一般，只要內容含有台灣的特色，形式同於日本文學的模樣亦無不可」[30]。

另一方面，翁鬧為日文作家，或許和日治時代其他以日文寫作的台灣作家一樣，曾經面臨了張文環所說，以和文（日文）難以確切表現台灣鄉村生活的寫作難題：

本來寫這樣古早的鄉村生活，最感困難的就是用和文無法表現的事項。表現不出來，筆自然會轉方向。轉了方向就會寫成許多奇妙的東西出來。能否表現真正親近吾人生活的文學？這是我們正在努力的目標……[31]。

---

28 「台灣文學當前諸問題——文聯東京支部座談會」，翁鬧發言，引文見《翁鬧作品選集》，同註13，頁226。
29 同上註，頁225。
30 同上註，頁229-230。
31 張文環：〈小說《山茶花》作者的話〉，陳千武譯，《張文環全集》卷4，（豐原：台中縣立文化中心，2002年3月），頁2。小說原刊《台灣新民報》，1940

　　這樣的難題，恰如戰後用華文寫台灣生活，同樣也有「無法表現」的情況，甚且可能華文能力愈精鍊，「筆自然會轉方向」的情況愈嚴重。

　　因為這樣的難題，再加上翁鬧離開台灣日久，與故鄉愈來愈疏離，更難捕捉台灣生活的面貌、切入台灣生活的脈動，在創作上乃有了以「作者在場」的在地生活為取材對象，而創作出《有港口的街市》，也說不定。

　　就一位曾經「對台灣文學的期望與矜持，如同愛少女一般盤踞我心深處」的台灣作家而言，[32] 翁鬧讓後世讀者期待的中篇小說竟然是一篇與台灣沒有直接關聯的作品，[33] 雖然讓人感到有些錯愕，甚至有些失望；但是，若從「作家在場」、「作品反映生活」的角度看，翁鬧以寫實手法表現在地生活的寫作方向，不也是誠摯的創作態度的表現嗎？如果翁鬧繼續留在日本，或許成為另一位小泉八雲或陳舜臣也有可能？！

五、結論

　　以一方面延續、強化，一方面突破、創新的作品風貌，不論在小說取材、人物塑造、內容主題上，都與翁鬧之前作品有所不同的《有港口的街市》，在翁鬧小說創作歷程上，實具有開創新局面、塑造新風格的意義。

　　或許是巧合，也或許是潛意識作用，翁鬧以之開啟創作之門的〈音樂鐘〉，一開始敘事者「我」所聽到的音樂鐘樂曲〈汽笛一聲〉，根據杉森藍的考證，那是「明治三十三年

　　　年，1月23日至5月14日。

32　翁鬧：〈跛腳之詩〉，同註13，頁197。

33　《有港口的街市》裡有各色人種的小說人物，除了主要的日本人，還包括白俄羅斯人、美國人、支那人等，令人好奇的是，獨獨缺少台灣人。

彰化學

大和田建樹所作詞，以教育的目的發表的『地理教育鐵道唱歌』」[34]，歌詞內容是將新橋到神戶，總共六十六個鐵道站名編成歌，教小孩背唱，一方面當作音樂教育的項目，另方面也讓小孩從中認識日本地理和歷史，小孩也可以藉此學習初步的漢字或韻文，可說是「綜合科目」的一種。[35]

〈汽笛一聲〉指涉了「汽笛」與「神戶」這兩個物件。

而做為翁鬧告別文壇的最後之作《有港口的街市》，也同時指涉了「汽笛」與「神戶」。不論是巧合或是潛意識作用，始於〈音樂鐘〉，終於《有港口的街市》的汽笛聲再度響起，似乎也為翁鬧畫出既是起點也是終點的文學軌跡。

有著宗教救贖、溫暖人心之精神力量的《有港口的街市》，雖是翁鬧「獻給失去父親的孩子、跟小孩離別的父親，以及不幸的兄弟」的作品，不也是「見不到鷗鳥飛翔／只見無涯沙漠／在狂風中獨自躑躅／孤伶的異鄉人」[36]──翁鬧，自我療傷的作品嗎？

參考文獻

一、專書

·王昶雄著，許俊雅編：《王昶雄全集，第一冊》（板橋：台北縣政府文化局，2002年10月初版）。

·張文環著，陳萬益主編：《張文環全集，卷4》（豐原：台中縣立文化中心，2002年3月初版）。

·翁鬧著，陳藻香、許俊雅編譯：《翁鬧作品選集》（彰化：彰化縣立文

---

34 同註1，頁66。
35 同上註。
36 翁鬧著，陳藻香譯：〈在異鄉〉，同註13，頁8。原詩為：「見不到鷗鳥飛翔／只見無涯沙漠／孤伶的異鄉人／在狂風中獨自躑躅」，為順文氣，筆者引文將原詩順序略為更動。

化中心，1997年7月初版）。

二、單篇

・施淑：〈日據時代小説中的知識份子〉，《兩岸文學論集》（台北：新地文學出版社，1997年6月）。

・施淑：〈感覺世界——三〇年代台灣另類小説〉，《兩岸文學論集》（台北：新地文學，1997年6月）。

・施淑：〈日據時代台灣小説中頹廢意識的起源〉，《兩岸文學論集》（台北：新地文學，1997年6月）。

・黃得時著，葉石濤譯：〈輓近台灣文學運動史〉，《台灣文學集，日文作品選集2》（高雄：春暉出版社，1999年2月）。

・張炎憲、曾秋美：〈陳遜章先生訪問記錄〉，《台灣史料研究》第14號，1999年12月。

・許素蘭：〈青春的殘焰——翁鬧〈天亮前的戀愛故事〉〉，《聯合文學》182期，1999年12月。

・許素蘭：〈荒原之心——無產作家之另類：翁鬧及其文學〉，《淡水牛津台灣文學研究集刊》第5期，2003年8月。

三、學位論文

・杉森藍：《翁鬧生平及新出土作品研究》，台南：成功大學台灣文學研究所碩士論文，林瑞明先生指導，2007年。

翁鬧文本中的遊女形象

高維宏（彰化師範大學台灣文學所研究生）

一、前言

　　日治時期的台灣文壇，雖然甚少女性作家，然而女性的形象不乏於作家筆下出現，構成多采多姿的文學景觀。其中龍瑛宗、張文環對女性有著豐富的描寫，亦有研究者做相關的論述補充。

　　沈乃慧曾將日治時期台灣小說的女性形象約略分為五類：1.封建制度下的女性悲劇；2.無產女性的悲歌；3.被殖民女性的悲情；4.淪落煙塵的雨夜花；5.女性意識的覺醒。在翁鬧的文本中，〈殘雪〉描繪1、3、4、5類的形象；〈戇伯仔〉描繪1、2類的形象；〈可憐的阿蕊婆〉描繪1、2、4類的形象；《有港口的街市》描繪1、2、4、5的形象。然而「女性意識的覺醒」，在翁鬧的文本中呈現了不同於日治時期作家描寫的女性形象。

　　翁鬧（1910～1940）[1]的文本將「遊女」[2]作為女性意識覺醒的契機，綜觀翁鬧的創作，可以注意到女性是他所關注描寫的主題。以小說為例，若將其筆下的女性形象予以分類探討，

1　參考杉森藍：《翁鬧生平及新出土作品研究》，台南：成功大學台灣文學研究所碩士論文，2007年，頁51-94。

2　「遊女」的概念首先來自於漫遊者，漫遊者是班雅明論述波特萊爾的重要概念。指的是閒蕩者或是逛櫥窗的行人，隨著1840年代第二帝國興建了巴黎拱廊商場而現身。漫遊者在此找到了一個特別的徘徊空間。然而「遊女」因為自身女性的社會身分，使她的漫遊與漫遊者有著不同的領域以及方式。詳參見本文，「漫遊者」可參考班雅明著，張旭東、魏文生譯：《發達資本主義的抒情詩人：論波特萊爾》（台北：臉譜，2002年6月），頁102-103。

可以注意到翁鬧筆下的女性有多種相互對照的形象。藉由不同形象的女性描寫，文本投射出許多相對性的意義。如（一）試圖逃出父權體制的女性與被家庭禁錮的傳統女性；（二）於都市空間遊蕩的遊女與為了生存黏著於都市底層承受都市之惡的女性；書寫方面的特色則是可分為以想像的方式觀看的理想女性與細緻的描寫惡劣農村與封建處境下的現實女性。其中前者的形象較常附著於日本女子，後者則較常出現在台灣女子的符號上。以上幾點中，本文將著重關注於其文本中的「遊女」，以及作者對此符號的敘述想像方式。

對於翁鬧的文本而言，「遊女」同時是遊蕩的符號，是逃脫現實禁錮追求理想世界的手段，卻又暗藏著墮落的可能。本文以為翁鬧筆下的女性，參照哈伯瑪斯（Jürgen Habermas,1929～）公共領域概念的脈絡中，對於女性進入公共領域的空缺，可以開展出其文本中女性的邊緣特性以及遊女的形象，進而對日治時期台灣小說中的女性形象做更豐富的論述。

翁鬧的作品，今日可見於彰化縣立文化中心編印的《翁鬧作品選集》，收錄了翁鬧的小說、新詩、雜評，以及其他關於翁鬧的敘述與評論。關於翁鬧的研究，目前因出土資料的闕如，而較少著述，首先有李怡儀的《日據時代的台灣新文學——以翁鬧的作品為主》，是日文寫成的論文。前年杉森藍的《翁鬧生平及新出土作品研究》，首先以翁鬧的作品主題作重點論述，並將原本未出土的中篇小說《有港口的街市》收集並翻譯附錄於論文卷後，本文有了斟酌運用的機會。

日治時期的女性形象討論，對於龍瑛宗與張文環中的研究則較豐富，其中以女性題材為主的研究有吳麗櫻的碩士論文《張文環小說中女性題材之研究》、周芬伶的〈龍瑛宗與其《女性描寫》〉、林瑞明的〈不為人知的龍瑛宗——以女性角

色的堅持與反抗〉。或是對日治時期女性議題的研究，如楊翠的《日據時期台灣婦女解放運動》，收集了許多當時報章雜誌上關於女性問題的文章，爲此議題建構了婦女於當時社會的境況。或沈乃慧的〈日據時代台灣小說的女性議題探析（上）（下）〉。引用當時少數的女性作家的小說文本以及男性作家的女性角色，將當時小說呈現的女性議題分類成五類加以分析論述，關照到許多女性議題的特性。

以上的研究已對日治時期的女性處境做了深刻的刻畫，較可惜的是仍甚少文章專門討論翁鬧的女性描寫。因此本文的論述將討論翁鬧文本中的女性形象，使用公共領域的參與困境做參照，敘述女性的邊緣處境，並以其中的遊女形象爲主，做更進一步的分析。

二、邊緣的身分

台灣在日治時期的小說創作中，「女性」已是個時常被關注的焦點，並且呈現了更多樣化的女性形象。翁鬧的文本除了以議題的方式呈現當時女性的境遇，並書寫了同時期作家少見的「遊女」形象。此形象所反應在文本內的差異，從社會結構與文化生產兩方面的轉變進行探討，可發現它所具有的邊緣特性。

日本自明治維新後，引進西方工業技術，統一貨幣，設立日本銀行，興築新式的公路、鐵路，於一八九五年首次電車試行成功，在一九三〇年已經完成了以首都東京爲主的便利交通網路，甚至發展出具有商業性質的地下街。在台灣的交通方面，一九〇八年縱貫線鐵路全線通車，南北的旅程縮短至一日內即可抵達，形成與以往截然不同的空間經驗。在航運方面，興建了基隆港、高雄港等可停靠大量船舶的現代化港口。水電

方面則有嘉南大圳的興建，以及台灣電力株式會社對於公民營發電所的組織。鐵路的通行、農業上的灌溉以及能源取得方式的革新，使得社會的經濟基礎產生顯著的轉變。它造就的是都市的興起以及舊式生產型態的沒落。同時，印刷技術的成熟以及報刊業的發展，造就了新的文化生產模式，此種新的文化生產模式改變了過往作者與讀者之間的關係。以報紙與刊物作為新的發表園地，使作品得以獲得更快速的傳播，然而作品的刊登也因此更受市場機制的影響，以及偏重回應或發現社會結構轉變過程中所浮現的各種議題。

（一）日治時期女性的公共領域

文學、文化社團，或更具有社會議題性的政治、社會社團的結社，以及非隸屬於官方的民間或同仁刊物，使日治時期台灣知識界的公共領域有了發展的空間。哈伯瑪斯論述公共領域的社會功能：

> 國家和社會的分離是一條基本路線，它同樣也使公共領域和私人領域區別了開來……對於私人領域所有的天地，我們可以區分出私人領域和公共領域。私人領域包括狹義上的市民社會，亦即商品交換和社會勞動領域……政治公共領域是從文學公共領域中產生出來的；他以公共輿論為媒介對國家和社會的需求加以調節。[3]

哈伯瑪斯將「政治公共領域」視為代表私人領域的市民社會與公共權力領域的國家警察機關之間的連結。「文學公共領域」一方面指作為文化商品市場的城市；一方面又是權貴與資

3　哈伯瑪斯著，曹衛東、王曉珏、劉北城、宋偉杰譯：《公共領域的結構轉型》（台北：聯經，2002年3月），頁38-39。

產階級知識份子之間交流以及批判的管道。在他的研究中同時觀察到公共領域，從文學藝術漸趨政治化的過程。

若以此角度探討日治時期中，台灣社會文化與社會場域的變化，可以注意到公共領域的範圍因印刷的進步、報刊的通行與對社會諸多議題的表述而逐漸地擴大，[4] 從中產階級為代表的仕紳至更廣泛的知識份子都納入公共領域的範圍。此種公共領域的擴展看似有著重構社會秩序的正面意義，然而若觀照當時台灣社會的公共領域，可發現女性仍是被排拒在外的，並且此排拒有著多重的面向。[5]

（二）文本中對於邊緣的描寫

許俊雅曾提及翁鬧的作品大致可分為兩類：「一為對愛情的渴望、異性的思慕為主題的〈音樂鐘〉、〈殘雪〉、〈天亮前的戀愛故事〉；二為以台灣農村生活、農村人物為描寫對象的〈戇伯仔〉、〈羅漢腳〉、〈可憐的阿蕊婆〉。」[6]

此兩類關於農村生活與愛情的作品，皆對女性形象有多樣的描述，這種關注以想像或是寫實的方式呈現，她們共同的特性是「邊緣」[7]。在翁鬧的文本中，此特性主要反映在家庭、

4　1920至1930年間報刊的發行如台灣人創辦的《台灣新民報》（前身為台灣青年、台灣民報），與官方關係緊密的《台灣日日新報》，以南部為主要發行地域《台南新報》（後改名為台灣日報），台灣東部的《東台灣新報》，以及由台灣日日新報台中分社獨立而成的《台灣新聞》等報紙。當時的報刊版面也作為各文學、文化、政治社團書寫作品、記錄事件或發表意見的公共場域，關於報刊的印刷工具以及發行的規模、人員與薪資等生產的問題可參見楊惠娟：〈台灣日治時期報紙版面編輯設計形式特色研究〉，雲林：雲林科技大學視覺傳達設計系碩士論文，2005年。

5　當時的婦女在家庭、經濟、教育、政治四個層面都面臨不平等與不自由的情況。從屬於家庭、經濟無法獨立、缺乏教育、沒有任何參政權，此四點的不平等都構成女性踏入哈伯瑪斯所提及的公共領域的困難。關於1920～1930年代中的婦女議題，參見楊翠：《日據時期台灣婦女解放運動——以台灣民報為分析場域（1920～1932）》（台北：時報文化，1993年5月），頁170-218。

6　許俊雅：〈幻影之人——翁鬧及其小說代序〉，《翁鬧作品選集》（彰化：彰化縣立文化中心，1997年7月）。

7　「邊緣」這一概念，在多種理論的脈絡中被廣泛的運用：在左派的論述內，它可指涉主體被異化、被客體化的情境；在精神分析的脈絡中，它用以表示阻止

經濟、社會的層面之下，構成她們共同的邊緣處境。多重層面的邊緣構成女性尋找出路的困難。相較於日治時期的作家對於女性議題的處理，以「漫遊」手段作為此議題出路的探尋方式，是翁鬧文本中女性形象最特別之處。

在家庭方面，父權制度對女性的箝制，主要表現在婚姻部分。如〈殘雪〉中多次提及玉枝沒有婚姻的自主，而被自己的家庭當成商品於市場中交換的悲慘處境。在哈伯瑪斯的理論中，市民社會是私人與公共領域連接的橋樑，以此關注日治時期的文本，女性不似成年男性有較多機會以私人的身分踏入公共領域，進而得到言說的權利。因此，女性在社會上，並不足以作為一個有行為能力以及有自立能力的主體看待，而是透過出嫁至父系家族才得以獲得父權制所給予的身分認定。[8] 換言之，女性是以家庭而非私人來與市民社會相連結。[9] 相較於男性，女性不論是出嫁前或出嫁後，與公共領域的位置都更為疏遠。

經濟問題是女性之所以難以自立的物質基礎，這個問題與社會上「男主外，女主內」的意識形態交相連結。在此種觀念的主導下，女性的教育權也深受影響，進而使女性在工作方面的選擇性較少。如〈殘雪〉中喜美子與玉枝在選擇逃離家庭掌控時，首先面對的是經濟的困難，她們選擇的是咖啡店或喫茶店等服務業的工作，甚或可能在出走後又重受家庭的禁錮。翁鬧此篇文本反映的是父權意識形態透過家庭對女性行使束縛的

神經症狀發生的防衛機制；在後殖民的脈絡下，它是中心與邊緣的對照，用於對支配地位的意識形態與權力進行批判與顛覆；在解構思潮中，邊緣用以破壞潛藏於西方語言中看似穩固卻是先驗預設的一元邏輯。本文前部分的邊緣偏重左派與後殖民脈絡下的使用，在文後則以其他理論的脈絡加以輔助參照。

8　關於女性在父權體系下的地位，可參見楊翠：《日據時期台灣婦女解放運動——以台灣民報為分析場域（1920～1932）》，頁32-54。

9　〈殘雪〉中所呈現的女性地位近似於西蒙・波娃所提及女性被構造為男性之他者，是男性的附屬物件。在封建主義下的公共領域中，女性必須透過自身於家庭的位置才有發聲的權力。

境況，揭示小家庭在做爲個人通達公共領域的過程中仍然具有父權的性質。[10]

社會方面的境況從翁鬧的文本中可發現，當時的知識份子除了文化與政治方面的公共場域之外（縱使是有許多限制的），亦有許多公共空間可供他們漫遊、交談。如〈高圓寺界限〉中所描寫的咖啡店、餐廳、電影院等地，其中的咖啡店可視爲具有現代性都會特徵的社交場所。[11]

翁鬧文本中「遊女」形象可說是在上述經濟、社會與家庭三方面的限制下，女性如何從象徵系統[12]的邊緣出發去追尋自身的欲求。如在《有港口的街市》中谷子具有孤兒的身分，她在社會底層生活的過程中，踏入了象徵系統的邊緣，以及建構了自身的價值。

當男性擁有在社會面上的各種公共領域漫遊的可能時，女性卻仍然是被排拒在外的。如翁鬧文本中的女性於咖啡店多是作侍者的工作，她們是此公共空間後設的一環，被部署於公共領域的檯面之下。女性作爲社會的邊界，更極端的例子像是在〈可憐的阿蕊婆〉中，阿蕊婆作爲都市之惡的見證者。在她爲父權的價值標準奉獻一生後，她看見的是混亂、物化、異化的都市情境。在父權社會的位置中，她是現代性都會美好幻象的邊界，是象徵系統的邊緣位置。在象徵系統的脈絡內，邊界一詞具有雙重的涵義，一指象徵界外混亂荒野的一部份，另一指

---

10 如哈伯瑪斯於1990年版的序中補充公共領域概念的模型時，提出小家庭具有父權特徵，它是市民社會私人領域的核心。同時指出公共領域本身就帶有父權特徵。參見哈伯瑪斯著，曹衛東、王曉珏、劉北城、宋偉杰譯：《公共領域的結構轉型》，1990年版序。

11 哈伯瑪斯在談論城市時提及城市中一系列新的機構，其中一個是咖啡館。論述咖啡館不僅向權威性的圈子自由開放，進入其中主要是廣泛的中間階層。參見哈伯瑪斯著，曹衛東、王曉珏、劉北城、宋偉杰譯：《公共領域的結構轉型》，頁42-43。

12 象徵界、想像界是法國精神分析學家拉岡所提出的區分，想像界是前語言、前伊底帕斯情結幻想仍未分化的領域。象徵界則是語言象徵化的領域，以語言做爲象徵系統的等級、秩序、結構的基礎。

防衛及掩護象徵系統免受幻想混亂騷擾的部份。做為邊緣位置的主體仍具有漫遊的可能，而邊界則是一個固著的位置，限制主體開放性的可能。

　　綜觀以上論述，在翁鬧的文本中，不論是家庭、經濟、社會的層面，都描繪了女性的邊緣處境與漫遊的困難。

三、女性角色與社會議題

　　楊翠在分析台灣日治時期婦運時曾提到：日本殖民統治時期，對台灣女性而言毋寧說是「資本家—殖民者—父權」的三重支配，[13] 其中已有對當時女性於社會中的地位與境況進行細緻的論述與引證。因此本文將著重分析翁鬧文本中的女性於公共領域外圍的各種邊緣處境。本節探討翁鬧的女性形象背後所涉及的社會議題與理想化身，以及翁鬧對此議題的書寫回應方式。

（一）生活於都市的邊界——〈可憐的阿蕊婆〉

　　於都市邊界生活的女性形象，在〈可憐的阿蕊婆〉中有較多的描述：

　　阿蕊婆有四、五個孩子，但阿蕊婆一老衰，孩子們就像長大的燕子一樣不知飛到哪裡去了。

　　阿蕊婆的單身生活大約持續十五年，嘗盡了所有寂寞，她雖不想要朋友，但不能放棄時時想見而不知在哪裡的兒子以及孫子的念頭。她在想這些時，飄然來訪的一定是

13　楊翠：《日據時期台灣婦女解放運動——以台灣民報為分析場域（1920～1932）》，頁54。

風。[14]

從此節的敘述中，可觀察到阿蕊婆將孩子扶養長大，年老變為孤單一人的處境。此段描寫阿蕊婆將自身的心力投入於父權制度的價值系統，以及年老後對外在現實的疏離。除了「母親」、「祖母」的身份以外，阿蕊婆不知道自己所欲求的事物為何。阿蕊婆與世界的互動較為單向，她的意義只有在成為「母親」時展現。

因此當兒孫不在身邊，她的欲求對象也因此失落了。她位於象徵系統的邊界，[15]是懷舊式的主體，希冀所欲望對象的在場，而陷溺於封閉性的感傷。

> 無論是那一晚，阿蕊婆都從未關門，不如說她無從關門哩。只有奉祀神明房間的門還留著厚的木板，但要緊的門閂早已丟了，所以無法閂門；廚房的門早就朽爛了，連它的痕跡也沒有。但阿蕊婆即使不關門，廣大的社會也不會有人來造訪她。夜來訪的只有風聲與月光而已。[16]

主體面對世界的姿態必然也會影響他者如何與主體互動。雖然鄰居仍關心她的生活起居，但阿蕊婆在街鎮中生活時她是孤獨的。此孤獨可分為兩個層面：一是她獨自居住於街鎮的老舊房屋之中；同時她位於象徵系統的邊界，市民社會的互動對於她而言是疏離的。

14　陳藻香、許俊雅編譯：《翁鬧作品選集》，頁153。
15　克莉絲蒂娃在《語言理論之革命》中也曾分析父權壓抑的並非女性，而是「母親」的身分。在文本中，可發現當阿蕊婆將所有的驅力投注於「母親」的身分時，所呈現出欲望的單面向與自身存有的不在場。她呈現的是一個固著於某位置的形象，與此在的瞬間發生疏離。她成為與漫遊者相反卻又相辯證的形象：邊界。
16　陳藻香、許俊雅編譯：《翁鬧作品選集》，頁152。

阿蕊婆把自己的半生奉獻給兒孫，因此在兒孫長大離去後，她失去情感的寄託，不斷固守邊界的位置。此位置除了可作為疆界守護兒孫，同時也與疆界外的混亂、無序相近。「邊界」的意義在此擁有精神以及物質的雙重面向。現實中她所看到的城市同樣布滿類似的破碎：

> ……小街暗巷裡常有的私娼窟……無論是何人，無疑的都想在地上黑暗的角落尋求靈的休息處。可是，這裡靈的休息處就是肉的休息處。夢醒了，因愛破碎的青年人，趁黑暗在那裡出入著，他們充滿希望，期待能彌補自己心靈上的創痕，結果他們的創痕會裂開得更厲害……[17]

都市雖然有快速流通的文化、資訊訊息與便利的交通，然而在都市中生活卻是不易而困難的，充滿著物化情境與都市之惡。然而，邊界的位置以及疏離的情境在漫長的時間中形塑了阿蕊婆的認同：

> 她卻是在一切都是人為與粉飾下虛構的都市裡長大。在那裡連泥土都被掩蓋著，既沒有植物，也沒有溪流，有的只是電線桿以及下水道了。但人的靈魂卻奇怪地具有所屬性，儘管如何骯髒的土地或醜陋的地方，以自己長久居住的地方為故鄉，縈繞在他的回憶裡，有時會成為嚴重的鄉愁……[18]

儘管阿蕊婆的兒孫將她帶至鄉下一起居住，但阿蕊婆仍然對鄉下的生活逐漸感到不安。阿蕊婆在固守邊界的漫長時間中

17 陳藻香、許俊雅編譯：《翁鬧作品選集》，頁157。
18 陳藻香、許俊雅編譯：《翁鬧作品選集》，頁162。

磨損生命的活力，已難重新去適應新的場所，翁鬧在此描寫出
的是雙重的異化。位於邊界，她不斷地被邊界外的混亂、匱缺
所磨耗：

> 在陋巷精神異常者較多，在阿蕊婆的鄰近一帶就有三個
> 人。
> 阿蕊婆曾看見跟自己生活在一起的不少人一個個離開這個
> 世間，比她後生的一些人也比她先去世了。阿蕊婆覺得自
> 己周圍成為一團而崩潰了下去。[19]

在私人領域中，阿蕊婆是一位個性不甚鮮明的女性；然而
在象徵系統與外在現實中，她皆是一位「邊界」特性鮮明的女
性。嚴格而論，阿蕊婆不以女性的身分而是以「母親」的身分
存在。固守邊界，使主體免受混亂與陰影的騷擾。因此在送葬
後，感受到母親位置的海東會傷心的放聲大哭。小說最後一節
如此描寫：

> 傍晚時分，海東帶著孩子從山上回來，在剛有燈光蒼然的
> 屋子裡，他早就發現佇立在那裡的他本人的黑影。[20]

阿蕊婆在世時，因已有人在疆界的位置，主體沒有急迫的
需要去關注外在的混亂，只要關注阿蕊婆就行。阿蕊婆的逝世
對海東而言象徵疆界的解除，原先疆界的位置變成匱缺，邊界
於存有者中的抹銷使凝固的時間開始流動，同時也使主體重新
凝視到原先被疆界所掩蓋隔離的黑影。

---

19 陳藻香、許俊雅編譯：《翁鬧作品選集》，頁167-168。
20 陳藻香、許俊雅編譯：《翁鬧作品選集》，頁170。

（二）邊緣的農村──〈戇伯仔〉

翁鬧小說中對於農村女性的描繪，較多見於〈戇伯仔〉與〈殘雪〉兩篇小說。

不論是經濟、文化、政治方面，與都市相比較，農村都位於一個較爲邊緣的位置。在一九二九年至一九三九年期間，正值世界經濟大蕭條，使農村生活更加的貧苦。〈戇伯仔〉這篇小說描繪日復一日貧窮而無法翻身的農村居民感受：

> 他們都感覺到，一天如一天容易過去，長久的歲月也成了一塊飛逝而去。看來，過去就如呆板的灰色曠野。
> 他相信，天與地都分成九段，大地有時會震動，是由於住在地上的巨牛搖晃身體。此外，他也只能認爲人是爲了做工才活著。[21]

不論是文化資本[22]以及物質基礎，農村都是匱乏的。在文本中，農村生活的農民連維持基本的生計都有困難。他們必須把自身的勞動力商品化，此勞動過程被異化而與自身發生疏離，換取的也僅是微薄的工資。文化資本的有無，影響主體是否有能力欣賞與理解外在的事物。否則主體對於外界產生的會是意符的空乏，影響他進入象徵系統中的公共領域。

另外此異化造成的是生活的入不敷出以及流失，它會產生另一種時間性：過去被異化的情境所抽空，而未來被負債所扼殺。在此情境，過去與未來都不具有意義的位置，停留的狀態僅在失去，與精神生活的向度絕緣。因此感受到自身「與這些

---

21 陳藻香、許俊雅編譯：《翁鬧作品選集》，頁88-90。
22 在布爾迪厄的分析中，文化資本以三種不同的狀態存在，分別是個體通過社會化而內化的部份、涉及客體的客觀化形式以及機構化的形式。可簡略歸納爲文化的教育、儀器與機構。農村與此三點皆絕緣。參考戴維・斯沃茨著，陶東風譯：《文化與權力──布爾迪厄的社會學》（上海：上海譯文，2006年11月），頁88-95。

蝸牛啦、鼻涕蟲啦，豈不是一點也沒兩樣嗎？」。

農村的匱乏生活造就的是文化資本與物質資源的邊緣，而女性則同時更處於封建的舊習底下：

> 阿金婆正在用火鏟鏟起炭火移到炭壼裡，這時眨著有嚴重砂眼的眼睛，倏地站了起來。那纏足的小腳跟踉蹌了幾下，幾乎站不穩。[23]

纏足是中國傳統父權社會對女性施加手段，對男性而言同時兼具支配與審美意淫的功能。使受纏足的女性無法走入生產的行列，也使得經濟上更難獨立。在翁鬧寫作時，因日本當局已推行解纏足運動，因此纏足的人較多見於農村中的年老婦女。[24]

農村中的貧困反映在女性的家庭上，女性出嫁後也需負擔沉重的工作。〈戇伯仔〉小說中寫農村的新婚：

> 兩人一起做了人生歡樂的夢，好像只有那個晚上而已。因為從次日起，新娘就開始做洗衣、煮飯等工作。
> 她在工廠裡比任何女工都勤快。咬住厚厚的、一無表情的嘴唇，象一般的腳咚咚地踩響著大地搬運磚頭。早上六點出門，回來總是在日頭下去以後。[25]

農村的女性在嫁入男方家庭後，他們沒有閒暇的時間感受愛情的夢。農村的女性在日治時，因承受資本家、殖民者、父

---

23 陳藻香、許俊雅編譯：《翁鬧作品選集》，頁87。
24 日本在1905年的臨時戶口調查記述所呈現的數據而言，當時纏足人口占台灣女性的56.9%。從1905至1920年，降至11.8%。參見楊翠：《日據時期台灣婦女解放運動——以台灣民報為分析場域（1920～1932）》，頁56-57。
25 陳藻香、許俊雅編譯：《翁鬧作品選集》，頁94-95。

權三重剝削的情境而生活困苦。所得未必能糊口，更不用說積蓄，日子只是重複的度過：

> 舊曆新年快到了。阿金婆用一把竹刷子沙拉沙拉地洗蒸籠。香蕉的枯葉也洗了。蒸那麼一點年糕，有一點點便夠了，可是阿金婆洗了整整一籃。
> 老伯仔的村子裡根本就談不上什麼過年。村人們只是胡亂地加上一歲又一歲，胡亂地死去。[26]

在農村生活中，農民普遍困苦，女性則受到更多家庭的限制。翁鬧的小說從農村的貧窮出發，描述女性於此種農村社會中的地位。女性對家庭而言，有時作為勞動力，有時則如〈殘雪〉中的玉枝，可能被當作是婚嫁用的商品。

（三）漫遊的困境：家庭與經濟

〈殘雪〉中喜美子的形象，在日治時期作家的文本中較少出現——類似漫遊者，卻又因是女性有不同的身份位置。她從北海道移動至自身嚮往的東京，電車的通行雖然使漫遊變成可能，然而在都市維生仍有著經濟的困難。如〈殘雪〉中的玉枝與喜美子：

> 吃完早餐，喜美子說要找事，出門去了。
> ——她真的這麼熱中於工作？她到底是怎樣的人？這是十八歲少女應有的舉動？她是天真？還是無知？呵，一定有什麼非自己所能知的東西在撥弄。
> 你到東京後，他們就叫我跟台南的一個富家子弟訂婚。我

---

26 陳藻香、許俊雅編譯：《翁鬧作品選集》，頁108。

反抗。父母說，要是我再反對，就要我離開家。我離開了，現在在台北的喫茶店做事，隨信寄上的匯票，並沒有其他含義。[27]

在父權體制下，女性工作與求學的機會較少。遊女的工作場所較爲受限，如〈殘雪〉文中的咖啡館、喫茶店與酒店等場所。這種侷限一方面表現在空間的限制，一方面則是表現在公共領域的邊緣。

除了維生的困難可能使遊女墮落之外，女性也得承受傳統父權家庭控制的陰影。如許北山告知林春生關於玉枝的遭遇：

「那玉枝已跟家裡斷絕關係嘍？」
「不但沒有斷絕關係，現在很可能已被抓回去了。她的父母怎麼會這樣就放過她？你聽了別吃驚，她的父母並不想把她嫁給富家子，好幾次想把她賣到台北當藝妓。」[28]

翁鬧書寫玉枝爲了逃離包辦婚姻，而出走在喫茶店中工作，又被象徵父權社會的家庭帶回。文本中提到父母要把她賣到台北當藝妓，此節拉扯出矛盾，因都市本是玉枝想要獲得自由的場所，卻因爲經濟與家庭因素，而暗藏著再被不同的體系收編控制的可能。

四、漫遊於都市與鄉村間的遊女

本文前兩章以女性在公共領域的參與困境，論述翁鬧文本中女性角色的邊緣特性。此特性反映在個人與社會的關係，主

27　陳藻香、許俊雅編譯：《翁鬧作品選集》，頁119-126。
28　陳藻香、許俊雅編譯：《翁鬧作品選集》，頁127-128。

要可分為兩個層次：階級與性別的問題。[29]前者會涵蓋後者，影響主要在於經濟面；後者的影響主要在於走出家庭的層面，除此之外階級與性別的影響都與政治及意識形態密切相關。

哈伯瑪斯的公共領域概念中，私人領域與國家領域是藉由市民社會作為中介。他將小家庭視為「自我指涉的主體性所具有的新型心理經驗的泉源」，並論述公共領域具有父權的特徵。依此脈絡分析，當女性選擇認同父權時，應會從父權的象徵系統內獲取相應的身分。但從上述文本中的女性處境觀察，女性即使認同父權也未必能以獲得的身分踏入公共領域。若將哈伯瑪斯公共領域的模型表現為：私人（以家庭為經驗泉源）至市民社會再踏入公共領域；文本中的女性處境則較傾向私人（以家庭為經驗泉源）至家庭再至市民社會的過程。[30]

翁鬧的文本敏銳的發現到女性諸多層面的邊緣情境。從邊緣出發，女性如何去把握自身的欲求，以及漫遊於邊界的方式。相較於其他作家，他書寫出不同的可能以及面向。[31]

（一）漫遊的城市：東京

在翁鬧的文本中，女性與男性的漫遊具有不同的性質。男性漫遊者有較多機會穿梭於公共領域之間，[32]而女性即使踏出

---

29 在早期英國女性主義的脈絡中，也曾將性別問題視為階級的問題，如西蒙・波娃在《第二性》出版時曾認為解決階級問題就能連帶的解決性別的問題。隨後的法國女性主義者在五月風暴中很快的發現即使是在革命的陣營內，仍然存在著性別權力不對等的情況。參考Torll Moi著，陳潔詩譯：《性別／文本政治：女性主義文學理論》（台北：駱駝，1995年6月），頁82-83。

30 主體的不同經驗會產生不同的意識形態，兩者的差異點在於意識型態已落實為眾多的習俗與制度，家庭變成一個新的場域，在此種機制轉化以前，女性難以踏入公共領域。

31 日治時期的作家如張文環、呂赫若等也曾書寫在家庭婚姻方面女性的邊緣處境。如張文環的〈閹雞〉、呂赫若的〈財子壽〉等，在處裡她們的欲求時，前者是以月里的死亡結束，後者是女性在家庭內爭奪「房」的權力，以玉梅的發瘋結尾。翁鬧的覺醒女性則呈現出不同的面向。

32 不論是教育（留學的機會）、經濟、政治等幾個方面，日治時的男性比女性有更多機會遠離自己原先所居住的土地，他們被家庭的限制也較女性為輕。

家庭成為類似「遊女」的形象,也仍然位居於公共領域的後設內。[33] 若翁鬧文本中的男性是從私人領域至公共領域間的遊蕩徘徊,那麼女性則是於公共領域的邊緣進行漫遊。

與其說林春生對小說中喜美子與玉枝的態度,是象徵選擇日本或是台灣,不如說是對於理想與現實、現代與傳統、都市與鄉村等幾組對照意義中的選擇。在小說中敘述主角在咖啡館初見喜美子,走出門外後的情況:

> 這到底是怎麼一回事?……距深夜還有一段時間,路上已經人疏影絕,只有汽車和電車接連不斷,疾馳而過。一列電車行至站前,等了一會,又循原來路線奔馳而去。他立在站前尋思:回到原來路線到底是什麼意思?[34]

電車是現代性的物件之一,代表著更為快速的移動方式,人移動的範圍變得更廣,比起以往的世代有更多移動的可能。但也使人與人相處的機會被空間以及人群所稀釋,都會中人與人之間變得較為疏離。因此都市需要不同於以往鄉村的社交場所。而咖啡館則提供飲食、休憩與社交的漫遊空間。除了漫遊的可能外,現代性造就的也是更為細緻的行程時間規劃。因此喜美子在咖啡館的出現,對於主角而言是一條異於平日路線的事件。

> 「我昨天才第一次從北海道到東京。對東京的事情一竅不通。」
> ──她說到東京這兩個字,語氣這麼強烈。

---

33 後設(meta)一詞可指事物的前提或說明。此指在事物之後,讓它以某樣態存在的要素。

34 陳藻香、許俊雅編譯:《翁鬧作品選集》,頁113。

「眞的。你很喜歡東京?」

「恩,從很久很久以前,我就嚮往東京。但是,我爸爸總
不讓我來。」

「那你是離家出走的嘍?」[35]

　　東京對於當時的日本人與台灣人而言,是個象徵夢想的城
市。人們來此就學、工作或是尋求更多機會。〈殘雪〉中的喜
美子將前往東京,作爲遠離家鄉束縛的手段。文末喜美子寄給
春生的信中描寫著:

> 我終於又回到北海邊,是爸爸硬帶我回去的,不過,可能
> 有一天我又會跑到東京來。我是一個糟糕透頂的人。你是
> 一個正經人。但正經人總是讓可以得到的幸福輕輕溜掉。
> 這也許就是幸福吧![36]

　　喜美子與春生的距離不僅是空間上北海道與東京的物理距
離,雖然曾移動至同一座都市相會,然而他們在象徵系統中所
處的是不同的位置。對於喜美子而言,這種漫遊在主流意識形
態的價值觀內不具有合法性,因此認爲自身是個糟糕的人。喜
美子在邊緣遊走,並非符合象徵系統的行動,對春生而言她代
表的是顛覆中心的力量。因逃離傳統封建社會的束縛的急切,
使得她的漫遊性質較不明確,但仍然開啓一種追求女性自身欲
求的可能,以及對漫遊空間的發現。

(二)孤兒的形象

　　如果將〈殘雪〉中的喜美子看作是女性試圖逃離家庭至公

35　陳藻香、許俊雅編譯:《翁鬧作品選集》,頁115。
36　陳藻香、許俊雅編譯:《翁鬧作品選集》,頁134。

共領域的嘗試。兩相比較，《有港口的街市》中的谷子，則是一直在公共領域的邊緣中漫遊。因為她的孤兒特質，使她沒有所要逃離的家庭，漫遊成為伴隨生命的情境，同時也是維生的手段。遊女的特質與孤兒的形象在《有港口的街市》中有較多的著墨，如小說中對谷子的描述：

> 谷子走過斜坡上面孤兒院的黑色橫木門後，很快已經過了九年的歲月。
> 那個期間，谷子當然長大得簡直令人認不得，但是顯著的面容憔悴，正顯示她暗淡的生活。[37]

谷子先是被遺棄，被松吉老人收養，送進孤兒所，又因為對於性的嘗試，違反規定而被送進感化院，之後做著服務業、走私以及賣淫等等工作。

與〈殘雪〉中的喜美子和玉枝相較，谷子的漫遊並非來自於從某個家庭出走。逃離自己家庭至新城市的主體不一定能有漫遊的心境，除了移動外，漫遊的主體若沒有一個可讓情感投入的領域，自身的主體性也難以在與他者的互動過程中彰顯。在〈殘雪〉中沒有交代喜美子與玉枝有獲得此種公共領域，而谷子在漫遊的生活中認識了許多生活於都市暗面或不斷移動的人們：

> 正在商量壞事的時候，而且根本沒想到這樣的小孩會躺在草叢裡，是因為太唐突的事情，雖然兩個人大吃一驚地禁不住倒退了，但是知道是年齡屈指可數的小孩，才鬆了一口氣。
> 世界主義者的馬戲場。

---

37 杉森藍：《翁鬧生平及新出土作品研究》，頁186。

這裡的馬戲團大部分由白種俄羅斯人所組成的。

劇團的紅人是舞蹈演員的歐利加·斯蒂華約娜,這二十七歲的美女是俄國革命時,被趕出祖國的貴族出身。[38]

處於邊緣的人們間形成不同於中產階級知識份子的公共領域。此下層階級的公共領域具有較溢散、不穩定與遊牧式的特質。同時對於主流意識形態而言,它是危險、不穩定而帶有非法治、非秩序的特質,並應受壓抑。

有年谷子、二十八歲、前波士頓酒吧的女服務員。兩年前在美國、加拿大汽船公司服務,坐總統W號偷渡到香港。二月十九日,搭N·Y·K汽船S,到神戶。走私寶石以及嗎啡的嫌疑。

「這個女人怎麼了?」

聽到了這聲音就轉過來;

「阿,乳木先生」

這位紳士就是時常來這拘留所教誨的乳木氏。

「這,啊,是賣淫的現行犯。」[39]

儘管沒有家庭的限制,漫遊仍然有經濟的問題。谷子為了維生的方式,有許多是不符合象徵系統中的法律的工作。象徵系統除了以硬性的法律約束主體的行為,它也有一套價值的系統供主體去遵守,使主體避免陷入混亂與沉淪的境地。

然而文本中作為女性的谷子,若要接近自身的欲求,則需過著位於象徵系統外的生活,翁鬧此種書寫具有揭示象徵系統不完滿的政治意義。

---

38 杉森藍:《翁鬧生平及新出土作品研究》,頁254。
39 杉森藍:《翁鬧生平及新出土作品研究》,頁170、222。

當象徵系統的價值判準不適用的情況，主體需要另一套自我規訓的機制，這也是傅柯所提的自我技術。[40]谷子雖然是漫遊於街道中的女子，然而在小說中她仍保持自身的主體性，她在面對選擇時有自己的判準。例如同昌與她商談使用假鈔時：

> 「如果是以前的谷姊的話，對那種工作也許會高興的撲過去吧。」
>
> 「以前是以前阿。不過也淪落到作假鈔票的地步的話，那同昌也就完了。漸漸地頭腦差不多昏聵了吧！」
>
> 「咦？」
>
> 「那麼，你想做那麼卑鄙的工作嗎？」谷子怒形於色。[41]

除了沒有因為生活而使自身走上不歸路外，從谷子對於小支那、小新與油吉等人的態度，可看出她雖漫遊於街道，同時亦對旁人付出照顧與關懷。谷子有著鮮明的「遊女」形象，她沒有私人至公共領域過程間的「家庭」，她直接以私人的身分踏入下層階級的公共領域，漫遊於中產階級知識份子的公共領域的邊緣，她的驅力有了可投注的對象，並在與他者互動的過程間培養出一套自我規訓的機制。

五、結語

翁鬧的小說，同其他日治時期的小說皆有書寫到女性於經濟、社會、家庭的邊緣處境。較為不同的處理是，他的文本呈現兩組對照的形象：（一）試圖逃出父權體制的女性與被家庭

---

40 費德希克·格霍著，何乏筆、楊凱麟、龔卓軍譯：《傅柯考》（台北：麥田，2006年）。

41 杉森藍：《翁鬧生平及新出土作品研究》，頁242-243。

禁錮的傳統女性；（二）於都市空間遊蕩的遊女與爲了生存黏著於都市底層承受都市之惡的女性。前者彰顯的是女性在踏入公共領域之前需要面對家庭的限制；後者則是代表「遊女」的谷子以及代表「疆界」（母親）的阿蕊婆間的對比。

「疆界」（母親）與「遊女」同樣位於象徵系統的邊緣，分別表現女性主體面對現代性的不同姿態。前者將父親律法的規定視爲自身的欲求，後者以自己的欲求探索父親律法之外的事物。此兩種形象也呈現不同的時間性，前者的時間感懷舊式的停留在過去，直到存有者的死亡才使時間重新移動；後者同樣持續地對過去進行回顧，然而她並未將欲求停留在過去，而是藉由回顧的動作確認此刻的在場：

> 忽然想起了對朝子的回憶，深刻地萬感交集。
> 看到谷子的表情突然轉變的情形，油吉驚慌起來。
> 「你在發甚麼呆啊？」
> 谷子焦急地想辦法要克服侵襲而來的寂寞。
> ……谷子全身充滿了強烈的興奮與激動，變成像火球一樣的熱情，衝向呆立的油吉的懷裡，那乾燥的嘴唇，強烈地渴望男人的吻。[42]

欲求方式的不同使兩種形象獲取不同的意義，前者是較爲固著的，後者則包含有未定型未被象徵化的生命力。

翁鬧習於將遊女的形象作爲女性意識覺醒的契機。無論是喜美子或玉枝爲了逃離父權的掌控而移動至都市，或是本來就身爲孤兒的谷子將漫遊視爲生存的過程，而在不斷的遷徙中做出選擇與關懷其他流浪者。此種遊女的形象在其他作家文本之

---

42 杉森藍：《翁鬧生平及新出土作品研究》，頁259。

中都是罕見的。遊女形象與淪落煙塵的女性常常又只是一線之隔，或是她們女性意識的覺醒是在接近沉淪的界線時開展。如他在〈殘雪〉中所提及的：

> 然而，世上的女人爲什麼不更單純點兒？也許正因爲太過單純，才使我們這些男人發生錯覺吧。要是這樣，女人才是最可憐、最值得擁抱的唯一存在呢！[43]

此點或許與他一方面經歷現代都市之惡，見過許多女性的創傷與墮落；另一方面又將「遊女」的形象與生命力，視爲擺脫現代都市所帶來異化情境的理想化身有關。

參考文獻

一、專書
（一）作者著作：

- 張恒豪主編：《張文環集》（台北：前衛，1991年2月）。
- 張恆豪編：《翁鬧、吳永福、王昶雄合集》（台北：前衛，1991年7月）。
- 陳藻香、許俊雅編譯：《翁鬧作品選集》（彰化：彰化縣立文化中心，1997年7月）。
- 林至潔編譯、呂赫若著：《呂赫若小說全集（上）》（台北：印刻，2006年3月）。

（二）近人著作：（依作者姓氏筆畫序）

- 呂紹理：《展示台灣：權力、空間與殖民統治的形象表述》（台北：麥

---

43 陳藻香、許俊雅編譯：《翁鬧作品選集》，頁121。

田，2005年）。

· 戴維·斯沃茨著，陶東風譯：《文化與權力——布爾迪厄的社會學》
（上海：上海譯文，2006年11月）。

· 班雅明著，張旭東、魏文生譯：《發達資本主義的抒情詩人：論波特萊
爾》（台北：臉譜，2002年6月）。

· Torll Moi著，陳潔詩譯：《性別／文本政治：女性主義文學理論》（台
北：駱駝，1995年6月）。

· 楊翠：《日據時期台灣婦女解放運動——以台灣民報為分析場域
（1920～1932）》（台北：時報文化，1993年5月）。

· 葉石濤：《台灣文學史綱》（高雄：春暉，1991年9月）。

二、期刊論文：

· 沈乃慧：〈日據時代台灣小說的女性議題探析（上）〉，《文學台灣》
第15期，1995年7月，頁284-304。

· 沈乃慧：〈日據時代台灣小說的女性議題探析（下）〉，《文學台灣》
第16期，1995年10月，頁167-203。

· 翁鬧著，黃毓婷譯：〈東京郊外浪人街——高圓寺界隈〉，《台灣文學
學報》第10期，2007年6月，頁189-194。

· 楊逸舟：〈憶早夭的俊才翁鬧〉，《台灣文藝》第95期，1985年7月。

· 劉捷：〈幻影之人——翁鬧〉，《台灣文藝》第95期，1985年7月，頁
190-193。

三、學位論文：

· 杉森藍：《翁鬧生平及新出土作品研究》，台南：成功大學台灣文學研
究所碩士論文，2007年。

· 楊惠娟：〈台灣日治時期報紙版面編輯設計形式特色研究〉，雲林：雲
林科技大學視覺傳達設計系碩士論文，2005年。

翁鬧短篇小說中的新感覺派

黃小民（文化大學中國文學研究所博士生）

一、前言

　　翁鬧主要的文學作品皆發表於三〇年代，當時的台灣，受到五四運動與日本統治的影響，所以不管在社會文化或經濟方面都有顯著的改變。許多當時的知識份子，透過文字的表達，抒發內心各種不平之氣。在日本殖民政策中的教育制度，不論是只供日本兒童就讀的「小學校」，或是專收台灣人子弟的「公學校」皆是以傳授日語為第一目的。此兩類學校，除了明顯區分台灣人與日本人受教育的學校之外，其中教授的年限與內容亦有所差異，「公學校」的修業年限比「小學校」少一年，「公學校」所教授的內容亦較基本簡單，這樣的教育政策造成台灣人在升學方面的競爭力比日本人低。且在公立大學的錄取比例方面，亦是日本人占有較高的錄取比率，在台灣的升學不易的狀況下，許多有心向學的讀書人，轉向到日本留學，翁鬧就是在這樣的教育環境下到日本留學。

　　從其他對於翁鬧相關記載文獻中發現，另一個留學的可能原因，或許是因為自視甚高的翁鬧認為「因為我們這島嶼的文學界，尚在一片處女地的緣故。因此盼望能早一日寫出優秀的作品。」[1] 所以立志到日本去學習更多的創作思想技巧，亦或者「翁鬧身上寄託著殖民地文學青年們進軍中央文壇的夢

1　翁鬧著，陳藻香、許俊雅編譯：〈明信片〉，《翁鬧作品選集》（彰化：彰化縣立文化中心，民國86年7月），頁77。

想」[2]。

二、翁鬧及其創作觀

關於翁鬧的生平，成功大學杉森藍的考證頗為詳盡，文中提到翁鬧的生卒年為一九一〇年二月二十一日至一九四〇年十一月二十一日。[3] 關於翁鬧的死因，目前為止學界仍有兩種不一樣的說法，[4] 此兩種不同說法皆可證明翁鬧如「狂人」的個性。論者許素蘭亦曾於文章中提及：

> 翁鬧一生浪漫多情、才氣橫溢，卻窮困潦倒，不善於經營生活。這樣的個性，在當時自難取得治學嚴謹、生活簡樸、清苦自守的朋友，如楊逸舟、吳天賞、劉捷等人的諒解與接受。[5]

因為如此，所以翁鬧與這些同是在日本留學的知識份子有疏離感，或許在一些文學場合中，部分文人欣賞他的才華而與他有所接觸，但私人生活方面可能不甚清楚，也為他的死因帶來更多的猜測。

2　黃毓婷：〈東京郊外浪人街——翁鬧與一九三〇年代的高圓寺界隈〉，《台灣文學學報》第10期，2007年6月，頁170。

3　杉森藍：《翁鬧生平及新出土作品研究》，台南：國立成功大學台灣文學研究所碩士論文，林瑞明先生指導，2007年，頁51-94。論文第三章〈翁鬧的生平與文學歷程〉中，作者文中對於翁鬧的生平做了詳實的考證，引用可靠的資料，可以說對於研究者而言幾乎不可知的生平，提供可靠且寶貴的資料。但於2009年5月1日研討會當日，與會學者還原翁鬧相關文獻資料發現，翁鬧死亡的日期正確應為1940年11月21日。

4　同註1，對於翁鬧死因的兩種說法分別為：楊逸舟的回憶「翁鬧被撤職之後，很失志。他就把書籍拿去當鋪借錢過活。他有一部英文學叢書，從來沒讀過，也拿去當掉了。後來，連衣服、被單都提去當掉。冬天氣候奇冷，翁鬧在亂七八糟的報紙堆裡，就這樣凍死了」，頁251。另一在《光復前台灣文學全集》第十卷中提到關於翁鬧的生平：「病歿於日本精神病院」，頁255。

5　同註1，許素蘭：〈「幻影之人」翁鬧及其小說〉，頁285。

　　翁鬧於五歲時過繼給翁家當養子。在一九三五年十二月發表的〈羅漢腳〉一文中，透過一個五歲小男孩的視角，寫出一個五歲小孩對於外界的懞懂無知。文中的小孩何以年紀設定在五歲，而非其他年齡？因爲作者就是於五歲時過繼給翁家。此篇文章是翁鬧對於五歲之前發生的所有事件做一個回憶整理。從〈羅漢腳〉的名稱，翁鬧要表現的是，自己就像孑然一身的「羅漢腳」。文中提到「本來，他在更幼小的時候，也有個比較好聽的名字」[6]，作者在此要表達的是，在他在五歲以前是有家，有爸爸媽媽的，五歲以後，他就變成「羅漢腳」了，他印象中的生父母家正如文中寫的這麼貧窮。文中羅漢腳在自己被載滿貨物的輕便車撞到之後，終於可以離開家，到內心嚮往的四公里外的員林，雖帶著殘缺的外在身軀，但內心卻滿盈喜悅。

　　即使翁鬧是一個養子的角色，就當時以農業爲生活基礎的社會裡，通常養子以幫忙家業爲主，幾乎沒有機會受教育，但從他的學歷來看，可見翁家在當時是有相當經濟能力，能夠讓身爲養子的翁鬧受到高等教育，一路念到台中師範學院，雖然沒有證據可以證明翁鬧的養父是醫生，[7]但可以確定的是翁鬧的養父對他應該是不錯的。在師範學院畢業後，按照規定須當五年的義務教員，[8]翁鬧前二年在員林國小，後三年在田中國小，[9]一服完義務教員後，翁鬧即前往日本留學。關於此段時間他在日本生活的種種，沒有相關確實的記錄文獻，只能從他

6　同註1，翁鬧：〈羅漢腳〉，頁141。
7　同註3，杉森藍：《翁鬧生平及新出土作品研究》，頁52。提及學者許素蘭曾經說過翁鬧的養父是醫生一事。
8　同註1，楊逸舟：〈憶夭折的俊才翁鬧〉，頁249。其中提到，「當時的師範畢業生，須要服務五年的義務教員。如果不服務，便要賠償總督府六年的補貼金，共七百二十元。因此翁鬧畢業後，乖乖去任教了。」
9　同註3，杉森藍：《翁鬧生平及新出土作品研究》，頁64。關於翁鬧台中師範畢業後當義務教員的工作，於此有明確的說明。

人的回憶文字裡獲得一些訊息。其中關於翁鬧個人在日本生活的經濟問題，因為在服完義務教員後就前往日本，在日本的生活開銷，應該是靠台灣的翁家支助他。翁家對他的支助，剛開始可能還有按時寄錢給他，但甫到日本的翁鬧，似乎過著糜爛的生活，很快的錢就花完，像〈殘雪〉中的林春生，在家人得知他在日本盡是參加一些藝文活動，沒有堅持初衷好好到日本求學而斷了對他的經濟支助。其中有一說指他只念了一陣子的私大，原因即在於他沒有辦法繳交學費，因此只好用旁聽或是參加講演活動的方式，讓自己繼續學習。同在日本留學的朋友劉捷的回憶，更可以想見翁鬧在日本的清苦生活：

> 關於翁鬧的個人生平，我所接觸的只是東京「福爾摩沙」時代一段短時間，所知不多，在我的回憶中，他像夢中見過的幻影之人。有一次是我住在東京湯島天神町，內人利用假日購進大量的雞頭雞腳，一一拔毛，燉醬油，準備做為一星期的菜料，夜間翁鬧同兩位學生上門而來，約一兩小時之後，把所有燉雞、冷飯、鹹菜吃得一乾二淨，然後悠揚走路返回他所住的中野而去。
> 那時為進出日本文壇，畢業後不肯返鄉，在東京苦修流浪的文藝人，翁鬧是典型人物之一。又有《暖流寒流》的作者陳垂映（陳瑞榮先生）有一年暑假回台，請翁鬧暫時住下他的公寓，返來之後，所有棉被衣服都不見，看家的翁兄亦不知去，可見當時翁鬧的生活浪漫，窮苦到了極端。[10]

翁家當然希望從師範學院畢業，且已經服完義務教員的翁

10　同註1，劉捷：〈幻影之人──翁鬧〉，頁280。

鬧，可以做一個稱職的老師，即使要出國留學，應該等到有一些積蓄再去，或許心裡自認自己為養子的他，在內心最深處總有一份缺憾，所以沒有照著翁家對他的期望走下去，轉而選擇去實現自己的夢想。正如同筆下五歲的羅漢腳，無論如何總要到一次沒去過的員林一趟，羅漢腳帶著受傷的身體去了員林，而翁鬧懷著一顆殘缺的心到了日本。

　　三○年代留日的文人與文學活動可謂相當蓬勃。一九三二年在東京成立台灣藝術研究會，[11]這樣的團體通常有其抱負與所欲宣揚的精神。翁鬧與同在東京留學的這些文人接觸的情況，可從當時這些文人所留下的回憶的文章窺知一二，如楊逸舟回憶當時印象中的翁鬧：

> 翁鬧遵照規定服滿了五年教員後，也渡航前來日本東京留學。起先在一所私立大學掛名，穿私大的制服，對他倔強的自尊心，當然很不滿足。有一次他在銀座散步時候就說：「在銀座遊蕩的這些眾愚的頭腦集中起來，也不及我一個。」雖是說笑，也可窺見他的妄大。翁鬧住東京高圓寺時，曾與一個四十六歲的日本婦人同居。當時翁鬧是二十八歲，與那婦人相差將近二十歲。那個婦人曾嫁給俄國人，後來離婚了，在高圓寺街頭擺麵攤，專供薪水階級吃宵夜。[12]

11　葉石濤：《台灣文學史綱》（高雄：春暉，2000年10月20日），頁38-39。其中提到，當時在東京成立的「台灣藝術研究會」，成員包括張文環、巫永福、王白淵、吳坤煌、劉捷、蘇維熊等人。同時刊行文學刊物《福爾摩沙》。這個刊物的抱負寫在發刊詞上：「雖有數千年來的文化遺產，可是現在依然處在這特殊情形下的人們中，到了現在還沒有生產過獨自的文化」。「所以同仁等常以對這種文藝改進事業為自許，大膽的自立為先鋒」，「在消極方面，想去整理研究向來微弱的文藝作品，來吻合於大眾膾炙的歌謠、傳說等鄉土藝術；在積極方面，由上述特殊氣氛中所產生出來的我們全副精神，從心裡所湧出我們的思想及感情，決心來創造真正台灣人所需要的新文藝。我們極願意重新創作『台灣人的文藝』。」

12　同註1，楊逸舟：〈憶夭折的俊才翁鬧〉，頁250。

　　此段對於翁鬧在日本生活的文字描寫，可以從兩個方面來看：第一，由此可知翁鬧的個性是求好心切的，對於自己亦相當有自信，其在台灣的求學路途可稱順遂，就讀當時的台中師範學院，雖然在校的成績不是頂好，[13]但在日本留學時，對於自己只能穿著私大的衣服卻耿耿於懷，可能也因爲如此，對於翁鬧的就讀私大有另外一說——「遊學」[14]。至於他究竟在日本留學期間，眞的有學籍在學校上課的時間有多久，目前沒有資料可以佐證。第二，與四十六歲日本婦人同居，[15]此可能與他當時的生活經濟狀況不佳有關，因爲婦人的工作是擺麵攤賣宵夜，可以想見她能夠提供翁鬧基本的三餐飲食，但是當楊逸舟與吳天賞去勸翁鬧與那婦人分開後，[16]翁鬧也就因此與婦人分手，應該是他遭受到一些輿論壓力之下所做出的決定。

三、翁鬧小說內容書寫

　　翁鬧對於自己創作的主張，曾於文聯東京支部座談會中提到：

　　就形式而言，我認爲採這邊（指東京——識者）文壇的形式並無不可。宛如日本文學在形式上可相同於世界文學之

13　同註3，杉森藍：《翁鬧生平及新出土作品研究》，頁63。

14　同註1，劉捷：〈幻影之人——翁鬧〉，頁277。劉捷於文中提到：「在我的記憶中，他和當時的一般窮學生一樣，一年到頭穿的是黑色金鈕的大學制服，蓬頭不戴帽子，表示報學已不上學堂，四處旁聽，逛演講會、書鋪或參加各種座談會，這種『遊學』方式盛行，畢業後不願返台灣的文藝者個個如此，而實際上對於文藝寫作的修練也是最有效的方法之一，這樣可以自由參加各種有關文學、藝術的集會，多認識圈內文壇人士。」

15　同註1，吳鬱三作，陳藻香譯：〈蜘蛛〉，頁212-220。關於翁鬧與46歲婦人同居一事，目前可見資料爲吳大賞〈蜘蛛〉一文，文後編譯者說明，此文是根據眞實故事創作而成的小說，故事內容的主角應該就是翁鬧的化身。

16　同註1，楊逸舟：〈憶天折的俊才翁鬧〉，頁250。

形式一般，只要內容含有台灣的特色，形式同於日本文學的模樣亦無不可。[17]

　　翁鬧自言創作的形式可以採用當時日本流行的創作形式，他認為日本的文壇可以說是與世界文壇同步進行的，也就是說，翁鬧到日本留學的原因之一是到日本感受與學習前衛的文學思想，他在日本留學始於一九三四年至一九四〇年逝世於日本。既然，翁鬧對於當時日本文壇盛行的文學創作思想是採認同的角度，可以理解他想要汲取這樣的養分，充實自己的創作。基於此，對於當時日本文壇盛行的思潮理論必須有更深一層的了解。

　　從翁鬧的作品中，正可以印證其受到日本文壇當時盛行的新感覺派思想的影響至深。翁鬧曾自言：「我較喜歡寫純文學性的作品。」[18] 翁鬧一九三四年到日本留學，就日本當時的文壇狀況而言，主要的兩大勢力，一是無產階級文學（普羅文學）；另一個就是受到西方現代主義文學思潮影響而產生的「新感覺派」。

　　新感覺派的崛起之因眾多，而關東大地震為主要的關鍵事件之一，[19] 當時的無產階級主義文學蓬勃發展，當無產階級主義文學發展的如日中天時，另一派以追求「純粹的文學性」為主的藝術派文學也應運而起，一批求新求變的作家，他們轉向

17　同註1，陳藻香譯：〈台灣文學當前諸問題——文聯東京支部座談會〉，頁229-230。

18　同註1，此言見於翁鬧寫給楊逵的明信片，頁78。

19　「日本統治階級在大地震之後，以維持治安為藉口，對工農革命運動進行殘酷的鎮壓，整個日本處在一片白色恐怖之中。破壞性的虛無思想，瞬間的享樂風潮席捲而來，造成人們精神上的窒息與荒廢，他們對自己在社會的存在感到不安，追求剎那間的美感、觀能上的享受和日常生活中非現實的東西。這種精神上的變化，使日本現代文學需要具有其特別的性格。一種新文學出現，便成為必然的趨勢。」引自葉渭渠：《日本文學思潮史》（台北：五南圖書出版，2003年3月），頁456。

注視當時西方的文壇發展。在當時許多主張革新的文學流派，在西方異軍突起，如法國的達達主義（Dadaism）、超現實主義（Surrealism）、義大利的未來派（Futurism）、德國的表現主義（Expressionism），這些歐洲現代派文學藝術在二十世紀的二〇年代初期很快的就傳到日本，為當時日本文壇帶來影響亦提供更多創作的可能性。另外俄國的形式主義（Russian Formalism）文學理論，特別受到日本文壇新進作家的注目。在如此多文學革新思潮的衝擊下，舊有關於心境的私小說的文學傳統已經無法滿足新進的作家，新進作家朝嶄新的表現手法，新的文學理論邁進，如此新的文學樣貌，成了許多人效法的目標。

評論家千葉龜雄（1878～1935）發表《新感覺派的誕生》一文，「新感覺派」的名稱正式出現。[20] 新感覺派思想主張受到當時許多西方文學理論影響，擷取各個文學流派的思想精髓為學習的目標。歸納新感覺派的特點是通過個體感觀與感覺，用暗示和象徵來表現世界，在創作中傳達創作者瞬間感覺、自我潛在意識、以及對於內心世界的描寫。如此的特點可從翁鬧的小說作品得到印證，論者張恒豪曾言：「翁鬧對於人類內心世界探索的興味遠甚於外在現實世界的觀察」，[21] 翁鬧確實是擅長描寫心理活動的作家。

從翁鬧一生的事蹟與性格、對自己在創作上的期許，到作品的呈現，可以知道他對於外在社會環境是悲觀的。他內心最深層的聲音，是極度壓抑的。在相關友人對他的回憶文字中，不見生活貧苦的他向朋友開口借錢，除了他自恃的個性外，也是他不輕易將自己內心世界想法透露。這樣的他正好與當時日本文壇流行的純文學新感覺派思想著重內心書寫的理論不謀而

20　同上註，頁458。
21　同註1，張恒豪：〈幻影之人──翁鬧集序〉，頁282。

合。當時台灣文壇在一片以書寫普羅大眾心聲的題材，以文字撻伐當時的政治環境，翁鬧試圖開創自己獨特的書寫道路，從他積極的想在台灣與日本文壇中走出自己的路可知。

翁鬧受到新感覺派思想影響至深，下文就兩個方向探討他如何在小說作品中通過新感覺派思想特質，來表現自己個人獨特的生命經驗，檢視他於當時文壇的成就。

（一）渴望愛情的自剖

愛是人性最根本的情感之一。翁鬧的小說中許多的描寫都是關於愛的，他是一個渴望愛情的人，所以愛情在翁鬧的心裡，是最重要的感覺之一。這一點從他的小說作品中可以清楚的知道。在小說文本中，文中人物所表達的，是作者勾勒自己的心靈版圖，愛是他通往烏托邦的重要橋梁，是呈現作者對於人性自由與自主的主張，作者曾自言：「依我看，真正的人性應該更複雜，而且有更多的通融性、自由性，與不羈的奔放性。」[22] 可以發現文本中的人物似乎都因為外在環境的干擾，無法得到內心真正的自由，透過作者賦予作品中人物生命力，結合自身的生命經驗，豐富的奇特想像力，主觀的將挖掘自身內心最深處的告白呈現。

在目前可見資料中，於一九三五年六月發表的〈音樂鐘〉，透過就讀中學一年級的「我」為主要說故事的主角。藉由聽到似記憶中音樂鐘的歌謠，串連起曾經的記憶，而這個記憶是對於一個「漂亮女生」的記憶，是「我」初愛的萌芽。回想到第一次見到祖母家的音樂鐘，音樂鐘發出的悅耳聲音，如同女孩「豐滿又爽朗」的美好，書寫幼時對於女性軀體的好奇，卻不敢有任何進一步的動作：

22　同註1，翁鬧：〈新文學三月號讀後感〉，頁202。

我害羞得在黑暗中意識到頰頰在發燙。

一會兒，我慢慢開始伸手過去。只想碰一碰女孩的身體。

當然，只要女孩和叔叔沒發覺，也未嘗不想輕輕摟抱一下。

可是，那怕過了很久時間，我的手始終不曾摀到女孩。

整夜都在想那麼做，到最後卻沒有摀到女孩的身體。[23]

音樂聲是聽覺感官，是觸摸不到的，象徵文中的「我」，最後仍沒有勇氣碰觸漂亮女孩的身體。當時在日本留學的作者，可能受到日本自由戀愛想法的衝擊，只能透過記錄自身童年經驗來表達對於自由戀愛的想法。

〈戇伯仔〉一文，許多相關研究者將之歸於對農村小人物的關懷。[24] 作者把主角戇伯仔置於當時台灣最真實的社會中，戇伯仔的人生始終緊貼濕濕黑黑的煙煤，其實他的人生是有機會可以出現幸福的，「另付兩塊錢」可以有「娶到美嬌娘」的機會，接下來的「我可不敢想」，完全將可能會有的幸福排拒在外。作者在如詩歌的開頭中，已經說明戇伯仔註定孓然的一生。

長壽是可喜

可憐你老兄

直到翹辮子

還是沒牽手

唐山的算命仙還說

23　同註1，翁鬧：〈音樂鐘〉，頁82-83。

24　同註1，如張恒豪在〈幻影之人——翁鬧集序〉、許素蘭〈「幻影之人」翁鬧及其小說〉、施淑〈翁鬧〉等文章中皆有言及，頁281，286，293。

如果你願另付兩塊錢
我可教你好辦法
包你娶到美嬌娘。
我可不敢想。[25]

　　作者筆下的戀伯仔，是一個殘缺的人物，生長在一個極貧窮的家庭，眼睛有可能會瞎掉，外表的窮酸樣，甚至是一起在魚乾店工作的同事獨眼龍想帶他到酒店開開眼界都受到那裡娼妓的歧視：

老伯仔怯怯的，頭都不敢抬起來。娼妓們看到他的眼睛潰爛，又打著赤腳，小雛雞般地縮著身子沒敢挨近。娼妓一面給老伯仔斟酒一面向獨眼龍眨著眼睛，側側頭，噘噘嘴，裝出取笑的模樣。
老伯仔是孤獨的。[26]

　　渴望愛人與被愛，是人存在的基本欲望。老伯仔何嘗不想有個「牽手」，這是最基本的想望，作者透過筆下的人物表現自己渴望的愛情（牽手），這裡的愛情已由前一篇作品〈音樂鐘〉的對於異性身體的好奇心，轉變成渴望有一位實質的「牽手」。戀伯仔是作者對於追求愛情另一個真實的聲音，當時的作者在日本貧苦的生活，雖內心相當渴望愛情，但真實生活的情況，他無法給一個女生正常的生活，「他從不敢說希望有個牽手」、「飯都沒得吃了呢」，或許才是作者心中真正的想法：

25　同註1，翁鬧：〈戀伯仔〉，頁85。
26　同上註，頁100。

夜，對戀伯仔來説，卻也不一定是幸福的。戀伯仔沒有牽手。

每當轉醒過來的時候，戀伯仔常常想像結婚的幸福。但是，他從不敢説希望有個牽手。朋友偶爾也會勸他考慮鄰居的一個寡婦，但老伯仔總是笑笑而已。末了一定這麼説──飯都沒得吃了呢。[27]

愛情在浪漫的翁鬧一生中，是他一定要緊緊抓在手裡的，正因為在當時日本的大環境下，受到自由戀愛風氣影響，文壇創作正流行表達作家個人內心深處的新感覺派純文學思想盛行，讓作家替本來難以啓齒的題材，找到最好的表達機會。雖此文是用流暢的日文來書寫，這是考慮到要讓日本人可以接受，但文章寫的是台灣道地的故事，正印證作者自言創作「要表現台灣鄉土的特色」[28]，「內容含有台灣的特色，形式同於日本文學的模樣」，這是翁鬧相當重要的創作理念。

〈殘雪〉是一篇刻畫難以抉擇的愛戀故事。此作發表於〈戀伯仔〉之後，在發現無法擁有實質的「妻子」（牽手）之後，作者對於愛情的書寫，回到男女之間戀愛的題材，異於婚姻關係所需的付出與責任，只享受戀愛的感覺是較輕鬆的。這是一篇一男與兩女之間的戀愛故事，故事中的人物簡單，情節亦不複雜。主角林春生與台灣、日本兩女之間的愛情圖譜，從文章中，可以看到作者對於愛情題材的特殊情感，再次感受作者心中對愛情濃烈的渴望。作者之所以將主角林春生設定為一個戲劇表演者，或許跟翁鬧在日本時，常常參加講座看電影戲劇的經驗有關。[29]文中林春生的境況和現實中的作者十分相

27 同上註，頁90。
28 同註1，陳藻香譯：〈台灣文學當前諸問題──文聯東京支部座談會〉，頁225。
29 同註1，劉捷：〈幻影之人──翁鬧〉，頁277。

像，是作者透過追求愛情建立心裡真正嚮往的烏托邦。林春生在喫茶店邂逅的侍女喜美子，對於這個美麗的女孩幾乎是一見鍾情：

> ——如果這是她的惡作劇，那就只好自認愚蠢，已經受了好幾次騙，到最後竟然還相信女人！……
> ——在我心中，她確實留下了難以拂拭的影像。[30]

這是林春生在遇到喜美子之後，回家路上的心裡想法，喜美子的身影已深深烙在他的心中，在作者匠心的安排之下，林春生竟然有機會跟喜美子同住一個屋簷下，正如同〈音樂鐘〉裡的中學生與「漂亮的女孩」一樣，故事的情節安排也很相似，但林春生最終沒有與喜美子發生進一步的關係，因為他的內心受到世俗觀念框架的限制：

> 這時，一種意念強烈地沁入他心中。
> 無論有什麼事情，我絕不能有不純之心。
> 但這能說是真純的心嗎？……
> 那麼，該怎麼做才算真實？[31]

林春生渴望愛情，但礙於自身的情況與世俗的眼光，他不敢直接明白表達自己的感情，只能努力克制自己的欲望：

> 他無緣無故渾身發熱，用手摸摸胸部，胸部不停湧起濕漉漉、怪異的液體。
> 大概是昨晚睡眠不足的緣故。

30　同註1，翁鬧：〈殘雪〉，頁114。
31　同上註，頁116。

林用力地猛搖了兩三下頭，硬把全部心思集中在下月初旬上演的戲曲上。[32]

林春生只能在自己的腦中讓情感自由的奔馳，現實的框架不停的提醒他要克制住自己，面對「心底塑造的女性完美形象」的喜美子，他唯一能做的就是將腦中愛的欲念，僅止於意識上的自由奔馳、囂張跋扈。他的故事離不開女人，離不開愛情。偶然間收到三年前在台灣的愛人陳玉枝的信，讓已經被淡忘的感情再度被提起，當時與陳玉枝純純的愛，在家人（世俗）的壓力下被迫分開，林春生也是在如此的情況下到日本留學。在一次巧遇一樣從台灣來日本留學的舊識許兄，帶來陳玉枝更多的消息，林春生得知台灣的玉枝為了他吃了苦頭，特地向劇團告假的他，想回台灣向玉枝表明心意：

> 林反覆思考之後，向導演請了一個月假，想回台灣看看玉枝的情形，……
> 見她之後，要好好剖白自己的心意。[33]

在林春生的愛情即將會有好的結果時，卻被喜美子的信打斷了，此時三心二意的他，也想向喜美子表明自己的心，抓住所謂幸福的機會。最後的殘雪，說明林春生同時放棄向這兩個女人表明心意，就如同文中「殘雪」的意象一樣，融化後不著痕跡，再一次看到作者對於愛情的挫折。

一九三七年發表的〈天亮前的戀愛故事〉作者以頹廢接近發狂來表達自己的愛情觀，頹廢瘋狂的行為是作者運作愛情（心靈）烏托邦的過程：

---

32 同上註，頁117。
33 同上註，頁134。

想要談戀愛。想得昏頭昏腦。爲了戀愛，決心不惜拋棄身上最後一滴血，最後一片肉。那是因爲相信只有戀愛才是能夠完成自己的肉體與精神的唯一軌跡。[34]

只要能夠擁有愛情，其他一切都不重要，即使要失去身上賴以存活的最後血肉也無所謂，這是作者對於愛情的眞心表白，最深層的呼喊，因爲在外在眞實的社會裡，對他而言是黯然與大他近二十歲的婦人分手，而不是如他所願的擁抱愛情。此文似乎是翁鬧對於自身愛情作的結論。透過第一人稱視角「我」來跟讀者講一個「我」的故事，「我」如果沒有愛情，就不是一個完整的我，這樣的作品，雖然容易招致道德批判，卻率眞地表現出翁鬧浪漫文人的特質。[35]

順應自由內心的愛情，在翁鬧筆下，似乎只能在意識裡才能完成自己想做的事，外面世俗輿論的框架，讓多情翁鬧無法追求到眞正屬於自己獨有的愛情。在楊逸舟先生關於翁鬧的回憶一文中，[36]提到關於翁鬧當時追求女生的情況，過程都不順利，這些自身的眞實經驗，成爲筆下創作的原型。一直不斷追求愛情的他，在愛情上的挫折，唯有透過書寫，能爲生命做些許的填補。透過小說作品的分析，對於謎樣幻影作家翁鬧的內心世界可以多一些了解。

（二）內心獨白的書寫技巧

善於描寫人物的心理活動，是翁鬧的小說特色之一。內心獨白的書寫技巧讓作者可以著力挖掘人物更深層的潛在意識，

34 同註1，翁鬧著，魏廷朝譯：〈天亮前的戀愛故事〉，頁171。
35 同註1，許素蘭：〈「幻影之人」翁鬧及其小說〉，頁288。
36 同註1，楊逸舟：〈憶天折的俊才翁鬧〉，頁248-251。

打破人物只能在當下的時空界線，將人物的內心世界完整清楚的呈現在讀者面前。這是作者想藉由創作傳達自己內心與生命經驗最佳的表達方式。內心獨白書寫技巧是新感覺流派受到西方現代主義影響而產生的文學主張之一，對重視小說書寫技巧的翁鬧而言，可以表現出內心瞬息萬變的情緒。

內心深處不斷迴繞的音樂鐘歌謠是貫串〈音樂鐘〉一文的主軸。腦海中不斷浮現的歌詞象徵記憶中的往事，以音樂鐘的歌謠引出舊時的記憶，這是內心深刻的印象。此時的意識回到中學一年級的時候，聲音無法觸碰，但卻可能在人的記憶中停留很久，這是當時主角「我」對於漂亮女孩的記憶，雖然最終仍然沒有順應自己心意「輕輕摟抱一下」女孩熟睡的身體。這是到日本自由戀愛的想法衝擊著作者，對於童年經驗的紀錄。

〈戇伯仔〉一文中的內心獨白書寫，在戇伯仔祈求神明讓他的眼睛可以重見光明之後，一段戇伯仔突然像靈魂出竅般的經歷：

> 就在這時，他感覺到有一抹銀光從頭上往左邊筆直地滑落下來。就在它消失在地底的瞬間，老伯仔清清楚楚地看到了他的真面目。……接著，料不到的事發生了，老伯仔所站著的大地搖起來了。……同事的鼾聲從隔鄰的床傳過來。老伯仔忍不了睜著眼。用力地閉上，背靠在橫木上，不知不覺地落入種種思維之中。[37]

此段老伯仔經歷地震時的意識書寫，看似與全文格格不入，作者到底寫作此段的目的為何？此段似乎是作者為了記錄當時故鄉台灣發生的關刀山地震[38]所寫的一段文字。全文中老

---

37 同註1，翁鬧：〈戇伯仔〉，頁104-105。
38 〈戇伯仔〉一文發表於1935年7月1日；關刀山地震發生於1935年4月21日凌晨。

伯仔總給人無所用處之感，雖然有過「香蕉得了一等賞」的經驗，但那張賞狀，「被燻得黑黑地掛在廚房的煙囪旁」，正如老伯仔黑黑灰灰的人生。在地震的當下，以進入老伯仔意識中，如夢境的經歷來紀錄這個在當時台灣重要的天災：

> 老伯仔禁不住地雙手摀住面孔，不過心倒是平穩的。臉上顯現出決心之色。就在這時，奇異的智慧掠過了老伯仔的心。他掙扎。生命開始搖撼。
> 完了！但得活下去！老伯仔本能地反抗起來。他死死地趴住地球——[39]

是一段關於求生本能意識的描寫。作者雖然當時身在日本，由這樣一段文字書寫，可以知道當時的翁鬧依然非常關注台灣的時事。

不同於〈戇伯仔〉一文中將內心獨白寫作幾乎集中在一個段落，在〈殘雪〉中的內心獨白書寫與主角林春生的生活是緊密結合的，從遇到喜美子之後，林不斷的在心中出現許多的情緒，都是透過意識的表現，清楚的告訴讀者此時主角心中的想法，小說主角變成說自己故事的人，例如，初次遇到喜美子時，表現對喜美子的好印象，也是作者為之後的故事情節伏筆：

> 不過，今晚並不能說是被她釣去的。我只要置身人潮中，遠遠望著她，傾聽音樂，於願足矣。這樣，即使她忘了自

根據交通部中央氣象局地震測報中心的記載，當時地震發生的規模達7.1級，發生地點在新竹縣關刀山附近，這是台灣地震紀錄中，造成最嚴重災害之一的地震。網址：http://gis.geo.ncu.edu.tw/gis/eq/，瀏覽日期：2009年6月8日。

39 同上註。

己說過的話，對我毫不在意，又有什麼關係？[40]

主角的意識除了表現對自身情感的鋪陳外，亦表現對未來的期許與焦慮：

——我的前途能像自己所預期的那樣光輝燦爛嗎？
想到這裡，他又猛搖頭，因為他越想平靜，心裡越動盪不安，這豈不是很像在主人監視下仍然突破檻欄的猛獸？一種意欲——過去未嘗經驗過的意欲——現在豈不是已經掙脫控制，自由奔馳，跋扈囂張嗎？[41]

這無法說出口的情緒與內心想法，在主角心中找到出口。另一段以林春生的回憶為出發，意識的流動回到主角十九歲那年與陳玉枝的一場戀愛，讓故事情節變成兩條主線交互進行，這是作者刻意的安排。[42] 從此篇小說的內容，或許可以看出當時翁鬧的矛盾與苦悶的心情。

在〈可憐的阿蕊婆〉一文裡，阿蕊婆心裡始終想著要回到自己的故鄉，「人的靈魂卻奇怪地具有所屬性，儘管如何骯髒的土地或醜陋的地方，以自己長久居住的地方為故鄉，縈繞在他的回憶裡。」[43] 故鄉的景像時常出現在夢中，導致阿蕊婆在一天的中午時分，夢見故鄉街道的風景，接著竟然看見自己的葬禮正在進行。看見自己的葬禮，應該是阿蕊婆腦中顯現的

40　同註1，翁鬧：〈殘雪〉，頁114。
41　同上註，頁118。
42　同註1，謝肇禎：〈地平線上的幻影——淺談翁鬧小說的特質〉，頁308。根據論者謝肇禎的說法：「日據時期，台灣人已身的本位取向搖曳、飄零。陳玉枝是台灣的化身，喜美子是日本的化身，赴日求學的林春生出生於台灣南部，然而，他猶豫著鄉土的回歸，二者似乎跟自己遙遙相隔。他排拒任何形式的取決，內心深處，悄悄地將兩處交溶、疊合在一起。」
43　同註1，翁鬧：〈可憐的阿蕊婆〉，頁162-163。

幻象，是阿蕊婆的身心狀況已經不佳，才會在眼前出現這樣如夢似幻的情景。或許「在在表現敘述者內心苦痛，心理掙扎和人格分裂；作品不注重情節的縱向推進，直指敘述者的內心世界，人物的遭遇、經歷、願望和憂慮，都在意識流動中浮現出來。」[44]

〈天亮前的戀愛故事〉是翁鬧內心獨白書寫最具代表性的作品，是一篇從頭到尾由主角的獨白構成的小說。[45] 全文以囈語式方式訴說自己內心的想法，關於自己的愛情觀，關於自己曾經想過、做過的種種荒唐事，不管其他人的想法，只是把自己心裡想說的，一股腦兒全盤托出。但在文中可以清楚釐出一些作者想要說明的主題，如：作者的愛情觀，從一些回憶翁鬧的文字中，可以清楚拼湊出愛情對他而言是生命中不可缺的。此文一開頭及接下來的幾段，都是作者試圖說明自己對於愛情的看法，以自然界的動植物來做比喻，更顯出其狂人的性格。在當時的文壇中，不管是寫作的題材或是書寫的技巧，翁鬧都可稱得上是前衛者。

作者這種充滿自我內在想法的表達，有學者認為翁鬧受到一九二〇年代文壇流行的「私小說」影響而成的創作。「他的創作活動，他的作品，突顯出來的或許就是少數文學與生俱來的表現上的、意識上的無所歸屬」[46] 此篇作品，讓人「想起一顆熱情而孤獨的靈魂」[47]

小說人物內心深層的聲音與面向，作者透過內心獨白的書寫技巧表現，將小說推向更高的境界，作者變成無所不知的角色，隱藏在小說人物背後，說小說中人物的故事，也說自己的

44 王玫珍：〈焦慮、幻滅與感傷——翁鬧小說中的感覺世界〉，《嘉義大學人文研究期刊》第1期，2005年12月，頁39。

45 施淑：〈感覺世界——三〇年代台灣另類小說〉，《兩岸文學論集》（台北：新地文學，1997年6月），頁99。

46 同上註，頁100-101。

47 同註1，張良澤：〈關於翁鬧〉，頁263。

故事，這也是翁鬧小說特點所在。內心獨白書寫打破時間的固定性，它透過作者賦予創作人物的意識自由流動，讓人物的情緒感覺在創作中變得重要且不可或缺，印證作者所強調的創作技法的重要性，也將當時台灣的文壇帶來更多創作的可能性。

四、結論

　　翁鬧小說創作明顯受到當時日本文壇盛行的新感覺派思想影響。而他會選擇以新感覺流派思想作為創做的遵循，是要為自己發聲。他對於愛情的過度追求與重視，幾乎是他人生的全部，相較於當時其他在文壇的作家，如此的行為舉動，必會為他帶來困擾，也因此他在日本幾乎沒有與他相交心的好友，造成讀者對他謎樣、幻影的印象。

　　翁鬧內心最深層的渴望——愛情，無法在現實世界裡實現，心裡的苦悶，無處訴說，只能透過創作尋找一個情緒的出口。可以看到小說中的愛情，隨著作者心情的轉變而出現不同的想法。從第一篇〈音樂鐘〉對異性產生憧憬純純的欲念表現，在〈戇伯仔〉中主角對組織家庭渴望心情，這該是愛情最後的終點所在，但因為無法實現，短期之間似乎也不可能實現，其中內心對於愛情改變的軌跡在〈殘雪〉一文中有了明顯的轉變，描寫一男對兩女之間微妙的感情糾葛，透露出作者知道無機會組織家庭的情況下，至少冀望一直可以有戀愛的感覺，但是，〈殘雪〉中的愛情，終究如將要融化的殘雪一般，翁鬧的愛情還是沒有著落。〈天亮前的戀愛故事〉以第一人稱「我」，用一種囈語式的述說對於追求異性失望的心情，此文書寫技巧異於之前的創作，是作者書寫技巧的突破。

　　內心獨白的書寫技巧是新感覺派作品的表現手法之一，透過這樣的書寫技巧，將作者提高到無所不知的位置，雖然作者

看似隱身於所創作的人物身後，卻可以自由操控小說人物的一
舉一動。小說創作就是要表達作家個人獨特的生命經驗，因爲
每個人的獨特性，所以可以表現出異於他人的寫作風格。

　　對強調重視內在書寫的翁鬧而言，內心獨白的書寫技巧
讓他可以著力挖掘更深層的潛在意識，打破人物只能在當下的
時空界線，將人物的內心世界完整清楚的呈現在讀者面前，這
是作者想藉由創作傳達自己內心與生命經驗最佳的方式。被譽
爲「幻影之人」與「俊才」的翁鬧，獨特的個性，大膽袒露自
己內心愛情的寫作題材，確實爲當時的文壇留下珍貴的作品，
並開創文學創作更多的可能性。

參考文獻

一、專書

・施淑：《兩岸文學論集》（台北：新地文學，1997年6月）。
・陳藻香、許俊雅編譯：《翁鬧作品選集》（彰化：彰化縣立文化中心，
　民國86年7月）。
・葉石濤：《台灣文學史綱》（高雄：春暉，2000年10月20日）。
・葉渭渠：《日本文學思潮史》（台北：五南圖書，2003年3月）。

二、論文

・王玫珍：〈焦慮、幻滅與感傷——翁鬧小説中的感覺世界〉，《嘉義大
　學人文研究期刊》第1期，2005年12月，頁27-52。
・杉森藍：《翁鬧生平及新出土作品研究》，台南：國立成功大學台灣文
　學研究所碩士論文，林瑞明先生指導，2007年。
・黃毓婷：〈東京郊外浪人街——翁鬧與一九三〇年代的高圓寺界隈〉，
　《台灣文學學報》第10期，2007年6月，頁163-196。

兩個新感覺作家的欲望城市
——重讀翁鬧與劉吶鷗小說中的都會元素

葉衽榤（國立台北教育大學台灣文化研究所）

一、前言[1]

> 許北山好像很氣憤，聲音顫抖地說下去。兩人已走入霓虹燈一閃一閃的銀座，在光與人的海底潛行，林的臉色越來越蒼白。——翁鬧〈殘雪〉[2]

> 周文平認爲，要做現代化的生意，就必須擁有現代化的明淨大方而有廣告價值的店舖，對現在的店舖深感不滿，絞盡腦汁，想擁有條件最好的角間，以實現富於野心的夢。——巫永福〈欲〉[3]

> 我離開十年住慣了的東京，是在三年前的春天。現在閉上眼睛，當夜的情景，還可以歷歷浮上腦際。像長蛇一般開往下關的夜車，九點離開了東京站，經過有樂町、新橋、品川、大森，街燈逐漸從視野消失時，簡直無法抑制，熱

1 本文初稿宣讀於明道大學中文系主辦於二〇〇九年五月一日之「翁鬧百歲冥誕紀念學術研討會」。在此特別感謝明道大學中文系羅文玲教授、論文評論人陳金木教授及許素蘭教授。礙於時間壓力，本篇僅能處理部分更動，未竟之處俟日後另謀新篇重新處理。
2 翁鬧：〈殘雪〉，《翁鬧巫永福王昶雄合集》（台北：前衛，1991年），頁67。後收錄於翁鬧，陳藻香、許俊雅編譯：《翁鬧作品選集》（彰化：彰化縣立文化中心，1997年），頁128。
3 巫永福：〈欲〉，同前註，頁273。

彰化學

熱的東西湧上心頭。——王昶雄〈奔流〉[4]

她去了，走著他不知道的道路去了。他跟著一簇的人滾出了那車站。一路上想：愉快地…愉快地…這是什麼意思呢？……都會的詼諧嗎？哈，哈，……不禁一陣辣酸的笑聲從他的肚裡滾了出來。鋪道上的腳，腳，腳，腳……一會兒他就混在人群中被這餓鬼似的都會吞了進去了。——劉吶鷗〈遊戲〉[5]

　　台灣文學與世界文學的接軌，並非是戰後（1945～）或六〇年代以降才發生的事。儘管歷來有不少評論家與學者，皆認為台灣的現代主義文學為六〇年代的特色，更有不少論述認為台灣直到六〇年代才有所謂的現代主義文學思潮的創作，更認為六〇年代現代主義文學之興起，與西方相較而言乃是屬於時間上「遲到」的現象。[6]但若我們仔細回顧台灣日治的文學史，卻能夠在「赴日學生群」上看見與世界文學接軌的情景。更進一步的，我們還可以發現在廣義的西方現代主義文學大行其道的一九一〇～一九三〇年代這個區塊，台灣日治文學史中的部分文學家也正在迅速的接受現代主義文學思潮的洗禮。這些受到廣義現代主義文學思潮啟發的作家群，包括有以《風車》為中心的楊熾昌、利野蒼、張良典等詩人；以及沾染「新感覺派」氣息的翁鬧、巫永福、吳天賞、郭水潭與劉吶鷗等小說家。由此看來，台灣文學思潮變動中的「現代主義文學」之

4　王昶雄：〈奔流〉，同前註，頁325。
5　劉吶鷗：〈遊戲〉，《劉吶鷗全集文學集》（台南：台南縣文化局，2001年），頁43。
6　有關「現代主義」在戰後台灣文學史上的傳播現象，可以參見於呂正惠：〈現代主義在台灣〉，《戰後台灣文學經驗》（台北：新地文學，1995年），頁3-48。陳芳明：〈台灣新文學史第十三章橫的移植與現代主義之濫觴〉，《聯合文學》202期（台北：聯合文學，2001年），頁136-202。

出現，不但沒有遲到，還正好與世界文學思潮有所銜接，穩穩行駛在世界文學思潮的軌道上。

本文開頭所引的四段文本內容，正是這群與世界文學接軌的現代主義作家群之作。這四段引文的內容不但充滿著前衛的書寫思考模式，在內容上還顯現著「霓虹燈」、「現代化」、「街燈」、「都會」等都會圖像的字眼。我們甚至可以說，在部分的台灣日治文學的內容與表現上，其實相當「現代」。[7]植基在資本主義沃壤上的現代主義文學，其所展現出來的內容與題材，便有不少是資本主義積聚而成的「都會」。這四段引文所體現的都會意象，恰可以說是現代主義文學的某些表現片段。然而「都會」的存在未必是「主題」，對於新感覺派作家而言，「都會」的圖像或許只停留在「題材」的層面，更值得我們去玩味的是眾作家透過都會這個題材，所欲表達，或者說是欲彰顯與突出的「主題」爲何？更何況，「現代主義」本身興起的目的並不在於「題材」，而是針對一個「主題」而來。

在處理歸屬於「現代主義」一脈的「新感覺派」其「題材」與「主題」之間的課題前，我們先回顧一下台灣文學裡被歸類於「新感覺派」的作家之分類情況，這將使我們更能清楚的看見台灣文學與世界接軌的情形。事實上，爲了讓台灣文學史脈絡的「現代主義」文學在時間線性上的座標重新落點，重讀台灣日治小說，尤其是翁鬧與劉吶鷗等「新感覺派」文學將更形重要。我們首先可以隱約看見的是，在當今的台灣文學論述裡，翁鬧與劉吶鷗通常並不被放在一起討論。[8]在較爲常見

7　除了《風車》等詩人群與「新感覺派」作家群之外，台灣日治文學中尚有王詩琅、朱點人等作家的小說中有不少都會的描寫。尤其朱點人的〈秋信〉一文，可以爲日治文學中另一種型態的都會文學代表。

8　但杉森藍曾在其學位論文《翁鬧生平及新出土作品研究》一文中，談及翁鬧、巫永福與劉吶鷗分別爲日本新感覺派在台灣、中國的發展。可參照杉森藍：《翁鬧生平及新出土作品研究》，台南：台灣文學研究所碩士論文，林瑞明先生指導，2006年。此外，在2004年由文訊所主辦的「青年文學會議」中，蔡明

的分類方式與討論裡，翁鬧通常與巫永福、吳天賞、郭水潭等一起被討論，劉吶鷗則被歸納於施蟄存與穆時英等的上海新感覺派。[9] 這樣的分類論述方式，是緣於劉吶鷗個人屬性與翁鬧等人有所不同的關係。但我們若將翁鬧與劉吶鷗一起放在台灣文學史的脈絡去看，就能看到隸屬於日本國境的殖民地台灣對日本文學的接受度。重讀以翁鬧與劉吶鷗兩種典型的新感覺派小說，正可以體現出日本新感覺派文學對台灣文學的傳播與影響。因此以翁鬧與劉吶鷗為主的新感覺派書寫，可以將台灣的現代主義文學之出現，至少往前拉到一九三〇年代。而透過日本文壇的轉譯與傳播，台灣文學正搭上與日本文學、世界文學接合的思潮列車。

要了解「題材」與「主題」對於新感覺派文學的意義，我們必須從它的文學史歷程談起。而要掌握日本新感覺派文學的興起，我們可以先回歸到日本當時的社會情境：

原亦曾將翁鬧與劉吶鷗做一比較，可參照蔡明原：〈上海與台灣——新感覺的兩種實踐：以翁鬧與劉吶鷗的作品為探討對象〉，《文學與社會：2004青年文學會議》（台南：國家台灣文學館，2004年），頁63-86。

9 目前台灣有關翁鬧的研究，尚可參照黃毓婷：〈東京郊外浪人街——翁鬧與一九三〇年代的高圓寺界隈〉，《台灣文學學報》，台北：國立政治大學台文所、三民書局，2007年，頁163-195。王玫珍：〈焦慮、幻滅與感傷——翁鬧小說中的感覺世界〉，《人文研究期刊》，嘉義：國立嘉義大學人文藝術學院，2005年，頁27-52。廖淑芳：〈國家想像、現代主義文學與文學現代性——以日據時期台灣作家翁鬧為例〉，《北台國文學報》，台北：北台科學技術學院通識教育中心，2005年，頁129-168。許素蘭：〈荒原之心——無產作家之另類：翁鬧及其文學〉，《淡水牛津台灣文學研究集刊》，台北：淡水工商管理學院台灣文學系，2003年，頁133-146。許素蘭：〈「幻影之人」及其小說〉，《國文天地》，台北：國文天地，1991年，頁35-39。許俊雅：〈「幻影之人」及其小說〉，《中國現代文學理論》，台北：中國現代文學理論季刊社，1997年，頁248-264。李怡儀：〈日據時代的台灣新文學——以翁鬧的作品為主〉，台北：東吳大學日本文化研究所碩士論文，蜂矢宣朗先生指導，1993年。謝肇禎：〈地平線上的幻影——淺談翁鬧小說的特質〉，《文學台灣》，高雄：文學台灣雜誌社，1996年，頁160-177。黃章嘉：〈幻影之人的愛爾蘭想像——從翁鬧詩作看台灣新文學三〇年代的轉向〉，台中：靜宜大學主辦「第三屆中區研究生台灣文學研討會暨台文系學生論文發表會」，2007年，等等。高維宏：〈情慾與紀實——現代性情境之顧慮書寫：試以翁鬧與郁達夫為例〉，彰化：彰化師範大學主辦：97學年度中區大學院校台文系、所學生論文聯合發表會，2009年。

日本現代派文藝思潮的起因，首先，是一九二三年發生了關東大地震，引起了政治、經濟的大混亂，給日本社會、文化生活帶來嚴重的困難，深化了資本主義的危機……破壞性的虛無思想，瞬間的享樂風潮席捲而來，造成人們精神上的窒息與荒廢，他們對自己在社會的存在感到不安，追求剎那間的美感、官能上的享受和日常生活中非現實的東西。[10]

　　以日本三〇年代社會氛圍所滋繁起來的新感覺派文學，其實質上是以「虛無」、「享樂」、「荒廢」、「不安」、「剎那美感」、「官能享受」與「非現實」等元素所組成。這些元素的產生目的在於控訴社會的不穩定與混亂，同時，也為當時以自然主義等較為保守而傳統的日本文學帶來新的契機。然而於此同時，我們依然要以當時日本現代主義文學產生的主要模式為推演，亦即日本在都會中所形成的資本主義規模，催生了日本文學的現代派。這落實在翁鬧的小說中就成為〈音樂鐘〉、〈殘雪〉、〈天亮前的戀愛故事〉與新面世的《有港口的街市》等的重要場景，這四篇力作皆是以都會為背景所繕寫而成的都會小說。[11]另一方面，上海新感覺派的大將劉吶鷗也大都以都會為背景書寫小說，演示起上海的海派文學進程。

　　有趣的是，翁鬧並不只寫都會背景的小說，目前所見的翁鬧小說裡，以鄉村為主要背景的小說亦有兩到三篇之多。我們在此必須要注意到的是「空間」與「文化」的概念，當資本主義改變了日本的都會時，從台灣前往日本東京的留學生翁鬧與劉吶鷗，均受到都會的影響，但之後劉吶鷗再次前往上海發

10　葉渭渠：《日本文學思潮史》（台北：五南圖書，2003年），頁455-456。
11　《有港口的街市》即充滿許多的都市場景，同時還具有不少「異國」情調。

展，而翁鬧則停留在日本，在此兩人小說產生了題材與內容上的裂解。雖然兩人均是新感覺派文學的小說家，但在翁鬧身上所出現的「鄉村」圖像卻並未在劉吶鷗身上出現，這或許與兩人的「童年空間」以及文化「鄉愁」有關。[12]

回到以資本主義所產生的新感覺派，奠基於現代化都會所產生的翁鬧與劉吶鷗都會小說，所面臨的文學史情境可能是「跨國」或「跨空間」的文化情境。地理學中柏克萊學派（berkeley）的創始者梭爾（Sauer），提出了個別地景如何形成，以及對文化產生的可能影響。[13]在後來的姍波（Semple）更運用了環境決定論的概念解讀文化，據此姍波以新達爾文主義的概念，詮釋了世界各地不同文化產生的因素乃是得自於環境的刺激。[14]由於不同地域與不同空間的關係，將很容易產生分道揚鑣的文化。此外。我們必須要體認到的是空間這個概念，基本上可割裂為群體型與個體型。總的來說，群體空間會影響到個人空間，好比說台北的都會節奏會影響到在台北路人行走的速度，而遠在鄉間的民眾則在生活上節奏會相對較慢。群體空間象徵著一種社會化的存在，對抗這種空間的方式是個人本身主體性的彰顯。植基於資本主義都會的翁鬧與劉吶鷗小說，展現了一定程度上靜態的、感傷的、身體的、零餘的隱喻表述，咸信這與都會息息相關。

在蔡明原的〈上海與台灣新感覺的兩種實踐：以翁鬧與劉吶鷗的作品為探討對象〉一文小結中，對翁鬧與劉吶鷗的小說做出以下的說明：

---

12 翁鬧為彰化社頭的農家出身，為窮苦人家的養子：劉吶鷗為台南柳營望族出身，家境優渥。

13 Sauer, C. O, The morphology of landscape, University of California Publications in Geography（1925），2:19-54.

14 Semple, Ellen Churchill著，陳建民譯，《地理環境之影響》（台北：台灣商務書局，1976年）。

劉吶鷗的小說場景完全以身處的上海爲選擇，和翁鬧的台灣農村社會形成一個顯著的對比。代表著現代和傳統的兩個場景其實便能預想兩人在小說呈現上基本的差異。[15]

　　但在翁鬧的小說中其實有著不少的都會風景，特別是在《有港口的街市》出現後，我們可以更加的肯定這一點。本文緣此因而萌生重讀翁鬧與劉吶鷗小說中都會元素的念頭，將新感覺派大纛下的翁鬧與劉吶鷗小說再做一次空間上的比較，以及在空間型式的構築下的兩人有何異同？翁鬧（1910～1940）與劉吶鷗（1905～1940）的出現在時間線性上相仿，於創作方面也同樣以「新感覺書寫」聞名。對於台灣日治小說史而言，兩人更是不可多得的特殊作家。綜觀翁鬧與劉吶鷗的「新感覺小說」，「都會」爲重要的空間場景。以一九二六年至一九三六年爲區塊的台灣日治文學史，通常被視爲是「社會寫實主義」大行其道的時期。翁鬧與劉吶鷗在這個時期皆以新感覺式的都會小說崛起，象徵著台灣日治文學史的不同面向。

　　就翁鬧與劉吶鷗所設身的東京與上海而言，其空間與地緣、物質文化緊密的接合，特別是東京與上海明顯的受到外來文化的深刻影響，發展出與日本本土文化及中國傳統文化有所不同的海派文化。劉吶鷗所象徵的上海「新感覺書寫」被視爲海派文學的一種典型，而翁鬧的《有港口的街市》又何嘗不具有相當開放性的海派性格呢？或許我們將新感覺派視爲一個整體，將翁鬧與劉吶鷗完整的納進這個新感覺派文學史的脈絡裡，我們將能稍稍紓解新感覺派的裂解情況，或者說我們可以看到新感覺派的發展「進程」。而這個新感覺的發展進程，由

15　蔡明原：〈上海與台灣新感覺的兩種實踐：以翁鬧與劉吶鷗的作品爲探討對象〉，收錄於《文學與社會學術研討會：2004年青年文學會議論文集》（台南：國家文學館，2004年），頁78。

於台灣被納入日本的國境之中，遂使新感覺派得以順理成章的成為台灣文學史的一部分。一九三〇年代的台灣文學史，因此進入世界現代主義文學思潮的一環。

二、翁鬧與劉吶鷗小說的空間比較

> 他們踏著自行車、駕著馬車、駛著汽車
> 晨曦，駕馭者經過東邊的雲下
> 黃昏，戀人們走在草叢的小徑[16]

翁鬧於一九三四年前往日本東京，直到一九四〇年前後為止，共計在日本六年；劉吶鷗則於一九二〇年前往日本東京，直到一九二六年才離開，很巧合的在日本一樣也是六年。這個前往「日本東京」的動作使兩人受到「摩登」的啟發。所謂的摩登其實只是很粗略的以充滿現代性符號的「都會」所指稱的修辭，本文以都會元素來檢視翁鬧與劉吶鷗，是基於新感覺派下都會意象出現的一種權宜。在日本受到新感覺影響的翁鬧與劉吶鷗，的確在小說裡流露出都會的空間場景。

城市對翁鬧與劉吶鷗所帶來的一個重要關鍵，除了創作思維上的「新感覺」取向之外，對兩人本身的生活模式還趨近於一種波特萊爾式的「都市漫遊者」身分（flâneur）。這個「都市漫遊者」身分可以說是兩人在空間概念鍵接上的第一個共通點，也象徵性的將翁鬧與劉吶鷗在都會空間裡的通同性表現出來。尹子玉在〈日據時期留日台籍作家〉一文裡，就曾對翁鬧在東京高圓寺的所見情景有所敘述：

---

16 Richard Aldington著，翁鬧日譯，陳藻香華譯：〈白楊樹〉，《翁鬧作品選集》（彰化：彰化縣立文化中心，1997年），頁31。

翁鬧在東京四處奔波之後，落腳高圓寺，他在〈東京郊外
浪人街——高圓寺界隈〉裡，對於高圓寺這塊學生天堂多
所著墨，樂於它的價廉物美，狹小嘈雜的街道，卻又鄰
近新宿都會區，滿是浪人風貌的街上偶而可見知名文士
——如新居格、小松清；學生、上班族、舞孃、巴黎歸來
的畫家、理娃娃頭的文學青年、談情說愛的藍眼老外等
等……[17]

對於翁鬧來說，縱身在高圓寺的生活可能就具有薰染浪蕩
者之風，或是能有與都會漫遊者交遊的機會。就新感覺派的小
說家而言，對都會本身都具有一定的「他者」意識，翁鬧將自
身偏離都市中心，而不完全離開都市，彷彿就是意識到都會的
「他者」性。而浪蕩者這個概念對劉吶鷗來說，更是直指其自
身生活，彭小妍就曾經爲文述說劉吶鷗小說的「浪蕩」。[18]

雖然翁鬧與劉吶鷗兩人本身均兼有浪蕩與漫遊者身分，
但兩人在小說的空間中卻並不全然只具有十分明顯的「浪蕩性
格」。劉吶鷗在小說裡的浪蕩體現於〈遊戲〉等篇，都會中的
人際關係以十分曖昧的方式表現出來。翁鬧的小說則在「浪蕩
性格」之外還傾向於一種「零餘者」的情境，〈天亮前的戀愛
故事〉就多少帶有這種「零餘者」的味道。[19]當然浪蕩者與零
餘者在許多特質上是非常類似的，但零餘者所帶有的頹廢性格
更加的鮮明。[20]翁鬧的頹廢特質與當時日本文壇的風氣有很緊

17 尹子玉：〈日據時期留日台籍作家〉，《文訊》（台北：文訊，2000年），頁
36。
18 可參見彭小妍：〈浪蕩天涯：劉吶鷗一九二七年日記〉，《中國文哲研究集
刊》12期（台北：中國文哲研究集刊，1998年），頁1-40。
19 翁鬧〈天亮前的戀愛故事〉內文敘述著：「多方聯想起來，我覺得我似是一個
完全不適於生存的人。……」這種風格十分接近「零餘者」的情境。翁鬧：
〈天亮前的戀愛故事〉，收於陳藻香、許俊雅編譯：《翁鬧作品選集》（彰
化：彰化縣立文化中心，1997年），頁180。
20 翁鬧〈天亮前的戀愛故事〉（1937）與郁達夫的〈沉淪〉（1921）有某種程度

密的關係，這當然與大時代下的變動與現代性所帶來的壓迫感多少有關。

　　本文前述談到了新感覺派的興起與日本當時的社會政經以及大眾情緒有關，尤其日本一九二〇年代的關東大地震後的經濟混亂，以及一九三〇年代受到世界經濟蕭條的影響，使得日本本身對於資本主義有所質疑。這種質疑風氣落實到文學創作裡就成為一種帶有批判性色彩的思潮，也就是對工業革命以來的現代性有所批判，這讓現代主義支流新感覺派的基調，原則上是批判資本主義的有關。回到翁鬧與劉吶鷗兩人的新感覺創作來說，兩人的創作基調若如文學史家所言都符合於新感覺特徵，那麼對於高資本化所產生的都會，兩人的態度都應具有相對性的批判性。「浪蕩者」、「漫遊者」與「零餘者」的小說特徵對資本主義化嚴重的都會，可說提出了一種類似「他者」的視域。[21] 當都會成為一種「他者」，「他者」（都會）空間的被凝視與展現，就可以被置換成一種「他者」與「自我」的二極構造。翁鬧與劉吶鷗透過都會批判都會，但也因此了解都會，深刻的體會到都會的內在，並從中展現了「自我」。這種自我的殊性，或許可以從翁鬧與劉吶鷗所展現的「都會」去窺得一二。劉吶鷗的小說創作均以都會為主要場景，所帶有的都會空間背景幾乎是毫無疑問的。顯而易見的是，劉吶鷗對都市的場合更情有所鍾，而翁鬧則在場景的表現上更具彈性。僅管如此，都市對於我們在分析翁鬧的小說時，仍具有一定的影響力，如蕭蕭在介紹翁鬧的小說時，引述了施淑之言：

　　上的神似，特別是有關「愛情」的這部分。

21　一般在都會情境下所產生的小說文本，有些文學批評家會以「異化」的眼光來解讀。但翁鬧的小說是經由都市與原鄉空間的差異性所產生的「質變」，相信與異化相較，更接近於透過將都市「他者」化的方式，經由意識流的方式回溯鄉土記憶。劉吶鷗則對都市確實展現一定程度的「異化」，但另一方面卻也對都市有「他者」化的情況。

有一篇小説叫做〈天亮前的戀愛故事〉……如此前衛性的作品，具有開創意義的小説，我們都會覺得應該出現在現代主義盛行的六〇年代，或者後現代主義耀武揚威的八〇年代末期。然而，不是，這是施淑在《日據時代台灣小説選》對翁鬧的評介，説這篇小説是「三〇年代台灣小説的《惡之華》」。[22]

　　本文在這裡刻意不直接引施淑之語，而轉引蕭蕭的説法，目的在於顯示出「都市／鄉村」的空間概念對於我們分析翁鬧小説的重要性。我們可以看到蕭蕭雖然引了施淑稱翁鬧「前衛性」的説法，但蕭蕭在標題上依然標上了「朝興村人」，並且，在〈朝興村人——翁鬧傳奇〉一文裡，蕭蕭幾乎都在捕捉翁鬧與鄉土的關係。[23]

　　這裡我們清楚的看見，在兼有都市與鄉村場景的小説〈天亮前的戀愛故事〉裡，翁鬧也施展了前衛性格十足的新感覺書寫，更細膩的説，翁鬧的新感覺書寫並不單純的使用於鄉土或是都會中的一類，因為在翁鬧的小説裡事實上已涵攝了這兩個空間。由此我們可以開出翁鬧與劉吶鷗的兩條新感覺書寫上的不同路線，一是以翁鬧為主的，兼有鄉土性與都會性的新感覺小説，一是幾乎以都會為主的劉吶鷗新感覺書寫。所謂的「摩登惡之華」，不應只拘於「都會」的摩登一隅，在鄉土題材上施展新感覺的技巧，表現出鄉土人物所遭逢的惡，未嘗不可謂之為「摩登」「惡」之「華」。

　　就「空間」的概念而言，我們不妨對空間概念採取更具

22　蕭蕭：〈朝興村人——翁鬧傳奇〉，《自由電子報》自由副刊，2005年11月5日，網址：http://www.libertytimes.com.tw/2005/new/nov/5/life/article-1.htm，瀏覽日期：2009年4月10日。

23　這篇為蕭蕭尋找翁鬧身世的文章，也因翁鬧的出生地與蕭蕭有地緣關係，因此這篇文章多述及翁鬧的鄉土性。

「空間」彈性的策略來應用,將場景而言,我們可以將翁鬧與劉吶鷗分爲「都市/鄉土」與「都市」[24];在兩人的書寫對象上,則爲「日本/台灣」與「上海」,這是從大方向的思考,所得出的地緣空間概念。也就是從在地與跨國的思考,分析出的空間差異性。但如果我們將空間稍微壓縮一下,以都市爲焦點,就更能比較出兩人在都市裡空間的差異性。就翁鬧本身而言。當中有兩個場景可以值得我們特別注意,即翁鬧的「房間」、「室內」與劉吶鷗的「舞廳」,而利用這兩型都會裡的場景,能夠展現出翁鬧與劉吶鷗在都會空間表現上的不同。在都會的「房間」、「室內」空間裡,翁鬧往往以回憶自身的意識流手法去書寫,劉吶鷗則是單純的利用「房間」這個場景。而就都會的「舞廳」這個空間來說,翁鬧僅在《有港口的街市》中出現,劉吶鷗則以〈遊戲〉與〈兩個時間的不感症者〉表現「舞廳」裡的特別意義。因此翁鬧與劉吶鷗除了在「都市/鄉土」與「都市」的書寫空間上有所不同之外,在都會這個空間,「房間」與「舞廳」更是兩人分別製作「新感覺」的重要場所。

以「都會空間」爲焦點的分類上,劉吶鷗的〈遊戲〉與〈兩個時間的不感症者〉採取「舞廳」爲突顯都會「速食」文化的象徵。劉吶鷗在面對「都會」時的批判態勢,是透過對都會裡的人際關係與速度的渺視所建立的,〈兩個時間的不感症者〉所指稱的兩名男子H與T,處在高速變化中的現代性人際關係中,還來不及應付時間上的風雲變色,就已經在以都會空

---

24 將翁鬧小說書寫的背景空間分類並探討者,目前有兩種做法:一種是如蔡明原的〈上海與台灣新感覺的兩種實踐:以翁鬧與劉吶鷗的作品爲探討對象〉,將翁鬧小說視爲鄉土題材,咸信這是爲了與劉吶鷗的都會性做出強烈對比的分類方式;第二種是如廖淑芳的〈國家想像、現代主義文學與文學現代性——以日據時期台灣作家翁鬧爲例〉,將城鄉之間的關係視爲「自然/文明」的象徵,並更進一步的推及爲「日本/台灣」的國族論述指涉,這是以殖民地與被殖民地的思維出發,做出文化抵抗的詮釋方式。

間為背景的速食愛情裡被擱置，兩人對於都會現代性的回應只能「呆得出神」：

> 於是他們飲，抽，談，舞的過了一個多鐘頭時，忽然女人看看腕上的錶說，
> ——那麼，你們都在這兒玩玩去吧，我先走了。
> ——怎麼，怎麼啦？
> H、T兩個人同一個聲音，同樣長著怪異的眼睛。
> ——不，我約一個人吃飯去，我要去換衣衫。你們坐坐去不是很好嗎，那裡面幾個女人都是很可愛的。
> 但是，我們的約怎麼了呢！今夜我已經去定好了呵。
> ——呵呵，老T，誰約了你今夜不今夜。你的時候，你不自己享用，還跳什麼舞。你就把老H約了走，他敢說什麼。是嗎，老H？可是我們再見吧！
> 於是她湊近H的耳朵邊，「你的眼睛真好呵，不是老T在這兒我一定非給它一口一個吻不可。」這樣細聲地說了幾句話，微笑著拿起Opera-bag來，便留著兩個呆得出神的人走去了。[25]

　　相較於劉吶鷗的〈遊戲〉與〈兩個時間的不感症者〉，我們可以先看翁鬧的《有港口的街市》裡舞廳的出現，以及《有港口的街市》本身的一些徵狀。《有港口的街市》將日本、俄國等跨國文化雜揉表現，更以多線進行的敘事表現故事進程，可以說是翁鬧相當投入的鉅作，若我們將《有港口的街市》所帶有多元文化的特色考慮進來，其舞廳的存在，剛好可以表現《有港口的街市》本身的海派性格，這恰好與擅用舞廳的劉吶

25 劉吶鷗：《劉吶鷗全集文學集》（台南：台南縣文化局，2005年），頁110-111。

鷗有雷同的神髓,不過《有港口的街市》顯然更爲錯綜多元。至於翁鬧的「房間」、「室內」等空間,包括〈音樂鐘〉與〈天亮前的戀愛故事〉都以回憶式的「意識流」來鋪設,儼然爲翁鬧相當具有代表性的特色,如〈音樂鐘〉裡所言:「直到現在我往往會在漸漸發白的曙光中,憶起那時候的事」。[26] 翁鬧選擇在都會裡的「房間」、「室內」去追憶,個體的空間與自我的意識十分的強烈。因此在都市裡的房間,翁鬧的追憶式書寫以及「零餘者」的意義使然,反而使都市逐漸成爲一種簡單的背景,甚至有被「他者化」的現象。[27]

比較翁鬧與劉吶鷗小說裡的「空間」,還有一個議題具有討論的必要性,即身體與性別上的空間。相對於都會、鄉村、房間、舞廳等空間,女性在翁鬧與劉吶鷗的小說裡也具有相當重要的地位。本文認爲都市在翁鬧與劉吶鷗的書寫中,因著「浪蕩者」、「漫遊者」與「零餘者」的身分關係,都市有被「他者化」的情況。然而女性在翁鬧與劉吶鷗的小說中,特別是以都會爲背景與題材的小說,女性也顯然被「她者化」了。這種處在「摩登」「惡」之「華」中的女性,體現了翁鬧與劉吶鷗的愛情書寫,更形成了兩個新感覺作家的「欲望城市」空間。

三、翁鬧與劉吶鷗小說的愛情書寫

翁鬧與劉吶鷗的都會書寫都受到新感覺派的啓發,然而各自著重的都市空間又有所不同,但同時他們也都呈現出以「情

---

26 翁鬧著,陳藻香、許俊雅編譯:〈音樂鐘〉:《翁鬧作品選集》(彰化:彰化縣立文化中心,1997年),頁83。

27 翁鬧著,陳藻香、許俊雅編譯:〈天亮前的戀愛故事〉,《翁鬧作品選集》(彰化:彰化縣立文化中心,1997年),頁179。〈天亮前的戀愛故事〉裡有一段對都會嫌惡的表態:「想起市區電車、汽車、飛機這些,我就禁不住毛骨悚然。……」

欲」爲特殊調性的色彩。這不免讓人聯想到，是否是緣於情欲較易表現出「新感覺」的原因。「新感覺」大纛下的翁鬧與劉吶鷗「愛情」書寫面向，以有些乖張的敘事與表現，以及耽美放縱的姿態挑戰了二〇年代以前的日本文壇。我們重讀兩人的小說，似乎可以看到翁鬧與劉吶鷗也具備了翻轉台灣一九三〇年代文學史書寫的能量。除了從書寫空間上的「都會」具備了翻轉的可能外，以情欲爲主軸的愛情書寫也頗爲顛覆現有的文學史觀。雖然翁鬧與劉吶鷗在空間上的書寫對象有些微的差異，但都會的空間，與都會中兩人所秉持的房間與舞廳特色，都成爲一種題材而非主題。至於新感覺所引導出的愛情書寫面向，則兼具了題材與主題的性質。在以愛情書寫爲主題的這部分，翁鬧與劉吶鷗是難分軒輊的。劉捷曾稱翁鬧爲「夢中見過的幻影之人」[28]，郭海榮則譽劉吶鷗爲「一個敏感的都市人」，恰能表現翁鬧與劉吶鷗的愛情書寫特色。翁鬧的愛情書寫頗有如夢似幻的況味，劉吶鷗則敏感的觀察到都會裡情愛的不可靠與不確定性。

翁鬧的愛情書寫，有以意識流的方式去追憶的。如在〈音樂鐘〉裡就以回憶小時候之事進行故事續航：

我隨著鐘的聲音，用低聲哼唱：

---

28 劉捷寫下翁鬧像夢中見過的「幻影之人」後，包括張恆豪、黃章嘉、許素蘭、許俊雅等人都曾撰文討論或分析翁鬧小說。「幻影之人」幾乎成爲翁鬧的代名詞，但我們卻很有可能因著長久以來用「幻影之人」來表述翁鬧的習慣，逐漸忽略掉翁鬧的其他面向，或是還能夠再開發的地方。好比說，翁鬧的「留學生」身分就是一個千眞萬確的事實，旅日的留學生文學是否可以形成一個脈絡？如果可以，翁鬧在留學生圈的影響，以及翁鬧在留學生文學的地位如何？其次，由於《有港口的街市》重新面世，將可能有爲翁鬧重新確立文學史定位的可能，《有港口的街市》裡情節的多線發展，大大增加了翁鬧創作的厚度。第三，翁鬧曾說過形式上與日本相通，內容以台灣爲主的小說寫作理念，《有港口的街市》的面世是否是一個轉向？最後，還有負面向的翁鬧、黑暗中的翁鬧以及其暴力形象的翁鬧，如在〈殘雪〉中林春生對「玉枝」的殘酷，在〈天亮前的戀愛故事〉裡拆散蝴蝶的舉動，〈羅漢腳〉的車禍。翁鬧「浪蕩者」的性格，與「零餘者」的書寫、負面的一面，都還值得我們再探討。

麻雀啾啾喊
紙窗漸漸亮
趕快起來不然太晚
是小時候的歌。
舊日的記憶在我心頭復活。
我從老師學了那支歌。[29]

　　當然這只是簡單的回想，與都市的空間在此只是剛好應用
在響起音樂鐘聲音的效果一樣。重點在於回憶起小時候與女孩
間的互動：

到了晚上，該由我、叔叔和漂亮女孩在廂房一塊兒睡。
是個豐滿又爽朗的女孩。
我們把音樂鐘放在枕邊下睡。到六點，時鐘就會叫醒我
們。
「喂，你跟她一塊兒睡吧。」
等到女孩開始打鼾了，叔叔便這樣說著，
「不要，叔叔跟她一塊兒睡吧。」
我害羞的在黑暗中意識到煩頰在發燙。
一會兒，我開始慢慢伸手過去。只想碰一碰女孩身
體。……[30]

　　雖然身處於都市中，但第一人稱的敘述者卻回想到小時候
與一名小女孩的互動。這樣彈性的將現在與過去的空間置換，
固然是鬆動當下時空的做法。也可以藉此突顯鄉愁，遙想記憶

29　翁鬧著，陳藻香、許俊雅編譯：〈音樂鐘〉，《翁鬧作品選集》（彰化：彰化
　　縣立文化中心，1997年），頁81。

30　翁鬧著，陳藻香、許俊雅編譯：〈音樂鐘〉，《翁鬧作品選集》（彰化：彰化
　　縣立文化中心，1997年），頁82。

中的片刻。

此外，在以都市爲背景，交錯現在與過去的喃喃自語式小說〈天亮前的戀愛故事〉則以敘述小時的雞、鵝、蝴蝶等情事，接續開展了自身對於戀愛的渴望。[31]翁鬧在〈天亮前的戀愛故事〉對戀愛交織忽而感傷（sentimental）時而熱切（fervent）的情緒書寫，與雞、鵝、蝴蝶的回想有互爲引喻的現象。如公雞對母雞的霸道、公鵝對母鵝的鍥而不捨、一對蝴蝶活生生的被拆散，正像是上演著人生在面對感情時的戲碼。就翁鬧本身來說，〈音樂鐘〉與〈天亮前的戀愛故事〉特意的回憶過去在鄉間的愛情記憶，反而讓現在的自身愛情狀況顯得局促。不過，女性在此確實成爲一個「她者」，〈音樂鐘〉與〈天亮前的戀愛故事〉是架築在情欲上的一種原動，女性似乎相當被動的成爲敘述者滿足戀愛欲望的解藥。而〈天亮前的戀愛故事〉書寫雞、鵝、蝴蝶等片段就彷彿將性視爲一種獸性的本能，刻意的將愛情書寫緊緊的扣住性欲。〈音樂鐘〉裡一段想碰觸女孩的段落，則混雜了似懂非懂的愛情。這兩篇以都會爲背景小說，又夾雜了大量的鄉村回想，我們在這兩篇小說中暫時可以將翁鬧小說裡的情欲與愛情當成一種混爲一談的交融現象（hybridity）。[32]當然，這種愛情觀在許素蘭等的解讀裡，很容易就被視爲一種「粗糙原始」的愛情觀念。[33]這是由於翁鬧顯然將女性視爲一種「她者」，接近於原始情欲的描繪就會以一種相對粗獷的形象浮顯而出。即使翁鬧在小說中說明了要與女性結合，才能有完整的我，但女性充其量也只是用來完整「我」的「她者」。很值得我們去注意的是，這種情欲書

31　雖然在〈天亮前的戀愛故事〉裡敘述者有不斷的說著「你啊」，但並沒有人與敘述者對話，反而像是喃喃自語的私小說。

32　交融現象（hybridity）通常被應用於文化上的混合，在此借用於情欲書寫與愛情書寫的混淆。

33　許素蘭：〈「幻影之人」翁鬧及其小說〉，《國文天地》7卷5期，台北：國文天地月刊社，1991年，頁35-39。

寫僅有在翁鬧涉及都會背景的小說才比較清楚的顯現，〈羅漢腳〉與〈戀伯仔〉等自不會著重在這部分。

在〈殘雪〉的書寫部分，翁鬧更注重於「愛情」的層面，不過將女性視為「她者」的情況依然。就女性來說，翁鬧在〈殘雪〉裡的兩位女性身分，很容易會被視為是對台灣女性的歧視。這可以從楊逸舟對翁鬧本身歧視台灣女性的說法去推想。[34] 〈殘雪〉裡林春生在喜美子與玉枝之間的選擇題雖然沒有答案，不過對林春生來說有一段音訊全無的玉枝，似乎有被藐視的感覺。[35] 〈殘雪〉很單純的表現了林春生在愛情裡的迷惘，林春生最後不前往北海道找喜美子，亦不回台灣找玉枝，兩個「她者」在林春生的生命中已經逐漸成為「她方」。翁鬧的小說書寫直到《有港口的街市》裡的谷子，翁鬧似乎有脫去將女性視為她者的現象，為小說主軸的谷子，佔了整部小說的大部分。然而，谷子的孤兒身分以及加入幫派、被拘捕、成為舞女等等，正是一種社會邊緣身分。谷子最後與油吉離去，可算是翁鬧較為偏向喜劇結果的一部小說。

〈殘雪〉裡的林春生在兩個女子之間做選擇，劉吶鷗的〈兩個時間的不感症者〉則是一名女子周旋在兩名男子之間，結局是女子拋下兩名男子而去的愛情「速」寫。劉吶鷗尤其擅長對於「感情」與現代社會裡「男女關係」的新感覺描繪，無論是〈禮儀與衛生〉的可瓊，或是〈熱情之骨〉裡的玲玉，都在婚後被其他男子所愛慕。〈方程式〉裡的密斯脫Y更是周旋

---

34 楊逸舟著，陳藻香、許俊雅編譯：〈憶夭折的俊才翁鬧〉，《翁鬧作品選集》（彰化：彰化縣立文化中心，1997年），頁248。如果我們認同楊逸舟對翁鬧本人歧視台灣女性的說法，那麼我們在閱讀其作品時就容易有類似歧視台灣女性的刻板印象。楊逸舟：「翁鬧的缺點是看不起台灣女性，而對日本女性卻是盲目的崇拜。」

35 翁鬧著，陳藻香、許俊雅編譯：〈殘雪〉，《翁鬧作品選集》（彰化：彰化縣立文化中心，1997年），頁126。〈殘雪〉中的林春生在給玉枝的回信裡說：「我已經完全忘了你」。

在密斯W、密斯A、密斯S之間。劉吶鷗對於「男女關係」的新感覺描繪，既能精彩的象徵都會，亦連帶的營造了漠視時間的「時間的不感症」。對於劉吶鷗而言，愛情的書寫彷彿就只是一場曖昧而不確定的遊戲。而劉吶鷗與翁鬧相較之下，翁鬧在〈音樂鐘〉與〈天亮前的戀愛故事〉中以回憶小時之事的意識流表現情欲，劉吶鷗則以〈殺人未遂〉表現了其獨特的意識流敘事手法。劉吶鷗透過一名強姦犯的追述，捕捉了強姦犯的犯案過程，充滿情欲想像與新感覺的書寫同時呈現。當〈殺人未遂〉裡強姦犯自述與女職員接觸時，其異常的感覺就流露出來：

> 兩個人兩隻手提著兩根鑰匙向著兩個並排的所洞插進去，同時地轉，同時拉，於是把那個強固的箱門開了。這些機械的動作雖然只在沉默的一剎那間經過，但在我的腦筋中卻留下了很深刻的印象，好像每一舉一動都有著它的意義，沒有她我絲毫沒有辦法去開了它，沒有我她個人也是開不開的。……[36]

無論在文學史的歸類上，上海文學史裡的劉吶鷗與台灣文學史中的劉吶鷗，都亦批判亦頌揚了現代性的「魔力的勢力」。在舞廳中「心神」被仿似魔宮的舞池空間所迷惑，時間的概念在此被漠視、忘卻，處於其中的男人女人則個個身分極其「曖昧」。然而這種魅惑「心神的魔力」之書寫，卻仍然對於女性有著強烈的物化性格：

> 在某種意義上，摩登女郎的原型可以溯到法國和日本的文

36 劉吶鷗：《劉吶鷗全集文學集》（台南：台南縣文化局，2005年），頁200。

學淵源。一個簡明的形象系譜，有助於我們了解劉吶鷗如何在跨文化和種族性別意義上承襲並改變了摩登女郎形象的內涵。[37]

　　一旦摩登女郎的形象在劉吶鷗的小說裡被物化，女性性別的「她者化」就已經是劉吶鷗小說的一種特徵。翁鬧與劉吶鷗在愛情的書寫上時而以意識流的方式表現情欲，時而以愛情為主題去開展。兩人不同的是，當翁鬧將小說主題注重在愛情層面時，女性似乎可以帶有台灣或日本的象徵，但或許也只是單純的情愛層面。而劉吶鷗將小說主題以愛情為主時，女性又恍然變成都市現代性的象徵，代表了一種都會現代性下的不確定感與速食性的愛情觀。

　　台灣文學史通常不將翁鬧與劉吶鷗放在同一位置上，但兩人在文學史上出現的時間相仿，寫作特徵均被歸納在新感覺派中，此外也都具有台灣旅日留學生的身分，就生命歷程與寫作風格來說確實有許多貌合神似的地方。劉吶鷗的〈遊戲〉、〈兩個時間的不感症者〉與〈殺人未遂〉等可以視為其新感覺手法的代表小說，這使劉吶鷗的小說與施蟄存的〈將軍底頭〉、〈在巴黎大戲院〉、〈梅雨之夕〉及穆時英的〈上海的狐步舞〉、〈白金的女體塑像〉、〈第二戀〉等等相提並論。翁鬧的〈音樂鐘〉、〈殘雪〉、〈天亮前的戀愛故事〉則與巫永福的〈首與體〉、〈山茶花〉、〈欲〉及郭水潭的〈某的男人的日記〉等等歸於一派。在愛情與情欲的書寫方面，相同的是都或多或少的應用了意識流與新感覺手法。但由於劉吶鷗往赴上海，遂使劉吶鷗還同時受到上海的地域性文學思潮影響。為了區隔開兩者的不同，論述者往往會以劉吶鷗為上海新感覺

37　史書美：〈性別、種族與半殖民地性：劉吶鷗的上海都市風景〉，《2005劉吶鷗國際研討會論文集》（台南：國家台灣文學館，2005年），頁45。

派的分類方式，將劉吶鷗與翁鬧分述別論。[38] 在蔡明原的論述中，翁鬧與劉吶鷗可說是分別為都會與鄉村的代表。但若就愛情書寫的部分，兩者並不那麼的遙遠，尤其在情欲書寫下女性「她者化」彷彿成為兩人的創作徵象。在都市被他者化的架構之下，顯然女性的「她者化」現象也成為一種兩人都會書寫的特徵。以性欲書寫為主題與題材的愛情書寫，與以都會為題材與背景的小說裡，共構出翁鬧與劉吶鷗新感覺書寫的「欲望城市」。

四、結語

　　就新感覺派的興起與傳承來說，都市似乎對從台灣前往日本的留學生並不是那麼的重要，然而往赴日本再轉進上海的劉吶鷗似乎十分強調都會的性質。[39] 另一方面，就翁鬧目前所見的最後力作《有港口的街市》來看，翁鬧對於都會的書寫與上海新感覺派比較起來其實不遑多讓。翁鬧在小說的創作歷程中，不少篇章都以身處東京的態度，框夾著回憶中的鄉村事件為書寫策略。若要強制性的將翁鬧的每篇小說劃分或歸類於都市或鄉土，將會面臨都會小說或鄉土小說「定義」上的困境。因此本論權宜性的將翁鬧同時涉及都會與鄉村的小說，定為

38　部分研究中國現代文學的學者，傾向於劉吶鷗同時直接受到歐美的文學思潮影響。由於劉吶鷗與施蟄存等過從甚密，而施蟄存等人未必直接受到日本新感覺派影響，因此造成劉吶鷗在新感覺派脈絡上的歸屬與翁鬧可能有些距離。但劉吶鷗本身確實受到日本新感覺派的啟發殆無疑義。根據許秦蓁的研究：「1976年1月12、13日，翁靈文發表於香港《明報》上的文章〈劉吶鷗其人其事〉中寫著，劉吶鷗曾經笑著對朋友說：『橫光利一是新感覺派第一代，他自己是第二代，穆時英是第三代，黑嬰是第四代。』我們可以從劉吶鷗的這句『戲言』，找到劉吶鷗自我歸屬與定位的文學流派──『新感覺派』。」因此，我們從文學系譜學的角度來看，翁鬧與劉吶鷗其實系出同源。許秦蓁：《摩登、上海、新感覺──劉吶鷗（1905～1940）》（台北：秀威科技，2008年），頁52。

39　新感覺派本質上鄙薄都會，因此都會的題材並不是日本新感覺派的主要表現場景。

「都市／鄉土」，避免生硬的詮解。

對於兩人的都市空間書寫，在兩人的創作裡都隱含著一個很重要的概念，即本文所提出的「他者化」，在翁鬧來說是藐視大都市的一種心態，是忽略都市的一種情境，身處在都市中的「房間」與「室內」，將自身的個體很清楚的彰顯出來，並予以回溯到記憶中小時候的鄉間。劉吶鷗的「舞廳」空間就直接利用了都市的空間，對都市進行直接的諷刺。而就小說的類型來說，本文透過重讀翁鬧與劉吶鷗的小說，認為兩者差異應為「都市／鄉土」與「都市」的別異。而在都會書寫部分，兩人又透露出「浪蕩者」、「漫遊者」與「零餘者」的特質。在翁鬧的「房間」與「室內」與劉吶鷗的「舞廳」裡，還潛藏著意識流式的情欲書寫，以及對於愛情的幻想。有所不同的是，翁鬧小說對於女性除了情欲想像之外，也帶有一種對女性「她者化」的現象，是為了要滿足愛情所需的要件。對於翁鬧的小說而言，重點只是「戀愛」，對於女性的愛好幾乎沒有描摹。劉吶鷗將女性的「她者化」與對都市的「他者化」熔於一爐，女性搖身一變成為「現代性」的象徵。

新感覺派所具有的「浪蕩者」、「漫遊者」與「零餘者」正好能夠表現翁鬧與劉吶鷗的文化心態，一方面對都市的不滿，一方面批判資本主義文化的強勢。而在這當中可能還帶有一種孤寂的落寞感，一種個體自身的流亡與離散心情。「浪蕩者」、「漫遊者」與「零餘者」可以說代表了自身的心態，流亡與離散所引導出的「飄泊感」，顯示了翁鬧與劉吶鷗本身與社會的陌生與隔閡。劉捷稱翁鬧為「夢中見過的幻影之人」，郭海榮稱劉吶鷗為「一個敏感的都市人」，某種程度上也算是精確指出了翁鬧與劉吶鷗對於都市與社會的焦慮狀態。

本論重讀翁鬧與劉吶鷗具都會面向的小說，提出兩人對都市與女性的「他者化」與「她者化」，並且將空間書寫與情

欲書寫嘗試做一鍊接，我們從中可以看到翁鬧與劉吶鷗在台灣一九三〇年代文學史中的特殊性。我們或可藉由翁鬧與劉吶鷗等這一群留日學生群的文學新思潮，讓一九三〇年代的台灣文學思潮與世界接軌。更進一步的，我們清楚的看見，一九三〇年代不是左翼文學抬頭的獨霸時期，還有另一條以翁鬧與劉吶鷗爲主的文學脈絡正朝氣十足的活動著，以相當「現代」的文學思考進行創作，更能與以「風車詩社」爲中心的詩人群類比，一同綻放了摩登惡之華，頹廢著情欲的愛與失。

參考文獻

- 尹子玉：〈日據時期留日台籍作家〉，《文訊》（台北：文訊，2000年）。
- 史書美：〈性別、種族與半殖民地性：劉吶鷗的上海都市風景〉，《2005劉吶鷗國際研討會論文集》（台南：國家台灣文學館，2005年初版）。
- 朱雙一、張羽：《海峽兩岸新文學思潮的淵源與比較》（中國廈門：廈門大學，2006年初版）。
- 呂正惠：《戰後台灣文學經驗》（台北：新地文學，1995年初版）。
- 杉森藍：《翁鬧生平及新出土作品研究》，台南：台灣文學研究所碩士論文，林瑞明先生指導，2006年。
- 翁鬧著，陳藻香、許俊雅編譯：《翁鬧作品選集》（彰化：彰化縣立文化中心，1997年初版）。
- 翁鬧著，杉森藍譯：《有港口的街市》（台中：晨星，2009年初版）。
- 陳芳明：〈台灣新文學史第十三章 橫的移植與現代主義之濫觴〉，《聯合文學》202期（台北：聯合文學，2001年）。
- 陳建忠：〈巫永福小說〈首與體〉中的留學生形象〉，《日據時期台灣作家論‧現代性、本土性、殖民性》（台北：五南圖書，2004年初

版）。

・彭小妍：〈浪蕩天涯：劉吶鷗一九二七年日記〉，《中國文哲研究集刊》12期，台北：中國文哲研究集刊，1998年出版。

・許素蘭：〈「幻影之人」翁鬧及其小説〉，《國文天地》7卷5期，台北：國文天地月刊社，1991年。

・許秦蓁：《摩登、上海、新感覺——劉吶鷗（1905〜1940）》（台北：秀威科技，2008年初版）。

・張良澤著，陳藻香、許俊雅編譯：〈關於翁鬧〉，《翁鬧作品選集》（彰化：彰化縣立文化中心，1997年初版）。

・張恒豪編：《翁鬧巫永福王昶雄合集》（台北：前衛，1991年初版）。

・楊逸舟：〈憶夭折的俊才翁鬧〉，《翁鬧作品選集》（彰化：彰化縣立文化中心，1997年初版）。

・葉石濤：《台灣文學史綱》，收錄於《葉石濤全集17・評論卷：五》（台南：國立台灣文學館、高雄：高雄市文化局，2008年初版）。

・葉渭渠：《日本文學思潮史》（台北：五南圖書，2003年初版）。

・廖淑芳：〈國家想像、現代主義文學與文學現代性——以日據時期台灣作家翁鬧為例〉，《北台國文學報》（台北：北台科學技術學院通識教育中心，2005年）。

・蔡明原：〈上海與台灣——新感覺的兩種實踐：以翁鬧與劉吶鷗的作品為探討對象〉，《文學與社會：2004青年文學會議》（台南：國家台灣文學館，2004年初版）。

・劉吶鷗：《劉吶鷗全集文學集》（台南：台南縣文化局，2001年初版）。

・蕭　蕭：〈朝興村人——翁鬧傳奇〉，《自由電子報》自由副刊，2005年11月5日，網址：http://www.libertytimes.com.tw/2005/new/nov/5/life/article-1.htm。最後瀏覽日期：2009年4月10日。

翁鬧短篇小說論

李進益（國立東華大學台灣語文學系教授）

一、

　　翁鬧（1910～1940），彰化社頭人，台中師範學校畢業，曾在員林田中國小任教，1933年發表新詩〈寄淡水海邊〉於《福爾摩沙》創刊號，一九三四年前往日本東京留學，一九三五至一九三七年大量作品發表在《台灣文藝》及《台灣新文學》，主要代表作品有小說〈音樂鐘〉、詩〈在異鄉〉、評論〈關於詩的筆記〉等近二十篇。一九三九年接受黃得時的邀約，在《台灣新民報》連載中篇小說《有港口的街市》，之後便辭世，黃得時曾於〈晚近台灣文學運動史〉說：「最富於潛力的翁鬧，以本作品（即《有港口的街市》）做爲最後作品而辭世，眞是本島文壇的一大損失。」[1]

　　翁鬧的文學成就雖早於一九四〇年代已經被肯定，不過，關於〈音樂鐘〉等六篇短篇小說廣爲人所熟知，則要到了一九七九年七月遠景翻譯出版《光復前台灣文學全集》時，才再度受到重視。而且，學界在論述翁鬧小說作品的主題思想與內容時，有的偏重作品有無對殖民統治的反抗，亦即強調反映現實的社會功能，如古繼堂《台灣小說發展史》就說：「翁鬧作品中象徵手法的運用也相當成功」，不過，「翁鬧作品的主題思想與他所處的敵人瘋狂，人民苦難，鬥爭悲壯的時代相比，是很不相稱的，顯出了逃離時代的知識分子的無力和蒼

1　張恒豪編：〈翁鬧生平寫作年表〉，收入《翁鬧、巫永福、王昶雄合集》（台北：前衛，2009 年1月初版7刷），168頁。

白。處在那樣所有人都面臨著生死選擇，國家和民族的生死存亡的歷史關頭，既沒有表現對日本帝國主義的抗議，也沒有表現出對革命者的讚頌，不能不是一種遺憾。」[2]

　　翁鬧小說寫作的動機，顯然不全是爲了忠實地呈現客觀的外在世界，從短篇小說來看，他毋寧是在從事一種內省的思考與探索，他所重視和追求的理想境地，偏向人性、心理方面大於政治、經濟社會層面，就是被視爲「平實展現台灣農村的景物和人情」的〈羅漢腳〉[3]，其作品的主題仍未停留或局限於如實的反映現實層面而已。〈羅漢腳〉一文，乃作者通過五歲小孩的眼睛所看到的外在世界，呈現其內心多層次的變化，亦即，作者著墨甚深的地方是小孩心理的情緒的變化。翁鬧並非不清楚一九三〇年代普羅文藝思潮爲主流，他也深知小說人物必須與社會有著某種互動關係，然而他在評論賴明宏〈夏〉，就指出側重描寫與階段鬥爭是存有一些弊病，[4]畢竟作爲文學藝術一環的小說，內容與形式兩方面都須兼顧。如果說只是偏向寫實，尤其是爲了宣揚某種精神或反抗現實世界，以致忽視或略過藝術形式的精益求精，無疑地，這種偏頗無法產生優秀的作品。翁鬧評論的文字，正可作爲審視他作品的一種尺度。至於中篇小說《有港口的街市》[5]，筆鋒一轉，除了他擅長描

2　古繼堂：《台灣小說發展史》（台北，文史哲，1996年10月），110頁。另外，許素蘭亦有類似見解，〈「幻影之人」翁鬧及其小說〉云：「翁鬧無法洞察統治者的殖民心態，一心期望取得與日本人同等地位的想法，固然有其思考上的盲點。但是，日據時代的台灣人，在接受世界先進國家的思想的洗禮後，視野開闊、憧憬自由民主，希望掙脫次等國民標記的心願，則是可以理解、可以諒解的，這一點或許是今日我們讀賴和、楊逵等充滿反殖民精神的抗議文學之外，對於其他日據時代的文學作品，多少該有的一點『歷史的寬容』吧！畢竟，在不同的統治體制下，以各種方式求生存，原是台灣四百多年來椎心泣血的『共業』！」見《國文天地》第七卷五期，1991年10月。

3　張良澤：〈關於翁鬧〉，同註1，153頁。

4　翁鬧：〈新文學三月號讀後感〉，《台灣新文學》第一卷第三號，1936年4月。後收於許俊雅編譯《翁鬧作品選集》（彰化：彰化縣立文化中心，1997年7月），201-203頁。

5　翁鬧：〈有港口的街市〉，《台灣新民報》，1939年7月4日～8月20日。由日人杉森藍中日對照出版《有港口街市》（台中：晨星，2009年5月）。

寫刻畫人情幽微與心理變化手法之外，他在此部作品有許多篇幅是描繪現實社會，尤其是生活於社會底層的小人物生活，作品性質介於「純文學」與「通俗文學」之間，換言之，《有港口的街市》頗有迎合閱報大眾的口味，在藝術性的堅持外，兼顧到通俗趣味的情節安排。

翁鬧的文學活動集中在一九三五和一九三六年，十之八九的創作都發表於這兩年，而且是以東京為活動空間，日本昭和十年（1935）的文壇動向，知名作家橫光利一（1989～1947）、川端康成（1899～1972）、林芙美子（1901～1951）、佐藤春夫（1892～1964）、谷崎潤一郎（1886～1965）等，翁鬧不但對他們的作品相當清楚，在創作方面或座談會上的發言，也會加以運用，這可從散文〈東京郊外浪人街——高圓寺界隈〉[6]提及文豪新居格（1881～1951）、小松清（1900～1963）、菊池寬（1888～1948）、伊藤整（1905～1969）得到印證，中篇連載小說《有港口的街市》一筆說到谷崎潤一郎，短篇小說寫作技巧師承橫光利一、川端康成提倡的新感覺派，更可見得翁鬧友人劉捷所言不虛：

> 那時為進出日本文壇，畢業後不肯返鄉，在東京苦修流浪的文藝人，翁鬧是典型人物之一。
> 翁鬧生活浪漫，窮苦到了極端，他那種深刻的人生體驗、鍥而不捨的精神，倘若能夠發揮於文學創作，天再假以長壽的話，翁鬧的成就必然可以期待，更有可觀。
> 他所走的路線是純文藝新感覺派，為藝術而藝術，日本文

6　翁鬧〈東京郊外浪人街——高圓寺界隈〉，《台灣文藝》，2卷4號，1935年4月，13-17頁。收錄於妻子匡主編《新文學雜誌叢刊》複刻本第6冊，台北：東方文化書局，1981年3月。關於1930年代翁鬧流連忘返的高原寺地區的論述，可參見黃毓婷〈東京郊外浪人街——翁鬧一九三〇年代的高圓寺界隈〉，《台灣文學學報》第十期，台北：政大台文所，2007年6月，163-196頁。

學一直以純文藝爲主流，而且一九三四、三五前後數年是俄羅斯古典文學、法國文學昌盛的時代。出版界有《改造》、《中央公論》、《文藝春秋》、《新潮》、《文學界》等之大型雜誌。橫光利一、川端康成、林房雄、武田麟太郎、豐田與志雄、小林秀雄等作家大活躍，翁鬧的思想大受杜斯妥也夫斯基的影響，寫作技術則受日本純文學派之感化，不以故事情節的新奇號召人，概從日常生活的瑣事取材，靠自己的寫作技術，雕身鏤骨，以表現眞善美純粹爲第一，所以純文學這一派的作家多半是文章煉金巨匠，翁鬧年輕而去世，否則大可佔有日本文壇的一席。他像夢中見過的幻影之人。[7]

翁鬧在同時代友人的眼中是一位怪胎，狂妄之徒，不在乎世俗看法，不注重人情世故[8]，同爲留日的劉捷以他親身多次在東京交往的經驗，說翁鬧彷彿「幻影的人」，除了追憶他的奇行，也相當肯定他的才華，不過，仍有許多友人對翁鬧私生活不以爲然，甚至，吳鬱三（吳天賞）〈蜘蛛〉一文被認爲是以翁鬧作爲「模得爾」（即「模特兒」）而寫成的小說。[9]〈蜘蛛〉主角之一「龍」是一位放浪形骸的文學青年，頹廢潦倒，過著波希米亞的生活，一如傳聞中的翁鬧，若眞如此，翁鬧可眞是人如其文。

現實世界的翁鬧，在同輩看來，彷彿墮落之人，他的文學理念與創作，也與同時代的作家截然不同，從一九三六年六月「文藝聯盟」東京支部座談會討論當時台灣文學問題的發言，翁鬧提出的看法很突出，且具批判性，如能對照他的小說作品

7　張恒豪：〈幻影之人——翁鬧集序〉，同註1，14-15頁。
8　楊逸舟：〈憶夭折的俊才翁鬧〉，《台灣文藝》九十五期，1985年7月。後收入《翁鬧作品選集》，248-251頁。
9　吳鬱三著，許俊雅編譯：〈蜘蛛〉，《翁鬧作品選集》，同註4，221頁。

看，就能得知他的文學主張迥異於其他台灣作家。無論是在做人方面獨特，或是文學作品具有特殊、前衛風格，翁鬧與同時代的人相比，顯得格格不入，故稱他為台灣新文學的異端兒，想必是不中亦不遠。本文主要探討翁鬧短篇小說的主題思想。

二、

翁鬧小說作品內容與思想並非完全超現實，〈羅漢腳〉、〈可憐的阿蕊婆〉、〈戇伯仔〉與〈殘雪〉等篇都可看到作家努力展示社會與人生的企圖，翁鬧只是不願意在作品中過度膨脹左翼思想的重要性，甚至可以說，他是反對僵硬的意識型態，前已言之，他在評論賴明宏〈夏〉這篇小說時，就特別強調小說創作應深刻地摹描人物性格、心理等內層意識，而非以千人一面，千部一腔的意識教條框住人物，終而落入樣板典型窠臼，他說：

> 我所要說的是，對你關於這方面的描寫法。應該說是作者的人生觀乃至社會觀罷!透過全作品，令我感到的是：你未能確實把握實實在在的人性。依我看，真正的人性應該更複雜，而且有更多的通融性、自由性，與不羈的奔放性。我不認為：就因為他屬於支配階級，或因為他是地主，而具有卑劣、俗不可耐的人性。我的希望是：應該把人性放在實際客觀的角度來觀察。若一提支配階級、有產階級，就立刻把它設定於敵對的位置而去憎恨的話，無庸贅言的，那只像一個小兒科病患。其實，我自己也不喜歡用這種語氣輕率論斷你的。
> 其實，世上支配階級或有產階級之中，令人痛恨之處，固然很多，……

但卻難成立：所有的支配的支配階級與有產階級皆屬可恨之概念。若認為可恨，那就將其醜惡與卑劣可恨之處，徹徹底底去挖掘、掀開出來。但是，其中若缺少必然性與具象性，則亦只是屬於低俗的反動。在文學的立場來看，是不值得一提的。我要說的是，在你的作品之中，稍嫌缺少這種所謂的必然性與具象性。[10]

〈夏〉的故事內容很簡單，[11]主角林阿成為一佃農，女兒秀月私自與所愛的青年廖德泉交往，以至破壞了與富農陳阿源結為姻緣的機會，秀月最後還因人言可畏而自盡。林阿成除了煩惱女兒之事，更令人焦慮不安的是久未下雨，乾旱嚴重影響稻作，收成不足以繳納給地主林萬舍租金。作者藉貧農被地主剝削壓榨的故事，以反映階級問題，這類題材在日治時期的作家筆下層出不窮，翁鬧並非反對〈夏〉這種反映現實問題的作品，他在乎的是如何營構小說藝術性，如何提升人物心理、情節等描寫技巧，將「多麼殘酷的村民和家庭」、「多麼醜陋的民族寫照」、「多麼庸俗卑劣的人性」深刻且深入地刻畫描摹，否則，「其中若缺少必然性與具象性，則亦只屬於低俗的反動。」

翁鬧對於小說藝術性的重視，除了批評〈夏〉之外，另可見於他評論《台灣新文學》第一卷五號〈或る結婚〉[12]（中譯〈某結婚〉）。這篇小說寫一對男女談戀愛過程，處處受到阻擾，特別是女方家長要求龐大的聘金做為刁難，令女主角差點尋死，最後男方多方奔波籌措，得以有情人終成眷屬。故事情節平鋪直述，反對家長權威及反對封建社會道德的主題鮮

---

10 翁鬧〈新文學三月號讀後感〉，同註4，202頁。
11 賴明宏：〈夏〉，《台灣新文藝》1卷2號，1936年4月，同註6，16-24頁。
12 徐瓊二：〈或る結婚〉，《台灣新文藝》1卷5號，同上，23-31頁。

明，但是小說技巧欠缺圓熟，尤其是爲了說明台灣舊社會風俗習慣，不惜冗長贅筆，縷縷不絕言說，如下面一段引文便是一例：

> 讀者應以厭聞這類聘金的事，會問沒有更進一步的話題嗎？不過，這才是今日台灣經常一再出現令年輕人煩惱的事啊！儘管聽膩了，一旦發生在自身，一如被人捕捉入籠的狐狸時，才會知道這種不自由的自由是無法說出的。事實上，今日社會中的自由戀愛也不過是檻中的自由戀愛。由於經濟的束縛和風俗習慣的桎梏，往往戀愛當事者受到限制，甚至成爲罪惡。[13]

整篇小說不時可見上述的言論，作者對於主角李漢榮是如何辛苦才弄到一大筆聘金，李漢榮內心煎熬與焦慮的情況並未多所描繪。此外，女主角郭英英與養父母之間的對立，與兄長金風的矛盾，也未見加以細膩的鋪排描摹。因此，翁鬧才會嚴厲地加以評騭：

> 〈某結婚〉一篇似難定位在小說的範疇。把他編入「創作欄」之內，使我頗覺不解。這也許可說只是什麼報告，或屬說明文之類，不該屬於小說之類。因爲從內容看它並不具備有：文學作品不可或缺的「個性的創造」與「描寫的具象性」。若使讀者把這篇作品誤認爲是小說，那可真糟糕了。這並非沒有這種可能呢。[14]

---

13 同上註，26頁，筆者譯。
14 翁鬧：〈新文學三月號讀後感〉，原刊於《台灣新文學》1卷第5號，1936年6月。中譯引自陳藻香譯，收入許俊雅編譯《翁鬧作品選集》，同註4，208頁。

　　綜觀翁鬧創作觀及小說主題，簡而言之，在重視藝術性揭示人生，思考存在意義和批判文明。不知是偶然巧合，還是刻意精心安排，翁鬧六篇短篇小說構成一幅人生圖景。小說的主角男女老幼都有，從五歲的小孩（〈羅漢腳〉）、中學一年級的青少年（〈音樂鐘〉）、二十來歲的留學生及青春年華的女孩（〈殘雪〉）、三十歲的孤獨男子（〈天亮前的戀愛故事〉），到六十五歲的初老男人（〈戇伯仔〉）及八十二歲的蒼老阿婆（〈可憐的阿蕊婆〉）；小說的場景，從鄉村到都市，從台灣到日本，充分呈現殖民地台灣當時民眾認知的空間，翁鬧的小說世界彷彿是現實俗世的移植。再從小說內容來看，有描寫窮無立錐之地的羅漢腳一家生活，述說農村落後寒傖的景象（〈戇伯仔〉），進而描繪文明新奇器物，〈音樂鐘〉「有清脆的金屬性的音樂」聲音，以及乘風破浪到日本東京（〈殘雪〉），才領悟到「這個世界意外廣大。自己還未看到的、還不知道的事，在這個是世上太多太多了。」（〈可憐的阿蕊婆〉）於是一群世世代代生活在自己故鄉的人們，一如阿蕊婆或戇伯仔，日出而作，日落而息，在故鄉終老，至死只認得腳下走得動走得到的範圍：「第二天早上天還沒亮，老伯仔又挑起了籠子，走過闃無人聲的村落，並用路邊的石頭擦著因露水和泥巴而重起來的草鞋，爬往那座已經沒有了屍首，只剩下扁擔的有牛墓的故鄉的山。」[15] 十之八九以上像戇伯仔的鄉親，不知道東京大都會的喫茶店「目前正在流行的舒伯特未完成交響樂」[16]，沒坐過電車，「戇伯仔有生以來從未看到過海，所以世界有多大，他沒法想像。」許多人的一生，就這樣地過去。當然，也有為了理想，遠度重洋赴日留學，孤高自傲，一肚脾處處不合時宜，與世俗相忤，「覺得自己似是一個

15　翁鬧：〈戇伯仔〉，同註1，49頁。
16　翁鬧：〈殘雪〉，同上，51頁。

完全不適於生存的人。」[17]

　　整體而言，翁鬧短篇小說偏重心理與感覺的描摹與刻劃，小說主題反映人生，卻不以揭露、批判殖民統治的壓迫和欺凌為目的，而且，敘事技巧著重內心層面，不以反映外在現實的寫實手法為之。至於人物性格和形塑，與當時強調反殖民反封建的作品相比，或許顯得不夠典型、鮮明與突出，而且故事情節不刻意經營迭宕起伏，曲折動人。正因如此，所以有的評論者在探討和分析翁鬧的作品，為了強調作品的社會寫實功能與意義，而忽略了作品本身的藝術性特質，如〈戇伯仔〉此篇小說到底有無對殖民統治的抵抗？張良澤說「作者對於殖民統治的反抗。若隱若現於字裡行間」：

　　　這篇小說沒有故事，沒有高潮，用沉悶筆調描寫「村子裡，人人都牛馬般地幹著活。他們之中沒有一個懶惰的，也沒有一個人在想著生活以外的事，或策劃著什麼陰謀。然而，那種晴朗的笑卻從他們臉上消失了。他們覺得習慣於用萎縮的、扭曲的面孔來看東西、與別人交談」的殖民統治下的生活。環繞於戇伯一家人的生活環境，有台灣民間習俗、英國神父的傳教、農村經濟的蕭條種種。而作者對於殖民統治的反抗，若隱若現於字裡行間。[18]

　　古繼堂認為〈戇伯仔〉此文「表現台灣人的苦難」，而且，翁鬧沒有在小說中採取一般日治時期台灣小說家常用的「批判現實主義的表現手法」，以致作品「缺少激動人心，使人感奮的力量。」[19]

17　翁鬧：〈天亮前的戀愛故事〉，同上，122頁。
18　張良澤：〈關於翁鬧〉，同上，150頁。
19　同註2，古繼堂：《台灣小說發展史》（台北，文史哲，1996年10月），107頁。

　　個人認為，以〈戇伯仔〉為例，正好說明了翁鬧創作的理念與立場。亦即，他的寫作純粹是追求自我的完成以及對藝術完美性的堅持。他所關注的不外乎是文學，文學以外的政治或社會問題並不比藝術自身來得重要。因此，文學藝術的表現手法，美學觀念的呈現和人間性的展現才是翁鬧寫作時注重的焦點。〈戇伯仔〉主角不怎麼如意的人生，活了一大把年紀，討不起老婆，不管怎麼努力幹活，總是在吃不飽、餓不死的邊緣上混口飯吃而已，「不管怎麼掙扎，都是沒法從陰暗濡濕的地方逃開的好長長的過去呵。」翁鬧藉由此篇小說，「詛咒」悲慘的現實人生，他筆下主角的生存空間陰濕灰暗，縱然春天來到人間，陽光照不到他們身心上：

　　　　老伯仔走到土堤的盡頭。從四五棵相思樹蔭下，可以望到
　　　村落。那裡正是村子裡的人家聚落的地方，老伯仔年輕時
　　　有好多白牆的或磚房，寬闊的埕子裏，一天到晚都可以看
　　　到頑童們的笑鬧的樣子。春天來到，剛進了學校的小孩們
　　　在埕子裡的芒果枝椏上掛上繩子，盪秋千玩，如今這也看
　　　不到了。牆的顏色褪去，屋舍傾圮，原來那麼活潑的人
　　　們，都不得不過著寒傖的生活。村子裡，人人都牛馬般地
　　　幹著活。他們之中沒有一個人懶惰的，也沒有一個人在想
　　　著生活以外的事，或策劃著什麼陰謀。然而。那種晴朗的
　　　笑容從他們臉上消失了。他們都變得習慣於萎縮的、扭曲
　　　的面孔來看東西，與別人交談。[20]

　　翁鬧並未點破主角背後的殖民壓迫，階級鬥爭，或者是其他種種特別理由及原因，提供給讀者的小說想像空間不小。就

────────────

20　翁鬧：〈戇伯仔〉，同註1，44-45頁。

一九三〇年代台灣農業社會現狀而言，「戇伯仔」這一號人物
是具有普遍意義的，翁鬧通過主角喃喃自語的內心描繪、種種
潛意識的分析來塑造人物，進而反映現實，揭示人性，誠如翁
鬧友人巫永福所言：

> 像阿憨伯這樣正直赤貧，因無受教育，又無一技之長的小
> 人物，在這現實世間的每一角落，都可能存在，且隨時都
> 有可能淪落到這種地步。[21]

「戇伯仔」看到橫死路旁的鄰居，心裡想「村子裏的人們
都是這樣死去的。」小說人物生如「鼻涕蟲」、「蝸牛」，命
如草芥，辛苦做到死無人聞問。生命有如一陣風，倏忽短暫。
翁鬧寫此篇小說，其意或在追尋探索生命的意義，在他眼中，
現實和人生並不那麼充滿光明、希望，毋寧說，人生道路長滿
荊棘，充滿挫敗。翁鬧用心捕捉主角不同時間的剎那感覺，以
不同的暗示和象徵手法呈現、展示人生內部的存在與意義，將
主角的心理機能、情緒細緻地加以描寫，這種學自「新感覺
派」的技巧，正是翁鬧小說藝術價值的所在。

三、

翁鬧重要詩篇與小說集中發表在一九三五和一九三六年。
這距離他於一九三四年前往日本東京留學只不過才一兩年而
已，為何他會如此積極從事創作？根據他寫的〈東京郊外浪人
街──高圓寺界隈〉，以及一九三五年二月出席台灣文聯東京
支部茶話會的發言，可以推知一九三五年日本文壇動向對他的

---

21 巫永福：〈阿憨伯的形象〉，《台灣文學》95期，1985年，後收錄於《巫永福
全集》（台北：傳神，1996年5月）第7冊，147頁。

創作起了作用。回顧日本近代文學史的發展，一九三〇年代以橫光利一、川端康成為首的新感覺派正活躍文壇[22]，足以與普羅大眾左翼文學相抗衡，或許新感覺派正對翁鬧天生浪漫氣息的脾性，提供了他寫作的參考方向。再者，同輩的激勵，亦應是一個主因。台灣新文學重要作家楊逵〈送報伕〉一九三四年十月發表在《文學評論》，一九三五年一月翁鬧友人張文環〈父親的顏面〉入選《中央公論》小說徵文比賽，同月，呂赫若〈牛車〉也刊載在《文學評論》，另一位與翁鬧有往來，師事橫光利一的友人巫永福也已於一九三三年發表小說〈首與體〉、詩及劇本多種，一九三四年六月再創作小說〈黑龍〉刊於《福爾摩沙》第三號，一九三五年一月又發表小說〈河邊的太太們〉於《台灣文藝》二卷二號。翁鬧在東京所參與的「台灣文聯」友人們無不努力從事創作，身處人文薈萃東京高圓寺，翁鬧又經常見到崇拜景仰的日本文壇重要人士身影，無疑地，這些因素都會激勵翁鬧更加努力創作。翁鬧小說處女作〈音樂鐘〉發表於一九三五年六月，同年七月〈戇伯仔〉、八月〈殘雪〉、十二月〈羅漢腳〉相繼問世，另外尚有多篇詩作刊於《台灣文藝》，翁鬧一九三五、一九三六年的旺盛創作，顯然與上述兩種外在因素的刺激應有著密切的關連。順便一提，新感覺派也對台灣籍作家劉吶鷗（1905～1940）有影響。他早於一九二八年便已將橫光利一〈七樓的運動〉、林房雄〈黑田九郎氏的愛國心〉、片岡鐵兵〈色情文化〉等新感覺派的作品翻譯結集成《色情文化》出版[23]，就不知翁鬧對此事了解多少。

22 新感覺派的論點，見橫光利一：〈新感覺論〉，收錄於栗坪良樹編：《橫光利一》（東京：角川書店，1981年9月），89-109頁。亦可參看王玫珍：〈焦慮、幻滅與感傷——翁鬧小說中的感傷世界〉，《人文研究期刊》第1期，嘉義大學人文藝術學院，2005年12月，27-52頁。

23 劉吶鷗：《色情文學》，收錄於康來新、許秦蓁合編：《劉吶鷗全集·文學集》（台南縣文化局，2001年3月）。

〈戇伯仔〉等篇揭示人生的主題已於上面略微討論，此處再就反思都市文明與自我探索的思想作一探討。翁鬧一九三〇年代生活於東亞最繁華的東京大都會，親身感受現代文明，小說內容出現描寫東京「摩登」的「喫茶店」，象徵西方高雅文化的哈姆雷特戲劇、舒伯特未完成交響曲[24]，跳著從舞廳偷看學來的「華爾滋」，走過噴泉公園，走在「最熱鬧的馬路」，「那條馬路上有百貨公司模樣的大店鋪一間間排列著。」[25]儘管有評論文章認為：「翁鬧筆下對東京這個城市，確乎是『樸素』的，沒有色彩，沒有流動的肢體，沒有華麗，沒有死亡」。[26]作為另一位往來台灣、日本與上海的新感覺作家劉吶鷗的對照面，翁鬧小說作品〈殘雪〉、〈天亮前的戀愛故事〉等場景與敘述確實只是作為背景說明而已，翁鬧不去大肆渲染五光十彩、璀璨耀目的「都市風景線」，就在於他對現代文明發展有著深刻的反思，翁鬧對文明與自然有自己的見解。他重視的是內在心性與深層意識，外在景象雖有所捕捉與摹繪，但並非寫作最終的意義所在。在〈天亮前的戀愛故事〉這篇小說裡，主角「我」正好三十歲，對一位女子傾訴衷意，「我」一人唱獨角戲，自剖心跡，全文看似在談「情」說「愛」，其實，弦外之音則為談「人類思想感情的發生和進展」，以及闡述他對文明/自然、城市／鄉下、存在／虛無、生／死等命題的愛恨與想法。由於內容「雜亂」，敘述手法過於前衛新穎，以至於有評者說：「作品開始既不交代地點，也不交代人物。不僅時空和人物模糊，連那談話內容也十分奇怪。從雞和鵝的交配引伸到人的戀愛，但卻只空空議論，久久不進入故事情

24 同註1，翁鬧：〈殘雪〉，51頁。
25 同註1，翁鬧：〈天亮前的戀愛故事〉，127頁。
26 曾月卿：〈一個小說的敘述比較觀點──劉吶鷗《都市風景線（1930）》〉，《2005劉吶鷗國際研討會論文集》（台南，國家文學館，2005年11月），488頁。

節，直到作品結尾，說話人和聽話人的關係還不大清楚。……因而我以爲翁鬧〈天亮以前的愛情故事〉從内容到形式都非中國貨。這是一種洋化而並沒有洋化到家的產物。」[27]

關於現代文明的問題，翁鬧在〈天亮前的戀愛故事〉中有一段話很值得注意：

> 我的意思是要現在的人類忘掉他們的生活方式與一切文化，再一次回到野獸的狀態。說實話，我看見，比方説，與其說是爲了禦寒，倒不如說是爲了誇耀而把那花幾百塊錢買來的圍巾掛在肩膀前面，就會感到莫可名狀的厭惡。它一點都沒有發揮重要的禦寒的功能，這只要看它不是圍住脖子而是懸在背上，就可明瞭。看到那種情景，難道你還能無動於衷嗎？我簡直想吐。還有，例如那收音機，這個東西實在受不了。不管在街上行走，或在室内靜坐，那不斷地向鼓膜衝過來的噪音如何呢！實在無法忍受。那樣子，人類竟也能不發瘋，我覺得簡直不可思議。我如果在這個城市内再住兩年，那我必定會發瘋。我自己清楚得很。因此，我想再過一年左右，換句話說，在還沒有瘋掉以前隱居鄉間。如果那鄉間也從早到晚聽得見廣播的聲音怎麼辦？當然，要搬走。如果新搬去的地方也同樣的話呢？你還不如、直截了當地説，如果頭上到處充滿廣播的聲音怎麼辦？果眞那樣的話，不用説，我只有發瘋。大致想得到的好結果好像除此之外無他。再説，想起市區電車、汽車、飛機這些，我就禁不住毛骨悚然。[28]

27　同註2，古繼堂：《台灣小說發展史》（台北，文史哲，1996年10月），108頁。

28　同註25，121-122頁。

　　「我」出生於鄉下，為了追尋理想，完成自我，拋棄故鄉前往他鄉異地求發展，落腳在喧囂雜沓的都市生活，都會文明雖有其便利性，但是「我」卻無法忍受都市機械文明與物質享受，很清楚地，「我」希望回歸純樸的自然世界。事實上，早於〈殘雪〉便已有類似此種觀點的陳述，主角「我」經常在東京鬧區銀座、新宿、有樂町行走，且是住在市區近郊的現代建築——公寓：

　　一天早上，他起得很遲，探手把放在枕邊的手錶拿過來一看，已是十點十分，鳥在屋簷下吱吱叫，從窗簾的空隙可以看到陽光像白銀一般照在電線桿上。
　　這樣的早晨他心裡泛起故鄉的形象。一望無際的綠色田野，竹藪圍裏的家屋，村中的小路，還有清澄的小溪——[29]

　　在此，故鄉的形象可視為鄉愁的化身，更可理解為主角「我」厭倦了都會生活，內心期待終結漂泊浪蕩，回歸故里。另外，在〈可憐的阿蕊婆〉文中，翁鬧用更多的篇幅描繪刻劃田園風光，主角一生死氣沉沉地在熱鬧街上生活，一旦搬到充滿生機的鄉村生活，感覺活過來，彷彿是「死而復生」：

　　阿蕊婆在青春少女時代，不，有生以來一直都生活在街上，不料在她身體的每一部分失去感性的時候，被帶進生趣盎然的大自然——田園中來。春初種植的香蕉，現在像要誇耀青春似的向廣大的天空伸展著葉子。各處的土堤以及路旁的樹林、草叢，它們吸取大地的精華。翁鬱盎然

以耀目鮮明的色彩，跟天空對峙著。……阿蕊婆如果從富有感性的少女時代起在這種田園長大的話，這些大自然的顏色以及香味會滲進她身心，不僅成為她身體的一部分，也成為她心靈的一部分吧。但她卻在一切都是人為與粉飾下虛構的都市裡長大。在那裡連泥土都被掩蓋著，既沒有植物，也沒有溪流，有的只是電線桿以及下水道了。但人的靈魂卻奇怪地具有所屬性，儘管如何骯髒的土地或醜陋的地方，以自己長久居住的地方為故鄉，縈繞在他的回憶裡。有時會成為嚴重的鄉愁，儘管住在如何美麗的地方，也會驅策人焦躁忍受不住哩。年輕活潑且還懷有美麗的憧憬時，人會想從地上的某一角落飛到另一角落去，但失掉活力後，在任何地方都是徬徨著——到了無法感到心安的年代，人會尋找舊巢咧。

在此段描寫亟欲回歸故鄉「舊巢」，舊巢，實際上就是一個隱喻，既是對都市文明反感的真實告白與寫照，同時，也是倦鳥歸故林，懷鄉的象徵。翁鬧在小說中寄託他對故鄉懷念之情的同時，也對現代都市的文明加以批判，厭倦在「一切都是人為與粉飾下的虛構的都市裡長大」，自然而然就會「反璞歸真」，從頭尋找心靈的故鄉。翁鬧接受新式教育，遠渡重洋追尋文學的夢，親身見聞現代文明風景，體驗西歐精神文化（聽舒伯特、看寶塚表演《哈姆雷特》），然而處身現代都市，面對自我的內心，卻隱約浮現存在的不安感、焦躁感，從這個角度而言，翁鬧的文學世界可視為他內心的寫照。翁鬧思考自我的與社會的關係，藉小說〈天亮前的戀愛故事〉以「我」的方式呈現，將「我」赤裸裸地呈現在讀者眼前；〈殘雪〉的主角「林」則是一個優柔寡斷的男人，「林」懷疑自己、批判自己、否定自己，最後，「林」因無法解決現實的問題，亦即想

「回台灣看看玉枝的情形,同時也可以見見父母,說明自己的抱負」,但在此時意外收到另一位女友美子的信,又「突然想往北海道一行,男子氣地向她表明自己的心」,結局卻是那裡也不去了:

> 他突然想起了一個奇妙的的念頭:北海道和台灣,究竟那個地方遠?他記得在地圖上北海道比較近,但他發覺在內心這兩個地方都同樣遠。住在那裡的玉枝和喜美子似乎跟自己遙遙相隔。
>
> 既然如此,我不回台灣,也不到北海道。他想,打開窗戶望著外頭。昨晚下的雪,可能也是今年最後一次下的殘雪,從頭上的屋頂滑落到眼前的地面,接著又慢慢疊合在一起。[30]

〈殘雪〉和〈天亮前的戀愛故事〉都是以愛情作為題材,單純就故事內容探討自可得到某種意義,有的研究者認為翁鬧與巫永福〈首與體〉、〈山茶花〉、吳天賞〈龍〉等同時代作品,充滿流亡文學味道,「在這些小說中,有關台灣、有關故鄉,都不是鄉愁所在,而是黑暗、混亂、殘酷的象徵。」[31]當然,也有「不以為然」者,並加以反駁。[32]對於〈殘雪〉結局的解讀,如果從主角自我的追求與失落的角度出發,或許就可擺脫上述意識型態的論爭。

四、

---

30 同註1,75頁。
31 施淑:〈日據時代台灣小說中頹廢意識的起源〉,《兩岸文學論集》(台北:新地,1997年6月),103-120頁。
32 同註21,游勝冠〈誰的「首」?什麼樣的「體」?〉,收錄於《巫永福全集》19冊「文學會議卷」,337-366頁。

　　翁鬧為何放棄小學教職工作赴日本發展？他又為何一心一意想在文學創作上有所成就？他在小說創作方面，一如上述，不刻意表現反抗殖民統治，不附和「共產」時尚思潮，而且努力追隨學習日本昭和初期（1925～1935）的文藝思潮——新感覺派。這位具有詩人浪漫氣質（實際上，他是先寫作現代詩，繼而以日語翻譯了許多首英詩，他的本質是一位詩人），他熱愛文學，追求詩的純粹，孤芳自賞的性格，「他永遠是孤獨，且似孩童，他與庸俗似永不相容，他閱讀陌生的書籍，傾聽陌生的異國音樂，陶醉於無名畫家之畫。」[33] 這樣天真、浪漫的個性，頗似陶淵明「淡柔情於俗內，負雅志於高雲」[34]，既然，世與我相違，只好以詩文寄寓自己的理想與志趣，所以，翁鬧不從事反映階級的左翼文學創作自是可以理解。同時，他對文學純粹性的堅持與探索，正好體現了他的文學理念及人生觀，亦即，翁鬧在乎的是如何在文學世界裡出人頭地，寫出好的文學作品是最重要，外在事物能令他感動的是藝術的真善美境界，除此之外，別無他物可以打動他的心。換言之，翁鬧的小說世界就是他的內心世界。文學以外的現實世界，對他而言，彷彿是不存在的。

　　正因翁鬧摸索小說的表現手法，追求感官知覺，偏重內心獨白的技法，從而形塑了他獨特的風格，在台灣新文學發展過程，這位孤獨的作家，無法被歸類在自然主義的隊伍（如張文環），也無緣與楊逵聲氣相通。他彷彿預知自己短促的生命即將來臨，迅速地在三五年內寫下〈殘雪〉等佳作，最後一篇短篇小說〈天亮前的戀愛故事〉，開拓了台灣新文學在「新感覺」描寫領域的新天地，主角夢囈般、自言自語說：「遇見像

33　同註4，199頁。
34　晉·陶淵明著，吳功正主編：〈閒情賦并敘〉，《古文鑑賞辭典》（南京：江蘇文藝，1987年11月），521頁。

我這樣意志與行為極端分裂的男人，今夜怕是第一次。」整篇小說呈現一種異常心理，也可說近乎生了病的心理，主角有若神經衰弱者，時而興奮，時而焦躁，有時則表現出強烈的自我嫌惡感，甚至於沉溺幻想愛人或被愛，卻常遭遇挫折。由於得不到愛情，令「我」傷心透底，進而對生命發出喟嘆：「對於這麼深切地尋求戀愛，這麼熱烈地盼望愛我的人，上帝竟一秒鐘都不曾賜予過，我無論如何不認為是有理的。啊！青春在消逝著！它正在飛快地消逝著！」翁鬧將錯綜複雜的心理，以自己的語言加以描繪，擺脫陳舊老套的寫實主義的文體，這是翁鬧為後人肯定和讚美的理由之一，施淑說〈天亮前的戀愛故事〉「手法無疑是前衛的」，「它之力圖表現思想上無法明說的事物，及至於敘述上的不穩定、幾近消失了輪廓的語言及文體，為台灣文學開展了一個新的面向，使它成為三〇年代台灣小說的《惡之華》。」[35] 這種前衛的藝術手法，不只是上述小說而已，全部六篇短篇作品都可作如是觀。翁鬧小說創作開拓了新的藝術手法，也完成了他對藝術追求的夢想。

參考文獻

一、專書

· 晉·陶淵明著，吳功正主編：〈閒情賦并敘〉，《古文鑑賞辭典》（南京：江蘇文藝，1987年11月）。

· 古繼堂：《台灣小說發展史》，（台北：文史哲，1996年10月）。

· 巫永福著，沈萌華主編：《巫永福全集》，（台北：傳神，1996年5月），第7冊。

· 吳功正主編：《古文鑑賞辭典》，（南京：江蘇文藝，1987年11月）。

---

35 施淑編：《日據時期台灣小說選》（台北：麥田，2007年9月），201頁。

· 施淑：《兩岸文學論集》，（台北：新地，1997年6月）。

· 施淑編：《日據時期台灣小説選》，（台北：麥田，2007年9月）。

· 栗坪良樹編：《橫光利一》（東京：角川書店，1981年9月）。

· 妻子匡主編：《新文學雜誌叢刊》複刻本（台北：東方文化書局，1981 年3月），第6冊。

· 張恆豪編：《翁鬧、巫永福、王昶雄合集》（台北：前衛，2009年1月 初版7刷），。

· 許俊雅編：《翁鬧作品選集》（彰化：彰化縣立文化中心，1997年7 月）。

· 康來新、許秦蓁合編：《劉吶鷗全集·文學集》，（台南：台南縣文化 局，2001年3月）。

· 國立中央大學中國文學系企畫編輯：《2005劉吶鷗國際研討會論文集》 （台南：國家文學館，2005年11月）。

二、期刊論文

· 王玫珍：〈焦慮、幻滅與感傷——翁鬧小説中的感傷世界〉，《人文研 究期刊》第1期，嘉義大學人文藝術學院，2005年12月，27-52頁。

· 巫永福：〈阿憨伯的形象〉，《台灣文學》95期，1985年。

· 翁鬧：〈新文學三月號讀後感〉，《台灣新文學》第1卷第3號，1936年 4月。

· 翁鬧：〈東京郊外浪人街——高圓寺界隈〉，《台灣文藝》，2卷4號， 1935年4月。

· 翁鬧：〈有港口的街市〉，《台灣新民報》，1939年7月4日～8月20 日。13-17頁。

· 徐瓊二：〈或る結婚〉，《台灣新文藝》1卷5號，23-31頁。

· 許素蘭：〈「幻影之人」翁鬧及其小説〉，《國文天地》第7卷5期， 1991年10月。

· 黃毓婷：〈東京郊外浪人街——翁鬧一九三〇年代的高圓寺界隈〉，

《台灣文學學報》第十期，（台北：政大台文所），2007年6月。

· 楊逸舟：〈憶夭折的俊才翁鬧〉，《台灣文藝》95期，1985年7月。

· 賴明宏：〈夏〉，《台灣新文藝》1卷2號，1936年4月，復刻本，16-24頁。

飄浮在一九三○年代東京街頭的幻影
——翁鬧作品中的自我書寫與現代性敘述

羊子喬（靜宜大學、台南科大兼任講師）

一、身世遭遇與文學之旅

（一）關於翁鬧之死

> 高圓寺的萬年文學青年們啊！
> 你們究竟在猶豫什麼？
> 為何一直要鑽著牛角尖，三餐不繼地徘徊在高圓寺的界隈
> 呢？[1]

　　日治時期的詩人、小說家翁鬧，一九一○年出生於彰化社頭。他自稱是養子，對於親生的雙親一無所知。[2]一九二九年畢業於台中師範學校，與吳坤煌、吳天賞、楊杏庭（楊逸舟）等人為首屆同學。一九七八年筆者訪問吳坤煌時，他親口告訴我：畢業那一年，因抗議日本老師亂罵台灣學生為清國奴，發動罷課學潮，慘遭退學而赴日本東京留學。一九三四年翁鬧在服務滿五年教職之後，即赴日本東京，先在一所私立大學就讀，住在東京高圓寺時，與一個四十六歲的日本婦人同居，後來學業中斷，去應考內閣印刷局校對員，在職中因對陌生的日本女子展開情書攻勢，慘遭該女子父親向印刷局告狀

1　翁鬧：〈東京郊外浪人街——高圓寺界隈〉，原載《台灣文藝》二卷四號，1935年4月1日。
2　楊逸舟：〈憶夭折的俊才翁鬧〉，原載《台灣文藝》九十五期，1985年7月15日。

而被撤職，翁鬧失業後很喪志，沒生活費就把書籍、衣服、被單拿去典當，過著饑餓邊緣的生活，[3] 成為漂浮東京街頭的活幽靈。吳坤煌認為這時的翁鬧已神志不清，多次進出精神病院。一九三六年九月日本政府掃蕩人民戰線運動關係者，張文環、劉捷被捕入獄，一九三七年初張文環、劉捷出獄，吳坤煌此時回台灣，但是後來還是被捕入獄十個月，直到一九三八年才出獄，並被遣送回台，一九三九年吳坤煌應張深切之邀赴北平發展（後來吳坤煌卻於〈福爾摩沙雜誌與我的青年文學生涯〉座談會中，又稱「正巧劉捷先生來信說北平有個工作機會，我便去中國大陸。」[4]），在北平教書期間被控思想左翼遭捕下獄，與周作人同一牢房，出獄後赴杭州、上海經商，直到戰後返台。在一九三八年吳坤煌離開東京之後，便與翁鬧中斷音訊，所以他認為翁鬧應病逝於精神病院。然而，楊逸舟於〈憶夭折的俊才翁鬧〉一文中指稱：冬天氣候極冷，翁鬧睡在亂七八糟的報紙堆裡，就這樣凍死了。楊逸舟因人在東京，其說法應更為可信。翁鬧於一九三九年在黃得時策劃的《台灣新民報》新銳中篇小說特輯發表《有港口的街市》，後來黃得時於〈晚近台灣文學運動史〉說：「最富於潛力的翁鬧，以本作品為最後作品而辭世，真是本島文壇的一大損失。」[5] 因此，更可確認翁鬧應於一九四〇年冬天在神志不清之下，凍死於東京街頭，杉森藍碩論所提的翁鬧戶籍資料，更可證實此一說法。[6]

（二）翁鬧的文學之旅

3　同註2。
4　〈福爾摩沙雜誌與我的青年文學生涯〉座談會記錄，發表於《笠詩刊》125期，1985年2月。
5　黃得時：〈晚近台灣文學運動史〉，《台灣文學》二卷四號，1942年10月1日。
6　杉森藍：《翁鬧生平及新出土作品研究》，成功大學台文所碩論，2007年1月，頁50，從翁鬧的戶籍資料，証明1940年11月11日死亡，但死因仍然不明。

翁鬧的第一篇文學作品是新詩〈淡水海邊寄情〉，發表於一九三三年《福爾摩沙》創刊號。此時翁鬧還在彰化田中公學校教書，會在《福爾摩沙》創刊號發表作品，是否透過吳坤煌或吳天賞得知消息而投稿不可知，但他正與台中師範學弟江燦琳[7]（已畢業，也在公學校教書）相處在一起，後來於一九三六年四月一日出版的《台灣新文學》發表〈新文學三月號讀後感〉，評論江燦琳詩作〈曠野〉時提到：「江君啊！請恕我抒一抒我的感傷吧！當我想起，曾幾何時，我倆終夜留連在田中、二水的稻田的往日時光，更使我心頭哽塞得不可名狀。啊！我倆似隨波逐流在歷史的波濤之中，不自覺地變成各自徘徊的曠野之人。」由此可知，翁鬧與江燦琳相處之際，對文學有共同的興趣。我們相信翁鬧在台中師範學校時，與吳坤煌、吳天賞、楊杏庭（楊逸舟）同學時，已經對文學產生興趣。因此，一九三四年來到東京的翁鬧便去找一九三二年就住在圓通寺街上的吳天賞，[8]而租屋在附近。

東京成為台灣留學生的希望之鄉，因為置身殖民地下的知識份子處於令人窒息的邪惡之地，赴京留學成為唯一的出路。吳坤煌留學東京是為了繼續中斷的學業，吳天賞為了文學、藝術，就讀青山學院英文系，翁鬧卻為了進軍日本中央文壇而赴京。一九三四年翁鬧來到東京時，一九三二年成立的「台灣藝術研究會」結社已近尾聲，同年九月吳坤煌、林兌、王白淵、張文環、葉秋木等十餘人成立左翼文化運動「東京台灣人文化同好會」，因日本共產黨台灣支部成員葉秋木事件遭取締，葉秋木、林兌等人退出，後加入巫永福等人，「台灣藝術研究

7　江燦琳，1911年生，台中市人，於1934年加入「台灣文藝聯盟」，作品以詩為主，另有隨筆、評論，散見《台灣文藝》、《台灣新文學》、《台灣新民報》、《台灣新聞》。

8　張炎憲、曾秋美：〈陳遜章先生訪問記錄〉，《台灣史料研究》第14期，1999年12月，頁163。

會」改組。當王白淵於一九三三年離日赴中,《福爾摩沙》第二期出版後,吳坤煌又宣佈退出,「台灣藝術研究會」的活動便漸漸萎縮,因此一九三五年轉型爲「台灣文藝聯盟東京支部」,吳坤煌再度歸隊,成爲東京支部的靈魂人物,此時他便引進翁鬧參與各種活動,這是翁鬧與「台灣文藝聯盟東京支部」的淵源,時爲一九三五年。

翁鬧基本上是一位浪漫詩人,詩作風格與吳天賞、陳遜仁、江燦琳較爲接近;而吳坤煌是一位社會寫實主義的詩人,翁鬧與他在文藝上的看法極爲不同;雖然翁鬧與吳天賞、陳遜仁對文學認知接近,但是翁鬧放蕩不拘的行爲,卻讓吳天賞、陳遜仁兄弟不滿。[9] 因此,翁鬧在東京高圓寺時沒有知交,何況他喜歡與日本文人打交道,從翁鬧的〈東京郊外浪人街——高圓寺界隈〉一文中,便可發現他與日本作家的交往情形。吳坤煌在〈台灣藝術研究會成立及創刊福爾摩沙前後回憶一二〉[10] 說:「他雖常與幾個當時出名的日本小說家及散文家在一起,但既不容易受到提拔,生活費又沒來路,結果懷抱著法國莫泊桑的幻想困倒東京高圓寺街頭,而窮病交迫終止不遇的一生。」另外,從新出土的中篇小說《有港口的街市》的前言,可知道他的足跡曾經到過神戶、佇立神戶碼頭的景況。

如果從他所交往的日本作家新格居氏、小松清氏、鈴木清氏、上協進以及所寫的六篇短篇小說的文本內容來看,他不但受到當時日本新感覺派的影響,多少也受到普羅文學的影響。因此,對於被視爲富有潛力的文壇新銳翁鬧而言,其文學教養絕非單方面的,寫實主義與現代主義都兼而有之。

9　同上註。
10　吳坤煌:〈台灣藝術研究會成立及創刊福爾摩沙前後回憶一二〉,《台灣文藝》第75期,1982年2月。

二、從自我出發

（一）一個詩人的自我觀照

　　在現有的文獻中可知，翁鬧一共發表七首新詩、六篇短篇小說、一篇中篇小說《有港口的街市》、一篇隨筆以及一些零星短評感想。其中第一篇作品爲新詩〈淡水海邊寄情〉，刊登於一九三三年七月五日出版的《福爾摩沙》創刊號，這首抒寫與十六歲被迫出賣身體的少女戀情，詩中充滿色彩的描繪，包括薔薇色、銀色、白浪，醞釀十五夜的浪漫氛圍，然後再述說悽慘的遭遇，「如今，妳在何方？」，追憶「與妳並肩編織著美夢的昔日啊！」這是他在台灣所寫的一首詩，對於淪落暗巷出賣身體的少女，充滿浪漫情愫的關懷，不但是個人感情的告白，也是一種空幻的遐思，更可通過作品原型，窺知其創作的特色。

　　一九三五年四月於《台灣文藝》發表詩作〈在異鄉〉，抒發思鄉之情，引用尼采說：「沒有故鄉的人是不幸的」，來述說自我「竟成爲顛簸於漫山荊棘之荒野人」，作者並非沒有故鄉，而是「悲哀在遙遠的雲際／望不到　故里的山姿」，甚至於在異鄉看不到希望之際，發出「請勿言：希望在握／那是枉費的空言／唉！汝啊！／啊！屬於我的只是絕望已矣！」這是詩人自甘沉淪頹廢的苦悶，對於未來看不到遠景的一種心情告白。

　　同期的《台灣文藝》也發表隨筆〈東京郊外浪人街——高圓寺界隈〉及感想〈跛腳之詩〉，〈跛腳之詩〉道出了他對台灣文學的看法，文中指出：「每當我翻閱《台灣文藝》，想到台灣文學，不由得令我想起史提芬遜的一句話——『跛腳之詩』。誠然，我們不斷地在寫著跛腳般的詩。無疑的，是個不

折不扣的青年。的確我們瘸著腳在走路。但從我們身上可以嗅到青春獨特的強烈的體臭。我們完成後：我們青春的血在沸騰；我們的肌肉在顫抖。」[11]同時呼籲：「兄弟們！讓我們好好地來寫跛腳之詩吧。」從詩作〈在異鄉〉及感想〈跛腳之詩〉的發表，我們可以很清楚地看到一個台灣詩人的自我認知及其強烈的創作觀。

在其詩作〈搬運石頭的人〉，我們又可見識到翁鬧創作的另一面向。以描寫一群「在白晝如黑暗，慘酷的世界中／他們踉蹌著，幾乎要撲倒／多少歲月，出賣著這低微的努力！」的勞動階級，面對「黑暗的夜晚逝去不久即將天明／這時候／來哀悼抱著空腹倒下去的朋友之前／他必須抱住即將要倒下去的人們」，詩中充滿人道關懷及控訴精神，雖然不脫十九世紀寫實主義的傳統，但這是台灣文學的主流，也是三〇年代文學的特色。

在〈勇士出征去吧〉[12]一詩，是翁鬧在東京時，眼見日本國民出征送行的情景，在「皇民化運動」的時代氛圍裡，連台灣島民的翁鬧都無法置身事外，寫出「勇士出征去吧！／為了祖國的光榮出征去打勝仗吧！／勝不了就不要活著回來！／這就是你的祖先世世代代流傳的教訓」。雖然翁鬧以他者的身分，描繪這些勇士的形象，但也不無配合戰時體制之嫌，這應是被殖民者的時代之痛罷。

從翁鬧的七首詩作可發現，除了〈搬運石頭的人〉及〈勇士出征去吧〉之外，其餘作品皆是自我個人的描繪、心裡的告白，皆著重心靈世界的抒發，雖然運用比喻、象徵、意象的寫作技巧，大致脫離不了自我的觀照，具現詩人個人的生命情

---

11 陳藻香、許俊雅編譯：《翁鬧作品選集》（彰化：彰化縣立文化中心，1997年7月），頁197。

12 〈勇士出征去吧〉，原載於《台灣新民報》，1938年10月14日，引自杉森藍《翁鬧生平及新出土作品研究》，成功大學台文所碩論，2007年1月，頁123。

調。

（二）小説中的自我描繪

　　翁鬧的小說題材，正如張恆豪所指：「就題材而言，其作品可分為兩類：一是對於農村小人物的關懷，如〈戇伯仔〉、〈羅漢腳〉、〈可憐的阿蕊婆〉，另一是對於現代男女複雜感情心理的剖析。」[13]不論是農村小人物或是男女複雜感情心理的剖析，如與作者的身世及生活背景參照，都可以找到翁鬧的身影。

　　在〈音樂鐘〉中少男情欲的騷動、〈戇伯仔〉的孑然一身、〈殘雪〉的愛情追逐、〈羅漢腳〉主人翁弟弟的送養、〈可憐的阿蕊婆〉的街鎮田野描繪、〈天亮前的戀愛故事〉的情欲告白、《有港口的街市》的女嬰遺棄，一一再現翁鬧的身世及愛情觀。〈音樂鐘〉的情欲及輕盈流轉音樂的描繪，傳遞了翁鬧的愛情觀和師範學校音樂天份；〈殘雪〉的愛情追逐與〈天亮前的戀愛故事〉的情欲告白，如同楊逸舟〈憶夭折的俊才翁鬧〉所述：「有一個日本女教員比普通的女子也都不美貌，但他卻寫了好多詩詞去賞美她。」[14]；然而，翁鬧為何對女性如此的盲目追求，可能知識份子置身於殖民地沒有出路時，愛情成為青春唯一的出口，如同〈天亮前的戀愛故事〉所述：把那女人用這隻胳臂盡力摟抱，貼緊那甜蜜的櫻唇，然後使這付肉體跟她的肉體合而為一的時候，「我」這個東西才會體現出完整的狀態。

　　在〈戇伯仔〉、〈羅漢腳〉、〈可憐的阿蕊婆〉的人物刻劃及街鎮田野描繪，如同許俊雅所言：「這組小說，就某種

13　張恆豪：〈幻影之人──翁鬧集序〉，《翁鬧、巫永福、王昶雄合集》（台北：前衛，1991年2月1日），頁13。

14　同註2。

意義上而言，可謂是作家架構他個人觀察世界、況味人生的獨特經驗，這些人物誠爲翁鬧作品中的標幟，也是該一時空中台灣農村的眾生相。」[15] 由於故鄉及童年記憶，是詩人作家創作的源泉。雖然這些小說作品皆在日本完成，但遠在他鄉的翁鬧，以故鄉的人物深深地刻劃鄉土色彩。這種台灣鄉土色彩，如同楊熾昌所言：「我們居住的台灣尤其得天獨厚於這種詩的思考。我們產生的文學是香蕉的色彩、水牛的音樂、也是蕃女的戀歌。」[16] 同時對於孤獨鰥寡的描繪更是引人入勝，在〈可憐的阿蕊婆〉敘述夜裡來訪的只有風聲與月光而已：「阿蕊婆會跟它們交談：『多明亮的夜晚呀！月亮嘞，你從小就跟我要好哪，跟我要好的只有你呀。』……這時她毫無辦法，只好跟另一個朋友交談，它就是風。比起月光來，它是個更冷更陰暗的朋友。這位朋友趁著廚房沒有門，往往會沒有禮貌地來訪呢！」這樣孤獨寂寞的描繪，是否也成爲應驗了翁鬧在朋友星散、經濟無援下凍死於東京街頭的預言？

〈殘雪〉除了愛情的描繪，也刻劃了國族認同，更是翁鬧滯留日本的預告；〈羅漢腳〉主人翁因受傷得以到員林去，這種遠走他鄉的意圖，也印證了在翁鬧服務滿五年教職之後，即赴日本東京的事實。這種自我書寫（Self-writing）雖有自傳體夫子自道的況味，但揉合了虛構的情節和心靈的探索，暴露個人身邊瑣事和心理活動，接近日本私小說的寫作手法。

總觀翁鬧的文學作品，基於個人的生命情調，三○年代左翼文學的批判力道，或許不是他的興趣焦點，而在他娓娓道來的敘述中，不但描繪了台灣鄉土的民情風俗，也在現代性的書寫中具現了個人內在神秘的心靈世界。

15 許俊雅：〈日治時代台灣小說選讀〉（台北：萬卷樓，1998年12月），頁423。
16 楊熾昌：〈燃燒的頭髮——爲了詩的祭典〉，收錄於《水蔭萍作品集》（台南：台南市立文化中心，1995年4月），頁127。

三、翁鬧的現代性書寫

　　日治時期台灣文學的現代性，是因台灣淪爲日本殖民地，卻爲台灣社會帶來現代化，也使台灣文化具備現代性。翁鬧的文學作品大多於日本完成，尤其置身於東京都會區，經由與日本作家的接觸，深受到西方文學作品寫實主義與現代主義的影響，尤其是現代主義的文學創作，可說是建構了翁鬧的現代性書寫的重要因素。

（一）現代化洗禮的詩作

　　從翁鬧的隨筆〈東京郊外浪人街——高圓寺界限〉，可得知他與日本知名作家的交往；一九三五年五月號的《台灣文藝》，翁鬧以日文翻譯〈現代英詩抄〉，一共翻譯十位詩人作品，大多是愛爾蘭詩人，是故意還是巧合？是值得探討的問題。其詩人包括：甘貝爾（Joseph Campbell）、奧爾丁頓（Richard Aldington）、柯倫（Padraic Calum）、福萊柴爾（John Gould Fletcher）、格雷夫斯（Alfred Perceval Graves）、納伊杜（Sarojini Naidu）、羅威爾（Amy Lowell）、托馬斯・麥當耶（Thomas Macdonagh）、葉慈（William Buther Yeats）、羅素（A.E是George W. Russell的化名）等，做爲台島詩人學習模仿的對象，也是他私淑現代主義詩人的見證。

　　一九三六年六月號的《台灣文藝》，翁鬧一口氣發表三首新詩，包括〈故鄉的山丘〉、〈詩人的情人〉、〈鳥兒之歌〉，這三首詩展現了詩人的才氣，在〈故鄉的山丘〉一詩中，述說童年追逐青蛙、生活田園的情景，流露出對於故鄉的依戀，在曠野中所聽到的天籟：「啊，誰在撥弄天庭的琴弦？／這一天，我們遙遙地遠離了死神」述說歡樂可以遠離死亡的

陰影，縱使「雙親的家，在墓地的彼方／我吹著口哨，歡迎春的到來」。詩中描繪春天的故鄉充滿生氣蓬勃，雖然家在墓地的彼方，而我還是吹著口哨，歡迎春的到來。作者以生與死的衝突描寫來突顯張力，正襯托出高超的寫作技巧。

在〈詩人的情人〉一詩，翁鬧以分行及分段的形式，來描寫詩人的情人，是在詩人出生前及死後誕生的「Cosmopolitan（四海為家的人）」。當「世界已死了，他坐在岩角上招手。天幕下垂了。他把沿路捧來的光，遍撒下去！／啊，世界甦醒了，人們發出驚駭聲，然而知道星星由來的，只有他罷了！」從此詩可知作者的自負，也與翁鬧個性相符。由於在同一期的《台灣文藝》，他也發表感想〈有關於詩的點點滴滴——兼談High brow〉，言及「所謂真正詩人，並非想做詩人而做詩人的人。而是他的一舉一動，無論在何時何地，做起來、動起來就合乎不折不扣的詩人條件。」[17]

在〈鳥兒之歌〉一詩，翁鬧全首詩只有「あたあと」（揭開）一句使用平假名，其他則以漢字與片假名來書寫，這是全新的嘗試。詩中一再重複「吱吱　吱 吱　吱吱吱」的鳥叫聲，來質問鳥在黎明之際，是悲泣抑是高興？而「在這世上／竟沒有妳憩息的地方……只在晨曦／那短短的一霎那間／你是幸福的」，質問「鳥兒啊！／妳的故鄉究竟在何方？」，然後「我將帶著妳／登上那天堂／把妳當做／心靈的回音」。此詩刻劃鳥兒是詩人的化身，沒有憩息的地方，故鄉究竟在何方？最後鳥兒的叫聲成為心靈的回音。鳥兒成為詩人主要的意象，詩句節奏簡捷輕快，有如一九○八～一九一七年產生於英美之間的意象主義作品。意象主義的中心人物艾茲拉・龐德（Ezra Pound）給意象下的定義：「那在一瞬間呈現理智和感情的複

合物的東西」[18] 翁鬧在此詩呈現了理智和感情的詩情。

　　從這三首詩，可以發現翁鬧的詩作不但是從個人書寫出發，也展現了現代主義的寫作技巧。另外，在〈搬運石頭的人〉及〈勇士出征去吧〉這兩首詩來看，雖是社會寫實作品，卻是有其時代性。王德威認為：五四以來的學者視寫實主義為小說現代化的關鍵。[19] 或許小說是如此，但就詩的傳統而言，寫實主義的漢詩早已存在，由於新詩其最基本的特徵在於打倒傳統詩的形式，並注入西方浪漫主義以來的各種寫作技巧。因此，翁鬧的新詩歷程，可說是透過日本短歌、俳句的閱讀及現代英詩抄的翻譯，並注入個人思想感情的特質，形成極具意象主義的作品特色。

（二）從私小說到新感覺派

　　如今就翁鬧的七篇已發表的小說來考察其寫作特色，對於現代男女複雜感情心理剖析部分有：〈音樂鐘〉、〈殘雪〉、〈天亮前的戀愛故事〉這三篇作品，翁鬧以個人親身經驗為主軸，描寫內心世界的情欲，探索自我的矛盾與夢魘，流露出孤獨與徬徨，這樣的自我書寫的方式，正如久米正雄於《私小說與心境小說》中指出私小說是「孤立地描寫個人身邊瑣事和心理活動，特別是坦言自己的矛盾如何醜惡，把自我直接了當地暴露出來。」[20] 因此，就這三篇作品而言，可說是「私小說」的典型。張恆豪也指出：「在觀點及表現上，翁鬧對於人類內心世界探索的興味遠甚於外在現實世界的觀察，小說充滿了現

18　彼德・瓊斯編，裘小龍譯：《意象派詩選》（廣西：漓江，1986年8月），頁10。

19　王德威：《如何現代，怎樣文學？》序（台北：麥田，2004年3月1日），頁16。

20　久米正雄於《私小說與心境小說》的說詞，引自葉渭渠、唐月梅《日本文學史・近代卷》，北京：經濟日報，2002年5月，頁72。

代主義的敏銳感覺、心理分析和象徵手法。」[21] 然而，對於鄉村小人物「戇伯仔」、「羅漢腳」、「可憐的阿蕊婆」的心理轉折，也有直指核心的描繪。

有關翁鬧新感覺的寫作特色，大多研究者引用張恆豪於〈幻影之人──翁鬧集序〉的說詞：「日據時代的台灣小說，可說到了翁鬧的手上，才有獨樹一幟的表現，才開啓了另一文學藝術的嶄新領域，以三○年代中期而言，他所走的純文學新感覺的路線，與楊逵所走的無產階級的普羅文學路線，正是兩個極端。」[22] 然而，所謂「新感覺派」這一名詞，是日本「文學評論家千葉龜雄，於一九二四年在十一月號的《世紀》雜誌，發表一篇評論橫光利一、川端康成等人的文學活動，稱爲『新感覺派的誕生』而定名的。」[23] 同時指出「他們在創作文體上所表現的『感覺』，並不是實際的官能上的感覺，而是『智慧性』的『感覺』。」橫光利一說：「在這一時期，我比什麼都重視藝術的象徵性與寫實，更相信美是存在於構造的象徵性之中。」[24] 可見日本新感覺派的產生，是一九二○年代日本文壇對自然主義與普羅文學的反動而產生。

然而，翁鬧的小說是否具備新感覺的寫作特色呢？我們就這七篇小說來看，可發現翁鬧的小說，除了揉合虛構的情節和心靈的探索之外，更是專注於個人身邊瑣事和心理活動的描繪，與日本純文學私小說的寫作手法相吻合。如上所述：〈音樂鐘〉、〈殘雪〉、〈天亮前的戀愛故事〉這三篇作品，翁鬧以個人內心世界的情欲爲主軸，探索自我的矛盾與夢囈；對於鄉村小人物〈戇伯仔〉、〈羅漢腳〉、〈可憐的阿蕊婆〉的心

21 同註13。
22 同註13。
23 劉崇稜：《日本文學史》（台北：五南，2003年1月），頁387。
24 《新潮日本文學小辭典》，頁618，註轉引劉崇稜《日本文學史》（台北：五南，2003年1月），頁387。

理轉折，也有直指核心的描繪。

另外，在翁鬧的中篇小說《有港口的街市》，以國際化港都神戶為背景，描寫一個遺棄女嬰的父親乳木氏深感後悔、投入宗教成為牧師，執著於尋找女兒的過程，其中穿插經歷孤兒院、感化院、教堂的體驗，並且刻劃黑白兩道之間的勾結偽造假鈔，也描繪了神戶國際化的風情，包括舞廳、馬戲團的情景，當乳木氏透過乳木純知道親生女兒是谷子，而谷子在已搭船要離開神戶到大連去時，也知道自己的父親是乳木氏，卻在船要離開神戶港時才趕到，僅能揮手以肢體語言示意。這樣的題材與身為養子的翁鬧有些謀合，應是作者刻意的安排，小說前言寫著：「獻給失去父親、跟小孩離別的父親，以及不幸的兄弟。」[25] 縱使這是一篇蒐集資料撰寫的小說，多少可見作者的影子——被棄養的谷子。《有港口的街市》充滿都會文化，除了敘述神戶的歷史，也描繪西方電影、爵士樂在都會的流行，這些書寫具現了國際化的文化情境，也反映了都市社會邊緣人的生活處境。

這篇近期中終於出土的「幻影小說」，讓我們窺透到翁鬧的小說，有從純文學向大眾言情小說游移的傾向。這也是可以理解的，翁鬧既然視文學為其專業，要打進日本中央文壇，要以專業寫生在東京立足生存，則渴望有較多、廣泛的閱讀大眾自是無可厚非的。然而他英年早逝，壯志未酬，無疑的正是宣告被殖民的台灣作家想要在宗主國的日本文壇希望以寫作來安身立命的夢想自是破滅的，翁鬧是個典型，也是一種測試。

二十世紀現代主義的文學思潮，喜好描寫工商文明重商主義下都會生活的荒謬性、虛無感和頹廢心理色彩。如果說劉吶

---

25 翁鬧在《有港口的街市》的前言，原載《台灣新民報》，1939年7月6日。本文詩作與小說引文，除了〈勇士出征去吧〉及《有港口的街市》部分引自杉森藍：《翁鬧生平及新出土作品研究》外，其餘大多根據陳藻香、許俊雅編譯：《翁鬧作品選集》。

鷗刻劃了三○年代上海虛矯流蕩的苦悶，那翁鬧則書寫東京、神戶同年代邊緣人的頹廢和無奈。他們都不約而同以新感覺派的慧眼，抓住現代都會人的心靈葛藤。

四、結論

　　翁鬧一生（1910.2.21～1940.11.11）的文學創作，除了新詩〈淡水海邊寄情〉（刊登於1933年7月5日出版的《福爾摩沙》創刊號）在台灣創作之外，其他都在一九三四年至一九四○年之間於日本完成，這六年時間大部分置身於東京。他對文學的狂熱、想進軍日本中央文壇的意志，從未改變；其間雖因讀書的經濟來源中斷，曾隨吳坤煌到築地小劇場當臨時演員，賺取每日五角的工資，依舊把文學當成最重要的志業，以參與戲劇演出爲背景，完成了小說〈天亮前的戀愛故事〉。一九三七年吳坤煌因「人民戰線」大檢束被逮，翁鬧也因此有所牽累，四處躲藏，甚至於再連累到吳天賞、陳遜章兄弟。[26]翁鬧在東京的生活，可說顛沛困頓，一再向朋友求助、打秋風，[27]造成連最好的同窗好友吳坤煌、吳天賞皆避之唯恐不及。以至於當精神衰弱、饑寒交迫，竟無人伸出援手而死。他的浪漫性格，卻造成悲劇生涯。他短暫飄忽的一生，卻也留下耐人咀嚼的文學經典。

　　翁鬧的文學生涯，可說是漂浮在東京的幻影之人，[28]但是他的筆下人物卻是眞切而鮮活，內容題材充滿台灣鄉土色彩及現代主義精髓。如今再度檢視翁鬧的作品，他的純文學新感覺路線，爲台灣文學現代化提供一扇窗，也爲台灣文學樹立

26　引自張炎憲、曾秋美：〈陳遜章先生訪問記錄〉，《台灣史料研究》第14期，
　　1999年12月，頁164-165。
27　同上註。及劉捷：《我的懺悔錄》（台北：農牧旬刊社，1994年1月），頁61。
28　劉捷：〈幻影之人──翁鬧〉，《台灣文藝》九十五期，1985年7月15日。

了另一種典範。世人皆曰「文窮而後工」，其實，鑑證古今中外，經濟生活對於一位挖空心思的創作者是相當重要的。翁鬧（1910～1940），只活了三十歲，我碩論的主人翁楊華（1900～1936），也以三十六歲告終，他們生命有如流星，都死於貧苦，都爲窮困所迫，若他們經濟能稍爲改善，能長壽，相信成就絕不僅如此，甚至，我敢預言，翁鬧必然是日治時代最出色、最有成就的感覺派小說家與詩人。

參考文獻

一、雜誌期刊

- 《台灣文藝》二卷四號，台中：台灣文藝聯盟，1935年4月1日。
- 《台灣文學》二卷四號，台北：啓文社，1942年10月1日。
- 《台灣文藝》，七十五期，台北：台灣文藝社，1982年2月。
- 《台灣文藝》，九十五期，台北：台灣文藝社，1985年7月15日。
- 《笠詩刊》125期，台中：笠詩社，1985年2月。
- 《台灣史料研究》第14期，台北：吳三連台灣史料基金會，1999年12月。

二、書籍

- 王德威：《如何現代，怎樣文學？》（台北：麥田，2004年3月1日）。
- 呂興昌編：《水蔭萍作品集》（台南：台南市立文化中心，1995年4月）。
- 彼德・瓊斯編，裘小龍譯：《意象派詩選》（廣西：漓江，1986年8月）。
- 國立中央大學中國文學系企劃編輯：《劉吶鷗國際研討會論文集》（台南：國家台灣文學館，2005年11月）。
- 張恆豪編：《翁鬧、巫永福、王昶雄合集》（台北：前衛，1991年2月1

日）。

・許俊雅：〈日治時代台灣小說選讀〉（台北：萬卷樓，1998年12月）。

・陳藻香、許俊雅編譯：《翁鬧作品選集》（彰化：彰化縣立文化中心，1997年7月）。

・楊順明：《黑潮輓歌──楊華及其作品研究》（高雄：春暉，2007年9月）。

・葉渭渠、唐月梅：《日本文學史・近代卷》（北京：經濟日報，2002年5月）。

・劉崇稜：《日本文學史》（台北：五南，2003年1月）。

・劉捷：《我的懺悔錄》（台北：農牧旬刊社，1994年1月）。

三、學位論文

・杉森藍：《翁鬧生平及新出土作品研究》，成功大學台文所碩論，2007年1月。

頹廢幻影下的顯影
——翁鬧及其詩作研究

黃韋嘉（彰化師範大學台灣文學研究所碩士生）

一、前言：現代主義文學初體驗

　　二〇年代末期，台灣新文學經過「新舊文學」論爭後，開始蓬勃發展，新文學作品如雨後春筍般冒出。這個時期的「新文學」因處於日本帝國的殖民統治下，所以作品的面向大多反映台灣島上人民被壓迫與苦悶的生活，描寫台灣人在殖民政權下的生活困境。陳芳明對於此期的新文學任務與作家身分作了介紹：

> 啟蒙實驗時期的文學(1921～1931)，乃是依附於抗日政治運動的展開而逐漸成長。初期台灣作家，對於文學形式與內容的建構，大致停留在模仿、探索、嘗試的階段。這是因為當時的知識分子過於注重政治意識的啟蒙，他們對於社會的關切遠勝於對文學創作的重視。甚至可以說，初期作家的文學作品，基本上只是政治運動的羽翼。作家的思考裡，似乎認為只要在文學中發揮他們的政治信仰與理念，則文學的任務便已達成。一個更為重要的事實是，這個時期的重要作家，同時也積極介入政治運動。在政治與文學之間，他們的身分游移不定，既是政治運動者，也是文學創作者。[1]

1　陳芳明：〈台灣新文學史（3）——啟蒙實驗時期的文學〉，《聯合文學》，第15卷第12期，1999年10月，頁155。

　　這一時期的新文學作家，利用文學表達他們反帝反封建的訴求，文學遂成為政治的工具與手段，而忽略了文學的藝術性，成為反日民族運動的宣傳工具，易淪為教條式的宣洩。

　　到了三〇年代，作家開始反省檢討過去的台灣新文學，如一九三四年《先發部隊》中，即有「台灣新文學出路的探究」特輯，郭秋生〈解消發生期的觀念行動的本格化建設化〉點出了當時新文學的困境：

> 台灣新文學的碰壁，是其內在觀念的碰壁同時也是表現型態的碰壁。這已是無須遲疑的定石，當前進而不能前進的內在觀念，只有當前進而不能前進表現形態而已，新的形態只有新的內容可能與以約束，發現了新的內在觀念，便必然的同時要求到新的表現形態出現了。[2]

　　當時的台灣在日人統治下大步邁向現代化，都市人口銳增以及生產設備進步，台灣漸漸由傳統的封建、自足性的社會，轉為開放流動的社會。過去「反封建」與「反殖民」的文學內容在三〇年代是不足以反映當時現代的社會。「現代化」的社會有新的問題要解決，因此文學上產生了「新的內容」，而「新的內容」則只有「新的形態」可以表現。郭秋生所說的「新的內容」即是強調感覺和心理世界的新大陸，作品應該充分探究人們的心理世界，他說：

> 在這個碰壁之後的當來的台灣新文學，為添鮮麗而清新的空氣，尤覺有充分探究感覺的分野的必要和感覺的探究並

行，而不可不一　前進而發現新的境地，還有內部的心理
的世界的探究。感覺的世界，是當來台灣新文學的廣大的
新素地，而內部的心理的底世界，更是當來台灣新文學的
渺茫的新大陸。[3]

　　這個觀點明顯受西方現代主義的影響。現代主義的特點在
於「心理的寫實」，強調本能與欲望對人的行為和心理的巨大
影響主宰，而為了表現出內心世界的奧秘，因此常採用象徵手
法，忌直露的方式，常天馬行空，讓想像力盡情馳騁。[4]台灣
新文學與現代主義的接觸，台灣留日學生作家可說是相當重要
的媒介，這些作家深受日本教育影響，日語對他們並非有太大
的困難，透過日本接觸到大量西方現代主義的著作，為當時台
灣文學帶來新的面貌。

　　在當時文友的印象中，生性浪漫、天才洋溢的翁鬧，便是
受現代主義的影響，其文學作品和當時的寫實文學，有很大的
差異。翁鬧的作品顯得晦澀難懂，脫離現實，不符當下「文藝
大眾化」的期待。他那不流於俗的固執個性，為他與他的作品
帶來孤寂的神秘色彩，劉捷形容他：「在我的回憶中，他像夢
中見過的幻影之人。」[5]本文將藉由翁鬧的新詩與譯詩作品，
挖掘其心中的孤寂來源，以及他對於現實的關心與冀望，拼湊
出其頹廢幻影下的真相。

二、幻影之人詩作中的孤寂書寫

3　同前註，頁86。
4　有關現代主義的介紹，參考自黃建銘：《日治時期楊熾昌及其文學研究》（台
　　南：台南市立圖書館，2005年），頁5。以及張錯：《西洋文學術語手冊》（台
　　北：書林，2005年），頁140。
5　劉捷，陳藻香、許俊雅編譯：〈幻影之人——翁鬧〉《翁鬧作品選集》（彰
　　化：彰化縣立文化中心，1997年），頁280。

目前翁鬧出土的詩作包括七首新詩（〈淡水海邊寄情〉、〈在異鄉〉、〈故鄉的山丘〉、〈詩人的情人〉、〈鳥兒之歌〉、〈搬運石頭的人〉與〈勇士出征吧〉[6]）及十首英美詩譯（喬瑟夫・坎伯（Joseph Campbell）〈老嫗〉、Richard Aldington〈白楊樹〉、Padraic Colum〈逐波飛逝的海鳥〉、John Gould Fletcher〈發光詩篇〉、Alfred Perceval Graves〈鶇鳥與枱鳥〉、Sarojini Naidu〈曲調〉、Amy Lowell〈笨手笨腳〉、Thomas Macdonagh〈戀是痛苦，戀是甘〉、葉慈（W.B Yeats，1865~1939）〈Dooney的小提琴手〉和A.E（Geoge W.Russel）〈壯麗〉）。

細觀上述詩作，除〈勇士出征吧〉是在描寫民眾為即將步上戰場青年送行的場景外，其他作品皆反映出翁鬧心中的孤獨感，而歸納其孤寂來源，可分為下列三類：

（一）愛情未果

多位前輩作家在回憶起翁鬧時，都會提到他的浪漫多情，尤其對「日本女子」的迷戀，楊逸舟〈憶夭折的俊才翁鬧〉[7]一文中，便描述了翁鬧幾段和日本女子未果的戀情。在感情上屢屢受挫的翁鬧，便將苦戀未果的孤寂，寄於文字之中。在〈淡水海邊寄情〉中，便是描寫有情人終不能成眷屬的無奈，面對情人「步上鬻身的命運」而分離，只能「灑下潸潸的眼淚」，獨自舊地重遊，回憶「與妳並肩編織美夢的往日」。詩中表現出失戀者對於愛情的無力以及孤獨，並道出自己在愛情中的渺小身影。

除本身詩作，翁鬧譯詩作品中，也有多首刻畫失戀心情的

6　原詩刊載於《台灣新民報》，1938年10月14日，8版。經杉森藍挖掘，收錄於杉森藍：《翁鬧生平及新出土作品研究》，台南：成功大學台灣文學研究所碩士論文，林瑞明先生指導，2007年，頁123-124。

7　楊逸舟：〈憶夭折的俊才翁鬧〉，《翁鬧作品選集》，頁248-251。

作品，例如：Alfred Perceval Graves〈鷯鳥與梣鳥〉中，藉遭鷯鳥拋棄的梣鳥，表達出失戀者的孤寂。

　　詩中將鷯鳥開心幸福的生活與梣鳥在草叢裡哭泣做對比，更顯被拋棄者的孤單。末段中：

> 哦，自由，那是多麼快樂
> 如願的戀情，是那麼歡愉
> 然而，被拋棄的戀人
> 卻要朝夕悲泣
> 家毀了可再建
> 東西被奪了可再集
> 但是，毀了的愛的茅屋
> 靠誰來建造呢？[8]

　　便是「但見新人笑，那聞舊人哭」的悲劇，將失戀者心中的苦與痛明言出來。Amy Lowell〈笨手笨腳〉一詩則是描述小心呵護的戀情，仍不得善終，失戀者卻怪罪於自己的「笨手笨腳」，顯出在這段感情中的自卑。翁鬧會選擇這兩首作為翻譯作品，似心有戚戚，作品中失戀所造成的孤寂，不正是翁鬧自身寫照。多次追求日本女子，卻屢因「台日」身分差異而遭拒。或許在他人眼中的翁鬧是自負的，翁鬧也自詡「時代之子」，但在感情上，翁鬧就如Amy Lowell〈笨手笨腳〉中「笨手笨腳」的失戀者般那麼的弱勢，那麼的卑下。

　　翁鬧雖在感情上屢屢受挫，卻未對愛情絕望，愛情對於翁鬧而言，如他翻譯Thomas Macdonagh〈戀是痛苦，戀是甘〉首段中所言：

8　陳藻香、許俊雅編譯：《翁鬧作品選集》，頁45。

戀是痛苦戀是甘——
又是苦又是甘
到下次相逢的日子
歎著息,熬到相見的日子
相見了,又要分離,再度的歎息——
又苦又甜,啊,是多麼甘美的煩惱啊![9]

　　愛情往往帶給翁鬧是痛苦的結果,但他仍嚮往著這「甘美的煩惱」,從他的戀愛詩作中,可以看到翁鬧在愛情中那孤單又渺小的身影,以及他那多情浪漫的性格。

(二)天倫夢碎

　　翁鬧本家姓陳,五歲時,被翁家收為養子,很小就離開親生父母,加上二十五歲便告別養父母,隻身前往東京。楊逸舟〈憶夭折的俊才翁鬧〉曾提到:「他(翁鬧)自稱是養子,對於親身的雙親一無所知,因此自暴自棄也說不定。」[10] 雖不能斷定翁鬧是否因此影響其性格,但肯定的是,在他詩中常透露出天倫夢碎與浮雲遊子的寂寥。例如〈在異鄉〉中所述:

「無故鄉者禍也」
尼采曾經如此說
我成為,竟成為
顛簸於漫山荊棘之荒野人

寂寞,他在無光的茅屋中

9　同前註,頁55。
10　楊逸舟:〈憶夭折的俊才翁鬧〉,《翁鬧作品選集》,頁251。

在晚春的暮色裡告別
悲哀在遙遠的雲際
望不到　故鄉的山姿

分離東西
已輾轉一春秋
爹娘啊！請勿怨恨
非鬼魔之子，乃時代之子也[11]

　　翁鬧結束五年的教師生涯後，便前往東京留學，此舉似乎未得養父母的諒解，許素蘭〈青春的殘焰——翁鬧天亮前的戀愛故事〉一文中提到，翁鬧去日本後，家裡似乎不再寄錢給翁鬧。[12]生活上得不到家人的陪伴，經濟上沒有家鄉的奧援，心靈上又得不到父母的支持，可想翁鬧在東京的生活多麼落寞困苦。詩中引用尼采的「無故鄉者禍也」一句，道出翁鬧東京的生活與內心的困境，並向父母告解：「爹娘啊！請勿怨恨／吾非鬼魔之子，乃時代之子也。」說明自己乃為理想的時代先行者，而非拋棄家庭與故里的無情者。而〈故鄉的山丘〉則是翁鬧回憶過去家鄉生活的情景，詩中呈現家鄉的形象是那麼的生機蓬勃，對照當下的自己，更顯孤單寂寞。

　　翁鬧翻譯的喬瑟夫・坎伯（Joseph Campbell）〈老媼〉一首，則是描寫一位歷經喪子的母親，也是一首描寫家庭破碎的詩作。作者在第一、二段，勾勒出高尚的母親形象：

　　在聖殿內

11　陳藻香、許俊雅編譯：《翁鬧作品選集》，頁7-8。
12　許素蘭：〈青春的殘焰——翁鬧〈天亮前的戀愛故事〉〉，《聯合文學》，第16卷第2期，2003年8月，頁71。

襯托在銀白燭光中
年邁的面容
多麼的崇美

像是冬陽
纖弱的光輝
老嫗的臉龐，刻畫著
歷經生產之後而後的甘美[13]

歲月雖然在婦人的臉上留下了痕跡，但掩不住其母親的光輝。老婦人單獨一人在教堂中，雖顯孤寂，卻又那樣的聖潔。末段道出老婦的孤寂：

孩兒走了
她的思潮回歸平靜
像是毀了的水車下面
那一潭水[14]

母親一生心力放在孩兒身上，為兒擔憂，為兒操煩，如今孩子比自己早離開人世，心之所繫，突然消失，歷經傷痛後回歸平靜。但如「毀了的水車下面那一潭水」般，心情雖平靜了，但再也起不了一絲漣漪，道出這位母親「哀莫大於心死」的孤單。

翁鬧養子與遊子的雙重身分，讓他的離鄉詩作中帶有天倫破碎與淪落天涯的孤寂感，如他所寫的〈鳥兒之歌〉一詩中所述：「在這世上／竟沒有妳憩息的地方／……／鳥兒啊／妳的

---

13 陳藻香、許俊雅編譯：《翁鬧作品選集》，頁28-29。
14 同前註，頁29。

故鄉究竟在何方？」[15] 以「鳥兒」比喻自己漂流異鄉寂寞，透露出他對家鄉思念。

（三）社會疏離

三〇年代，台灣出現了新的知識分子，有別於傳統知識分子，他們大多留學日本或由日本歸來，因而接觸到西方的現代化，面對家鄉的落後，難免產生了失落與疏離，這樣的疏離感往往寄託現代主義文學抒發出來。呂正惠在〈現代主義在台灣〉一文中，對現代主義文學與現代性知識分子的關聯作了介紹：

> 現代主義文學也頗能符合開發中社會的知識分子的某種困境，……知識分子在意識形態上是最容易「現代化」的。受過比較完整的現代化教育的知識分子，一旦他們的現代理念遠超過他們所生活在其中的落後社會，他們就會過度責備自己的社會，而成為社會的特異分子，反過來說，由於他們生活在理念中而唾棄週遭的現實，他們自然也會被民眾所疏離，而成為社會中的浮游群落。也就是說，他們是社會中最有疏離感的人。……一個現代化的知識分子，由於全盤接受了西方的現代理念，因而疏離了自己的社會，並時時流露出高高在上，絕望的孤離感。[16]

當現代知識分子發現現實社會和他的理想有落差時，遂形成他對於社會的疏離感，並常以善於描寫心理活動的現代主義文學，抒發其內心不容於世的孤寂。在翁鬧詩作與譯詩中，最大的孤寂來源便是來自於社會疏離感，例如〈在異鄉〉中的

15　同前註，頁19。
16　呂正惠：《戰後台灣文學經驗》（台北：新地文學，1995年），頁26-29。

「時代之子」、〈詩人的情人〉中的「詩人」以及譯詩部分：〈白楊樹〉中的白楊樹，〈逐波飛逝的海鳥〉中的「海鳥」，〈Dooney的小提琴手〉中的「小提琴手」，都象徵著作為孤寂先知與開拓者的意涵。而〈有關於詩的點點滴滴──兼談High brow〉一文中，便是翁鬧的自我期許：

> ……高智慧者乃是藝術欲望的先驅者，探險家。真正的高智慧者，極難同流於庸俗。他永遠是孤獨的。……Low brow（低智慧者），當他匆匆往前衝時，高智慧者，早已率先邁出了下一步伐，已不見人影。……他（高智慧者）永遠是孤獨，且似孩童，他與庸俗似永不相容，他閱讀陌生的書籍，傾聽陌生的異國音樂，陶醉於無名畫家之畫。……高智慧者是不會自我宣傳的。對別人是否認同他，他一概不表興趣。[17]

文中對於High brow的定義，事實上也是翁鬧「頹廢幻影」下的顯影。翁鬧自視社會先鋒，走於時代之前，不隨波逐流，不在乎外在的眼光，這也造成他人對於翁鬧「頹廢」形象的誤解。

翁鬧雖然對社會保有疏離感，但不代表他和社會脫離。實際上他常以第三者的眼光，去觀察他現實生活中的社會，進而想去改變它。他將自己從社會抽離，可以保持更為敏銳的觀察，擺脫自身感性的支配。如〈搬運石頭的人〉一詩，所描寫的正是台灣人民在殖民統治下的生活困境，也是翁鬧自身面臨的困境。但翁鬧在詩中，刻意和這群搬運石頭的人保持距離，以旁觀者的角度，建構出殖民下台灣同胞的痛苦意象。特別的

---

17 陳藻香、許俊雅編譯：《翁鬧作品選集》，頁198-199。

是，詩中末段：「我屏息仆伏在泥濘的地面／當我站起來時，在腳邊／發現了他搬運的石頭」[18]，此時作者的身影才出現，而發現造成同胞痛苦來源的石頭在自己腳邊時，翁鬧搬或不搬的選擇，留下許多對於翁鬧的想像空間。

翁鬧雖沒有直接從事政治與文學運動，也被認為「無法洞悉統治者的殖民心態」[19]，但他對於政治與文學似乎有他自己的獨特想法，他在〈新文學三月號讀後感〉中，評論賴明弘小說〈夏〉時，便透露出他對當時台灣的文學現況以及社會運動的不認同：

> 我所要說的是，對你關於這方面的描寫法。應該說是作者的人生觀乃至社會觀吧！透過全作品，令我感到的是：你未能確實把握實實在在的人性。
> 依我看，真正的人性應該更複雜，而且有更多的通融性、自由性，與不羈的奔放性。我不認為：就因為他屬於支配階級，或因為他是地主，而具有卑劣、俗不可耐的人性。我希望的是：應該把人性放在實際客觀的角度來觀察。若一提支配階級、有產階級，就立刻把他設定為敵對的位置而去憎恨的活，無庸贅言的，那只像一個小兒科病患。……若認為可恨，那就將其醜惡與卑劣可恨之處，徹徹底底去挖掘、掀開出來。但是、其中若缺必然性與具象性，則亦只是屬於低俗的反動，在文學的立場來看，是不值一提的。[20]

文中翁鬧對於賴明宏的評論，其實也是他對於當時文學

18　陳藻香、許俊雅編譯：《翁鬧作品選集》，頁24-25。
19　許素蘭：〈「幻影之人」翁鬧及其小說〉，《翁鬧作品選集》，頁285。
20　陳藻香、許俊雅編譯：《翁鬧作品選集》，頁202。

中階級二元對立現象的不滿。以有產／無產來區別人性，是不符邏輯的，不但缺乏對人性的認識，也讓這樣的文學成為「低俗的反動」，無法感動人心，是翁鬧所不能認同的。所以他在〈有關於詩的點點滴滴──兼談High brow〉談到：「站在群眾中，面紅耳赤大聲疾呼，那是俗人的感性，是感傷的行為。他只是個低智慧者。因為他們所擁有的只是心裡上的執著，而缺乏理性的體系。」[21]

　　翁鬧並認為，階級問題並非台灣當時主要面對的困境，對資本主義的反動，無助解決加諸於台灣人民身上的苦痛。對賴明宏的評論中他提到：「反過來想：在咱們的台灣島上，究竟有多少如林萬舍之輩？擁有二三十萬圓的家產而悠悠然自適過活的人呢？依我想：在台灣，我們在比那些有產階級更浩大的勢力……的桎梏之下，不是正在步著沒落的步伐呢？我真不希望咱們疏忽了這悲慘的一面啊！」[22]文中的「更浩大的勢力」指的就是日本的殖民統治，這才是當時台灣的問題來源。從此可見，翁鬧對於日本殖民的問題相當清楚，並有自己的見解，並非漠視現實，「無法洞悉統治者的殖民心態」的作家。他堅信他的想法才能解決當時台灣所遭遇的困境，因此他自負，他寂寞。如〈詩人的情人〉中所說：「……／世界已死了，他坐在岩角上招手／天幕下垂了。他把沿路捧來的光，向他擲了過去！／啊，世界甦醒了，人們發出驚駭之嘆聲，但，知道星由來的，儘他一人！」[23]

三、幻影之人的愛爾蘭想像

21　同前註，頁199。

22　同前註，頁203。

23　同前註，頁15-16。

　　愛爾蘭和台灣同屬島國，又分別受到另一強勢島國——英國與日本的殖民統治，在被殖民經驗上，些許相同，到今日兩者仍常被拿來比較討論。日治時期，台灣的知識分子就開始關注愛爾蘭獨立運動的發展，欲由愛爾蘭的經驗，找尋解決台灣問題的解答。如葉榮鐘《日據下台灣政治社會運動史》提到梁啓超在日本曾和林獻堂建議：「三十年內，中國絕無能力可以救援你們，最好效法愛爾蘭人之抗英。在初期，愛爾蘭人如暴動，小則以警察，大則以軍隊，終於壓殺無一倖免。後乃變計，勾結英朝野，漸得放鬆壓力，繼而獲得參政權，也就與英人分庭抗禮了。」[24] 因此開啓日治時期台灣議會運動的發展。此外在當時報章雜誌中，都有愛爾蘭政治、文藝、教育及經濟等方面的討論，例如：在《台灣青年》與《台灣》中，曾刊載吉野作造〈愛蘭問題に就て〉[25]、羅半仙〈愛蘭問題〉[26]、蔡富春〈殖民地之變遷〉[27]、伊藤正德〈愛蘭問題全面觀〉[28] 等文章。《台灣稅務月報》、《台灣警察協會雜誌》、《台大文學》等雜誌，也分別出現對於愛爾蘭關稅、警察制度與文學的討論文章。在以傳統漢詩文爲內容的《台灣文藝叢誌》中，也曾出現少英的〈愛爾蘭之形勢〉[29] 一文，文中鉅細靡遺地介紹愛爾蘭的歷史與現況，並點出英愛衝突的關鍵。從這些當時對於愛爾蘭討論的文章中可看出，日治時期台灣知識分子，無論新舊文人，相當關注愛爾蘭，而愛爾蘭也爲當時台灣遭遇的被殖民困境，提供不少想像空間。

　　翁鬧在譯詩選樣上，大多是愛爾蘭文藝復興時期的愛爾蘭

24　葉榮鐘：《日據下台灣政治社會運動史》上冊（台中：晨星，2000年），頁31。

25　吉野作造：〈愛蘭問題に就て〉，《台灣青年》，第4卷第2號，1922年2月。

26　羅半仙：〈愛蘭問題〉，《台灣》，第3年第2號，1922年5月。

27　蔡富春：〈殖民地之變遷〉，《台灣》，第3年第3號，1922年6月。

28　伊藤正德：〈愛蘭問題全面觀〉，《台灣》，第3年第6號，1922年9月。

29　少英：〈愛爾蘭之形勢〉，《台灣文藝叢誌》，第2年第6號，1920年10月。

詩人作品，許素蘭〈荒原之心——無產作家之另類：翁鬧及其文學〉中就談到：

> 翁鬧為何選擇愛爾蘭詩人及Naidu夫人的詩作，其動機或許已無從考證，但是，愛爾蘭之追求自治與印度之亟欲脫離英國殖民，和台灣的民族處境，不是有些類似嗎？翁鬧的譯詩對象，會只是一種無意識的選擇嗎？[30]

將愛爾蘭的歷史，和翁鬧當時的台灣情形來作對比，可以看到在愛爾蘭的政治運動與文學運動上，似乎影響了翁鬧，他選擇愛爾蘭作家的作品作為翻譯，或許不應視為「無意識的巧合」，本章將透過愛爾蘭的獨立運動經驗以及愛爾蘭文藝復興運動，來拼湊出翁鬧的愛爾蘭想像。

（一）尋求自治獨立的愛爾蘭

西元四世紀前，愛爾蘭並沒有成熟的政治社會概念，愛爾蘭人（塞爾特人，Celt）過著不斷流動和遷徙的部落生活，各部落間沒有一致的民族認同，僅共同以蓋爾語（Gaelic）為溝通語言，並以蓋爾語各自流傳祖先的英雄事蹟。

愛爾蘭的民族認同是產生於四世紀之初，可瑪克·馬卡爾特（Cormac MacArt）在達臘（Tara）建造城堡，不但成為當時愛爾蘭詩文學與藝術的中心，並使愛爾蘭人逐漸滋生出民族概念。西元五世紀，基督公教正式傳入愛爾蘭，基督文化和本土的塞爾特文明和諧揉合為一體，發展出獨特的愛爾蘭精神。十二世紀開始，由於愛爾蘭經歷分裂與海盜騷擾，引來英國王室貴族的覬覦，不斷積極入侵愛爾蘭，終使愛爾蘭島成為英國

---

30 許素蘭：〈荒原之心——無產作家之另類：翁鬧及其文學〉，《真理大學台灣文學研究集刊》，第5期，2003年7月，頁142。

的殖民島嶼。

愛爾蘭成為英國殖民地後，加上天主教與新教的差異，愛爾蘭不但是次等國民，更是「異教徒」，遭受許多不平等對待。在經濟上，土地被徵收作為王室封賞有功的英格蘭人與蘇格蘭人的封地，而愛爾蘭人被禁止擁有土地農莊，財產全被英國人控制。在公共事務上，愛爾蘭人限制不得擔任政府公職，更無發言權與投票權。在教育與文化上，愛爾蘭人不但沒有上大學的機會，原本的文化更被摧之殆盡。愛爾蘭人就在英國的高壓統治下，默默地承受了六百年之久。

直到十八世紀法國大革命，帶給了愛爾蘭人新的體悟，那就是若要脫離被殖民的命運，達到民族解放的目的，必須仰賴武裝革命，於是有許多愛爾蘭人投入武裝革命之中，也造成許多人員的傷亡。武裝革命雖成功喚起愛爾蘭人的民族精神，但卻無法有明顯的成效，因而愛爾蘭人將希望轉向議會運動上，希望藉由國會的力量，能通過自治法案達到愛爾蘭自治的目的。議會運動卻因為領導人巴涅爾（Charles Stuart Parnell）陷入緋聞案而身敗名裂，議會運動頓時受挫，對政治失望的愛爾蘭知識份子遂投入文化工作，藉由文化喚起愛爾蘭意識，這就是「愛爾蘭文藝復興」（1884）的興起背景。在愛爾蘭文藝復興的作家們的努力下，愛爾蘭過去的文化尊嚴與精神終於被喚醒，愛爾蘭意識也逐漸高漲，終於在一九二二年，境內二十六郡脫離英國統治成為自由邦。[31]

（二）愛爾蘭文藝復興與葉慈

愛爾蘭獨立運動經過議會政治與武裝革命失敗後，便由文

---

31 本節關於愛爾蘭的歷史，參考自楊牧編譯：《葉慈詩選》（台北：洪範，2005年）、吳潛誠：《航向愛爾蘭：葉慈與塞爾特想像》（台北：立緒文化，1997年）、吳祥輝：《驚嘆愛爾蘭》（台北：遠流，2007年）。

化路線取代政治路線，這也就是愛爾蘭文藝復興運動之因，其運動致力於喚醒愛爾蘭意識，打造屬於本土的文化屬性。其運動成員包括葉慈、A・E、約翰・辛（John Millington Synge，1871～1909）、葛利葛瑞夫人（Lady Gregory）等人，這些愛爾蘭文藝復興的作家以「英語」爲書寫媒介，致力於沒有受到英國文化侵染的愛爾蘭題材寫作，但因使用英語，所以遭受到當時民族主義基本教義派的抨擊，認爲這些文藝復興成員不足以代表愛爾蘭，但如此嚴苛的批評卻無法抹滅愛爾蘭文藝復興在愛爾蘭追求自治獨立的重要性。

　　愛爾蘭文藝復興的領導者首推葉慈，葉慈誕生於愛爾蘭的都柏林，兩歲時搬到倫敦，十六歲時又搬回都柏林，十九歲進入都柏林藝術學校，和A・E成爲同學。在藝術學校就讀的葉慈開始嘗試寫詩，並在一八八五年首次發表兩篇詩作，並開始對東方宗教與玄密之學相當有興趣，同年他得識約翰・歐李瑞（John O'Leary，1830～1907）[32]，使他感受到愛爾蘭民族解放的迫切意義，從此在他的作品融合了對文學與民族的感情，並與友人葛利葛瑞夫人推動愛爾蘭文學劇場（The Literary Theater）和艾比劇場（The Abbey Theatre）的設立，成爲愛爾蘭文藝復興的重鎭，可說是愛爾蘭文藝復興的重要推手。而葉慈繼承了法國象徵主義的文學觀念，並影響了好友龐德（Ezra Pound）及意象派作家，對於愛爾蘭文學能凌駕英美其他英語國家，葉慈可說是功不可沒。

（三）翁鬧的愛爾蘭想像

　　從上述中，可以發現翁鬧在三○年代，對於愛爾蘭與其文藝復興運動的關注絕非偶然。台灣自1895年割讓給日本後，

32　著名的愛爾蘭民族主義革命份子。

台灣人就和愛爾蘭人一樣，遭受到許多不平等的對待，一開始，台灣人民訴諸武力反抗，但直到一九一五年「西來庵事件」犧牲慘重，台灣知識分子轉而投向平和的議會運動與以政治為目的文化運動，遂有「台灣議會期成同盟會」和「台灣文化協會」等組織的成立。但因日人打壓（如1923年的「治警事件」），和組織內部路線的分歧，如台灣文化協會先有左右派分裂，後又和台灣民眾黨、自治聯盟不和，終導致失敗。張深切對於此時的民族運動的失敗，作了中肯的評論：

> 民眾黨為了要爭取文協的地盤，和文協左翼聯合軍發生了慘烈的激戰，在這短兵接戰的期間，雙方都忘記了共同的敵人——日本帝國主義者；他們以為需先消滅內在障礙，鞏固自己的地盤，然後才能對付敵人，詎料這正中了日本帝國主義者的術策，造成了引火自焚後果。[33]

就民族運動過程來看，愛爾蘭和台灣相似，而翁鬧或許在台灣武裝和政治運動失敗時，在愛爾蘭文藝復興運動的經驗中，看到了台灣的出路，也可解釋翁鬧對愛爾蘭的關注。

翁鬧翻譯葉慈的〈Dooney的小提琴手〉一詩中寫到，當小提琴手與兩位擔任神職的兄長離開人世時，在天國之門迎接他們的聖彼得，竟是先請小提琴手進入天國。詩中帶有藝術凌駕於一切文明之上的寓意，正是葉慈藉發展出本土文化的藝術，與殖民者對抗的想法寫照，也是翁鬧來自愛爾蘭的想像。

而葉慈和翁鬧在寫作上，皆非使用本土語言。葉慈的作品都為英語創作，而不是使用愛爾蘭本土語言——蓋爾語，因此頗受當時愛爾蘭民族主義份子的攻擊，認為用英語創作的文

---

33 梁明雄：《張深切與「台灣文藝」研究》（台北：文經社，2002年），頁105。

學不能代表愛爾蘭，但葉慈使用英語創作是有內在條件與外在考量。內在條件是葉慈從小生長在英語強勢逼進的時代，在英國統治愛爾蘭期間，英語是學校裡使用的唯一語言，講愛爾蘭本土語言的人會受到鄙夷排斥，政治和社會地位都沒有辦法提升，在此環境下生長，葉慈並不諳蓋爾語，他曾表示：「蓋爾語是我的民族語言，但卻不是我的母語。」[34] 從此可知，葉慈自知無法成熟使用蓋爾語創作，因此選擇使用英語為他的創作語言。而外在考量是當時愛爾蘭在幾百年來的英語教育下，會使用或讀蓋爾文的人是相當少數，所以葉慈認為本土文化的推動不須受限於語言，他說：「以英語做為語言，我們就不能建立在精神上絲毫無損其愛爾蘭特色的民族文學嗎？」[35] 事實上，愛爾蘭的英語和本土的蓋爾語互相碰撞、滲透、吸收和轉化，其字彙、語法、音韻以及表達模式都與英國人使用的英語已不盡相同，也可算是愛爾蘭文化的一部份。

翁鬧和葉慈情況相似，由於他的詩與小說以日文創作，平日所來往的大多是日本的文人和作家，遂在無形中和台灣作家有些疏離，被認為是為了進出日本文壇。但細讀他的作品可看到濃濃的台灣風土特色，使用文字雖是日文，但卻「在日本語和台灣語之間求折衷」[36]，或許翁鬧和葉慈都有共同想法：語言與文學不應是復興民族文化的鴻溝。

四、翁鬧詩作中的意象派影響

意象派的興起是在一九○八年，由美國詩人艾茲拉・龐德（Ezra Pound，1885～1972）連同多位作家，為掙脫以往維

34　吳潛誠：《航向愛爾蘭：葉慈與塞爾特想像》，頁20。
35　同前註。
36　見「文聯東京之部座談會」對於台灣文學當前諸問題的討論紀錄中翁鬧的發言，收錄於陳藻香、許俊雅編譯：《翁鬧作品選集》，頁221-236。

多利亞風格傳統詩歌的束縛，使詩歌得以新生，遂發起了意象派詩歌運動，從而開創了意象派詩歌的先河，並在一九○八至一九一二年風行於歐美文壇。

意象主義一詞是由托馬斯‧歐內斯特‧休姆（T.E. Hulme，1883～1917）所提出，後被好友龐德所繼承與發揚，龐德曾說：「我創了這個詞——在休姆的基礎上。」[37] 意象主義受到象徵主義的影響而來，龐德一九○八年曾赴英國，並擔任象徵主義作家葉慈的秘書，因此葉慈的詩作對於龐德的意象理論形成，有相當大的影響，龐德認為「葉慈比任何人都懂得詩歌，他正創作的是直接體現意象的抒情詩。」[38] 龐德吸納了象徵主義詩歌的立足主觀精神，重表現、輕再現的創作精神，故可將意象主義視為象徵主義的深化表現。意象派在歐美文壇流行了約十年左右，卻因本身的局限——無法表述更為複雜或更為龐大的事件，於是意象派作家漸漸出走，意象派詩歌也退出了歐美文壇。

從其譯詩中即可發現，翁鬧接觸了許多意象派的詩歌，其詩作中帶有意象派詩歌的特色，意象派對其影響是可確定的。本章從翁鬧的詩作中，探討意象派對其的影響。

（一）重視內心世界描寫

由於受到德國表現主義影響，意象派詩人把詩看成主要是思想感情的表現，其精神就是通過豐富和撲朔迷離的意象描寫來展示隱藏於日常經驗的心靈，致力於情感的質量則有益於詩歌，也因如此意象派被視為現代主義的支流。

而翁鬧的六首詩，可說是其內心孤寂世界的寫照。例如在

---

37 朱立元：《當代西方文藝理論》（上海：華東師範大學出版社，2005年），頁221-236。
38 雲得煜：〈論龐德意象主義詩學〉，《安陽大學學報》，第二期，2004年6月，頁104。

〈淡水海邊寄情〉「未滿十六歲的人生年華中／妳為什麼要步上鬻身的命運？／如今，妳在何方？妳依然獨處於那寂寥的陰屋中嗎？」表現出對於那位「她」的遭遇感到不捨於無奈，而「我背著妳／偷偷地／灑下潸潸的眼淚」[39] 則正是心中無奈的發洩。

〈在異鄉〉中，翁鬧所描寫的寂寞並非只是因為「孤伶的異鄉人」，而是他身為「High brow」所造成，在〈有關於詩的點點滴滴——兼談High brow〉中提到「真正的高智慧者，極難同流於庸俗。他永遠是孤獨的」正因為他是「大鷹」，所以沒有「鷗鳥」陪伴，因為是「High brow」所以「在狂風中獨自躑躅」。〈在異鄉〉所表現的翁鬧寂寞是複雜的，一方面來自「鄉愁」，而另一方面是來自其「曲高和寡」之孤獨。

（二）以可感意象表達抽象情感

意象派詩人主張情感必須找到它的表現形式，而這所謂的表現形式則是意象派所追求的具體的意象使用，所以意象派相當排斥使用「形容詞」。如龐德〈意象主義的幾不〉所說：「不用多餘的詞，不用那種不能揭示什麼的形容詞……不要沾抽象的邊……不要用裝飾或好的裝飾。」[40] 意象派詩人認為「意象」的本身對詩的影響有極宏偉的力量，因為意象將詩人心靈中的抽象印象與情感，經由詩人的思想和經驗表現出來，成為可感的意象，換言之，意象派詩人認為意象帶給讀者是最為直接具體的情感表達。

翁鬧〈在異鄉〉中，「大鷹」象徵他的孤獨也表現了對理想的堅持，而「越過山嶺／涉足谷間／漂過大海，臨淵佇

---

39 陳藻香、許俊雅編譯：《翁鬧作品選集》，頁2-3。
40 雲得煜：〈論龐德意象主義詩學〉，頁105。

彰化學

立」[41]其意象不但呈現翁鬧遠渡他鄉的寫照,更是展現他「高智慧者是藝術欲望的先驅者」的想法。這種不直接去描寫思鄉的孤寂,而使用象徵與意象的表現手法,暗示詩中情感,帶給讀者想像的空間,這也正是意象的功能:引起人們某種至性與情感的心理反應。

〈搬運石頭的人〉表達了翁鬧對於台灣同胞的關懷,但不同當時寫實主義的詩作,著重於台灣人被壓迫與不平等對待的描寫,如此千篇一律的教條式書寫所呈現的情感是抽象的,感動力是低弱的。在詩中,翁鬧以「搬運石頭」、「臉色黯淡無光」、「指甲裂開」的意象經營,表現了台灣人民的苦悶心態,而「黑暗」、「暴雨」是對惡劣現況的描寫,讀者由這些意象的呈現,經內心咀嚼即能具體品嘗詩中的感情,與翁鬧對同胞的關懷,比那些教條式的作品更能讓人感動,正如翁鬧所說:「站在群眾中,面紅耳赤大聲疾呼,那是俗人的感性,是感傷的行為。他只是個低智慧者。因為他們所擁有只是心理上執著,而缺乏理性的體系。」[42]

(三)善用對比

意象派的詩歌常以對比的手法,刻劃出詩的內在情感,如美國意象派女詩人密萊(Millay)的〈梨樹〉(The Pear Tree):

> 在這醜惡、污穢的小院子中間
> 雞群正到處亂啄、亂奔
> 一株梨樹巍然獨立,迎接陽光
> 令人不相信他白得不染一塵

---

41 陳藻香、許俊雅編譯:《翁鬧作品選集》,頁7。
42 陳藻香、許俊雅編譯:《翁鬧作品選集》,頁199。

深以這新的聖潔為樂，並且知道
眾人的眼光會集中在自己的身上
就好像一個倒垃圾人的幼女
第一次領聖禮時穿上新的衣裳[43]

　　作者第一段運用了醜惡、污穢又被雞群亂啄亂奔的小院子，與一株巍然獨立的梨樹相比，更突顯出樹的純白與巍然。而第二段作者以倒垃圾維生的貧苦家庭下的女兒和領聖禮時穿的新衣裳，造成感覺上明顯的對比。而新衣裳和白梨樹相應，表現出「出淤泥而不染」的言外之意，從這可看出意象派的對比使用是經過剪嵌細工的，表現出他們精準且簡練的情感呈現精神。

　　翁鬧的詩作中，也常看到他運用類似的技巧。在〈淡水海邊寄情〉中，翁鬧使用「高樓大廈」與「陰暗巷中的一隅」的貧富對比、「透過天窗射入的陽光」與「室中的擺設」明暗對比，表現詩中翁鬧對於正值花樣年華的少女卻步上鬻身命運的感嘆，在作品中的情感壓縮，藉由經濟的詞句表現出來，頗有意象派作品的風格。

　　〈故鄉的山丘〉不但是思鄉之作，蕭蕭在〈八卦山：蘊藏多元的新詩能量〉一文中認為詩中更充滿著翁鬧對於生死的態度，詩中以故鄉山脈為描寫對象：

我繞著雛菊綻開的小丘
追逐著，跳向穴洞的青蛙
陽光在我胸前融化

43　周伯乃，《廿世紀的文藝思潮》（台北：廣文書局，1964年），頁82-83。

輕柔得使我瞠目

啊，誰在撥弄天庭之弦？
這一天，我們遙遙地遠離了死神

甘蔗園上遍地開滿了花朵
夕陽，她，趕忙來湊上一腳

雙親的家，在墓地的比方
我吹著口哨，歡迎春的到來[44]

　　蕭蕭認為詩中形式是「一生一死」交錯，如雛菊綻開是生
機，人追青蛙青蛙跳向穴洞是避開死亡；陽光融化是潰退，輕
柔則是舒適；天庭琴弦是天籟，遠離死神有如青蛙跳向穴洞；
甘蔗園開花是喜，夕陽西下則有悲的氣息；「雙親的家在墓地
的彼方」可能暗示雙親在另一個國度，吹著口哨是快樂的行
為。在這生死悲喜的重複對比下，表現出「齊生死」的豁達之
觀。[45]

（四）重視色彩

　　意象派的詩歌中，顏色是其相當重要的元素之一，如翁
鬧翻譯意象派詩人Richard Aldington的〈白楊樹〉中：「在白
色的水流與道路之間／……／我知道！白風在愛著你／他吻
著你，翻騰了妳綠色的襯裙／透過黑色的天空，似是綠色的
雨／還有那灰色的雨珠，他們躲藏在你的腰間／……／月兒

44　陳藻香、許俊雅編譯，《翁鬧作品選集》，頁12-13。
45　蕭蕭：〈八卦山：蘊藏多元的新詩能量〉，《2006彰化研究學術研討會八卦台
　　地研究論文集》（彰化：彰化縣文化局，2006年），頁66。

將她銀色的銅板，悄悄的塞進你的懷裡／⋯⋯／步上那白色的道路／⋯⋯」[46]用了相當多的顏色，使整首詩相當活潑生動。同樣翁鬧翻譯John Gould Fletcher的〈發光詩篇〉，在第一句「綠、褐、綠──天空、沙灘、大海」中，即以「綠」和「褐」兩色作為本詩的開頭。對於意象派詩歌的顏色使用，宋澤萊在《宋澤萊談文學》中，作了說明：

> 西洋近代的文學流派中，我還沒有看過有比意象派更重視色彩的流派，浪漫派和象徵派都不如它。此中的原因，大概是由於意象派的綱領中強調不可以使用模糊的意象，凡是意象一定要十分清晰明亮，因此造成了它的成員不得不在詩中使用許多色彩的字眼。當我們讀他們的詩時，會感到他們的寫景明麗鑑人，覺得很有精神，不管這種結果是否合乎龐德的本意（他後來退出了意象派），但總之，意象派的顏色絕對叫你吃驚。[47]

從宋澤萊的說明可以知道意象派作家常藉由顏色，幫助表達作品意象，故這類詩作中，都會帶有相當的色彩呈現，刺激讀者的視覺感官，以助勾勒作品中的意象。

這樣以色彩呈現的寫作手法，在翁鬧的詩中也可以發現到。如〈淡水海邊寄情〉第一段中「清爽的海風徐徐吹來／西邊的天際，薔薇色的紅潤／閃耀在銀色的光芒中／望著小兔般／跳躍水邊的白浪／我曾經握著妳的纖手／出神地望著你婀娜的倩姿」[48]放入了許多色彩，這多少是受到意象派的影響。而細讀翁鬧的六首詩作，可以發現他的作品中，偏愛使用黑暗與

---

46 同前註，頁31-33。
47 宋澤萊：《宋澤萊談文學》（台北：前衛，2004年），頁32。
48 陳藻香、許俊雅編譯，《翁鬧作品選集》，頁2-4。

光明兩個強烈的對比色彩，如：〈在異鄉〉的「寂寞，它在無光的茅屋中」、〈詩人的情人〉的「在太陽凍結死寂的夜裡，他抱著冰塊遁逃」、〈鳥兒之歌〉的「子夜太暗了」與〈搬運石頭的人〉的「在黑暗之中」等句子，馬上帶給讀者的是「黑暗」的視覺感，而〈故鄉的山丘〉的「陽光在我胸前融化」、〈詩人的情人〉的「他把沿路捧來的光，向它擲了過去。」與〈鳥兒之歌〉的「午晝太亮」，這些句子則是表現出「光明」的觀感。對於這兩種視覺色彩的使用可說是翁鬧詩作的特色之一。

（五）詩中的意象常無法精準傳達於讀者

意象派認為意象帶給讀者是最為直接具體的情感表達，但意象的象是一些經過選擇加工的具體景物人事，由於經過作者的處理，所以往往會帶有個人的生活經驗與情感在其中。意象派詩人常是直接處理或並列各種客觀意象，並不多做多餘的解釋或說明，將非意象的成分完全剔除，於是常有讀者無法感受作品中作者的深層心靈描寫，或有誤讀的現象產生，這點也是意象派讓人詬病之處。以龐德最著名的意象詩〈地鐵站內〉為例：

> 人群一張張魅影臉孔
> 濕黝枝幹上片片花瓣[49]

這首詩常被解讀為描寫被人拋棄的女人的悲慘命運，和龐德描寫在地鐵車站看到那些漂亮的臉龐之後突然產生了某種情感體驗原意，有相當大的落差。因此讀者必須要了解作者的生

---

49 張錯：《西方文學術語手冊》，頁140。

活經驗、著作想法等等，才能了解詩中的意象涵義，增加了閱讀上的困難，故常被認為是為藝術而藝術的文學。

翁鬧新詩中，也遇到這樣的問題，如〈在異鄉〉和〈故鄉的山丘〉中，出現的「大鷹」和「山丘」，若非對於熟知翁鬧生平與台灣風土，實難以和其故鄉——彰化的八卦山有所聯想。所以意象主義希望用意象呈現情感，雖然號稱直接、精準與客觀，但往往帶給人的是更為主觀與抽象的感想，這也是意象派作品被人詬病之處。

五、結論

翁鬧詩作中的孤寂，來自於他的生活經驗與感觸，從他的愛情、家庭、性格、乃至於他的早逝，都帶有濃烈的悲劇色彩。但正如葉慈所說：「詩人總是寫他的個人生命，他最優秀的作品源自他生命中的悲劇，不論那是懊悔、失戀或者只是寂寞。」[50] 翁鬧用他那細膩的觀察，捕捉現實中的情感活動，就某部份來說，翁鬧文學中比當時一些淪為公式化的寫實文學，更貼近現實。受到現代主義的影響，他的詩顯得晦澀難懂，就如他的人一般，和社會保持了距離，形成他那頹廢的幻影。

在台灣歷經武裝抗日與議會運動失敗時，翁鬧的譯詩帶來了愛爾蘭的想像，也帶給我們對於他那幻影的想像。從他的譯詩選樣上，或許可以看見翁鬧的政治與文學的抱負，以及他那不惜離家背景所追求的理想。雖然翁鬧與人群疏離，但他卻不漠視社會，雖然他感到孤寂，但他卻不絕望，就如每年過境翁鬧家鄉八卦山的「南路鷹」，越過山嶺，漂過大海，只為自己的目標飛去。

---

50 吳潛誠：《航向愛爾蘭：葉慈與塞爾特想像》，頁161。

參考文獻

（一）相關論文

· 陳芳明：〈台灣新文學史（3）——啓蒙實驗時期的文學〉，《聯合文學》，第15卷第12期，1999年10月。

· 陳芳明：〈台灣新文學史（6）——寫實文學與批判精神的抬頭〉，《聯合文學》，第16卷第5期，2000年3月。

· 許素蘭：〈青春的殘焰——翁鬧　天亮前的戀愛故事〉，《聯合文學》，第16卷第2期，1999年12月。

· 許素蘭：〈荒原之心——無產作家之另類：翁鬧及其文學〉，《真理大學台灣文學研究集刊》，第五期，2003年7月。

· 雲得煜：〈論龐德意象主義詩學〉，《安陽大學學報》，第二期，2004年6月。

· 蕭蕭：〈八卦山：蘊藏多元的新詩能量〉，《2006彰化研究學術研討會八卦台地研究論文集》（彰化：彰化縣文化局，2006年）。

（二）專書

· 朱立元：《當代西方文藝理論》（上海：華東師範大學，2005年）。

· 宋澤萊：《宋澤萊談文學》（台北：前衛，2004年）。

· 吳潛誠：《航向愛爾蘭：葉慈與塞爾特想像》（台北：立緒文化，1997年）。

· 吳祥輝：《驚嘆愛爾蘭》（台北：遠流，2007年）。

· 周伯乃：《廿世紀的文藝思潮》（台北：廣文書局，1964年）。

· 施淑：《兩岸文學論集》（台北：新地文學，1997年）。

· 張錯：《西洋文學術語手冊》（台北：書林，2005年）。

· 梁明雄：《張深切與「台灣文藝」研究》（台北：文經社，2002年）。

· 陳藻香、許俊雅編譯《翁鬧作品選集》（彰化：彰化縣立文化中心，1997年）。

・黃建銘：《日治時期楊熾昌及其文學研究》（台南：台南市立圖書館，
　2005年）。
・葉榮鐘：《日據下台灣政治社會運動史》（台中：晨星，2000年）。
・葉石濤：《台灣文學史綱》（高雄：春暉，2003年）。
・楊牧編譯：《葉慈詩選》（台北：洪範，2005年）。

（三）學位論文

・杉森藍：《翁鬧生平及新出土作品研究》，台南：成功大學台灣文學研
　究所碩士論文，林瑞明先生指導，2007年。

日治時期台灣新詩標點符號運用
——以賴和、楊守愚、翁鬧、王白淵為例

李桂媚（國立台北教育大學台文所碩士生）

一、前言

　　綜觀日治時期台灣文學研究成果，似乎多聚焦於「社會寫實」或「現代性」兩大面向，如以彰化詩人為例，論及賴和、楊守愚等中文書寫作家，論者多關注於現實主義的弱勢關懷與反抗精神；論及王白淵、翁鬧等日文書寫作家，則多言現代主義思潮的影響。然而，日治作家所面對的是新舊文學交接、書寫語言選用種種問題，以思維觀之，除了左翼思想，還有儒家傳統與浪漫主義等支流；以形式觀之，「現代性」一方面來自日本文學的影響，另一方面也來自世界文壇，在「現代主義」此一大傘下，更可細分出象徵主義、意象派、新感覺派、超現實主義等，由是可知，日治時期的文學面貌恐非寫實／現代主義所能二分與概括的。本文嘗試在「社會寫實」與「現代性」兩道議題外，提出另一個探索日治新詩的可能，從論者較少觸及的標點符號運用出發，重新詮釋彰化詩人作品，進而挖掘彰化詩人的形式設計美學。

　　丁旭輝在〈現代詩中的標點符號〉（2006）一文闡述了標點符號之於新詩的功能性，包含：標示意義的意義功能、標示語氣停頓的節奏功能、表現圖象效果的圖象暗示功能、傳達抽象情感的情意暗示功能。[1]上述概念並非二〇〇六年才提出

1　丁旭輝：〈現代詩中的標點符號〉，《淺出深入話新詩》（台北：爾雅，2006年），頁199-222。

的新觀點，早在《台灣現代詩圖象技巧研究》（2000）一書，丁旭輝即曾論述標點符號運用在新詩中的圖象功能與情意作用。[2] 就這兩筆資料而言，一以「現代詩」為觀察對象，一以「圖象技巧」為論述核心，在取樣標準的篩選下，日治新詩皆未能躋身其列。然而，標點符號之於新詩的特殊性與功能性，並非戰後詩人的專利，而是可向前追溯到日治時期的。況且，日治新詩有著三道語言脈絡同時存在、相互糾葛的複雜性，更是形塑出風格獨具的標點符號運用，比如：以漢文書寫的日治新詩常大量使用驚嘆號來強調語氣；以日文書寫的日治新詩則不見逗號、常見刪節號與破折號。又如：漢文書寫的日治詩作有些句中、句末皆使用標點符號，有些詩人句中使用標點符號、句末不用；日文書寫的詩作則幾乎不用標點符號，僅有少數詩句會在句末接上標點。如斯面貌多元卻乏人問津，怎不令人感到可惜？有鑒於此，本文試圖聚焦於日治時期台灣新詩，探索標點符號運用此一形式技巧，於詩作中開拓出怎樣的內涵，繼而彰顯標點符號作為新詩形式設計美學的效用與價值。

　　復次，標點符號作為新詩形式設計美學，看似共性，其實涵蓋著諸多獨特性，基此，在文本的取材上，選用賴和、楊守愚、翁鬧、王白淵四位彰化詩人，期能通過同質詩人的並置討論，[3] 揭示日治新詩標點符號運用的共生殊相。其中，值得注

2　丁旭輝：《台灣現代詩圖象技巧研究》（高雄：春暉，2000年），頁267-291。
3　翁鬧在台灣新詩史上儼然是邊緣的存在，不僅在台灣新詩史相關論述中不見蹤跡，詩選集中也甚為罕見，或許這跟詩作數量少有關，也或許還有其他因素。相較於其他日治時期的彰化詩人，他不似賴和、陳虛谷、王白淵積極投入文化運動，也不像其他彰化詩人有參加文學社群。賴和、陳虛谷、楊守愚都是應社成員，賴和、陳虛谷還參與了「台灣文化協會」；王白淵則先後參與了「台灣文化同好會」、「台灣藝術研究會」；其他如林亨泰、錦連等跨越語言一代的詩人，則隸屬「銀鈴會」。根據張良澤的考察，翁鬧曾與張文環等人組織台灣藝術研究會，創辦福爾摩沙雜誌的說法，與事實並不相符，因此翁鬧並無明確的文學社團歸屬。然而，弔詭的是，翁鬧雖沒有加入文學社群，卻曾兩度出席文壇東京支部舉辦的座談會，可見其與文壇東京支部仍有某種程度的交集。本文受限於研究主題，對此議題未能予以深論，留待後續研究繼續努力。詳參：張良澤：〈關於翁鬧〉，《台灣文藝》95期，1985年7月，頁182-183。

意的是,相較於其他三位彰化詩人,翁鬧儼然是淹沒於日治新詩史裡的名字,不僅在台灣新詩史相關論述中罕見,詩選集中也相當少見,本文之提出,亦試圖對翁鬧新詩作一評價。[4]

　另一方面,趙天儀認為:「詩的要素,可以說是包括了情感、意象、節奏與意義。」[5]丁旭輝所歸納的標點符號四大功能與此四要素可謂不謀而合,[6]然而,管見以為,情感、意象、節奏與意義雖為詩的基本元素,但情感的生成有其複雜性,「情意暗示」此一功能其實亦涵括於語義作用、音韻節奏、圖象效果之中,不易單獨切割為一類;其次,趙天儀在探索現代詩美學時,亦非以情感、意象、節奏與意義此四議題分而論之,而是選用意義性、音樂性、繪畫性三道切入點予以著墨。[7]前行研究者的研究成果,為本文提供了可貴的研究基石,筆者將其調整為「音樂性」、「語義性」與「圖象性」,底下將採用新批評為主要析論方式,佐以視覺傳播相關理論,[8]依序觀察標點符號作為「音素」、「字素」、「圖

4　筆者之所以認為此四位詩人同質,可分作三個面向解釋,一是創作時間同屬日治階段;二是同樣具有彰化詩人身份;三是在風格表現上,賴和與楊守愚兩位漢文書寫作家同質,翁鬧與王白淵兩位日文書寫作家同質,蕭蕭在《台灣新詩美學》裡即曾言:「渡海日本、上海的王白淵、翁鬧,勇於嘗試新藝術手法;固守家園的楊守愚則追隨在賴和之後,揭露醜惡,同情貧困,為弱勢族群仗義直言,為危機年代的台灣農村刻畫現實。」詳參:蕭蕭:《台灣新詩美學》(台北:爾雅,2004年),頁16。

5　趙天儀:〈現代詩的繪畫性──心象的構成〉,《現代美學及其他》(台北:東大,1990年),頁202。

6　此處將趙天儀的「情感、意象、節奏、意義」與丁旭輝的「情意、圖象、節奏、意義」相提並論,並非筆者認為「意象」即「圖象」,而是參酌趙天儀〈論意象〉一文,該文指出:「用視覺捕捉意象,是詩的繪畫性,建築性的創造。」由此推論趙天儀筆下的意象涵蓋了詩的圖象性。詳參:趙天儀:〈論意象〉,《笠詩刊》248期,2005年8月,頁42-43。

7　《現代美學及其他》一書裡,收錄有〈現代詩的意義性〉、〈現代詩的音樂性〉、〈現代詩的繪畫性──心象的構成〉三文,詳參趙天儀:《現代美學及其他》(台北:東大,1990年),頁179-210。

8　標點符號看似文字書寫的輔助工具,其實也是一個視覺符號,本文並用文學理論與視覺傳播理論為研究取徑,乃是有感於文學與其他藝術擁有諸多對話空間,期能進一步探索新詩的多面向。比如:1923年,東方文學家徐志摩讚嘆著「數大就是美」;1928年,西方建築界則有密斯·凡德洛(Ludwing Mies van der Rohe)提出「少即是多」,兩個看似衝突的美學理念其實充滿交集的可能,

素」時，於新詩中發揮了何種作用，又如何建構出詩作的情感世界，期能釐清日治新詩標點符號運用風貌。

二、音樂性：點與標的聲情音韻

新式標點符號由胡適等人在一九一九年提議頒布，〈請頒行新式標點符號議案（修正案）〉一文將標點符號分作「點」的符號與「標」的符號：

> 「點」即是點斷，凡用來點斷文句，使人明白句中各部分在文法上的位置和交互的關係的，都屬於「點的符號」，又可叫做「句讀符號」。……句號，點號，冒號，分號，四種屬於此類。「標」即是標記。凡用來標記詞句的性質種類的，都屬於「標的符號」。如問號是表示疑問的性質的，引號是表示某部分是引語的，私名號是表示某名詞是私名的。[9]

舊式標點符號僅有表示停頓的點號與用於句子完結處的圈號，新式標點則延續了舊式標點的斷句功能，一方面依分句情形與文法關係細分出點號（，或、）、分號（；）、冒號（：）與句號（。或‧）四類「點的符號」；另一方面也參酌

廖偉民即曾撰文論述。此外，廖新田在《台灣美術四論》一書中曾提及，日治時期台灣詩人水蔭萍感受到「福爾摩沙南方熱帶的色彩和風不斷地給我蒼白之額、眼球、嘴唇以熱氣」，運用超現實主義表現台灣風景的蒼白與頹廢；此時來台的日本畫家，卻正驚艷著台灣特有的島嶼色彩，大量選用明亮飽和的色彩描繪台灣風景。此一例證展現了殖民者與被殖民者的視點差異，也揭示著文學與其他藝術相互對話的可能。詳參：廖偉民：〈「數大便是美」與「少即是多」〉，《幼獅文藝》643期，2007年7月，頁32-35；廖新田：《台灣美術四論》（台北：典藏藝術家庭，2008年），頁161；楊熾昌著，呂興昌編訂：《水蔭萍作品集》（台南：南市文化，1995年），頁128。

9　胡適：〈請頒行新式標點符號議案（修正案）〉，收錄於袁暉主編：《標點符號詞典》（山西：書海，2000年），頁347。

西方標點符號用法，增加了具有標示與強調作用的「標的符號」，即問號（？）、驚嘆號（！）、引號（「」與『』）、破折號（──）、刪節號（……）、夾注號（（ ）與〔 〕）、私名號（＿＿＿）、書名號（﹏﹏﹏）。[10]

　　到了一九三〇年，教育部頒布〈教育部劃一教育機關公文格式辦法〉，對標點符號亦有所規定與說明，此時「點號」進一步區分為「逗號」與「頓號」。[11] 觀察《台灣新民報》刊載的新詩作品，同樣可窺見「點號」到「逗號」與「頓號」的演變，比如：賴和一九三〇年九月到一九三二年一月發表的詩作，刊載於《台灣新民報》時，以「、」表示停頓，然而，參照賴和手稿卻可發現，賴和選用的符號並非「、」，而是「，」。[12] 由此可知，《台灣新民報》此一時期使用的「、」仍是「點號」，尚未區分為頓號與逗號。再者，楊守愚自一九三〇年十一月至一九三二年三月發表於《台灣新民報》的新詩，皆以「、」表示詩中停頓，直到一九三二年四月九日刊登的〈雨中田舍〉，詩中方同時存在「、」與「，」。[13] 此外，楊守愚的〈可憐的少女喲！〉先假一九三四年十月刊載於《新高新報》，[14] 後修改若干文詞，一九三五年十二月發表在《台灣新文學》，題名亦改作〈可憐的少女喲珍重！〉，[15] 如將兩篇詩作加以比對，可以發現，〈可憐的少女喲！〉的逗號

---

10 此處對「點」與「標」的分類依據〈請頒行新式標點符號議案（修正案）〉之內容而來，另有論者認為，冒號、驚嘆號、問號是兼具點、標作用的符號。詳參：田哲益：〈談「標點符號」及使用方法〉，《中國語文》379期，1989年1月，頁30。

11 〈教育部劃一教育機關公文格式辦法〉（節錄），收錄於袁暉主編：《標點符號詞典》（山西：書海，2000年），頁354-355。

12 《台灣新民報》329-396號，1930年9月6日～1932年1月1日；林瑞明編：《賴和手稿集 新文學卷》（財團法人賴和文教基金會、台灣省文獻委員會，2000年），頁333-483。

13 《台灣新民報》337-410號，1930年11月1日～1932年4月9日。

14 睦生：〈可憐的少女喲！〉，《新高新報》447號，1934年10月26日。

15 瘦鶴：〈可憐的少女喲珍重！〉，《台灣新文學》創刊號，1935年12月28日，頁91-92。

到了〈可憐的少女喲珍重！〉，又變回頓號了，究竟是刊物編者的更動，抑或楊守愚本人的修改，目前無從得知，但此例恰可說明頓號、逗號具備類似的停頓作用。[16]

僅管頓號、逗號都能營造停頓節奏，然而，就節奏來說，逗號所產生的停頓時間比頓號長，句號的停頓效果又比逗號強。而「停頓」正是呈顯詩作音樂性的一大要素，方祖燊在〈論中國詩的音樂性〉一文便指出：「『停頓』，形成了詩句間一種節奏美。」[17]賴和的〈流離曲〉[18]即是善用停頓節奏的詩例，試看前四段：

（一）生的逃脫

　　潚潚！湃湃！
　　窸窸！窣窣！
　　潚湃的真像把海吹來、
　　窸窣地甚欲併山捲去、
　　溪水也已高高漲起、
　　淼茫茫一望無際。

　　猛雨更挾著怒風、
　　滾滾地波浪掀空。

16　筆者必須說明的是，將日治報刊原典與日治作家選集相互對照後，可以發現，不少詩作的標點符號與空格都被編者酌以修改，就漢文書寫詩作來說，以頓號形態出現的點號多半被改作逗號，或者刪去；句首空格的詩作，則有多空一格或少空一格等變異。為忠於詩作原貌，下述引用詩作時，一律優先引用日治報刊原典，必要時搭配詩選集參酌。

17　方祖燊：〈論中國詩的音樂性〉，《中國現代文學理論季刊》6期，1997年6月，頁177。

18　賴和的〈流離曲〉分作四部分連載於《台灣新民報》329-332期（1930年9月6日～1930年9月27日），其中原欲發表於332期的詩作全數禁刊，當期曙光欄只見一片空白，欲讀〈流離曲〉全文，可參見賴和著，林瑞明編：《賴和全集：新詩散文卷》（台北：前衛，2000年），頁93-114。

驚懼、匆惶、走、藏、
呼兒、喚女、喊父、呼娘、
牛嘶、狗嘷、
混作一片驚號慘哭、
奏成悲痛酸悽的葬曲、
覺得此世界的毀滅、
就在這一瞬中。

死！死！死！
在死的恐怖之前、
生之欲念愈是執著不放、
到最後的一瞬間、
尚抱有萬一的希望。

慘痛地、呼！喊！
無意識地、逃！脫！
還希望著可能幸免。
死神已伸長他的手臂、
這最後的掙脫實不容易。[19]

　　「瀰瀰！湃湃！／窸窸！窣窣！」通過疊字與驚嘆號的組合，形塑出四句鏗鏘有力的短句。以旋律來說，驚嘆號提高了文字的聲調，讓此詩甫開端即將音調拉高，展現了面對水災的驚惶；就節奏而論，驚嘆號強化了音節的力道，傳達了水災的凶猛。繼而登場的是四行長句，相對於前兩行的多次停頓，此處一連四句句中無標點的長句，節奏遂顯得急促，而這樣的急

19　甫三：〈流離曲（一）〉，《台灣新民報》329號，1930年9月6日。

促似乎也暗示著天災的來勢洶洶。第二段同樣通過短句與長句的交替出現來傳情達意，方耀乾曾言此段是「用足多短辭俱具體的列舉交織成一首狂飆的交響樂，非常有力道營造出殖民地農民的流離慘狀。」[20] 首兩句承接前段描述天災狀況，開場的兩個長句皆押ㄥ韻，押韻的形式安排加快了詩句節奏，快節奏之後緊接著出現三行大量使用點號（頓號）的詩句，錯落其間的點號不斷為詩作帶來停頓，詩作節奏自此轉為緩慢，而緩慢節奏也讓意象越顯鮮明。眾多短詞組成的三行詩句其實隱藏著詩人的巧思，此段第三行既呈現內在的情緒、也表現外在的行動，第四行則聚焦於尋找親人的場景，第五行將焦點從人群中抽離，特寫農村動物的反應，標點的出現並不只是促成緩慢節奏形成而已，同時更將每一個短句畫分為一道場景，發揮了聚焦作用，宛如一幕幕的電影特寫鏡頭。第二段後四行節奏看似平淡，卻為第三段的激情作了合宜的鋪陳，相對於第二段只有表示停頓的點號與句號，第三段開頭連用三次驚嘆號的「死！死！死！」，彷彿猛力敲打的鼓聲，既言死的可怕、也意味著生的想望，表述了對生命的吶喊，詩作音調與情緒隨之達到最高點。其中，值得一提的是，此段首句句首使用了一個空格，韓叢耀在《圖像傳播學》中曾指出：「一幅畫面通常只能交代一個主題，表現最主要的被攝體，要使主體清爽、突出、凸現。能達到這種畫面效果的，空白的使用可以說是最有效的手段。」[21] 文學作品中的空格與藝術創作的留白有著相似效用，均發揮了突顯意象的作用，此一詩行的空格是聲調高點出現前的短暫沉默，正因存在有片刻的無聲，其後的高音遂更顯突出。第四段可謂刻意多用標點的例子，「慘痛地、呼！喊！／

---

20 方耀乾：〈反帝、反殖民拼圖——論賴和的事件詩〉，《海翁台語文學》36
　　期，2004年12月，頁8。
21 韓叢耀：《圖像傳播學》（台北：威仕曼，2005年），頁305。

無意識地、逃！脫！」運用標點將「慘痛地呼喊」與「無意識地逃脫」斷句爲三個音節，首先，點號爲副詞製造了停頓，驚嘆號則增強了動詞的語氣；再者，詩人刻意將「呼喊」與「逃脫」斷句爲一字一頓，讓一個意象增添爲兩個同質意象，於詩中同時發聲，進而揭示了奮力一搏的求生意念。

除了前述詩段外，〈流離曲〉其他段落亦可見到類似手法，舉凡：「行！行！」、「墾墾！闢闢！」、「鋤鋤！掘掘！」、「開開！鑿鑿！」、「哈！哈！」、「那刁頑？那活潑？那乖呆？」、「靜肅！莊嚴！」、「天道？公理？」、「悲愴！戰慄！」、「沉下去！沉下去！」、「粉碎了！粉碎了！」、「痛哭罷！痛哭罷！」、「羞！羞！」、「趨趨！集集！」等，都是使用疊字或相似句式佐以標點符號來表現節奏的例子。[22] 此外，「唉！死？眞要活活地餓死？」以標點加強語氣，同時透過標點形塑長句、短句展現節奏與情緒。其他如「餓！餓！」、「賣！賣！」、「去！去！」等詩行，則是利用空格營造焦點的例子。林瑞明曾肯定道此詩是「形式與內容之間，達成了完美的結合」。[23] 從這些詩句中還可察覺一個特色，驚嘆號出場比例相當高，此一特徵其實是賴和事件詩的共通特徵，詩人藉由驚嘆號或問號的呼告與吶喊，表露內在情感，傳達無法置身其外的信念。例如〈南國哀歌〉第五段：

---

22 除了句式的重覆，〈流離曲〉也多用疊字來強化意象與音韻，李魁賢論及〈流離曲〉第二部分時，即指出：「賴和使用了大量重疊的動詞，使勞動者的形象突出」；方耀乾亦言：「賴和用六組複合詞來歌頌台灣農民的勤勞拍拚，宛然一首美麗的旋律，合奏著性命的律動」；楊宗翰則認爲：「用了大量短句與疊詞（如『墾墾！闢闢！』、『鋤鋤！掘掘！』、『開開！鑿鑿！』），既能表現農民工作時的急迫，也有強化與調整節奏的功效」。詳參：李魁賢：〈賴和詩中的反抗精神〉，《笠》111期，1982年10月，頁31；方耀乾：〈反帝、反殖民拼圖——論賴和的事件詩〉，《海翁台語文學》36期，2004年12月，頁9；楊宗翰：〈冒現期台灣新詩史〉，《創世紀詩雜誌》145期，2005年12月，頁156。
23 林瑞明：〈賴和與台灣新文學運動〉，《台灣文學與時代精神：賴和研究論集》（台北：允晨文化，1993年），頁115。

「一樣是呆命人！
　趕快走下山去」！
　這是什麼言語？
　這有什麼含義？
　這是如何地悲悽！
　這是如何地決意！[24]

　　表示斷句的點號與圈號已不足以表現詩人面對霧社事件的激動情緒，因此此處句末全用具有標示語氣與增強情緒功能的驚嘆號與問號，藉以展現作者的不平之鳴；其後陸續出現的「兄弟們！來！來／來和他們一拚！」[25]等詩句，運用了修辭學的「呼告」，呼籲群眾奮起，同樣是透過驚嘆號來高聲疾呼的例證。此外，〈覺悟下的犧牲〉、〈生與死〉、〈滅亡〉、〈思兒〉、〈低氣壓的山頂〉、〈是時候了〉、〈兒歌〉、〈溪水漲〉等詩亦是多次使用驚嘆號的作品。

　　然而，大量運用驚嘆號並非賴和的專利，在楊守愚詩中也可窺見，比如〈孤苦的孩子〉，詩人不斷對著孤苦的孩子喊道：「孤苦的孩子、／別悲哀吧！」、「孤苦的孩子、／想開吧！」、「孤苦的孩子、／膽子壯點吧！」、「孤苦的孩子、／笑笑吧！」。[26]又如：〈哭姊〉反覆呼喊「姊喲！」；[27]〈輓歌〉一再感嘆「可憐的陳君喲！」；[28]〈女給之歌〉則是

24　安都生：〈南國哀歌（上）〉，《台灣新民報》361號，1931年4月25日。
25　〈南國哀歌〉原發表於《台灣新民報》361、362號（1931年4月25日、1931年5月2日），其中362期詩作約有四分之三遭禁刊，全詩可參見賴和著，林瑞明編：《賴和全集：新詩散文卷》（台北：前衛，2000年），頁136-141。此處引文即引自《賴和全集：新詩散文卷》。
26　村老：〈孤苦的孩子〉，《台灣新民報》344號，1930年12月20日。
27　守愚：〈哭姊〉，《台灣新民報》358號，1931年4月4日。
28　守愚：〈輓歌〉，《台灣新民報》368、369號，1931年6月13日、1931年4月29日。

再三出現「哥兒們喲！」。[29]前述詩句皆屬於呼告句，文句一開頭即呼喊對方名稱，進而達到吸引注意力的效果，其中，驚嘆號促成了音調的上揚，爲詩句帶來加強語氣的作用。其次，賴和詩作中常見短句與類疊的技巧，此一表現手法在楊守愚詩作中亦未缺席，賴和在〈流離曲〉中寫著「死！死！死！」；楊守愚則在〈無題〉寫道：「一顆創傷的心、／裂、裂、裂！」[30]。重複三次的「裂」雖是一字一頓的節奏，卻因字間選用的標點符號不同，而有不同的聲音表情，最末的驚嘆號彷彿重音標記，爲詩作旋律帶來猛力一擊，從點號到驚嘆號的音調變化，無形中也象徵著「裂」由弱到強的漸進。

再者，許俊雅曾評價楊守愚的分段詩：「創作時尤其注意到文句的流暢、全詩的節奏與氣氛也掌握得很好，尤其作者有意的在句末安排叶韻，使得全詩朗誦時頗有節奏感」。[31]楊守愚的分段詩不只是藉由押韻建構音樂性，其選用的標點亦牽動著聲情起伏，試看〈頑強的皮球〉最後一段：

越是用力的拍、越是強烈地反抗、越是起勁地蹴、越是活躍地暴動、拍拍、蹴蹴、反抗、暴動、非等到拍斷你的手臂、蹴折你的腳腿、嘿！永不會止住我的衝鋒。[32]

前八句可見作者對節奏的經營，前四句是六個字、七個字、六個字、七個字的相似句式，接著連續四句兩字音節，帶來如歌的旋律。其中，五到八句進一步抽取出前四句的重要詞彙，藉由再次出現的手法予以強調，而點號帶來的停頓正扮演

29　守愚：〈女給之歌〉，《新高新報》417、422號，1934年3月23日、1934年6月20日。

30　洋：〈無題〉，《台灣新民報》387號，1931年10月24日。

31　許俊雅：〈日治時期台灣白話詩的起步〉，收錄於封德屏主編，《台灣現代詩史論》（台北：文訊，1996年），頁43。

32　洋：〈頑強的皮球〉，《台灣新民報》370號，1931年6月27日。

著分鏡與特寫的效用，「拍拍、蹴蹴、反抗、暴動」因此獲得突顯。其次，此詩雖然也使用驚嘆號，但跳脫出反覆運用驚嘆號吶喊的寫法，最末的「嘿！永不會止住我的衝鋒。」句尾不見表達激昂之情的驚嘆號，反採用表徵語意完結的句點，以內斂冷靜的音調揭櫫堅定反抗的精神。

　　賴和與楊守愚的台灣話文新詩，詩作的音樂性同樣從相似句式與韻腳的基礎出發，比如楊守愚的〈貧婦吟〉前半：

　　出世做查某，
　　　實在真艱苦，
　　天也未光就起來，
　　　梳頭煮飯洗衫褲，
　　雙手拭干即卜閒（閒讀榮），
　　　日頭對中雞報午，
　　　打草鞋、編草笠，
　　　養鴨母、飼豬鋪，
　　　鹹菜根、酸又澀，
　　　破衫褲、補又補，
　　不辭艱難甘受苦，
　　　望卜勤儉有補所，
　　那知影，勤勤儉儉，
　　　也是飢腸甲餓肚。[33]

　　施懿琳、許俊雅、張雙英均曾肯定此詩句末押韻產生的

33　靜香軒主：〈貧婦吟〉，《台灣新民報》353號，1931年2月28日。〈貧婦吟〉刊載於《台灣新民報》時，應是以「靜香軒主」為名發表，目前出版的楊守愚相關詩集皆誤植為「靜香軒主人」，本文研究過程另察覺楊守愚年表有幾處錯誤，相關補正請參見本文附錄「楊守愚年表補正（新詩部份）」。

音樂性，[34] 除了韻腳之外，句式亦是此詩音樂性的推手，〈貧婦吟〉多以兩字與三字的音節組成，鄭慧如曾針對台灣新詩的音樂性提出：「兩字頓和三字頓如果錯落布置，此呼彼應，節奏就從容；一行詩中全用兩字頓，節奏就徐緩；一行詩有兩個以上的三字頓，節奏就急促。」[35] 以此觀之，〈貧婦吟〉的節奏經營先是從容，繼而急促，後復歸從容。其中，值得注意的是，自「打草鞋」起、「補又補」迄，一連串急促的三字頓節奏，正與詩中主角馬不停蹄的忙碌相契合；又，此段採用七言形式的詩句多句中無標點，唯獨「那知影、勤勤儉儉」句中有點號，此處點號帶來了停頓，進而突出終日勞苦仍無法脫離貧困的感嘆。另一方面，〈貧婦吟〉其實略有古典文學的影子，不僅押韻，句式上多處選用的五言、七言，且多句偶數句較奇數句低一格，表示該句從屬於前句，這些都可謂傳統詩文的影響。再者，古典詩文只有點號與圈號，這樣的特性也展現在〈貧婦吟〉一詩裡，另外，賴和的台灣話文新詩〈農民謠〉[36] 也保留有傳統詩文的標點特色，全詩一路使用點號斷句，直到最末句方畫上圈號表示完結。

再看日文新詩部分，張我軍曾發表〈日本的文章記錄法與標點符號〉，該文對日文標點符號使用有所討論，根據張我軍的說法，日文標點符號計有「。」、「、」、「·」、「「」」、「『』」五種，其他符號如「？」、「！」、「……」、「──」等則是模仿西洋標點符號而來的。[37] 觀察

---

34 施懿琳：〈試論日治時期楊守愚的新舊體詩〉，《中國學術年刊》20期，1999年3月，頁523；許俊雅：〈以詩筆行俠仗義的楊守愚〉，《聯合文學》188期，2000年6月，頁36；張雙英：《二十世紀台灣新詩史》（台北：五南，2006年），頁47-48。

35 鄭慧如：〈新詩的音樂性──台灣詩例〉，《當代詩學》第1期，2005年4月，頁9。

36 甫三：〈農民謠〉，《台灣新民報》345號，1931年1月1日。

37 張我軍：〈日本的文章記錄法與標點符號〉，收錄於秦賢次編：《張我軍評論集》（台北：北縣文化，1993年），頁206-211。

日治台灣新詩的日文書寫作品，常有刪節號、破折號出現，由此可見，日文新詩的標點符號使用顯然不是五種日文標點可以涵蓋的，反而西洋標點符號運用的影響更大，這可能跟西洋思潮的引介有關，當時的東京是日本文學主流與歐美前衛文藝思潮與作品的匯集地，台灣赴日留學的學生因而與世界文壇接軌。復次，也可能受到中文書寫的影響，多數人透過閱讀翻譯詩作來認識日文寫作詩人，然而，日文新詩的標點符號運用又牽涉到譯者的偏好，如將翻譯詩作與日文原文加以參照，不難發現，詩作的標點符號多數遭到譯者更動，修改爲較符合中文書寫習慣的用法。例如翁鬧的〈在異鄉〉，[38] 此詩目前可見兩個譯本，一是《廣闊的海》，譯者爲月中泉；[39] 二是《翁鬧作品選集》，由陳藻香、許俊雅翻譯。[40] 此詩日文原文完全無標點符號，句中斷句一律以空格呈現，但經過譯者的潤澤，〈在異鄉〉中譯版的標點符號顯得不同於日文版，前者爲四處句中空格加了逗點；後者爲多句句中空格填入逗號，並在多處語助詞後接上驚嘆號，另有一處加上引號、一處使用冒號。

此外，縱使是作者自己翻譯的詩作，對斷句與標點符號的選用亦有更動，王白淵自行翻譯爲中文的〈地鼠〉與日文詩集《荊棘之道》所收錄的〈地鼠〉，[41] 便有幾處標點符號差異，在分行上的處理也不相同。[42] 舉凡：日文原有兩處使用破折號，譯作中文後兩處皆改作驚嘆號；日文多用長句，中文則

38 翁鬧：〈在異鄉〉，《台灣文藝》第二卷第四號，1935年4月，頁35-36。

39 翁鬧原著，月中泉譯：〈在異鄉〉，收錄於羊子喬、陳千武編：《廣闊的海》（台北：遠景，1982年），頁215-216。

40 翁鬧原著，許俊雅、陳藻香編譯：〈在異鄉〉，《翁鬧作品選集》（彰化：彰化縣立文化中心，1997年），頁7-11。

41 王白淵：〈地鼠〉，《政經報》1卷5期，1945年12月25日；王白淵：〈地鼠〉，《荊棘之道》（日文詩集），收錄於河原功編：《台灣詩集》（日本：綠陰書房，2003年），頁20 21。

42 已有論者針對王白淵作品的不同翻譯予以討論，可參見：高梅蘭：《王白淵作品及其譯本研究——以《蕀之道》爲研究中心》，台北：國立台北教育大學語文教育學系碩士班碩士論文，2006年。

以短句為主,因此中文版〈地鼠〉的行數明顯多於日文。其次,〈地鼠〉一詩多次喊道「地鼠呀!」中日文均保留了加強呼喊語氣的驚嘆號,但中文不只是在「地鼠呀」之後用了驚嘆號,連「地鼠呀」的下一句詩句也接上驚嘆號,對語氣的加強因而更勝日文,值得注意的是,前文曾論及漢文書寫詩作有多用驚嘆號的特徵,中文版〈地鼠〉似乎無形間也展示出漢文書寫的共性。再換另一個角度來看,除了〈地鼠〉,王白淵尚有其他運用驚嘆號以示呼告的詩作,如〈孩子啊!〉、〈少女喲!〉、〈看吧!〉、〈蝴蝶啊!〉等詩,都是標題即加入驚嘆號,內文亦使用驚嘆號反覆呼喊的例子。其中,音樂性較強的是〈看吧!〉:

夜幕敞開之際
小鳥啼囀時分
看吧!
朝日昇入中天

雨停止之際
風靜止時分
看吧!
東天掛著五色橋

夕陽西下之際
田野蟲鳴時分
看吧!
西天出現一隻黑鳥[43]

---

43 王白淵著,陳才崑譯:〈看吧!〉,《王白淵──荊棘的道路》上冊(彰化:彰化縣立文化中心,1995年),頁76-77。

　　蕭蕭曾言：「造成語言結構的方法要以『重複』最爲重要，而『重複』又是『節奏』最重要的因素」，[44]〈看吧！〉一詩正是以重覆表現音樂性的例證。首兩句緩和，第三句相較於其他詩句的句末無標點，標示語氣的驚嘆號一如節奏的重音標記，爲原先平和的音調增添了高音起伏，到了第四句，音調則復歸平緩。全詩分作三段，採用相似句式而成，因此三段的音響節奏相同，迴旋的音韻結構帶給整首詩如歌的旋律。

　　翁鬧筆下的驚嘆號同樣左右著詩作的音樂性，〈勇士出征去吧！〉一詩多次出現驚嘆號的蹤跡：

　　　夜光晃眼的○○車站
　　　忽然湧出喇叭的響聲
　　　瞅了一下，僅是一片旗海
　　　人牆圍繞著旗海
　　　不知不覺地脫帽止步
　　　莊嚴的區域！
　　　你看，在人牆裡，有個站立不動的勇士
　　　在他前面列隊吹喇叭的是少年們
　　　勇士的臉上充滿著決心與熱情
　　　早已爲祖國竭盡獻出生命的姿態
　　　如今他在國民的送別下就要出征去
　　　決心與熱情使他臉頰變得通紅
　　　祝福他光榮出發的少年們的喇叭聲
　　　氣勢沖天彷彿破曉的吶喊
　　　雄姿英發的勇士！

---

44 蕭蕭：〈結構與節奏〉，《現代詩學》（台北：東大，2006年），頁295。

英勇的少年們！

被送行的人和送行的人

崇高的熱情如斯結合在一起還會再現於世嗎？

喇叭的響聲歇息了

國民聲嘶竭力地呼叫

「萬歲！萬歲！萬歲！」

勇士簡短而用力地回答

「謝謝！」

勇士出征去吧！

爲了祖國的光榮出征去打勝仗吧！

勝不了就不要活著回來！

這就是你的祖先世世代代流傳的教訓

你的祖先用了劍和詩

創造了這個美麗的神的國度

將永久繁榮的大八州傳承給子子孫孫

你也是爲了祖國而成爲英雄的國民之一[45]

　　長短錯落的前五句無形中呼應了車站現場的人潮來去，第六句「莊嚴的區域！」通過驚嘆號達到聚焦作用，此句也是本詩音韻的第一道高音，其後詩作內容隨之轉以勇士爲核心，後續出現的「雄姿英發的勇士！」、「英勇的少年們！」、「『萬歲！萬歲！萬歲！』」、「勇士出征去吧！」、「爲了祖國的光榮出征去打勝仗吧！」、「勝不了就不要活著回來！」等詩句，皆以驚嘆號讚嘆抑或呼籲勇士的奮起，大量出現的驚嘆號，促使詩作節奏更加強烈，加上此詩幾乎全是長句，長句與驚嘆號建構出此詩急促而激動的音韻。

45　此詩爲新出土資料，轉引自：杉森藍：《翁鬧生平及新出土作品研究》，台南：國立成功大學台灣文學研究所碩士論文，2007年，頁123-124。

〈勇士出征去吧！〉是翁鬧多用長句經營節奏的詩例，
〈鳥兒之歌〉則是翁鬧多用短句形塑旋律的例子：

鳥兒

牠在黎明與黑暗之際叫著

吱吱　吱吱　吱吱

妳是否在悲泣

悲泣妳飛出了漆黑

或是在高興

高興妳迎接了光明

吱吱　吱吱　吱吱

從天空到山谷

從山谷到原野

在這世上

竟沒有妳憩息的地方

午晝太亮了

子夜太暗了

只在晨曦

那短短的一霎那間

你是幸福的

對人類

雖是一段最不幸的時刻

吱吱　吱吱　吱吱

鳥兒啊

妳的故鄉究竟在何方

是山嗎

是海嗎

當方形的窗口肚白時

山的靈氣

與海的潮香

吱吱　吱吱　吱吱

隨著妳的歌聲

飄揚過來

想來瞧瞧

只爲純粹而活的

你的哀思

鳥兒啊

在世界要揭開

喧囂的序幕之前

吱吱　吱吱　吱吱

我將帶著妳

登上那天庭

把妳當做

心靈的回音[46]

此詩雖然也有長句形式出現，但作者顯然刻意多用短句，比如「山的靈氣／與海的潮香」、「隨著妳的歌聲／飄揚過來」、「只爲純粹而活的／你的哀思」等詩句，其實可寫做一行，詩人卻刻意分割爲兩行。陳啓佑論及新詩節奏設計時，指出：「切割語句給予分行排列，絕對足以降低節奏的流動速度。」[47] 刻意分行拉緩了詩句的節奏，隨著長句與短句的交替登場，詩作節奏迴盪在急與慢之間。如斯安排導因於詩作內

46　此詩引自《翁鬧作品選集》，對照日文原作後，刪去譯者增加的標點符號。詳
　　參：翁鬧：〈鳥ノ歌〉，《台灣文藝》第二卷第六號，1935年6月，頁32-33；
　　許俊雅、陳藻香編譯：〈鳥兒之歌〉，《翁鬧作品選集》（彰化：彰化縣立文
　　化中心，1997年），頁18-23。
47　陳啓佑：《新詩形式設計的美學》（台中：台灣詩學季刊雜誌社，1993年），
　　頁246。

容，此詩採取對鳥兒訴說的視角開展，長句、短句組成的快慢交織節奏，象徵著詩中我思想流動的或疾或徐。其次，詩中反覆出現的「吱吱　吱吱　吱吱」是音樂性生成的關鍵，杉森藍即曾指出：「鳥兒的叫聲讓這一首詩有濃厚的音樂性」[48]。「吱吱　吱吱　吱吱」的疊字與重覆句式讓詩作節奏顯得輕快，加上此詩完全無分段，錯落其間的「吱吱　吱吱　吱吱」不僅在節奏上有換氣作用，在前後文的脈絡中，其實也有總結上文、開啓下文的功能。

三、語義性：具形標點與隱形標點的多元表現

前文已述及，標點符號運用對詩作音樂性的營造有所影響，細觀前面討論的詩例，還可發現另一個現象，標點符號與斷句相關，斷句的同時不僅製造了停頓，亦表現了語氣與情感，因而標點的選用往往也牽動著詩意，如果說展現音樂性是標點符號之於新詩的基礎作用，那麼，掌控表情達意的語義性就是標點符號在新詩中的進階作用。試看翁鬧〈淡水海邊寄情〉（寄淡水海邊），末段有一句：「肉をひさがねばならぬ君！」張良澤譯爲：「不得不出賣肉體的妳！」陳藻香與許俊雅則將其譯作：「妳爲什麼要步上鬻身的命運？」[49]驚嘆號與問號雖然同樣用來標示語氣，情意上卻有所不同，驚嘆號表徵著感嘆或者驚訝，問號意味著詢問、質疑或是感嘆。由此可見，新詩中的標點符號往往不只有幫助閱讀的功能，同時還影響著音調和語意，誠如丁旭輝所言，現代詩中的標點符號「往

48　杉森藍：《翁鬧生平及新出土作品研究》，台南：國立成功大學台灣文學研究所碩士論文，2007年，頁120。

49　翁鬧：〈淡水の海邊に〉，《福爾摩沙》創刊號，1933年7月，頁35-36；張良澤：〈關於翁鬧〉，《台灣文藝》95期，1985年7月，頁185；翁鬧原著，許俊雅、陳藻香編譯：〈淡水海邊寄情〉，《翁鬧作品選集》（彰化：彰化縣立文化中心，1997年），頁2-6。

往超越了原先幫助理解與表達節奏的基本功能,而產生了超乎想像、出乎意料的表現。」[50]

　接著來看賴和的台灣話文詩作〈相思歌〉:

前日公園會著君、
　　　怎會即溫存、
害阮心頭拿不定、
　　　歸日亂紛紛。

飯也懶食茶懶吞、
　　　眠也未安穩、
怎會這樣想不伸、
　　　敢是為思君。

批來批去討厭恨、
　　　夢是無準信、
既然兩心相意愛、
　　　哪怕人議論?

幾回訂約在公園、
　　　時間攏無準、
相思樹下獨自坐、
　　　等到日黃昏。

黃昏等到七星出、
　　　終無看見君、

50　丁旭輝:〈現代詩標點符號之圖象效果研究〉,《中國現代文學理論季刊》20
　　期,2000年,頁541。

　　風冷露涼艱苦忍、
　　　　堅心來去睏。[51]

　　施懿琳認為，賴和作品中存在新舊文學相互滲補的現象，有時雖以白話為之題名，內容卻實為文言，亦有文言為題、白話為內容的情況。[52] 管見以為，〈相思歌〉在題名上即有幾分舊詩詞的味道，內容上則採用七言、五言交錯的句式呈現，亦隱約呈顯出傳統詩文的形式影響，然而，其在標點運用上，並非全盤使用點號與圈號，還引進了新式標點中的問號。此詩主要寫情人相約，一方癡癡等待、對方終未赴約的心情，康原認為：「『既然兩心相意愛、哪怕人議論？』點出兩人沒見面的原因，是怕談情說愛被人議論紛紛。」[53] 細看這段使用問號的詩句，問號可謂發揮畫龍點睛之效，就視覺傳播觀點而言，此詩文句多用點號與句號，相形之下，問號不禁顯得引人注目，視覺在擷取訊息時，往往會去注意特殊處，唯一的問號因而成為詩作焦點。再以修辭學來看，「設問」分作懸問、提問、激問，[54] 此一問句可由此作多方解讀，首先，問號表徵著反詰語氣，表現了女子追求愛情的理直氣壯；此外，問號之後的第四段以述說男子多次失約為主，因此第三段末句的問句除了可解

51 此處選用《台灣新民報》版本，然而，此詩收錄於《賴和全集：新詩散文卷》時，形式上與《台灣新民報》有所差異，幾乎全詩都採齊尾形式。筆者受限於無此詩手稿可供比對，未能辨明原貌，但筆者對此詩有另一點思考：以往論述齊足不齊頭的詩作，論者多言方莘〈膜拜〉一詩開啓有一形式嘗試，如能證實賴和此詩原作即是齊尾格式，那麼，句尾對齊的形式創新便可向前推至日治時代。詳參：懶雲：〈相思歌〉，《台灣新民報》396號，1932年1月1日；賴和著，林瑞明編：《賴和全集：新詩散文卷》（台北：前衛，2000年），頁160-161；楊宗翰：〈詩少年——方莘及黃荷生〉，《台灣現代詩史：批判的閱讀》（台北：巨流，2002年），頁96。

52 施懿琳：〈賴和漢詩的新思想及其寫作特色〉，《中正大學中文學術年刊》2期，1999年3月，頁35。

53 康原：〈台語新詩的奠基者——兼談賴和的台語詩歌〉，《台灣新文學》5期，1996年8月，頁302。

54 黃慶萱：〈設問〉，《修辭學》（台北：三民，2005年），頁47-65。

讀爲女方對男方的詢問，也可當成女子對男子失約的指責。

　　在楊守愚的詩作中，問號也多用於問句之末，然而，其不僅有著問句的基本作用，還屢屢兼具問與嘆的功能，開拓出更深層的文意，譬如〈孤苦的孩子〉：

> 孤苦的孩子、
> 想開吧！現在、
> 他們那有眼睛、
> 看到你的酸淚？
> 他們那有耳朵、
> 聽到你的哭聲？[55]

　　在兩道問句提出的同時，詩人對病態社會的感嘆與批判亦表露無遺；又如〈長工歌〉，句末言：「我的頭家呀、／猶是嫌我不勤勞？」[56] 藉由問句的感嘆，表述了弱者的悲鳴；〈詩〉則是一連四段段末寫道：「唉！穿著單衫短褲的貧民喲！／能不凍倒？」、「唉！硬著飢腸肚餓的貧民喲！／能不凍傷？」、「唉！倒在街頭廟角的貧民喲！／能不凍僵？」、「唉！這樣一個萬惡的社會呀！／誰不懷恨？」[57] 通過嘆號與問號的先後出現、反覆設問，闡述了其對貧民的關懷，以及對貧富差距的不平之鳴。這三首詩的問句皆非出於疑惑的發問，而是導因於內心不平的激問，發問者內心早有答案、卻不直言，反用問句形式來逼問讀者，問句所帶來的衝擊其實更甚於直述句，詩人爲弱者而鳴的企圖亦從中可見。

　　另一方面，丁旭輝曾指出，標點符號具有「具形標點」與

55　村老：〈孤苦的孩子〉，《台灣新民報》344號，1930年12月20日。
56　守愚：〈長工歌〉，《台灣新民報》349號，1931年1月31日。
57　翔：〈詩〉，《台灣新民報》350號，1931年2月7日。

「隱形標點」兩種形式，[58] 仇小屏在〈新詩藝術論之五——從分行、圖象與標點符號切入〉一文也談到：

> 在新詩中，標點符號可以分成兩種：具形標點符號和隱形標點符號；前者是指一般應用性的、有形體可見的標點符號，後者則指利用詩行中的空格留白，取代標點符號，也就是說在應該有標點符號的地方並未使用標點符號，而是空出一格留白作爲標示。[59]

大抵而言，日文標點符號因無逗號，故詩中常用隱形標點表示斷句，前文曾論及的日文書寫詩作多具此一特色，而空格在詩中常有精彩的表現，有時雖非用於替代標點，卻同樣發揮停頓功能，進而開啓更豐碩的想像世界，例如翁鬧〈搬運石頭的人〉：

> 在陣陣強風暴雨中
> 襤褸而疲憊的人在搬運著石頭……
> 　　臉色黯淡無光
> 　　指甲裂開，甲縫充塞污泥
> 　　脛腿削瘦無肉，卻如鋼骨般的堅硬
> 在白晝如黑暗，慘酷的世界中
> 他們蹌跟著，幾乎要仆倒
> 多少歲月，出賣著這低微的努力！
> 　　在黑暗之中
> 　　他們蹣跚地搬運著石頭

---

58 丁旭輝：〈標點符號在現代詩中的意義與節奏功能〉，《國文天地》197期，2001年10月，頁74。
59 仇小屏：〈新詩藝術論之五——從分行、圖象與標點符號切入〉，《國文天地》221期，2003年10月，頁95。

　　　同伴的額頭，幾乎要在跟前相碰

　　　卻辨不出他們的臉容……

　暴風雨在狂嘯著

　隱約地聽到了呻吟之聲

　似是前往屠場的小羊之悲鳴……

　　　　我屏息仆伏在泥濘的地面

　　　　當我站起來時，在腳邊

　　　　發現了他搬運的石頭

　啊！驅趕暴風雨

　長時間被虐待的他們

　黑暗的夜晚逝去不久即將天明

　這時候

　來哀悼抱著空腹倒下去的朋友之前

　他必須抱住即將要倒下的人們[60]

　　　林金台在《美感形式機能的作用與發展》一書談到：
「『形式』（Form）在藝術表現中具有決定其美感表徵與價
值的雙重作用：一方面它連繫了美感的內在意象；再者，又建
立了一種完全自足的表現脈絡。」[61]〈搬運石頭的人〉正是運
用形式展現美感，進而開啟內涵的例證。翁鬧在某些句子的
句首使用空格，形塑出高低區塊的詩句，每一個區塊就像一
道鏡頭的特寫，簡政珍曾言：「詩節間的空白猶如鏡頭的交

60　此詩主要引自《翁鬧作品選集》，然而，該書所翻譯的〈搬運石頭的人〉，缺
　　少末六行的中譯，此處後六行的中譯引自杉森藍碩論《翁鬧生平及新出土作品
　　研究》，另外，此詩有兩處日文原爲刪節號，被譯者改作驚嘆號，此處引文將
　　之修改回刪節號。詳參：翁鬧：〈石を運ぶ人〉，《台灣文藝》第三卷第二
　　號，1936年1月，頁38；翁鬧原著，許俊雅、陳藻香編譯：〈搬運石頭的人〉，
　　《翁鬧作品選集》（彰化：彰化縣立文化中心，1997年），頁24-27；杉森藍：
　　《翁鬧生平及新出土作品研究》，台南：國立成功大學台灣文學研究所碩士論
　　文，2007年，頁120。
61　林金台：《美感形式機能的作用與發展》（高雄：高雄復文，2006年），頁1。

替」，[62] 多數作家會用分段來營造這種效果，此詩則是刻意不分段，改用句首高低來建構畫面，達到了異曲同工之效。其次，完形心理學有一論點，視覺在觀看擁有類似性的事物時，會將其予以群化，看作同一個群組，[63] 此詩的高低區塊無形中為詩作帶來分段的作用。復次，詩中曾三次使用刪節號，三處都是段落中的最末，刪節號一來表徵著這些段落語意未完，二來隱喻著搬運石頭的人勞苦尚未結束，三來代表著文字難以形容的畫面（無法辨明的面容）與音響（如悲鳴的呻吟之聲）。

　　王白淵筆下的標點符號，則屬破折號使用頻率最高，負載的文本性也最多元，試看〈無題〉：

飄零落葉
我聽——
陌生人的心聲

樹蔭啼囀小鳥
我聽——
奇妙的自然音樂

片羽不飛的蒼穹
我看——
神無表現的藝術

路旁綻放無名花
我看——

62　簡政珍：〈詩和蒙太奇〉，《詩心與詩學》（台北：書林，1999年），頁56。
63　劉思量：《藝術心理學——藝術與創造》（台北：藝術家，2004年），頁156-
　　157。

一顆生命的珍貴

風依稀吹拂著大地
我上路——
禮讚自然的旅程[64]

　　此詩由相似句式開展而成，每段皆為三行，破折號固定出現在第二行句尾。位於句尾的形式設計，讓破折號產生雙重的解讀空間，一來可看成前面文字的附屬，表徵節奏的拉長，或是語意未完；二來可將其視為夾註，開啟後面文字的插入。前述技巧還表現在〈零〉、〈孩子啊！〉、〈我的歌〉、〈遐想什麼〉、〈茶花〉、〈吾家似遠又近〉、〈仰慕基督〉等詩作中。

　　此外，除了多義性的展現，王白淵筆下的破折號尚有另一道特色，即常用於句尾，可惜部分詩作的譯作將破折號被提至句首，因而局限了破折號的意涵，舉凡〈生命的歸路〉：

百花繚亂的花園
飛掠蝴蝶二三隻
悲哀今日又匆忙
將去何處
啊！魂嚮往者
——希望的花園

鳴蟬聲朗朗
林蔭亦清涼

64　王白淵著，陳才崑譯：〈無題〉，《王白淵──荊棘的道路》上冊（彰化：彰化縣立文化中心，1995年），頁96-97。

彰化學

悲哀快樂一日
沒入晚鐘
啊！魂憧憬者
——自由的樹蔭

忘卻時光歌詠雜草
秋蟲歌聲亦多樣
悲哀過往雁聲
破空靜
啊！魂歸去者
——自然的胸膛

吹來岡上枯木
小鳥不出巢
悲哀飄零細砂
鼠匿穴
啊！魂歸去者
——生命的歸路[65]

漢文書寫習慣將破折號置於句首，表示夾註或是總結前文，不過，此詩日文寫作「希望の花園に——」、「自由の木蔭に——」、「自然の御胸に——」、「生命の家路に——」，[66] 如將破折號還原至句末，破折號就不單只是插入與說明的作用了，更是語意未完的表徵，仇小屏曾言，標點符號「具有幫助理解詩意的功能，甚至有時候還可以取代語言文

65 王白淵，陳才崑譯：〈生命的歸路〉，《王白淵——荊棘的道路》上冊（彰化：彰化縣立文化中心，1995年），頁124-125。

66 王白淵：〈生命の家路〉，《荊棘之道》（日文詩集），收錄於河原功編：《台灣詩集》（日本：綠蔭書房，2003年），頁82-83。

字,以表達複雜的內容」,[67] 句末的破折號正是以符號替代未完的故事。以標點符號取代文字表述的手法,也出現在〈佇立空虛的絕頂〉一詩最末:「我闔眼陷入沉思——」[68] 詩人不明寫詩中我腦海湧現的思緒,僅以破折號代表陷入沈思後的一切,提供讀者更多想像空間。

　　日文書寫詩作常於句末或句中使用空格表示斷句,然而,觀察中文書寫詩作,雖繼承了古典文學點號斷句、圈號作結的傳統,卻仍不乏刻意使用空格的形式經營,比如賴和〈飼狗頷下的銅牌〉:

　　　飼狗頷下的銅牌
　　　　丁丁冬冬丁冬
　　　得意地矜誇起來　　他自誇地説
　　　教我不敢相信我自己　　丁冬
　　　能力有這麼偉大　　丁冬冬
　　　因得到我的保護
　　　牠的狗命始能存在
　　　　丁丁冬冬丁冬
　　　纔免被殘暴的人們
　　　橫受著虐殺的悲哀
　　　　丁丁冬冬丁冬
　　　終究我相信著自己　　丁冬
　　　能力是這麼偉大　　丁丁冬

　　　下賤的東西　　勿狂妄

67　仇小屏:《放歌星輝下——中學生新詩閱讀指引》(台北:三民,2002年),頁40。

68　王白淵,陳才崑譯:〈佇立空虛的絕頂〉,《王白淵——荊棘的道路》上冊(彰化:彰化縣立文化中心,1995年),頁24-25。

　　珍瑯瑯珍瑯瑯
那麼樣——自誇自大
可不識人世間　珍瑯
有了多少人們　珍瑯
因爲我　珍瑯瑯珍瑯
得到多大的榮譽光彩
那拖牛做馬的人們
始終不能得到我　珍瑯
眼角一睬　珍瑯瑯珍瑯
看得到聽得著　珍瑯
被虐殺的無辜　珍瑯
刑訊場的死屍　草原上的殘骸　珍瑯
雖說是死得應該
　　珍瑯瑯珍瑯瑯
亦爲著他的衣襟上
沒有我許他配帶　珍瑯
一塊赤銅青綬的丸章
　　珍瑯瑯　珍瑯瑯
嫉妒地辯駁起來

丁丁冬　珍瑯瑯　熱烈的爭論
丁丁冬珍瑯瑯　忽溢滿了一個海島內
丁冬丁珍瑯珍　溢滿了渺小的海島內[69]

　　此詩僅有一處使用具象的破折號，其他部分全以隱形標
點來表示斷句。值得一提的是，前兩段只要出現聲音詞（丁

69　賴和著，林瑞明編：〈銅狗領下的銅牌〉，《賴和全集：新詩散文卷》（台
　　北：前衛，2000年），頁5-7。

冬、丁丁冬、珍瑝、珍瑝瑝），賴和必定會先填上一格空格，讓節奏些許停頓後再接上聲音詞，不同於〈流離曲〉、〈南國哀歌〉狀聲詞多用驚嘆號的熱處理，這首詩對聲音詞採取冷處理，前方加以空格、後方加以空格，聲音因此退位爲背景，到了第三段，作者筆鋒一轉，句首不再有空格爲聲音詞製造停頓，僅在斷句處使用空格表示句中停頓，置於句首的聲音詞隨之由背景躍爲主體，進而揭示了時局的眾聲喧嘩。

楊守愚以台灣話文書寫的〈拜月娘〉也是透過空格營造主體、客體的詩例：

　　　中秋冥　月團圓
　　　拜月娘　排果子
　　拜拜拜　拜卜父母添福氣
　　拜拜拜　拜卜阿兄大賺錢
　　月娘啊　保庇　保庇我勿呆痴

　　　中秋冥　月團圓
　　　拜月娘　排果子
　　拜拜拜　拜卜阿姊賢針指
　　拜拜拜　拜卜後胎招小弟
　　月娘啊　保庇　保庇我賢讀書

　　　中秋冥　月團圓
　　　拜月娘　排果子
　　拜拜拜　拜卜過日攏歡喜
　　拜拜拜　拜卜一家團團圓

月娘啊　保庇　保庇我會成器[70]

〈拜月娘〉分作三段，三段形式相同，全詩未見具形標點，斷句一律以隱形標點示之。比較特別的是，「　　中秋冥月團圓／拜月娘　排果子」這兩行詩句在三段開頭反覆出現，刻意的重複不但有助於音樂性的生成，亦發揮了語義作用。以文意來說，第一行點出時間，第二行描述行動，具有場景說明的作用；再看這兩句的排列方式，採取句首低兩格的位置，退位爲背景，進而突顯了主體———對月亮（神明）說的話。復次，此詩並未選用驚嘆號來強調祈求的想望，反採取隱形標點傳達訴說的內斂，增加了此詩的歧義性，一方面可以讀作說出口的心願，另一方面也可視爲心中的默念。

四、圖象性：類圖象詩的技巧實驗

丁旭輝在〈現代詩中的標點符號〉一文指出，只有現代詩對標點符號有使用或不使用的選擇權，對其他文類的文學作品來說，使用標點符號都是必要的。[71]前文曾論及運用隱形標點的詩例，正可應證標點符號之於新詩的特殊性，新詩除了具有用與不用標點符號皆可的特權外，新詩中的標點符號運用也較其他文類多元，大抵而言，標點符號在小說與散文中的功用以斷句爲主，但標點符號在新詩的運用具有其獨特性，用與不用皆能成詩，此其一也；新詩中的標點符號有別於其他文類，展現出更豐富的意涵與功能，除了前述指出的「音樂性」與「語義性」，新詩中的標點符號還發揮了圖象作用，此其二也。

70　Ｙ生：〈拜月娘〉，《台灣文藝》第二卷第二號，1935年2月，頁124。
71　丁旭輝：〈現代詩中的標點符號〉，《淺出深入話新詩》（台北：爾雅，2006年），頁199-222。

丁旭輝在《台灣現代詩圖象技巧研究》一書提出「類圖象詩」的概念，並將標點符號納入其中討論，根據其對「類圖象詩」的界定：

> 「類圖象詩」指的是在一般的非圖象詩中，引入圖象詩的創作技巧，透過文字排列，造成一種視覺上的圖象暗示。相對於圖象詩的實物仿擬，「類圖象詩」乃是利用視覺暗示技巧，提供讀者一個想像空間，並藉此豐富詩歌的意蘊。[72]

該文並進一步指出，「類圖象詩」的產生來自「圖象詩」對現代詩的技巧滲透。[73]「圖象詩」的出現確實爲台灣新詩提供了更多形式技巧的思考，然而，除了關注「圖象詩」帶來的影響，筆者更願意將時序往前推進，探索在「圖象詩」登場前，詩壇即存在的類圖象技巧嘗試。

詹冰是最早創作圖象詩的詩人，他的圖象詩〈雨〉以刪節號表現落下的雨滴，[74]楊守愚詩作亦曾使用類似手法，〈雨中田舍〉開頭寫道：「淅瀝，淅瀝……／絲絲的雨，／淋漓地下滴，」[75]此詩作發表時爲直書，[76]順著文字順序往下看，刪節號就像一排向下移動的點，康丁斯基（Wassily Kandinsky）在《點線面》一書裡談到，線是點移動的軌跡，[77]以此觀之，由六個小黑點組成的刪節號，在視覺上構成了一條向下移動的細

72　丁旭輝：《台灣現代詩圖象技巧研究》（高雄：春暉，2000年），頁207。

73　丁旭輝：《台灣現代詩圖象技巧研究》（高雄：春暉，2000年），頁208。

74　詹冰原作，莫渝主編：《詹冰詩全集（一）新詩》（苗栗：苗縣文化局，2001年），頁54。

75　村老：〈雨中田舍〉，《台灣新民報》410號，1932年4月9日。

76　本文引用詩作在日治時期皆爲直書發表，本文受限學術體例，改以橫書呈現。然而，破折號與刪節號在橫書時，圖象性不似直書強烈。

77　Kandinsky, Wassily著，吳瑪俐譯：《點線面》（台北：藝術家，2000年），頁47。

線，正契合了雨滴從天而降的視覺畫面。

　　楊守愚的刪節號不只用於雨的形體暗示，也用於淚，〈洗衣婦〉詩末言：「『天喲……』／滴滴酸淚已滾湧如珠。」[78]刪節號一來表徵話語尚未說完，二來也是淚珠緩緩滴落的圖象暗示。到了〈一個恐怖的早晨〉，刪節號負載更多意涵，試看詩作第四段：

　　　血和淚在交流幷
　　　呻吟與哀嚎
　　　百倍於秋夜裏的鳴蟲與哀蟬
　　　更有那失了依傍的小孩
　　　媽　媽啊……底帶嚇的哭聲
　　　一聲聲　夠碎斷人底心弦[79]

　　首先，刪節號是滾滾淚珠的圖象表徵；其次，搭配整段文字來看，刪節號還可延伸解釋爲血淚交流的形體暗示，亦或哀鳴之聲。蕭蕭認爲，「以圖象模擬聲音的作品」可謂象聲圖象詩，[80]「媽媽啊……底帶嚇的哭聲」此一詩句即蘊藏聲音暗示，可作類圖象詩觀，「媽」與「媽啊」之間的空格，傳達了哭聲的哽咽與斷斷續續，空格帶來的停頓也增加了「媽啊」的爆發性，讓斷人心弦的哭聲更顯震撼，尾隨其後的刪節號不僅是小孩哭聲未完的表示，更代表著聲聲啼哭。〈可憐的少女喲！〉的標點符號同樣兼具聲與形的暗示：

78　守愚：〈洗衣婦〉，《台灣新民報》405號，1932年3月5日。
79　守愚：〈一個恐怖的早晨〉，《台灣新文學》第一卷第二號，1936年3月3日，頁94。
80　蕭蕭：〈圖象詩：多種交疊的文類〉，《現代新詩美學》（台北：爾雅，2007年），頁312。

你傷心的聲和淚，——
十七八、未出嫁……
啊！是歌聲，是悲啼？[81]

　　破折號是淚流、也是啼哭，刪節號是未盡的歌聲、也是哭
聲與淚珠。〈冬夜〉也以標點符號表達淚水滑落，不同的是，
此詩選用破折號來展現：『饑、又怎樣忍受？』——／淚、不
由得簌簌地流。」[82] 破折號不僅發揮了補充說明的基礎作用，
由直線構成的破折號在視覺上就像直直落下的淚水。再看〈農
忙〉一詩：「刈稻機都在旋轉衝動／刈、曝、送飯、擔筐……
／來－往－」[83] 破折號的形狀正表徵著刈稻機與農民來往穿梭
的動作。

　　歷來的文學研究，對於「形式」往往給予較低的評價，認
為其是玩弄技巧，或是流於空泛，然而，筆者以為，「形式」
不單是作品的外在表現手法，更與內容密不可分，康丁斯基即
曾言：「形式是內涵的表達。」[84] 形式設計的最終目的仍是傳
達文意，楊守愚的〈長工歌〉，便是通過詩句排列形式強化內
涵的例子：

　　竭盡牛馬的氣力、
　　　一任、
　　　　風吹、
　　　　雨打、
　　　　日炙、

81　睦生：〈可憐的少女喲！〉，《新高新報》447號，1934年10月26日。
82　翔：〈冬夜〉，《台灣新文學》創刊號，1935年12月28日，頁90。
83　守愚：〈農忙〉，《台灣文藝》第二卷第四號，1935年4月。
84　Kandinsky, Wassily著，吳瑪俐譯：〈關於形式的問題〉，《藝術與藝術家論》
　　（台北：藝術家，1998年），頁19。

到病倒、[85]

詩人刻意多用點號，將「一任風吹雨打日炙到病倒」切割爲多行，並於句首加入不同數量的空格，使「一任風吹雨打日炙到病倒」此一詩句成爲三塊區塊。──風吹、雨打、日炙的等高，表徵著不斷循環的外在環境折磨；到了「到病倒」此一詩句，句首空格再增一格，越來越低的句式鋪排則隱喻著長工的日漸消殞。蕭蕭曾言：「將人的內心世界、抽象思維，以圖象的方式鋪展的詩，就是象意圖象詩。」[86] 〈長工歌〉通過從高到低的句式傳達長工的飽受勞苦，隱約有幾分象意圖象詩的味道。

賴和詩作的圖象性並不似楊守愚強烈，卻仍可發覺幾枚具備圖象暗示的標點符號，試看〈草兒〉第二段：

含蓄著無限生機的
草兒──依依地蓬蓬地──
覺悟似的發出芽來！[87]

如以標點符號既定用法來檢視，破折號發揮夾註功能，爲「草兒」此一意象進行了補充說明；段末的驚嘆號展現強調作用，強化了植物從地底破土而出的氣勢。然而，標點符號之於此詩，不但具備標點符號的基礎功能，更蘊涵著圖象象徵，乍看之下，破折號就如同蓬勃生長的草，驚嘆號的姿態則類似發芽的種子，與詩作的文字描述不謀而合。

85 守愚：〈長工歌〉，《台灣新民報》349號，1931年1月31日。
86 蕭蕭：〈圖象詩：多種交疊的文類〉，《現代新詩美學》（台北：爾雅，2007年），頁307。
87 賴和：〈草兒〉，收錄於賴和著，林瑞明編：《賴和全集：新詩散文卷》（台北：前衛，2000年），頁28-29。

　　漢文書寫的圖象性多以刪節號與破折號爲主，日文書寫
的圖象性亦是如此，翁鬧〈詩人的情人〉一詩寫道：「在那
兒，只有謝肉祭的花車、火炬、無氣息的舞蹈、海底光的搖
曳……」[88] 詩中的刪節號不只是語意未完的標示，更是「海底
光的搖曳」之形體暗示。前文在語義性一節曾論及〈搬運石
頭的人〉三處使用刪節號，同樣可作圖象解讀，刪節號的詩
句分別爲「在陣陣強風暴雨中／襤褸而疲憊的人在搬運著石
頭……」；「他們蹣跚地搬運著石頭／同伴的額頭，幾乎要在
跟前相碰／卻辨不出他們的臉容……」；「暴風雨在狂嘯著／
隱約地聽到了呻吟之聲／似是前往屠場的小羊之悲鳴……」[89]
此詩可謂以刪節號象形又象聲，一排排的刪節號是多數的表
徵，可說是陣陣暴風雨的形體暗示，也可說是一群搬運石頭的
人或被搬運的石頭，更可說是弱者內心的悲鳴。

　　莫渝在〈嗜美的詩人——王白淵論〉中提及，在王白淵
的新詩裡，「蝴蝶意象出現的比例相當高」，[90] 值得注意的
是，使用蝴蝶意象的詩作多半可見破折號的蹤影，其中，不
乏以破折號表現視覺暗示的例證，比如〈蝴蝶啊！〉：「越
過山野渡過河川／直到消失於地平線的彼方——」[91] 破折號宛
如一道線條的體態，在此正好作爲地平線的象徵。又如〈蝴
蝶對我私語〉：「歸去——／搭著五月的微風投入自然溫馨

88　翁鬧原著，許俊雅、陳藻香編譯：〈詩人的情人〉，《翁鬧作品選集》（彰
　　化：彰化縣立文化中心，1997年），頁15-17。

89　此詩有兩處日文原爲刪節號，被譯者改作驚嘆號，此處引文將之修改回刪節
　　號。詳參：翁鬧：〈石を運ぶ人〉，《台灣文藝》第三卷第二號，1936年1月，
　　頁38；翁鬧原著，許俊雅、陳藻香編譯：〈搬運石頭的人〉，《翁鬧作品選
　　集》（彰化：彰化縣立文化中心，1997年），頁24-27

90　莫渝：〈嗜美的詩人——王白淵論〉，《台灣文學評論》1卷2期，2001年10
　　月，頁95

91　中譯文字引自《王白淵——荊棘的道路》上冊，對照日文原作後，將破折號還
　　原爲置於句尾的形式。詳參：王白淵著，陳才崑譯：〈蝴蝶啊！〉，《王白
　　淵——荊棘的道路》上冊（彰化：彰化縣立文化中心，1995年），頁98；王白
　　淵：〈蝶よ！〉，《荊棘之道》（日文詩集），收錄於河原功編：《台灣詩
　　集》（日本：綠蔭書房，2003年），頁69。

的懷抱」，[92]以破折號展現乘風歸去的形影。〈打破沉默〉則在句尾接上破折號，「於黑暗的樹蔭──」、「從象牙之塔──」、「永無盡頭的彼方──」，[93]破折號可說是來自某處或面對某處的視覺表徵。〈四季〉一詩的破折號同樣意味著方向性，不論是「昇起的炊煙──」、「灑落的水銀──」、「飛逝的蝴蝶──」」，還是「照耀地面不可思議的月亮──」，[94]句末都加上破折號以代表物件移動的軌跡。

五、小結

以往論述標點符號，多著眼於標點符號的正確使用方式，如逗號是停頓，句號表示完結、問號用於問句等等。然而，與其泛論標點符號幫助閱讀，增添情感表述的作用，毋寧將議題聚焦於標點符號在新詩中展現的特殊性。標點符號作為一種形式設計手法，到了新詩此一文類，如何跳脫常規、隨詩人創意而另闢蹊徑，正是本文意圖探索的課題。陳啓佑表示：「標點符號絕非微不足道的雕蟲小技，它已成為文字表達上的生力軍，確有舉足輕重的地位，不容許以文章之外的附屬裝飾品看待。」[95]通過前述的詩作評析，正可應證標點符號的形式美學價值與效用。在新詩的國度裡，標點符號不僅發揮原有的功能，更帶來諸多突破與可能，除了斷句的基礎作用，本身也能

92 王白淵著，陳才崑譯：〈蝴蝶對我私語〉，《王白淵──荊棘的道路》上冊（彰化：彰化縣立文化中心，1995年），頁56。

93 中譯文字引自《王白淵──荊棘的道路》上冊，對照日文原作後，將破折號還原爲置於句尾的形式。詳參：王白淵，陳才崑譯：〈打破沉默〉，《王白淵──荊棘的道路》上冊（彰化：彰化縣立文化中心，1995年），頁60-61；王白淵：〈沈默が破れて〉，《荊棘之道》（日文詩集），收錄於河原功編：《台灣詩集》（日本：綠蔭書房，2003年），頁48-49。

94 王白淵，陳才崑譯：〈四季〉，《王白淵──荊棘的道路》上冊（彰化：彰化縣立文化中心，1995年），頁86-87。

95 陳啓佑：《新詩形式設計的美學》（台中縣：台灣詩學季刊雜誌社，1993年），頁241。

負載意義，甚至成為視覺暗示的表徵。

　　另一方面，本研究觀察了賴和、楊守愚、翁鬧、王白淵四位詩人，並涵蓋了三種語言書寫的標點符號運用，不論以詩人特色觀之、或以詩作面貌論之，都可見共性與特性的交錯。就詩人而言，賴和著重詩作的音樂性經營，或用驚嘆號、或用問號、或用換行，為詩作建構了特有的音韻節奏；楊守愚詩作看似文字質樸，卻不乏圖象性的試驗；翁鬧少用標點符號、多用空格，其筆下的空格既牽動詩作節奏、亦影響著文意；王白淵則是具形標點與隱形標點並用，技巧與內涵兼具。以書寫語言來說，漢文詩作的標點符號運用分作三道面向，其一是承襲古典文學的舊式標點使用習慣，其二出自修辭學脈絡，如呼告、設問等，其三為空格與新式標點的形式創新；台灣話文詩作不多，較難論證其風貌，但形式上明顯可見來自傳統文學的影響，常用五言、七言的句式，並利用句首空格表示文句從屬關係；日文書寫則同時接受日文標點符號與西方新式標點，且借力隱形標點開拓新風貌。此外，不管是漢文、台灣話文或日文，都可見到詩作分為多段，每段採用相同句式的詩作，然而，此一特色雖表現在賴和、楊守愚、王白淵詩作，卻未呈顯於翁鬧新詩中。康丁斯基曾言：「同個時代應有許多不同的形式，它們一樣好。」[96] 此言正可做為日治台灣新詩多元面貌的總評價。

96　Kandinsky, Wassily著，吳瑪悧譯：〈關於形式的問題〉，《藝術與藝術家論》（台北：藝術家，1998年），頁19。

參考文獻

一、文本

- 《台灣文藝》第2卷第2號-第3卷第2號，1935年2月～1936年1月。
- 《台灣新文學》創刊號，1935年12月28日。
- 《台灣新民報》329-410號，1930年9月6日～1932年4月9日。
- 《政經報》1卷5期，1945年12月25日。
- 《新高新報》417-447號，1934年3月23日～1934年10月26日。
- 《福爾摩沙》創刊號，1933年7月。
- 王白淵：《荊棘之道》（日文詩集），收錄於河原功編：《台灣詩集》（日本：綠蔭書房，2003年），頁7-196。
- 羊子喬、陳千武編：《廣闊的海》（台北：遠景，1982年）。
- 呂興昌編訂：《水蔭萍作品集》（台南：南市文化，1995年）。
- 林瑞明編：《賴和手稿集：新文學卷》（財團法人賴和文教基金會、台灣省文獻委員會，2000年）。
- 林瑞明編：《賴和全集：新詩散文卷》（台北：前衛，2000年）。
- 許俊雅、陳藻香編譯：《翁鬧作品選集》（彰化：彰化縣立文化中心，1997年）。
- 陳才崑編譯：《王白淵——荊棘的道路》上冊（彰化：彰化縣立文化中心，1995年）。
- 詹冰原作，莫渝主編：《詹冰詩全集（一）新詩》（苗栗：苗縣文化局，2001年）。

二、一般書籍

- 丁旭輝：《淺出深入話新詩》（台北：爾雅，2006年）。
- 丁旭輝：《台灣現代詩圖象技巧研究》（高雄：春暉，2000年）。
- 仇小屏：《放歌星輝下——中學生新詩閱讀指引》（台北：三民，2002年）。

・林金台：《美感形式機能的作用與發展》（高雄：高雄復文，2006
　年）。

・林瑞明：《台灣文學與時代精神：賴和研究論集》（台北：允晨文化，
　1993年）。

・袁暉主編：《標點符號詞典》（山西：書海，2000年）。

・秦賢次編：《張我軍評論集》（台北縣：北縣文化，1993年）。

・張雙英：《二十世紀台灣新詩史》（台北：五南，2006年）。

・封德屏主編：《台灣現代詩史論》（台北：文訊，1996年）。

・陳啓佑：《新詩形式設計的美學》（台中：台灣詩學季刊雜誌社，1993
　年）。

・黃慶萱：《修辭學》（台北：三民，2005年）。

・楊宗翰：《台灣現代詩史：批判的閱讀》（台北：巨流，2002年）。

・廖新田：《台灣美術四論》（台北：典藏藝術家庭，2008年）。

・趙天儀：《現代美學及其他》（台北：東大，1990）。

・劉思量：《藝術心理學－藝術與創造》（台北：藝術家，2004年）。

・蕭蕭：《現代詩學》（台北：東大，2006年）。

・蕭蕭：《現代新詩美學》（台北：爾雅，2007年）。

・蕭蕭：《台灣新詩美學》（台北：爾雅，2004年）。

・韓叢耀：《圖像傳播學》（台北：威仕曼，2005年）。

・簡政珍：《詩心與詩學》（台北：書林，1999年）。

・Kandinsky, Wassily著，吳瑪悧譯：《藝術與藝術家論》（台北：藝術
　家，1998年）。

・Kandinsky, Wassily著，吳瑪悧譯：《點線面》（台北：藝術家，2000
　年）。

三、期刊

・丁旭輝：〈現代詩標點符號之圖象效果研究〉，《中國現代文學理論季
　刊》20期，2000年，頁541-560。

- 丁旭輝：〈標點符號在現代詩中的意義與節奏功能〉，《國文天地》197期，2001年10月，頁74-77。
- 仇小屏：〈新詩藝術論之五——從分行、圖象與標點符號切入〉，《國文天地》221期，2003年10月，頁93-96。
- 方祖燊：〈論中國詩的音樂性〉，《中國現代文學理論季刊》6期，1997年6月，頁176-194。
- 方耀乾：〈反帝、反殖民拼圖——論賴和的事件詩〉，《海翁台語文學》36期，2004年12月，頁4-16。
- 田哲益：〈談「標點符號」及使用方法〉，《中國語文》379期，1989年1月，頁29-41。
- 李魁賢：〈賴和詩中的反抗精神〉，《笠》111期，1982年10月，頁26-34。
- 施懿琳：〈試論日治時期楊守愚的新舊體詩〉，《中國學術年刊》20期，1999年3月，頁505-534；614-615。
- 施懿琳：〈賴和漢詩的新思想及其寫作特色〉，《中正大學中文學術年刊》2期，1999年3月，頁151-189。
- 康原：〈台語新詩的奠基者——兼談賴和的台語詩歌〉，《台灣新文學》5期，1996年8月，頁296-304。
- 張良澤：〈關於翁鬧〉，《台灣文藝》95期，1985年7月，頁172-186。
- 莫渝：〈嗜美的詩人——王白淵論〉，《台灣文學評論》1卷2期，2001年10月，頁85-99。
- 許俊雅：〈以詩筆行俠仗義的楊守愚〉，《聯合文學》188期，2000年6月，頁35-37。
- 楊宗翰：〈冒現期台灣新詩史〉，《創世紀詩雜誌》145期，2005年12月，頁148-171。
- 廖偉民：〈「數大便是美」與「少即是多」〉，《幼獅文藝》643期，2007年7月，頁32-35。
- 趙天儀：〈論意象〉，《笠詩刊》248期，2005年8月，頁42-43。

‧鄭慧如：〈新詩的音樂性——台灣詩例〉，《當代詩學》第1期，2005年4月，頁1-33。

四、學位論文

‧杉森藍：《翁鬧生平及新出土作品研究》，台南：國立成功大學台灣文學研究所碩士論文，2007年。

‧高梅蘭：《王白淵作品及其譯本研究——以《蕀之道》為研究中心》，台北：國立台北教育大學語文教育學系碩士班碩士論文，2006年。

附錄

◎楊守愚年表補正（新詩部分）

2009.3.21初編

作品	說明
守愚：〈時代的巨輪〉，《台灣新民報》340期，1930年11月22日。	許俊雅：〈楊守愚先生生平著作年表初稿〉，《楊守愚作品選集（補遺）》（彰化：彰化縣文化，1998年），頁281將「340期」誤植爲「339期」。 許俊雅：〈楊守愚生平著作年表初編〉，《台灣文學家年表六種》（台北：北縣文化局，2006年），頁72將「340期」誤植爲「339期」。
靜香軒主：〈貧婦吟〉，《台灣新民報》353期，1931年2月28日。	施懿琳：〈楊守愚生平及新文學作品寫作表〉，《楊守愚作品選集──詩歌之部》（彰化：彰化縣文化，1996年），頁158將「靜香軒主」誤植爲「靜香軒主人」。 許俊雅：〈楊守愚生平著作年表初編〉，《台灣文學家年表六種》（台北：台北縣文化局，2006年），頁73將「靜香軒主」誤植爲「靜香軒主人」。
靜香軒主人：〈一個夏天的晚上〉，《台灣新民報》378期，1931年8月22日。	許俊雅：〈楊守愚先生生平著作年表初稿〉，《楊守愚作品選集（補遺）》（彰化：彰化縣文化，1998年），頁283將「22日」誤植爲「20日」。 許俊雅：〈楊守愚生平著作年表初編〉，《台灣文學家年表六種》（台北：台北縣文化局，2006年），頁76將「22日」誤植爲「20日」。 【註：雖然年表有列，但《楊守愚作品選集（補遺）》並未收錄。此詩可參見許俊雅編：《楊守愚詩集》（台北：師大書苑，1996年），頁148-152。】
慕：〈格鬥〉，《台灣新民報》390期，1931年11月14日。	許俊雅：〈楊守愚生平著作年表初編〉，《台灣文學家年表六種》（台北：台北縣文化局，2006年），頁77有列出此詩作，但已出版的楊守愚相關詩集，皆未收錄此詩。
守愚：〈洗衣婦〉，《台灣新民報》405期，1932年3月5日。	許俊雅：〈楊守愚先生生平著作年表初稿〉，《楊守愚作品選集（補遺）》（彰化：彰化縣文化，1998年），頁284將「3月5日」、「405期」誤植爲「1月1日」、「396期」。 【註：此錯誤在《台灣文學家年表六種》裡已更正。】

| 守愚：〈同樣是一個太陽〉，《台灣文學》1卷2號，1948年10月。 | 施懿琳：〈楊守愚生平及新文學作品寫作表〉，《楊守愚作品選集——詩歌之部》（彰化：彰化縣文化，1996年），頁164誤將此新詩作品歸類為「小說」。【註：彰化縣立文化中心分別在1995年出版《楊守愚作品選集——小說·民間文學·戲劇·隨筆》、1996年出版《楊守愚作品選集——詩歌之部》，兩書皆未收錄〈同樣是一個太陽〉，此錯誤應是文本尚未出土造成。】此錯誤在1998年許俊雅編的《楊守愚作品選集（補遺）》裡已更正，然而，該書雖在手稿書影裡收錄有〈同樣是一個太陽〉之書影，內文卻未收錄此新出土作品。【註：此詩有收錄於許俊雅編：《楊守愚詩集》（台北：師大書苑，1996年），頁235-237。】 |

※〈我不忍〉一詩情況類似，施懿琳編《楊守愚作品選集——詩歌之部》時未收錄，許俊雅編《楊守愚作品選集（補遺）》時年表有列、內文未收，但師大書苑出版的《楊守愚詩集》有收錄。

彰化學

幻影與真實
——翁鬧詩作翻譯符碼的「演譯」與「延異」

向陽（國立台北教育大學台灣文化研究所副教授）

一、緒言：翁鬧詩作研究為何缺席？

翁鬧，在台灣文壇被冠以「幻影之人」的小說家與詩人，他的生卒年一直眾說紛紜，他的生年，就有一九〇八年或一九〇九年的不同推定，卒年則多半以「一九四〇年左右」帶過；死因或謂「病歿於日本精神病院」、或謂「睡在亂七八糟的報紙堆裡，就這樣凍死了」、或謂「凍死在日本街頭」；他的家世也撲朔迷離，或謂他是「窮苦的農村子弟」，或謂他「幼年即過繼給員林翁家為養子」……。直到二〇〇七成大台文所日籍研究生杉森藍發表碩士論文《翁鬧生平及新出土作品研究》，翁鬧的生卒年，方才因為杉森藍取得翁鬧戶籍資料而有以澄清：翁鬧生於明治四十三（1910）年二月二十一日，卒於昭和十五（1940）年十一月十一日，死因並無記載。[1]

身世和生平的撲朔迷離，添增了翁鬧的「幻影」形象，也標誌了一個早逝作家的悲劇性。「幻影」意味著虛幻而不真實，這是與翁鬧同年代的作家劉捷對他的回憶與印象。劉捷這樣說：

> 關於翁鬧的個人生平，我所接觸的只是東京「福爾摩沙」時代一段短時間，所知不多，在我的回憶中，他像夢中見

1　杉森藍：《翁鬧生平及新出土作品研究》，成功大學台文所碩士論文，2007年1月，頁50。

過的幻影之人。[2]

　　幻影，恍似夢中，劉捷這樣傳神的形容，既貼切地表現了翁鬧不為人知的迷離身世，也喻示了翁鬧在日治年代台灣文壇的邊緣位置，及其不為人知、不被了解的邊陲性格，在他少數的朋友之中，與他同為台中師範學校同學、後又在日本讀書的的楊逸舟說他有「倔強的自尊心」、說他「妄大」、劉捷回憶錄中的翁鬧是和幾個留學生把他家中一星期菜食「不客氣的吃的乾乾淨淨」。這樣的邊陲性格，不僅表現在朋友眼中，也在翁鬧小說〈天亮前的戀愛故事〉所說「我覺得自己似是一個不適於生存的人」的語調中呈現。[3] 翁鬧的不為朋友所知，似乎更加深了他的孤獨感，以及他在短暫的文學生命中所表現的青春的抑鬱。

　　從翁鬧留下的作品來看，他最為人熟知的是小說，《翁鬧作品選集》收入他自一九三四年到一九四〇年六年之間所寫的小說六篇〈音樂鐘〉、〈戇伯仔〉、〈殘雪〉、〈羅漢腳〉、〈可憐的阿蕊婆〉及〈天亮前的戀愛故事〉，加上杉森藍在其碩論披露出土的中篇《有港口的街市》，[4] 合計七篇。這種創作力可謂豐沛；其次則是詩作，《翁鬧作品選集》收錄〈淡水海邊寄情〉、〈在異鄉〉、〈故鄉的山丘〉、〈詩人的

2　劉捷：〈幻影的人——翁鬧〉，《台灣文藝》95期，1985年7月，頁190-193。此一說法其後廣為台灣文學界援用，如張恆豪編：《翁鬧、巫永福、王昶雄合集》（台北：前衛，1991年）、許素蘭〈幻影的人——翁鬧及其小說〉，《國文天地》，7卷5期，1991年10月，頁35-39、楊翠〈追逐幻影的時代之子——翁鬧（1908～1940）〉，康原等著《八卦山文學步道導覽手冊》（彰化：彰化縣立文化局，2002年）、許俊雅：〈幻影之人——翁鬧及其小說〉（陳藻香、許俊雅編譯：《翁鬧作品選集》（彰化：彰化縣立文化中心，1997年）。

3　這句話見於陳藻香、許俊雅編譯：《翁鬧作品選集》，頁180。作為一種獨白，既寫出小說「我」的苦悶，也流露出作者「我」的書寫心境。

4　原發表於《台灣新民報》，1939年7月6日至同年8月20日，8版。見杉森藍：《翁鬧生平及新出土作品研究》，頁155-341。

情人〉、〈鳥兒之歌〉、〈搬運石頭的人〉等六首，[5]加上杉森藍碩論所揭新出土詩作〈勇士出征去吧〉，[6]合計七首；另《翁鬧作品選集》亦收錄翁鬧譯詩〈現代英詩抄十首〉，以及翁鬧隨筆、書信、感想等七則——整體來看，在人生旅途上被視爲「幻影」的翁鬧，在文學旅途上則是一個真實的存在。對翁鬧來說，他的人生或許真是不幸的悲劇；對台灣文壇來說，翁鬧以及他的文學書寫的存在，則是大幸。

關於翁鬧小說的研究，《翁鬧作品選集》已列有郭水潭〈文學雜感（節錄）〉等十八篇，惟多爲隨筆、追憶或小論；碩論部分，則除了杉森藍《翁鬧生平及新出土作品研究》之外，另有東吳大學日文研究所李怡儀所撰〈日本領台時代の台灣新文學－翁鬧の作品を中心に〉。[7]怡儀的碩論是國內研究翁鬧作品的用心之作，在一九九○年代中期，她以翁鬧爲研究對象，具體分析當時可見到的翁鬧詩作以及六篇小說，通過原文閱讀，分析文本，歸納翁鬧作品特色，實屬不易；此外，她以翁鬧與龍瑛宗、呂赫若進行文本比較，指出翁鬧與龍瑛宗兩人寫作風格與技巧雖然類似，但兩人關注的課題、則有不同聚焦（翁鬧聚焦於農民現實生活與男女戀愛關係，龍瑛宗則關心知識分子的苦惱與女性問題）；[8]在翁鬧與呂赫若的比較部分，她指出雖然都有農民題材的作品，但在文學觀上，翁抱持耽美的爲藝術而藝術的寫作觀，呂則是強調社會性、階級性。[9]杉森藍《翁鬧生平及新出土作品研究》一如題目，其貢

5　原詩題目依序爲〈淡水の海邊に（寄稿）〉、〈異鄉にて〉、〈ふるさとの丘〉、〈詩人の戀人〉、〈鳥ノ歌〉、〈石を運ぶ人〉。

6　原詩題目爲〈征け勇士〉，發表於《台灣新民報》，1938年10月14日，8版，是皇民化運動階段的擁戰詩，見杉森藍：《翁鬧生平及新出土作品研究》，頁123-124。

7　李怡儀：〈日本領台時代の台灣新文學——翁鬧の作品を中心に〉，東吳大學日文所碩士論文，1994年6月。

8　李怡儀：〈日本領台時代の台灣新文學——翁鬧の作品を中心に〉，頁124。

9　李怡儀：〈日本領台時代の台灣新文學——翁鬧の作品を中心に〉，頁143。

獻在於透過史料澄清翁鬧生平之謎，以及就翁鬧新出土中篇
《有港口的街市》、詩作〈勇士出征去吧〉進行文本分析與翻
譯之上。

　　就目前的研究文獻來看，翁鬧的詩作文本分析與研究仍
相當匱乏。除李怡儀碩論第二章第一節針對翁鬧詩作進行分析
之外，有黃韋嘉以〈幻影之人的愛爾蘭想像——從翁鬧詩作看
台灣新文學三〇年代的轉向〉一文，專論翁鬧譯詩及其詩作的
主要精神。[10] 唯此文試圖將翁鬧與葉慈進行文學觀與思想的對
比，稍嫌勉強；此外，蕭蕭也有〈八卦山：蘊藏多元的新詩能
量——以賴和、翁鬧、曹開、王白淵透視新詩地理學〉一文，
從文化地理學的角度論述彰化籍詩人的土地哲學，分析翁鬧三
首詩作〈在異鄉〉、〈鳥兒之歌〉、〈故鄉的山丘〉的故鄉意
象，指出其中沉潛的鄉思與哲思，雖只居全文一小節，[11] 已能
突顯翁鬧詩作的特質之一。

　　翁鬧詩作的稀少，是翁鬧詩作研究不易開展的主因。以
六首加新出土一首，合共七首詩作，各作之間未必具有相互關
係，要從中爬梳翁鬧詩作的整體風格及其特色，顯屬匪易，這
是原因之一；其次，翁鬧詩作都為日文作品，轉譯之間，往往
產生語言與文化的隔閡現象，一如班雅明（Walter Benjamin）
〈譯作者的任務〉一文所言，原始文本和譯本之間具有不同的
意義：

　　　　在原始文本中，內容和語言就像果實和果皮渾然一體；但
　　　　是，翻譯文本卻像一件滿是皺褶（folds）的皇袍，在語言

10　黃韋嘉：〈幻影之人的愛爾蘭想像——從翁鬧詩作看台灣新文學三〇年代的轉
　　向〉，靜宜大學主辦「第三屆中區台灣文學研究生論文發表會」論文，2007。
11　蕭蕭：〈八卦山：蘊藏多元的新詩能量——以賴和、翁鬧、曹開、王白淵透視
　　新詩地理學〉，頁94-99。

之下包藏著譯作的內容。[12]

　　因此，一個翻譯文本就算能夠抓住語言，卻也只是在語言上的傳遞，而無法表現原文「果實和果皮渾然一體」的原貌。這種符碼轉譯的鴻溝，使得像翁鬧以及與他一樣在日治年代以日文書寫的作家文本，若非透過原文閱讀，總難免產生誤讀現象，特別是以意象經營為本質的詩，更難完全傳達原作的神髓，置之於研究與分析，尤其如此，這是日治年代台灣日文詩作研究困難的原因之二，且不獨翁鬧為然。因此，本文擬以翁鬧詩作的翻譯文本為對象，比照日文原作，進行符碼分析，藉以探究翁鬧詩作如何在轉譯過程之中為翻譯者所詮釋？又如何在不同譯者的翻譯之下，產生新的文本？造成誤讀翁鬧，甚或以幻影為真實的文本演繹，導致翁鬧詩作成就在詩史之中的不在（absent）？

二、以碎片黏合陶罐：翁鬧詩作譯本比較

　　翁鬧現有詩作共七篇，[13] 翻譯為華文的譯本表列如下：

原詩題目	譯本題目	譯者	譯文首見出處
淡水の海邊に（寄稿）	寄淡水海邊	張良澤	《台灣文藝》（95期，1985年7月）
	淡水海邊寄情	陳藻香	《翁鬧作品選集》（彰化縣立文化中心，1997年）

12　Benjamin, Walter. "The Task of the Translator", in Illuminations, translated by Harry Zohn. New York: Schocken Books, P75（1968）.全文譯本可參張旭東、王斑譯：《啟迪：班雅明文選》（香港：牛津大學，1998年），頁63-76。

13　事實上，翁鬧小說〈戇伯仔〉正文之前也有一首詩作，採取口語對話方式，分行形式表現，由於與小說文本合一，較難認為是一獨立文本。

異鄉にて	在異鄉	月中泉	《光復前台灣文學全集》（台北：遠景，1982年）
		陳藻香	《翁鬧作品選集》（彰化縣立文化中心，1997年）
ふるさとの丘	故里山丘	月中泉	《光復前台灣文學全集》（台北：遠景，1982年）
	故鄉的山丘	陳藻香	《翁鬧作品選集》（彰化縣立文化中心，1997年）
詩人の戀人	詩人的情人	月中泉	《光復前台灣文學全集》（台北：遠景，1982年）
		陳藻香	《翁鬧作品選集》（彰化縣立文化中心，1997年）
鳥ノ歌	鳥兒之歌	陳藻香	《翁鬧作品選集》（彰化縣立文化中心，1997年）
石を運ぶ人	搬運石頭的人	陳藻香	《翁鬧作品選集》（彰化縣立文化中心，1997年）原詩最後六行，譯本漏植；杉森藍碩論引用爲全譯
征け勇士	勇士出征去吧	杉森藍	《翁鬧生平及新出土作品研究》

　　這七首詩，就其內容言，〈淡水の海邊に（寄稿）〉爲翁鬧第一首詩作，以戀歌似的語言旋律，回憶淡水海邊的舊日戀情，原文洋溢著一股看似輕快、實則悵然帶有無奈悲涼的氛圍。此詩有兩個譯本，張良澤的譯作與陳藻香的譯作各有所長，但比對原詩傳達的內容與感覺，張良澤保留了翁鬧詩作的關鍵意象，較能傳達翁鬧詩作的語境。以原文與譯文對照，舉例如下：

原文：
僕は君の手を握って
君の薄桃色の姿を見るのが好がだつた

張譯：

我握著妳的手　眺望著

妳的淡桃色的姿影令人難忘

陳譯：

我曾經握著妳的纖手

出神地望著妳婀娜的倩姿

　　在這兩行詩中，原句「薄桃色の姿」，張譯「淡桃色的姿影」貼近原詩而能傳神采，陳譯「婀娜的倩姿」採取意譯，反倒失去了原句鮮明的意象和色彩感。此外，「薄桃色の姿」，事實上也呈現日治時期台灣女性的穿著偏好，淺桃色衣服的女性身姿，隨處可見，[14]譯為「婀娜的倩姿」則使原作意象頓失。翻譯的翻轉或不翻轉，得失寸心，於此可見。另如本詩有句「未だ十六の蕾」，張譯「未滿十六歲的花蕾」，陳譯「未滿十六歲的人生年華」，亦以張譯較佳。

　　再舉〈詩人の情人〉的翻譯為例。這首詩發表於一九三五年六月十日出版的《台灣文藝》第2卷第6號，原詩如下：

彼女は彼の生れるまへに死んだ

そして

彼が死んでから生れた

Cosmopolitan

太陽の凍った死寂の夜、氷を抱い

14　立石鐵臣：〈本島人女性の服裝・夏の街頭に見る〉，《民俗台灣》，1卷3號，1941年9月，頁29。立石鐵臣曾描述當時台北街頭所見女性衣服色彩，以淺桃色和綠色為最多。

て彼は遁走した。そこは謝肉祭の市
山車、松明、息のない舞踏、海の底
の光の動搖めき………凄まじい風は
彼を木の葉のやうに吹き捲くる、彼
だけを
世界が死んで、彼は岩角に坐してさ
し招く。天の一角が垂下る。彼は道
々つかんできた光をそれへぶち撒い
た
世界が蘇って、人々は驚駭する。け
れども星の由來を知ってゐるものは
彼だけである

　　首先，此詩也有月中泉與陳藻香兩譯本，先就首段兩譯本
的差異來看：

　　月譯：
　　她在他出生前死掉了
　　而他是
　　死裡逃生的
　　Cosmopolitan[15]

　　陳譯：
　　她死在他生之前
　　然後
　　在他死後生出來的

---

15 Cosmopolitan，月中泉翻譯時，加註「此爲流浪人也」。

Cosmopolitan

　　細究原文，兩譯應以月中泉所譯較貼合翁鬧原意。「そして」在日文中作爲接續詞，可譯爲「而」，也可譯爲「然後」，視前後句語意而定；，後句是「彼が死んでから生れた」，意爲「他是死中重生的」，因此以月中泉所譯較貼合原旨。「Cosmopolitan」，兩譯本均維持原文，自可不譯。月譯加註「Cosmopolitan」爲「流浪人」，若譯爲「四處漂泊的人」或許更貼近原詩要表達的意涵。

　　其次，作爲一種翻譯符碼，兩譯較嚴重的問題，可能不在語意翻譯的問題，而是對於「散文詩」形式的忽視。這首詩除第一段採自由體分行形式外，餘皆使用散文體的分段形式處理，應被視爲台灣新詩史上第一首散文詩，然則，卻因爲翻譯文本採分行形式而爲論者所忽略。在發表此詩的同期《台灣文藝》中，翁鬧另還發表了〈ふるさとの丘〉與〈鳥ノ歌〉兩首，合共三首詩，後兩首均爲分行詩，只有本詩採取分段散文詩形式，足見他有意爲之。[16] 就詩的翻譯而言，保持原作的形式處理是必要的，可惜此詩兩譯本對此未盡重視，遂使這首的歷史意義被蒙蔽於譯詩的形式外觀之下。

　　此外，詩的形式事實上也具有詩學目的，一首散文詩在翻譯之後如被割裂爲分行詩，其原有的語調、文氣和情境勢必因此改觀，並影響讀者、論者對該詩的評價。如最早研究日治時期台灣新詩的詩人學者羊子喬在他的〈光復前台灣新詩論〉中雖然也將翁鬧視爲「成熟期」較重要的詩人，但在列舉「超現實主義的個人抒情」代表性詩人時則只列水蔭萍、李張瑞、林修二、董祐峰等四人。[17] 其中董祐峰並非「風車」同仁，他

16　三首詩作見《台灣文藝》，第2卷第6號，1935年6月10日，頁32-33。
17　羊子喬：〈光復前台灣新詩論〉，《蓬萊文章台灣詩》（台北：遠景，1983

的詩以象徵主義手法爲之,代表作品〈森の彼方へ〉(向著森林彼方)是台灣新詩史上首見的詩劇。[18]翁鬧亦非「風車」同仁,但他同樣以象徵主義見長,在開創散文詩的形式,和意象處理的技法上,置之於同時期現代主義詩人群中,亦絕無遜色。譯作的一時疏失,影響翁鬧詩的評價與詩史定位,於此可見。

顯然,作爲日文詩人的翁鬧,在華文譯本展開的「皺褶」之下,他的眞實身影被忽視了——作爲「幻影」,翁鬧的人以及他的詩的眞實,因爲不被了解而被棄置、忽視,這是日治時期日文作家在當代台灣視鏡之中共同的邊緣遭遇,他們在轉譯過程中被丟失了他們的本色。

回到〈詩人の情人〉的譯本問題上來。此詩分段部份,月中泉版的譯文是:

太陽凍結寂　靜之夜
抱著冰冷　他遁走了
在那裡
狂歡節的花車
和火把沒有呼吸的舞蹈
波光搖晃、凌厲的風
把他刮得像孤葉一般,把他的
世界都埋葬了
他坐在岩端呼喊救命
天角垂了下來

年),頁79-86。學者楊雅惠:《現代性詩意啓蒙:日治時期台灣新詩的文化詮釋》(高雄:國立中山大學出版社,2007年),頁24,也繼續沿用羊子喬觀點。

18　董祐峰:〈森の彼方へ〉,《台灣文藝》,第2卷第5號,1935年5月5日,頁82-84。

他將一路抓來的光遍撒下去
世界甦醒了，人們大爲驚駭
然而，知道星星由來的
只有他罷了

　　由於譯本採分行形式處理，原作「太陽の凍った死寂の
夜、氷を抱いて彼は遁走した。」本係一完整句式，翻譯之
後原詩被分割爲「太陽凍結　寂靜之夜／抱著冰冷　他遁走
了」，造成語氣的頓挫節奏，反而使原詩的沉鬱蒼茫感，因爲
四個短句的連串而遁走。比較起來，陳藻香版譯爲「在太陽凍
結死寂的夜裡，他抱著冰塊遁跑。」因爲採取散文體的方式翻
譯，就能貼合原詩的語氣和語境，唯一的問題只在陳版或許不
熟悉新詩形式，採每句到底的方式呈現，忽略了散文詩作的形
式，也具有調節閱讀節奏、視覺的功能：

在太陽凍結死寂的夜裡，他抱著冰塊
遁跑。在那兒，只有謝肉祭的花車、
火炬、無氣息的舞蹈、海底光的搖曳
……淒凜的風，把他吹襲得像一片樹
葉，只吹襲他……

　　將陳版的譯本以齊頭尾（如原詩發表形式）重新處理，翁
鬧這首詩作爲一首傑出散文詩的形貌立即浮出。對於不識日文
原作的華文讀者，面對此譯文及其接近原作排列形式，方才可
能比較迫近翁鬧原詩的眞實，以供鑑賞之資。用班雅明的譬喻
來說，翻譯是黏合陶罐碎片的過程：

要將陶罐碎片黏合在一起，連最微小的細節都須吻合，儘

管形狀不必彼此相像。翻譯亦同,譯文雖然不必然要和原作的意義完全符合,卻必須更加細緻地將原作的表意(significance)包容進去,來使原作與譯作成為更偉大語言的可被辨識的碎片,一如碎片之所以成為陶罐的一部分。[19]

將翁鬧於一九三五年六月發表的〈詩人の情人〉視為一個陶罐,在日文原文與華文譯文之間,同樣也存在著陶罐與碎片的關係,由於語文的轉譯,也由於符碼的轉換,在其符徵(signifier)和符旨(signified)所組成的符號中,隱藏著繁複的、並且是隱密的文化脈絡。[20]符碼,因此就是「一套有組織的符號系統」,它使用的規則建立在社會成員的共識上,具備傳播上的社會意義。[21]因此,翻譯符碼,若要在傳播過程中再現原作「陶罐」,就必須將原文中的細節(碎片)加以黏合,才能具現原作的表意(significance)。

在這樣的認知下,較貼近翁鬧此詩「散文」書寫語境的「理想譯本」,可能是以陳藻香譯本為本,但修正首段的誤譯,再將陳譯符合原詩「散文」形式重組。如此一來,比較足以表現翁鬧詩的「陶罐」的譯本可能如下:

她死在他生之前
而
他是從死中重生的

---

19 Benjamin, Walter. "The Task of the Translator", in Illuminations, translated by Harry Zohn. New York: Schocken Books, P78(1968).
20 瑞士語言學家索緒爾(Ferdinand de Saussure)認為符號(sign)含有兩種成份:一為符徵(signifier),或譯為「能指」,指的是透過實物、聲音的文化顯微:一為符旨(signified),或譯為「所指」,即符徵背後所承載的概念。Saussure, F. de. Course in General Lingistics. London: Peter Owen,(1960)
21 John Fiske著,張錦華譯:《傳播符號學理論》(台北:遠流,1995),頁89。

Cosmopolitan

在太陽凍結死寂的夜裡，他抱著冰塊
遁跑。在那兒，只有謝肉祭的花車、
火炬、無氣息的舞蹈、海底光的搖曳
……淒凜的風，把他吹襲得像一片樹
葉，只吹襲他[22]
世界已死了，他坐在岩角上招手。天幕
下垂了。他把沿路捧來的光，向它擲了
過去[23]
世界甦醒了，人們發出驚駭之歎聲。但[24]
知道星由來的，僅他一人[25]

　　對照翁鬧原作，譯本若以此一貼合原作形式的方式呈現，
譯本所傳遞的原作表意便可爲華文讀者所辨識，而其符碼的意
義也較能貼近原作想傳達的詩旨了。

三、翻譯符碼：在幻影與眞實中游移／猶疑

　　透過翁鬧詩作的譯本比較，顯現了翁鬧原作及其翻譯符碼
之間的游移／猶疑關係。索緒爾以「符徵」和「符旨」構成符
號的分析單位；其後，羅蘭·巴特（Roland Barthes）在《神
話學》（Mythologies）一書中又有進一步的延伸。他指出，符
徵（Sr）是形式（form），符旨（Sd）則是概念（concept），
兩者組合而成一個符號，而此一符號又可能成爲另一個符號下

22　本句下陳譯加添「……」，爲原作所無，此處刪。
23　本句下陳譯加添「！」，爲原作所無，此處刪。
24　「但」之下陳譯加添「，」，爲原作所無，此處刪。
25　本句下陳譯加添「！」，爲原作所無，此處刪。

的符徵，藉以指涉另一個符旨的概念。從而組成一套語言神話（Language Myth）。[26] 換句話說，翁鬧的詩作，本身就可視為一個原作符碼，有其既有的符徵、符旨；翁鬧詩作的譯本，則是以翁鬧詩為其符徵，而指涉新的符旨的一套符碼，我們可稱之為翻譯符碼。

既然如此，翻譯符碼與原作符碼之間，無可避免地就會產生德希達（Jacques Derrida）所稱的「延異」（Différance），這個術語來自「差異」（difference）和「延緩」（deferment）兩詞。德希達認為並無所謂固定不變的意義的存在，最終的意義乃是在被不斷延緩、不斷與其他意義產生差異的過程中得到標識。因此意義不是恆定不動的，而是與其他意義相互關聯的。[27] 翁鬧詩作的藝術表現與文學評價，截至目前為止，顯然不是由他的日文原作而來，而是經由華文譯本，被使用華文的讀者／論者根據華文符碼理解而論定——真實的翁鬧，不以原貌被認知，而以翻譯符碼的皺褶被理解，他的人形如幻影，他的詩形如幻影，也就勢所必然了。

或許可以換另一種方式說，翁鬧詩作為「原作符碼」，符徵是他以日文寫出的詩，符旨則指向翁鬧所欲傳遞的內心意旨。一個能夠掌握日文，並且了解詩的讀者，透過原作符徵，反溯製碼者翁鬧的符旨，即使無法完全解開原作符碼的內涵意義，至少尚能確知這是一只「陶罐」（外延意義）。

而翻譯，通常由能夠掌握原文的譯者（同時作為讀者）為之，理論上來說，他具有最基本的解碼能力（最少在尚未進行翻譯之前，他看到的是一只陶罐）；但等到進行翻譯之際，他開始面臨轉換不同語言及其背後深層的內涵意義如何轉譯的

26　Barthes, R. Mythologies, translated by Annette Lavers. New York: HILL& WANG. P.114-115.

27　Goring, P. Studying Literature: the Essential Companion London: Arnold & New York: Oxford University Press Inc.（2001）.

考驗。此時譯者也由讀者轉換為作者，他既是原作符碼的解碼者，又是翻譯符碼的製碼者。他既需要通過原作的符徵，去理解原作作者的符旨；又必須將他所理解的原作符旨，重新編製為翻譯符碼的符徵，提供給譯作的讀者據以通過譯作符徵，輾轉反溯原作的符旨——在如此多重轉折的訊號遞送過程中，一個讀者透過翻譯符碼所能理解的原作符碼，已經遭受多重干擾，德希達所稱的「延異」略近於此，出自原始傳播端的原作者所欲傳達的訊息及其編碼的意義，已經產生差異與延緩現象，原作的訊息可以變得微弱甚至隱而不彰，亦可能產生變化甚至遭到翻轉。物理學家杜恩（Pierre Duhem）認為「譯文是不可靠的，翻譯就是背叛。當一種版本被翻成另一種譯本時，在兩種文本之間從來也不是等價的。在物理學家觀察它們的具體事實和這些事實在理論家的運算中被表示的數值符號之間，存在著極大的差異。」也是此意。[28]

與〈詩人の情人〉同在《台灣文藝》第2卷第6號發表的另兩首詩〈ふるさとの丘〉與〈鳥ノ歌〉，譯本就存有上述翻譯符碼難以避免的「延異」（差異與延緩）問題。〈ふるさとの丘〉有月中泉、陳藻香兩譯本，月譯題為〈故里山丘〉，陳譯為〈故鄉的山丘〉，前者古雅，後譯較貼近原意。原作日文如下：

> 雛菊の咲いてゐる丘をめぐって
> 小蛙をその土の穴に追ふた
>
> 陽はこの胸のまわりでとけ
> わたしはその輕きに駭いた

28 李醒民：〈論科學中的語言翻譯〉，《中國論文下載中心》。http://www.studa.net/keji/081102/09421974.html，2009年4月20日上網。

あゝ　大空の絃を奏でるもの
この日　死への距離は遠い

甘蔗畑の上には花がさいて
夕日があたふたと駈けつけた

父母の家は墓場のむかふにある
わたしは口笛を吹き春をよんだ[29]

　　從原作來看，這首詩意象生動鮮明，形式以五小節、每節二行的十行詩形式出之，可說是台灣新詩作品中最早見的十行格律作品。而整齊的格律之中，一、二、三、五，均以「た」韻收尾，又能表現出聲韻之美。就格律而言，這首出現在一九三五年的詩作，已達成熟之境。詩作寫故鄉的山丘，卻又別有所指。雛菊、小蛙（青蛙）、土穴、陽（陽光）、大空（天空）、甘蔗畑（甘蔗園）、花、夕日（夕陽）、墓場（墳場）等景物，逐一上場，表現出詩人眼中故鄉山丘的景觀，這是這首詩的符徵（外延意義）；而其符旨（內涵意義）則指向詩人思鄉念親之情，唯連結著山丘景觀的敘事語言，則有「死への距離は遠い」（距離死亡甚遠）、「わたしは口笛を吹き春をよんだ」（我吹著口哨呼叫春天）的心境陳述，使得山丘周邊的景物因爲著我色彩而活潑歡悅起來，從而成功地營造了以景寫情的豁達境界。詩人蕭蕭說此詩頗有「齊死生」的豁達之觀，[30]點出此詩的高曠之境。

29　《台灣文藝》，第2卷第6號，頁32。
30　蕭蕭：〈八卦山：蘊藏多元的新詩能量——以賴和、翁鬧、曹開、王白淵透視新詩地理學〉，《土地哲學與彰化詩學》（台中：晨星，2007），頁98。

譯本，作爲翻譯符碼，能否解出翁鬧此詩所欲傳達的編碼及其情境，因而也就考驗著譯者。先看月中泉譯本：

繞著雛菊盛開山丘
將小青蛙追進穴洞

陽光在胸膛溶化
我爲其輕盈驚駭

啊　奏著天空琴弦
這個日子，距離死亡遙遠

甘蔗園上開著花
夕陽倉皇趕上來

父母親住在墓地那邊
我吹著口哨呼喚春天[31]

月中泉係日治年代出發的詩人，他的這首譯詩在語境上已經相當貼近原作的情境，這首譯詩既照顧到原作的整齊格律形式，在尾韻上也以第二小節的「駭」對應第四小節的「來」；以第三小節的「弦」、「遠」呼應第五小節的「天」，使得原詩的韻律感俱足。若要求疵，只有在華文語感上稍嫌生硬，導致原詩流利輕快的詩意和語感稍有磨損。這個翻譯符碼與原作符碼幾乎若合符節，只在語感上產生部分的延異。

再看陳藻香譯本：

31 月中泉譯，羊子喬、陳千武編：〈故里山丘〉，《廣闊的海》（台北：遠景，1982年），頁217-218。

我繞著雛菊綻開的小丘
追逐著，跳向穴洞的青蛙

陽光在我胸前融化
輕柔得使我瞠目

啊，誰在撥弄天庭之琴弦？
這一天，我們遙遙地遠離了死神

甘蔗園上遍地開滿了花朵
夕陽，她，趕忙來湊上一腳

雙親的家，在墓地的彼方
我吹著口哨，歡迎春的到來

　　與月譯相較，兩個翻譯文本的語境就大為不同，陳譯雖
也維持原詩十行形式，但其句式較月譯冗長，且在第一節第二
行以「，」斷句，第四節第二行更將整句以「，」拆為三小
段，第五節第二行同樣以「，」斷句。這使得譯詩的語境稍顯
匆促急迫，較乏輕快流暢之感；若與翁鬧原詩相較，這種語句
的割裂，也使原詩傳達的豁達高曠境界因此隱匿。就用語看，
「わたしはその輕きに駭いた」，月譯「我為其輕盈驚駭」，
陳譯「輕柔得使我瞠目」，可能以驚駭較能傳達原意；「こ
の日　死への距離は遠い」，月譯「這個日子，距離死亡遙
遠」，陳譯「這一天，我們遙遙地遠離了死神」，也以月譯較
佳，陳譯出現「我們」可能為筆誤；「夕日があたふたと駈け
つけた」，月譯「夕陽倉皇趕上來」，抓住了原句的語境，陳

譯「夕陽，她，趕忙來湊上一腳」，則嫌贅增，也無法傳原句之神；「わたしは口笛を吹き春をよんだ」，月譯「我吹著口哨呼喚春天」，同樣精準傳地原句語境，陳譯「我吹著口哨，歡迎春的到來」，改原「呼喚」爲「歡迎」，頓使全詩流於凡庸。陳譯的問題，或許不在日文文本的轉譯，而在中文與新詩語境的掌握不足，這使其翻譯符碼與原作符碼的語感、境界，都出現逆向翻轉的結果，製碼與解碼之間產生的延異，使得此一譯本在語言上雖能表現翁鬧此詩的外延意義，但內涵意義則隱而不彰，較爲可惜。

　　以兩個華文譯本而論，能再現翁鬧原作的流暢語境的，應屬月中泉譯本，但若與翁鬧原作相較，則「齊死生」的豁達境界方才更堪咀嚼。

　　更深層的符碼延異，出現在〈鳥ノ歌〉的譯本上，此詩只有陳藻香譯本，由於原詩長四十行，此處僅取前十行進行比較。原作前十行如下：

鳥ハ
黎明ト暗黑トノ境ニ啼ク
チチ　チチ　チチチ
闇ヲ出タノガ
悲シイノカ
光ガ來タノガ
嬉シイノカ
チチ　チチ　チチチ
空カラ谷へ
谷カラ野へ

這是一首相當特殊的詩作，詩以漢字與片假名書寫，最

早直接透過日文研究翁鬧的李怡儀認爲是「翁鬧逆行性格的展現」，[32] 杉森藍則說此詩「使用漢字和片假名來呈現獨特的文體」[33]，兩人都指出了此詩在語言作爲符碼的特殊性。翁鬧特意使用片假名取代當時已經通用的平假名，應該有其詩學的用意，而非只是爲了「逆行」，因爲就在此詩連同〈ふるさとの丘〉、〈詩人の情人〉發表的同期《台灣文藝》，他還發表了〈詩に關するノオト—ハイブラウのことでも〉（有關於詩的手札——兼談有智之士）一文，強調「有智之士乃是藝術欲望的先驅者、探險家」，「在夢之中追求真實，在現實之中追求更新的現實，在個性中追求獨創性——這才是超現實主義者被賦予的道路」，[34] 由此足見追求獨創性乃是翁鬧的詩觀，也在這他透露了自己對超現實主義的喜愛與追求，[35] 使用已不被使用於正文之中的片假名，應該是翁鬧通過以片假名舊符徵指涉新符旨之創作意圖的表現。

　　日文由漢字、片假名、平假名組成。在日本平安時期（794～1192），漢字和片假名組合成文，屬於男性社會的專利，其後平假名出現，逐步取代片假名，直到二十世紀初日本政府發布「小學校令」，統一日文字體之後，所有政府文書全部改用平假名書寫，片假名從此方才退居第二線作爲外來語、外國人名地名等專有名詞、擬聲語和擬態語之用。[36] 因此，對翁鬧來說，在這首詩中不採人人皆用的平假名，而用片假名，除了想要在語言上獨樹一幟，與人不同外，或許也有模擬古風

32　李怡儀：〈日本領台時代の台灣新文學——翁鬧の作品を中心に〉，頁58。
33　杉森藍：《翁鬧生平及新出土作品研究》，頁120。
34　翁鬧：〈詩に關するノオト—ハイブラウのことごも〉，《台灣文藝》，第2卷第6號，頁20-21。華譯見陳藻香、許俊雅編譯：《翁鬧作品選集》，頁199-200。原題目譯爲〈有關於詩的點點滴滴——兼談High brow〉，此處題目與引句係筆者自譯。
35　翁鬧對超現實主義心嚮往之，甚少爲論者所注意。
36　〈平假名與片假名的雙重變奏〉，《明智工作室日文戰略研究室》，網址：http://blog.yam.com/mintzchou/article/20107642。瀏覽日期：2009年4月20日。

而造新境的思考。

從這個最少是以平安時期通用的平假名出現的文本的角度來看，翻譯此詩，自不能以常態性的翻譯出之，以略近古語、文言的語式翻譯，應更能突顯此詩略帶古風的特色。陳藻香譯本似乎沒有注意到此詩的獨特性，其譯本仍延續與翻譯

〈ふるさとの丘〉無殊的語境：

鳥兒，
牠在黎明與黑暗之際叫著
吱吱　吱吱　吱吱
妳是否在悲泣？
悲泣妳飛出了漆黑？
或是在高興？
高興妳迎接了光明？
吱吱　吱吱　吱吱
從天空到山谷
從山谷到原野

此一翻譯符碼顯然與翁鬧原作符碼在語言、形式和語境上相去甚遠，且無法表現此詩和翁鬧同期兩詩的的截然不同。如改以精簡而近似古語的方式翻譯，原詩的獨創性（較諸1930年代台灣新詩界的詩風）或將更見突出：

鳥啼
於黎明與暗黑之境
吱吱　吱吱　吱吱吱
為出於昏闇
而悲耶

爲光明之來
而喜耶
吱吱　吱吱　吱吱吱
自天空至山谷
自山谷至野地

　　翻譯作爲一種符碼，要能完全貼合原作符碼，本來就屬
不易，譯事維艱，猶如在幻影與眞實中尋求貼近原作的語調、
氛圍，而又要模擬原作語境，推敲原作意旨，特別在詩的譯事
上，更形艱鉅。本文所舉譯本之譯者月中泉、陳藻香，均爲浸
泳日本語文之大家，他們對日治時期台灣文學的譯介，功不可
沒，在翻譯翁鬧這樣「逆行」於既有語言、詩風的詩人之作
時，必定花費甚多心血。翁鬧原作與譯本之間出現的延異，乃
是文本轉譯難以避免的現象，翻譯者爲貼合碎片重新貼合陶
罐，在游移於翁鬧獨創的符碼過程中，爲妥善解其密碼而猶疑
再三的苦心，都應爲讀者所敬佩。

四、結語：鳥啼於黎明與暗黑之境

　　本文寫作目的，不在舉訛求疵，而是希望透過原詩文本，
指出翁鬧詩藝成就之沉埋，而利於詩史論者重新注視翁鬧在台
灣新詩發展史上的位置，給予翁鬧詩藝應有的評價。以本文所
舉翁鬧〈淡水の海邊に（寄稿）〉與同時發表於《台灣文藝》
的〈ふるさとの丘〉、〈詩人の戀人〉、〈鳥ノ歌〉三首詩作
來看，翁鬧在語言的冶鍊、詩藝的琢磨、以及意象的使用、形
式的翻新上，顯然都相當苦心經營，且表現了卓然不群的風
格，而其成就，也應不在他同年代的諸多詩人之下。
　　在一九三五年三月一日寄給《台灣文藝》的一篇感想中，

翁鬧曾經豪氣地宣稱「跛腳之詩」的美麗，以及對於詩的狂熱與堅持：

> 的確，我們正在繼續著書寫跛腳的詩。我們無疑是不折不扣的青年。雖然笨拙、受傷、瘸著腳走路，但在我們身上仍可嗅到青春特有的強烈的體臭，且可感覺我們青春的血在沸騰，肌肉在興奮地抖動著。[37]

這個階段的翁鬧創作力旺盛，他在《台灣文藝》不斷發表作品，除了前舉詩作以及〈詩に關するノオト——ハイブラウのことども〉、〈跛の詩〉之外，尚有隨筆〈東京郊外浪人街——高圓寺界隈〉[38]、譯詩〈現代英詩抄（十首）〉[39]、小說〈歌時計〉（音樂鐘）[40]、小說〈憨爺さん〉（憨伯仔）[41]、〈殘雪〉[42]、詩〈石を運ぶ人〉（搬運石頭的人）[43]、小說〈哀れなルイ婆さん〉（可憐的阿蕊婆）[44]；在《台灣新文學》他也發表了小說〈羅漢腳〉[45]、〈明信片〉[46]，以及小說〈夜明け前の戀物語〉（天亮前的戀愛故事）[47]。可見他的創作力之旺盛，像青春之血一樣地沸騰。

只可惜天不假年，翁鬧其後在《台灣新民報》發表詩作

37 翁鬧：〈跛の詩〉，《台灣文藝》，第2卷第4號，1935年4月。筆者自譯。
38 翁鬧：〈東京郊外浪人街——高圓寺界隈〉，《台灣文藝》，第2卷第4號，1935年4月。
39 翁鬧：〈現代英詩抄（十首）〉，《台灣文藝》，第2卷第5號，1935年5月。
40 翁鬧：〈歌時計〉，《台灣文藝》，第2卷第6號，1935年6月。
41 翁鬧：〈憨爺さん〉，《台灣文藝》，第2卷第7號，1935年7月。
42 翁鬧：〈殘雪〉，《台灣文藝》，第2卷第8、9合併號，1935年8月。
43 翁鬧：〈石を運ぶ人〉，《台灣文藝》第3卷第2號，1936年1月。
44 翁鬧：〈哀れなルイ婆さん〉，《台灣文藝》，第3卷第6號，1936年5月。
45 翁鬧：〈羅漢腳〉，《台灣新文學》，第1卷第1號，1935年12月。
46 翁鬧：〈明信片〉，《台灣新文學》，第1卷第2號，1936年3月；《台灣新文學》，第1卷第3號，1936年4月。
47 翁鬧：〈夜明け前の戀物語〉，《台灣新文學》，第2卷第2號，1937年1月。

〈征け勇士〉[48]，中篇連載小說〈港のある街〉之後不久，即於日治昭和十五（1940）年十一月十一日逝世，距他出生日治明治四十三（1910）年二月二十一日，得年三十。

作為天才型的詩人和小說家，翁鬧的作品都出以日文，他的日文優雅流利，但日治之後的台灣讀者多已不諳日文，只能依賴譯本認識他。同樣依賴華文譯本，翁鬧的小說評者既多，評價亦高，如評論家張恆豪即以「日據時代的台灣小說，可說到了翁鬧的手上，才有獨樹一幟的表現，才開啟了另一文學藝術的嶄新領域」之語推崇翁鬧；[49]何以同出翁鬧之手，其詩作卻少見知音，也匱乏評論——原因不在翁鬧拙於詩，而是翁鬧之日文詩作不易翻譯。本文針對翁鬧詩作譯本所作的比較，一方面應可展現翁鬧作為一個前衛的現代主義詩人的高度，一方面也充分說明了翁鬧不為論者重視的關鍵原因。這不獨翁鬧為然，同樣以日文書寫的水蔭萍（楊熾昌）也存在著同樣的翻譯符碼延異問題，詩的「演譯」與小說不同，小說重於敘事，演譯不難；詩則通過符徵，意在言外，指向多義的符旨，演譯之後，往往失真——然則，水蔭萍在沉埋半世紀之後重被發現，且獲得高度重視與肯定，儘管他的超現實主義詩作譯本潛藏著雙重性的延異隔閡；翁鬧則依然如詩壇中的「幻影之人」，無法以真實之姿為當代台灣詩界所識。

幻影與真實，在翁鬧已然無言的詩作之中，正如暗瘂鳥啼，於黎明與暗黑之境，鵠候一線光明。

---

48 翁鬧：〈征け勇士〉，《台灣新民報》，1938 年 10 月 14 日，8 版。
49 張恆豪：〈幻影之人——翁鬧集序〉，《台灣作家全集——翁鬧、巫永福、王昶雄合集》（台北：前衛，1991 年）。

參考文獻

- 《台灣文藝》，第2卷第6號，頁32。
- 〈平假名與片假名的雙重變奏〉，《明智工作室日文戰略研究室》，網址：http://blog.yam.com/mintzchou/article/20107642。上網日期：2009年4月20日。
- 月中泉譯：〈故里山丘〉，羊子喬、陳千武編：《廣闊的海》（台北：遠景，1982年），頁217-218。
- 羊子喬：〈光復前台灣新詩論〉，《蓬萊文章台灣詩》（台北：遠景，1983年），頁79-86。
- 李醒民：〈論科學中的語言翻譯〉，《中國論文下載中心》。網址：http://www.studa.net/keji/081102/09421974.html，上網日期：2009年4月20日。
- 李怡儀：〈日本領台時代の台灣新文學—翁鬧の作品を中心に〉，東吳大學日文所碩士論文，1994年6月。
- 杉森藍：《翁鬧生平及新出土作品研究》，成功大學台文所碩士論文，2007年1月，頁50。
- 翁鬧：〈石を運ぶ人〉，《台灣文藝》第3卷第2號，1936年1月。
- 翁鬧：〈有港口的街市〉，《台灣新民報》，1939年7月6日至8月20日，8版。
- 杉森藍，《翁鬧生平及新出土作品研究》，頁155-341。
- 翁鬧：〈夜明け前の戀物語〉，《台灣新文學》，第2卷第2號，1937年1月。
- 翁鬧：〈征け勇士〉，《台灣新民報》，1938年10月14日，8版。
- 翁鬧：〈征け勇士〉，《台灣新民報》，1938年10月14日，8版。杉森藍：《翁鬧生平及新出土作品研究》，頁123-124。
- 翁鬧：〈明信片〉，《台灣新文學》，第1卷第2號，1936年3月；《台灣新文學》，第1卷第3號，1936年4月。

・翁鬧：〈東京郊外浪人街——高圓寺界隈〉，《台灣文藝》，第2卷第4號，1935年4月。

・翁鬧：〈哀れなルイ婆さん〉，《台灣文藝》，第3卷第6號，1936年5月。

・翁鬧：〈現代英詩抄（十首）〉，《台灣文藝》，第2卷第5號，1935年5月。

・翁鬧：〈殘雪〉，《台灣文藝》，第2卷第8、9合併號，1935年8月。

・翁鬧：〈跛の詩〉，《台灣文藝》，第2卷第4號，1935年4月。

・翁鬧：〈詩に關するノオト——ハイブラウのことゞも〉，《台灣文藝》，第2卷第6號，頁20-21。

・翁鬧：〈歌時計〉，《台灣文藝》，第2卷第6號，1935年6月。

・翁鬧：〈羅漢腳〉，《台灣新文學》，第1卷第1號，1935年12月。

・翁鬧：〈戇爺さん〉，《台灣文藝》，第2卷第7號，1935年7月。

・張旭東、王斑譯：《啓迪：班雅明文選》（香港：牛津大學，1998年），頁63-76。

・立石鐵臣：〈本島人女性の服裝・夏の街頭に見る〉，《民俗台灣》，1卷3號，1941年9月，頁29。

・張恆豪：〈幻影之人——翁鬧集序〉，《台灣作家全集——翁鬧、巫永福、王昶雄合集》（台北：前衛，1991年)。

・張恆豪編《翁鬧、巫永福、王昶雄合集》（台北：前衛，1991年）。

・許俊雅：〈幻影之人——翁鬧及其小說〉，陳藻香、許俊雅編譯：《翁鬧作品選集》，（彰化：彰化縣立文化中心，1997年）。

・許素蘭：〈幻影的人——翁鬧及其小說〉，《國文天地》，7卷5期，1991年10月，頁35-39。

・陳藻香、許俊雅編譯：《翁鬧作品選集》（彰化：彰化縣立文化中心，1997年）。

・黃韋嘉：〈幻影之人的愛爾蘭想像——從翁鬧詩作看台灣新文學三○年代的轉向〉，靜宜大學主辦「第三屆中區台灣文學研究生論文發表

會」論文，2007年。

· 楊雅惠：《現代性詩意啓蒙：日治時期台灣新詩的文化詮釋》：高雄：
國立中山大學出版社，2007年。

· 楊翠：〈追逐幻影的時代之子──翁鬧（1908～1940）〉，康原等：
《八卦山文學步道導覽手冊》（彰化：彰化縣文化局，2002 年）。

· 董祐峰：〈森の彼方へ〉，《台灣文藝》，第2卷第5號，1935年5月5
日，頁82-84。

· 劉捷：〈幻影的人──翁鬧〉，《台灣文藝》95 期，1985年7月，頁
190-193。

· 蕭蕭：〈八卦山：蘊藏多元的新詩能量──以賴和、翁鬧、曹開、王
白淵透視新詩地理學〉，《土地哲學與彰化詩學》（台中：晨星，
2007），頁94-99。

· Barthes, R. Mythologies, translated by Annette Lavers. New York: HILL&
WANG.

· Benjamin, Walter. 'The Task of the Translator', in Illuminations, translated by
Harry Zohn. New York: Schocken Books,p.75（1968）.

· Goring, P. Studying Literature: the Essential Companion London: Arnold &
New York: Oxford University Press Inc.（2001）.

· John Fiske著，張錦華譯：《傳播符號學理論》（台北：遠流，
1995），頁89。

· Saussure, F. de. Course in General Lingistics. London: Peter Owen（1960）.

· Walter Benjamin. 'The Task of the Translator', in Illuminations, translated by
Harry Zohn. New York: Schocken Books, p.78（1968）.

舊記憶與新感覺的激盪
——翁鬧詩作中的土地意象與生命感喟

蕭蕭（明道大學中文系副教授）

一、前言

　　台灣最早將日治時代文學作一全盤性介紹的書，是一九七九年三月李南衡（1940～）主編的《日據下台灣新文學》「明集」五大冊，分別是《賴和先生全集》、《小說選集一》、《小說選集二》、《詩選集》、《文獻資料選集》，[1]此一選集唯一提到翁鬧（1910.2.21～1940.11.21）的地方是在王詩琅（1908～1984）所撰的〈日據下台灣新文學的生成及發展——代序〉中，王詩琅在此文中將台灣新文學的發展分成五個時期：（1）萌芽期，（2）開展期，（3）成熟時期，（4）高潮時期，（5）戰爭時期。翁鬧則出現在（4）高潮時期：「在這一時期台灣新文學顯然已擺脫初期的暴露式的政治色彩，純站在文學的立場寫作，所以藝術氣味也漸濃厚。主要的作家除了前述（指：張深切、張星建、賴明宏、楊逵、葉陶）之外，中文還有林越峰、謝萬安、蔡德音、繪聲、林精鏐、賴玄影、張慶堂等人，至於日文則有翁鬧、史民、郭水潭、呂赫若、施維堯、江燦琳、楊啓東、吳天賞、陳遜仁等人，此外這些雜誌（指《台灣文藝》、《台灣新文學》）還刊有洪耀勳、陳紹馨、郭明昆、蘇維熊等人的學術論文。」[2]在這套書中，

1　李南衡主編：《日據下台灣新文學》「明集」（台北：明潭，1979年3月15日）。

2　王詩琅：〈日據下台灣新文學的生成及發展——代序〉，李南衡主編：《日據下台灣新文學》「明集1」（台北：明潭，1979），序頁6-8。此文在《日據下

小說集、詩選集中均未選錄翁鬧作品，概因《日據下台灣新文學》「明集」只選中文作品，日文作品要等《日據下台灣新文學》「潭集」才出現，可惜距離「明集」出版已過三十年，目前仍了無蹤影。

對於翁鬧生平，首次加以簡介，要等到一九七九年七月由台灣文學大老有「北鍾南葉」之稱的鍾肇政（1925～）、葉石濤（1925～2008）所主編的《光復前台灣文學全集》，其第六卷《送報伕》收錄翁鬧的五篇小說〈音樂鐘〉、〈戇伯仔〉、〈殘雪〉、〈羅漢腳〉、〈天亮前的戀愛故事〉，對翁鬧簡介如下：

> 翁鬧，彰化縣人，一九〇八年生，畢業於台中師範，曾擔任教師，後赴日本，就讀日本大學。翁鬧生活浪漫，不修邊幅，無拘小節，類似現今的嬉皮，他曾以小說〈戇伯仔〉一作，入選日本「改造社」的文藝佳作。在日本與張文環、吳坤煌、蘇維熊、施學習、巫永福、王白淵、劉捷等人組織「台灣藝術研究會」，並創辦《福爾摩沙》雜誌。一九四〇年左右，病歿在日本。[3]

這套書實際的編輯人員是當時任職遠景出版事業公司的羊子喬（楊順明，1951～）及全力協助的張恆豪（1950～）、林梵（林瑞明，1950～）。雖然此一簡介有許多訛誤，卻是最早勾勒出翁鬧年籍與形象的重要資料。而且此書選入翁鬧五篇小說，率先肯定翁鬧的小說價值，其後，張良澤（1939～）、許俊雅（1960～）都曾津津樂道此事。張良澤於一九八五年出版

台灣新文學》「明集」1-5冊書中均在首篇出現。
3　鍾肇政、葉石濤主編：《送報伕》，《光復前台灣文學全集》卷六（台北：遠景，1979年7月），頁287-288。

的《台灣文藝》九十五期，以第六卷《送報伕》所收十一人、二十篇小說作統計，認爲以楊逵（1905～1985）名聲之響、作品之多，僅得四篇，翁鬧卻以六篇作品被選五篇，躍居全卷之冠，「可見翁鬧出道雖比楊逵爲遲，但其成就在當今年輕評論者眼中，並不遜於楊逵。憑此一點，即可證實翁鬧在台灣文學史中所佔地位之重要。」[4] 許俊雅則在《翁鬧作品選集》裡以〈幻影之人——翁鬧及其小說〉作爲「代序」，文中提到「在《光復前台灣文學全集》第六卷（小說）收錄了十一人、二十篇作品，翁鬧作品居全書之冠，凡有五篇入選，比楊逵作品尚且多一篇，如就目前僅見的六篇小說而言，其入選比例（六分之五）則更是高於任何一位日據作家，足見其成就在當今評論者眼中有舉足輕重之地位。」[5]

《光復前台灣文學全集》小說八卷出版後三年，詩選四卷亦出版，分別是《亂都之戀》、《廣闊的海》、《森林的彼方》、《望鄉》，其中卷十《廣闊的海》收入翁鬧三首詩〈在異鄉〉、〈故里山丘〉、〈詩人的情人〉，對翁鬧的生平沒有新發現，反而簡化爲：

> 翁鬧，彰化人，一九○八年左右生，畢業於台中師範，曾擔任教師，後赴日本就讀日本大學，加入「台灣藝術研究會」，並創辦《福爾摩沙》雜誌，一九四○年左右，病歿於日本精神病院。[6]

4　張良澤：〈關於翁鬧〉，《台灣文藝》第95期，1985年7月。後收錄於陳藻香、許俊雅編譯：《翁鬧作品選集》（彰化：彰化縣立文化中心，1997），頁252-271。此處引文見於255-256。

5　許俊雅：〈幻影之人——翁鬧及其小說（代序）〉，陳藻香、許俊雅編譯：《翁鬧作品選集》（彰化：彰化縣立文化中心，1997），序文及目錄頁。

6　羊子喬、陳千武主編：《廣闊的海》，《光復前台灣文學全集》卷十（台北：遠景，1982）頁213。

生年，從肯定句「一九〇八年生」變成疑惑性的「一九〇八年左右生」；逝世的情景，從不確定的「病歿在日本」，變成為確定的「病歿於日本精神病院」。這三年間台灣文學研究者對翁鬧是否有重要發現，未從得知，不過，羊子喬為這四本詩選所撰的總序〈光復前台灣新詩論〉，將日治時代台灣新詩分為「奠基期」（從一九二〇至一九三二年，也就是從新文化運動中《台灣青年》的創刊，至《台灣新民報》改為日刊為止）、「成熟期」（從一九三二年至一九三七年，即一九三二年四月十五日《台灣新民報》週刊改為日刊，至一九三七年四月一日日本政府禁止使用中文為止，前後約有六年）、「決戰期」（從一九三七年至一九四五年止，即一九三七年四月一日日本政府全面禁止使用中文開始，至一九四五年十月二十五日台灣光復為止，為期約八、九年），[7]將翁鬧納入「成熟期」，雖未舉翁鬧詩作為例，但兩次提到「其中以夢湘、吳坤煌、翁鬧、水蔭萍、李張瑞、林修二、林精鏐、王登山、董祐峰、黃衍輝等較為重要。」[8]「另外，翁鬧、黃衍輝、林精鏐等人的作品，亦有精彩的演出。」[9]以新詩數量僅有六首（選入三首）的翁鬧而言，能得此青睞，一樣令人驚嘆。

但就一個愛好新詩的彰化人而言，這樣的簡介當然無法滿足我，從此我投注心力在彰化縣籍的新詩人研究。從二水、田中，到社頭、員林的山腳路所屬山林、溪圳、田野，是我青少年遊蕩的勢力範圍，王白淵（1901～1965）、翁鬧與曹開（1929～1997），正是沿著八卦山腳，世襲生活於其間，或來自台北師範、或來自台中師範，傑出卻不被重視的三位詩人，自然成為我研究的首要對象。其中尤其是同屬社頭，有著地緣

7　羊子喬：〈光復前台灣新詩論〉，羊子喬、陳千武主編：《亂都之戀》，《光復前台灣文學全集》卷九（台北：遠景，1982），序頁1-37。

8　見前註，序頁20-21。

9　見前註，序頁28。

之親的翁鬧，更是我搜尋的第一目標。

二、任何幻影之人自有其真摯之心

很快又很巧的，《光復前台灣文學全集》詩選四卷出版之後三年，一九八五年七月，《台灣文藝》第九十五期出刊「翁鬧研究專輯」，其中登載與翁鬧有數面之緣的楊逸舟（楊杏庭，1909～1987）、劉捷（1911～2004）、巫永福（1913～2008）之文，令人又驚又喜，喜的是又有了翁鬧的訊息，驚的是這三篇文章頗多驚人的負面之詞。楊逸舟：〈憶夭折的俊才翁鬧〉[10]文中的翁鬧，讀師範時，晚間自修時間常發出怪響，擾亂人家讀書；當教師時，像狂人一樣，不跟人打招呼，不在意人情世故；赴日留學時，曾發妄大之言：「在銀座遊蕩的這些眾愚的頭腦集中起來，也不及我一個。」甚至於說翁鬧把書籍、衣服、被單都提去當掉，在亂七八糟的報紙堆裡凍死了，又說他年富力壯卻不肯勞動掙錢，白白給餓死。在這篇不到兩千字的散文中，有五處提及翁鬧對日本女性的迷戀，可能是指三段不如意的戀情：台灣公學校日本女教員、東京高圓寺界隈的四十六歲寡婦、內閣印刷局日本女子。楊逸舟對翁鬧以被殖民者的身份竟然去高攀殖民國女子，頗有微詞。劉捷：〈幻影之人——翁鬧〉[11]則在負面敘述之後拉回正面評價，如如說

---

10 楊逸舟：〈憶夭折的俊才翁鬧〉，《台灣文藝》第95期，1985年7月，頁169-172。後收錄於陳藻香、許俊雅編譯：《翁鬧作品選集》，頁248-251。楊逸舟（楊杏庭），生於明治42年（1909）台中州，在台灣接受公學教育、師範教育，1934年入東京師範教育研究科，1940年赴中國，於南京汪精衛政權任教育部專員，後亦任遷都後國立編譯館編譯官、內政部委員等職，1947年奉內政部長張屬生之命，來台調查二二八始末，並完成報告書上呈。1948年國共戰爭情勢惡化，以難民身分抵台，歷任台灣銀行特約研究員、教育部特約編審、並曾參與縣市長選舉，1953年離台赴日，1987年6月5日病逝於東京。著有《二二八民變》（楊逸舟原著、張良澤譯）（台北：前衛，1991）。

11 劉捷：〈幻影之人——翁鬧〉，《台灣文藝》第95期，1985年7月，頁190-193。後收錄於陳藻香、許俊雅編譯：《翁鬧作品選集》，頁276-280。劉捷，日本速

翁鬧「一年到頭穿的是黑色金鈕的大學生制服，蓬頭不戴帽子」，但緊接著說，這種遊學方式，「實際上對於文藝寫作的修練也是最有效的方法之一，這樣可以自由參加各種有關文學、藝術的集會，多認識圈內文壇人士。」又如說翁鬧受託暫住陳垂映（陳瑞榮）的東京公寓，等陳垂映從台灣返回，「所有棉被衣服都不見，看家的翁兄亦不知去向」，暗示翁鬧不守信、不盡責，但話鋒一轉，「當時的翁鬧生活浪漫，窮苦到了極端，他那種深刻的人生體驗，鍥而不舍的精神，倘若能夠發揮於文學作品，天再假以長壽的話，翁鬧的成就必然可以期待，更有可觀。」話雖如此，「幻影之人」四個字卻從此成為後世論述翁鬧最常借用之詞。

　　然而，翁鬧眞是幻影之人嗎？為什麼會是幻影之人？是不是「他者」回憶四、五十年前的陳年舊事所造成的印象模糊？仔細比對《台灣文藝》第九十五期「翁鬧研究專輯」中，楊逸舟、劉捷、巫永福三人回憶翁鬧的文章，錯謬、矛盾之處實多。如巫永福〈阿憨伯的形象〉中提到：「記得我與他的認識不是在東京，而是一九三五年我由東京回台，任台灣新聞記者時，他由吳天賞陪同，東寶町中央書局訪問台灣文藝的編輯張星建，經吳天賞介紹認識的。」[12] 經查翁鬧赴日是一九三四年，直至一九四〇年未有返台記錄。

　　再如劉捷記憶中「翁鬧就是那時日本留學生台灣藝術研究

記學校畢業，明治大學法科研讀，遊走於日本、中國、台灣之間，二二八事件中被捕入獄，歷任《台灣新聞報》、《台灣新民報》記者，台北市證券工會總幹事，擅長文學評論、文學觀察、禪學，著有《我的懺悔錄》（台北：九歌，1998）。

12　巫永福：〈阿憨伯的形象〉，《台灣文藝》第95期，1985年7月，頁187。後收錄於陳藻香、許俊雅編譯：《翁鬧作品選集》，頁272。巫永福，南投人，日本明治大學文藝科畢業，台灣藝術研究會、台灣文藝聯盟成員，光復後曾任台中市政府秘書、中國化學製藥公司副總經理、新光產物保險公司董事兼副總經理，《笠》詩刊、《台灣文藝》發行人，創設「巫永福文學獎」著有《巫永福全集》（沈萌華主編，24冊）（台北：傳神福音、榮神，1995～2003）。

會的一份子，我和他沒有個人的往來深交。東京市本鄉區元町張文環兄之家每日有文學青年出入，因為那時文環兄與奈美子夫人結婚時，設有伙食，初次來到日本的，在住的常常在此集合，這裡雖然沒有掛上招牌，無形中就是『台灣藝術研究會』——『福爾摩沙』的集會所。我和翁鬧常在此地碰面交談，有時候是翁鬧、張文環、我三人，有時候是曾石火、蘇維熊、施學習、巫永福、吳坤煌等多數人。」[13] 但根據施學習的文章：「直到民國二十一年三月二十日，再由在東京同仁蘇維熊、魏上春、張文鋸、吳鴻秋、巫永福、黃坡堂、王白淵、劉捷、吳坤煌等氏，另繼續組織『台灣藝術研究會』的團體。」[14] 其後，「民國二十一年五月十日，便假東京本鄉區西竹町張文環氏所經營的茶室兼荣館的Jrio集會。那天到會的計有吳坤煌、王白淵、張文環、巫永福、蘇維熊、施學習、陳兆柏、王繼鋁、楊基振、曾石火等十二人。」[15] 會中討論的是關於研究會機關雜誌《福爾摩沙》的出版與發行問題。這兩次重要聚會，都不曾提到翁鬧的名字，確證翁鬧並不屬於台灣藝術研究會的成員，再查《福爾摩沙》雜誌出版了三期，始於一九三二年七月，止於一九三三年六月，翁鬧雖然曾在《福爾摩沙》創刊號發表第一首詩〈淡水海邊寄情〉，但此時翁鬧尚未出國，等到一九三四年翁鬧出國，台灣藝術研究會則在稍後併合於此年五月六日創立的台灣文藝聯盟了。[16] 因此，當劉捷說：「關於翁鬧的個人生平，我所接觸的只是東京『福爾摩沙』時代一

13　劉捷：〈幻影之人——翁鬧〉，《台灣文藝》第95期，1985年7月，頁190-193。後收錄於陳藻香、許俊雅編譯：《翁鬧作品選集》，頁276-280。

14　施學習：〈台灣藝術研究會成立與福爾摩沙Formosa創刊〉，李南衡主編：《文獻資料選集》，《日據下台灣新文學》「明集5」（台北：明潭，1979），頁351-361。此段見頁355。

15　同前註，頁360。

16　賴明弘：〈台灣文藝聯盟創立的斷片回憶〉，李南衡主編：《文獻資料選集》，《日據下台灣新文學》「明集5」（台北：明潭，1979），頁378-391。

彰化學

段短時間，所知不多，在我的回憶中，他像夢中見過的幻影之人。」[17]或許有其真意。

又如楊逸舟雖然與翁鬧同為台中師範首屆畢業生（昭和四年，1929），〈憶夭折的俊才翁鬧〉文章一開始即言：「翁鬧是台中師範第一屆畢業的高材生，名列全級第六名。」但經查台灣總督府台中師範學校學業成績表，翁鬧五學年與演習科的學年成績之席次／人數，分別是58／85、56／85、53／78、44／74、20／65、33／64，所以卒業成績是43／64，頂多只能算是中等。整張學業成績的平均數是「七」級分，卒業成績能達到「八」級分的是國語（日文）讀方、作文、習字、漢文、英語，音樂是唯一達到「九」級分的一科。[18]不過，操行成績第一學年是「乙下」，其後一直是「乙」，未曾甲等，或可稍稍呼應翁鬧三位友人對他的共同評價：「非同流俗」，非屬「循規蹈矩」之輩。

翁鬧對他人的評價，其實也有蛛絲馬跡可循，這些蛛絲馬跡又透露什麼樣的訊息？竟也如一般人對他論述之嚴苛嗎？

以他在〈新文學三月號讀後感〉[19]的長篇隨想來看，翁鬧對於新進作家如賴明弘，雖然不欣賞他的小說，卻以一千兩百字的篇幅分析他對人性的看法，指陳小說人物塑造的技巧，這種指點迷津、示人金針的古道熱腸，文壇少有。在這篇隨想中，他強調「真正的人性應該更複雜，而且有更多的通融性、自由性，與不羈的奔放性。」他不認為階級應該設定於敵對的位置而相互憎恨，支配階級或地主就應該將他寫成具有卑劣、俗不可耐的人性，因此如果要徹底挖掘這種醜惡，就必須寫出必然性與具象性。這樣的言論出自於貧困的鄉村子弟、潦倒東

17　劉捷：〈幻影之人——翁鬧〉，《台灣文藝》第95期，1985年7月，頁193。

18　參閱附圖2，翁鬧學業成績表，國立台中教育大學提供。

19　翁鬧：〈新文學三月號讀後感〉，《台灣新文學》第一卷第三號，1936年4月1日。後收錄於陳藻香、許俊雅編譯：《翁鬧作品選集》，頁201-207。

彰化學

京的浪人，可以看出他對人性與文學的正確胸襟。對於舊識江燦琳詩作〈曠野〉的隨想，翁鬧選擇以感傷的語調回憶昔日情景：「請恕我抒一抒我的感傷吧！常我想起，曾幾何時，我倆終夜流連在田中、二水的稻田中之往日之時，便使我心頭哽塞，不可名狀。」這才是朋友之間的溫潤之情，常有這種溫潤之情的人，豈會有乖張之行？翁鬧心目中的江燦琳形象：「雖眷戀著往來的人影：心牽繫巷中歡樂之聲，卻只能孤孤零零，沒有朋友，沒有戀人地獨自漂泊在荒野的唯美主義者。對詩人而言，這世界或許是花叢錦簇、令人眩眼的美麗花園。其實，那是充滿荊棘與毒草之園呢。就因為他有顆潔美的靈魂，而使他無心修邊幅，任其蓬頭垢面，任其衣裳襤褸，任其鞋襪歪曲無形。江君，這就是往來在我心頭的你的模樣。」這種蓬頭垢面，獨自漂泊在荒野的唯美主義者的形容，或許也是翁鬧自我的寫照，這種惺惺相惜的場景，令後人感動。對新交關愛，對舊雨難捨，如此重義重情，翁鬧的形象值得依此方向重新構建。

　　一般認為翁鬧對當時台灣文壇不夠熱心，很少參與社團活動，但是如果將翁鬧一生的文學志業列一簡表如次，反而證明了翁鬧對台灣文學的熱情與焦急。

翁鬧文學年表

西曆	日紀	年齡	文學大事及著作
1910	明治43	1歲	2月21日：出生於台中廳武西堡關帝廳社264番地（今屬彰化縣永靖鄉東側），親生父親陳紂、母親陳劉氏春之四男。
1915	大正4	6歲	5月10日：入戶台中廳線東堡彰化街土名東門359番地翁家為養子（蜈蚣仔），父親翁進益、母親翁邱氏玉蘭。養父翁進益原居地應為武東堡社頭庄湳雅185番地，翁進益之母、翁進益夫妻及翁鬧之戶籍，常進出於此地址。
1923	大正12	14歲	4月29日：入學台中師範學校（今台中教育大學）。

彰化學

西曆	日紀	年齡	文學大事及著作
1929	昭和4	20歲	3月18日：畢業於台中師範學校（首屆畢業生）。畢業後進入員林公學校（今員林國小）教書2年（1929.3.31～1931.3.31）。
1931	昭和6	22歲	轉往田中公學校（今田中國小）教書3年（1931.3.31～1934.3.31）。
1933	昭和8	24歲	7月：詩〈淡水海邊寄情〉，發表於《福爾摩沙》創刊號。
1934	昭和9	25歲	結束教職後，前往日本東京遊學。
1935	昭和10	26歲	4月：散文〈東京郊外浪人街——高圓寺界隈〉、隨想〈跛腳之詩〉、詩〈在異鄉〉，發表於《台灣文藝》第二卷第四號。
			5月：譯詩〈現代英詩抄〉，發表於《台灣文藝》第二卷第五號
			6月：小說〈音樂鍾〉、隨想〈有關詩的點點滴滴——兼談High brow〉、詩〈故鄉之山丘〉、〈詩人的情人〉、〈鳥兒之歌〉等作品，發表於《台灣文藝》第二卷第六號。
			7月1日：小說〈戇伯仔〉，發表於《台灣文藝》第二卷第七號。
			8月：小說〈殘雪〉，發表於《台灣文藝》第二卷第八、九合併號。
			12月28日：小說〈羅漢腳〉，發表於《台灣新文學》第一卷第一號。
1936	昭和11	27歲	1月：詩〈搬運石頭的人〉，發表於《台灣文藝》第三卷第二號。
			3月：書信〈明信片〉一，發表於《台灣新文學》第一卷第二號。
			4月：隨想〈新文學三月號讀後感〉，書信〈明信片〉二，發表於《台灣新文學》第一卷第三號。
			5月：小說〈可憐的阿蕊婆〉，發表於《台灣文藝》第三卷第六號。
			6月：隨想〈新文學五月號讀後感〉，發表於《台灣新文學》第一卷第五號。

西曆	日紀	年齡	文學大事及著作
1937	昭和12	28歲	1月25日：小說〈天亮前的戀愛故事〉，發表於《台灣新文學》第二卷第二號。
1938	昭和13	29歲	10月14日：詩〈勇士出征去吧〉，發表於《台灣新民報》8版。
1939	昭和14	30歲	7月4日：中篇小說《有港口的街市》，發表於《台灣新民報》新銳中篇小說特輯，由黃得時策劃。連載至8月20日。
1940	昭和15	31歲	11月21日：逝世。

　　從這張簡表可以看出，翁鬧的作品大都發表在《台灣文藝》與《台灣新文學》，最早與最晚的作品則發表在《福爾摩沙》、《台灣新民報》上。特別是在《台灣新文學》的言論，除作品外，總立刻有讀後感（兩篇）、明信片（兩篇），抒發自己對當期作品或短或長的評論與具體建議，並對編輯團隊加油打氣，諸如「新文學日前拜讀。對其嶄新之體裁及內容頗為驚訝。對貴兄之鞠躬盡瘁，不勝感激，遙祝今後之發展與成功。」「對於貴兄的工作，以及新文學之發展，我滿腔熱誠地期待著。無庸置疑，由於貴兄之努力，我堅信必定會產生優秀的作品。願能相互鞭韃，百尺竿頭再進一步。」[20] 如此密集的關切與鼓舞，必然來自一顆真摯、虔敬的心；如此隔期就出現的立即性評語，必然來自對文學的狂熱信仰與狂熱實踐。

　　翁鬧，身或許因困頓而飄忽如影，心對文學卻似磐石穩固。他既現代又寫實的兩棲型作品，不論是詩或小說，都集中於一九三五與三六年，二十六、七歲的年紀完成。二十八到三十歲的三年，則肆力發展《有港口的街市》中篇小說，短短

20　翁鬧：〈明信片〉一，原載《台灣新文學》第一卷第二號，1936年3月3日。後收錄於陳藻香、許俊雅編譯：《翁鬧作品選集》，頁76。〈明信片〉二，原載《台灣新文學》第一卷第三號，1936年4月1日。後收入於《翁鬧作品選集》，頁77-78。

五年的時間，造就翁鬧文學版圖。

　　翁鬧的身世處境與文學成就，實可與日治時代另一位天才型的短命詩人楊華（楊顯達，1900～1936）相比，相同的是他們都住在褊狹、惡劣的環境裡，窮苦潦倒，享年雖僅三十出頭，卻擁有極高的文學讚譽。不同的是，翁鬧遊學日本，以日文寫作，楊華久困屏東，使用純正中文或台語漢字為工具；翁鬧以小說得勝，楊華則以小詩擅場；一中一南，既令人欷噓、惋嘆，又令人珍惜、悸動。

第三節　雙父之鷹與雙鄉之狐的掙扎

　　翁鬧有六篇短篇小說、一篇中篇小說《有港口的街市》，中篇小說為成功大學台灣文學研究所碩士──日籍杉森藍所翻譯，二〇〇七年一月隨其碩士論文《翁鬧生平及新出土作品研究》而面世，但遲至二〇〇九年五月才納入彰化師範大學策劃的「彰化學」叢書，得以印刷出版。

　　因此，討論翁鬧小說往往依其內容分為兩大類加以討論，先行者如葉石濤：「在『成熟期』裡作品量較多，在小說領域上開拓新傾向的作家是翁鬧。翁鬧已經有了現代知識份子的懷疑精神，用敏銳的感覺捕捉現實世界的複雜現象，用心理分析來剖析內心生活，以嶄新的感覺來描述四周環境，皆有獨到的成就。他是屬於小資產階級的文化人，但基本上是反帝反封建的。他的作品影響到龍瑛宗和呂赫若等人，使得這些作家都多少帶有蒼白的知識份子，世紀末的頹廢。翁鬧的小說分為兩種傾向，其一是以客觀的眼光來凝視台灣現實的；這便是〈戇伯仔〉（《台灣文藝》，1935）和〈羅漢腳〉（《台灣新文學》，1935）。另一種小說是富於詩精神的，表現現代人複雜的心思和感覺的小說，如〈殘雪〉（《台灣文藝》，1935）、

〈青春鐘〉（《台灣文藝》，1935）、〈天亮前的戀愛故事〉（《台灣新文學》，1937）。」[21]這種說法幾乎已成定論。

典型者如張恆豪：「就題材而言，其作品可分為兩類：一是對於農村小人物的關懷，如〈戇伯仔〉、〈羅漢腳〉、〈可憐的阿蕊婆〉，另一是對於現代男女複雜感情心理的剖析。在觀點及表現上，翁鬧對於人類內心世界探索的興味遠甚於外在現實世界的觀察，小說充滿了現代主義的敏銳感、心理分析和象徵手法。」[22]另一典型者許俊雅亦言：「六篇短篇小說，如依題材的不同，大致可分成兩類：一為對愛情的渴望、異性的思慕為主題的〈音樂鐘〉、〈殘雪〉、〈天亮前的戀愛故事〉；二為以台灣農村生活、農村小人物為描繪對象的〈戇伯仔〉、〈羅漢腳〉、〈可憐的阿蕊婆〉。這兩組剛好各佔三篇。（這些二十七、八歲之作，證明了他早熟而可畏的才華，以及內蘊的自我毀滅傾向。）前組寫出對情戀的憧憬、真誠的追求與失落，喑喑吞吐出自我內在的深層面；後者再現台灣庶民存在之困境，傳達出殖民社會環境與時代之氛圍。」[23]綜觀新文學以來的小說界，以雙軌並行的方式創作者，唯翁鬧而已，有趣的是，根據上列〈翁鬧文學年表〉，兩組小說的創作，呈現一先一後的交錯方式在進行，並非以時段分裂，也無法以區塊分割。不僅如此，詩與小說的發表也呈現這種夾雜、交錯、共治、同冶的現象。換句話說，翁鬧的思考裡，新詩／小說，現代性／感懷型，具有共時性而不相錯亂，同行而不相

21　葉石濤：《台灣文學史綱》（高雄市：文學界雜誌，1987年），頁53。

22　張恆豪：〈幻影之人——翁鬧集序〉，《翁鬧·巫永福·王昶雄合集》（台北：前衛，1991年）。又見於陳藻香、許俊雅編譯：《翁鬧作品選集》，頁281-283。

23　許俊雅：〈幻影之人——翁鬧及其小説（代序）〉，陳藻香、許俊雅編譯：《翁鬧作品選集》（彰化：彰化縣立文化中心，1997年），序文及目錄頁。又見於許俊雅：〈翁鬧小傳〉，《台灣文學家年表六種》（板橋市：台北縣政府文化局，2006年），頁215；但括弧內的字則已刪去。

悖離,彷彿夫妻之間同床異夢卻又一無爭端。

翁鬧新詩共有七首,依序是:〈淡水海邊寄情〉(1933)、〈在異鄉〉(1935)、〈故鄉之山丘〉(1935)、〈詩人的情人〉(1935)、〈鳥兒之歌〉(1935)、〈搬運石頭的人〉(1936)、〈勇士出征去吧〉(1938)。不似小說那樣可以截然二分,但呈現的仍然是兩股力量的糾纏。這兩股力量不斷在詩中自我糾纏,不是鐵軌式的並駕齊驅,而是鉸剪式的,合則其力能翦除鋼筋,分則自由而行。

但要討論這七首詩之前,需要辨明翁鬧成長的空間。

最早調閱翁鬧相關戶籍以確定其行止的研究者是日籍杉森藍女士,其碩士論文《翁鬧生平及新出土作品研究》於二○○七年面世,[24]對於翁鬧的家庭、遷徙有了明確的釐清。不過,仍有一些解讀上的錯誤,本文無意逐筆加以修正,謹依田中戶政事務所資料為主,佐以社頭戶政事務所、彰化市戶政事務之資料,相互辯證,重新敘明。

依田中戶政事務所戶籍部冊冊號「0091」,第00241頁,「戶主翁鬧」之記載,翁鬧(日治時代翁鬧之鬧,都手寫為異體字之「鬧」),生年月日為明治四十三年(1910)二月二十一日,生父母為陳紂、陳劉氏春,出生別為四男,原居住地為台中廳武西堡關帝廳庄二百六十四番地(今永靖鄉,東鄰社頭鄉),所以,以生父所在地而言,翁鬧應該是永靖人。

大正四年(1915)五月十日,六歲的翁鬧成為翁進益、邱氏玉蘭之螟蛉子。翁進益、邱氏玉蘭結婚於明治三十九年,翁進益為招夫,先是住在台中廳線東堡彰化街土名東門三五九番地(今彰化市東門),後來異動頻仍,有時隨翁鬧讀書、教書而定居留,但在翁鬧成長的過程裡,是以社頭庄湳雅一八五番

24 杉森藍:《翁鬧生平及新出土作品研究》,台南:國立成功大學台灣文學研究所碩士論文,2007年1月。

地（今社頭鄉山腳路）為主要居住地，[25] 所以，以養父所在地而言，翁鬧才是社頭人。[26]

　　昭和四年（1929）翁鬧從台中州台中市川端町二番地（讀台中師範學校時之寄居地），轉往員林郡員林街員林百五十九番地（今員林市鎮上），昭和五年又遷往員林街湖水坑百三十八番地（今員林市百果山湖水里）。[27] 昭和四年、五年的異動，是因為翁鬧從台中師範畢業，前往員林公學校（員林郡員林街員林一四五番地）服務一年，改調至「員林公學校柴頭井分教場」（今員林市柴頭井、林厝，76號聯絡道林厝交流道附近）服務。[28] 昭和六年至九年，翁鬧服務於田中公學校，戶籍設在田中庄田中字田中四百九番地。[29] 依田中戶籍簿冊記載，翁鬧在昭和九年四月四日除戶，可以判讀為在此之後離台赴日。依彰化市以翁進益為戶主的翁鬧記事，翁鬧的死亡日期是昭和十五年（1940）十一月二十一日。[30]

　　依以上所記，翁鬧六歲以前生活在永靖農家，六歲以後則在彰化、社頭、台中成長，師範學校畢業後的五年，擔任公學校教員，活動範圍縮小為員林、社頭、田中所屬八卦山山麓。

　　翁鬧第一首詩〈淡水海邊寄情〉，與家鄉土地無涉，但與出身有關，可以視為浪漫主義式的情懷，這也是所有詩人最早萌生詩意之動心處。

25　參閱附圖1，翁鬧學籍明細表，國立台中教育大學提供。明細表上載明：現住所與入學前住所，均為台中員林郡社頭庄涌雅一八五番地。
26　參閱附圖3-16。田中、社頭、彰化市戶政事務所提供。
27　參閱附圖3、附圖4，戶主翁鬧之戶籍記載與浮籤，田中戶政事務所提供。
28　參閱附圖3-4、附圖17-18。並參考《台灣總督府及所屬官署職員錄》，昭和四年，頁404；昭和五年，頁431。國立中央圖書館台灣分館館藏。
29　參閱附圖3-4、附圖19-20。並參考《台灣總督府及所屬官署職員錄》，昭和六年，頁444；昭和七年，頁442；昭和八年，頁457。國立中央圖書館台灣分館館藏。
30　參閱附圖14，彰化市戶政事務所提供。

〈淡水海邊寄情〉

清爽的海風徐徐吹來
西邊的天際，薔薇色的紅潤
閃耀在銀色的光芒中
望著小兔般
跳耀水邊的白浪
我曾經握著妳的纖手
出神地望著妳婀娜的倩姿

妳住在大都會區畫中
陰暗巷中的一隅
與妳並肩漫步馬路的夜晚
記得，透過高樓大廈
望日的月色，顯得格外皎潔

某晨，在你的房間
醒過來的我
透過天窗射入的陽光
室中的擺設
明暗顯得格外悽愴
在圓桌、在衣櫃、在籐椅
甚至在床上
我背著你，偷偷地
灑下了潸潸的眼淚。

如今，憂愁仍陣陣襲擊我心
在含苞待放

未滿十六歲的人生年華中
妳為什麼要步上鬻身的命運？
如今，你在何方？
妳仍然獨處於那寂寥的陰屋中嗎？
啊，那天，那天在海邊的沙灘上
與妳並肩編織著美夢的往日啊！[31]

　　此詩首段與末段相呼應，翁鬧身在淡水海邊，從淡水暮色的美景中，憶及過去的一段情。首段「薔薇色的紅潤／閃耀在銀色的光芒中」，藉色彩寫夕陽餘暉與滿天霞彩，以「小兔跳耀」形容水邊白浪的起伏波動，視覺上充滿意象之美。末段才讓女主角現身，一個未滿十六歲就賣身的女孩，此刻會在哪一個陰暗的角落？這是翁鬧文學中關懷賣身女孩的開始，直到最後一篇小說《有港口的街市》，[32]仍然持續這樣的關懷。中間二、三兩段則藉光影的變化，回憶兩人相處的情境，第二段以十五號的皎潔月光，襯托女孩住處之陰暗，以高樓大廈襯托女孩的卑微；第三段則以早晨的陽光，襯托女孩住處擺設悽愴，命運坎坷，更以自己偷偷拭淚加深愁緒。這首情詩以養子的身分關心賣身的女孩，呼應著《有港口的街市》中對孤兒與妓女的悲憫，彷彿是翁鬧所有作品的「序詩」。

　　從窮鄉僻壤的八卦山鄉野，直抵上國都城近郊，懷鄉情緒飽漲的翁鬧，出國後的第一首詩竟然是〈在異鄉〉，頗值得我們思考：

　　越過山嶺，涉足谷間

31　翁鬧：〈淡水海邊寄情〉，《福爾摩沙》創刊號，1933年7月15日，頁35-36。收錄於陳藻香、許俊雅編譯：《翁鬧作品選集》，頁2-6。
32　翁鬧著、杉森藍譯：《有港口的街市》（台中：晨星，2009年5月）。

漂過大海，臨淵佇立
幽幽之聲，輕輕呼喚我名
啊！那是巢居我內心之大鷹

「無故鄉者禍也」
尼采曾如此說
我成為，竟成為
顛簸於漫山荊棘之荒野人
寂寞，它在無光的茅屋中
在晚春的暮色裡告別
悲哀在遙遠的雲際
望不到　故里的山姿

分離西東
已輾轉一春秋
爹娘啊！請勿怨恨
吾非鬼魔之子，乃時代之子也

我的途上　暗澹無月
見不到鷗鳥飛翔　只見無涯沙漠
孤伶的異鄉人
在狂風中獨自躑躅

請勿言：希望在握
那是枉費的空言
唉！汝啊！

啊！屬於我的　只是絕望已矣！[33]

這首詩以孤獨的「鷹」自況，鷹是八卦山脈的候鳥，春秋兩季過境八卦山、大肚山，學名稱為「灰面鵟鷹」，通常清明節前後由南返北，被稱為南路鷹、培墓鳥，雙十節左右南遷，南部人稱之為國慶鳥。翁鬧選擇「越過山嶺飄過大海」的灰面鵟鷹的英姿，作為他鄉愁的象徵，「那是巢居我內心之大鷹」，以「巢居」——結巢而居，暗示愁鄉之心無法驅離；同時也用灰面鵟鷹的孤傲，自喻飄離故里「在狂風中獨自躑躅」的孤伶感。

〈在異鄉〉這首詩，他引述尼采的話：「無故鄉者禍也」（沒有故鄉的人是不幸的），極陳異鄉獨處的寂寞與悲哀：「寂寞，它在無光的茅屋中／在晚春的暮色裡告別／悲哀在遙遠的雲際／望不到故里的山姿」。無光的茅屋、晚春的暮色，這是光影的應用；「無光的茅屋」與「遙遠的雲際」則有對比的效果，而且還有天地之間瀰漫寂寞、悲哀的誇飾作用。「故里的山姿」，「顛簸於漫山荊棘之荒野人」，顯示社頭八卦山的記憶，在翁鬧心中遠勝過永靖的田野風光。

鳥，在這首詩中，出現了「鷹與鷗鳥」——「孤獨與親切」的對比效果。在翁鬧所翻譯的〈現代英詩抄（十首）〉中，有〈逐波飛逝的海鳥〉、〈鶇鳥與鷾鳥〉兩首詩，以鳥為書寫客體，期望自己有一對可翱翔天空的翅膀、慨嘆「毀了的愛的茅屋，靠誰來建造呢？」。[34] 呼應著翁鬧心中對自由與愛的渴望。鳥，似乎成為翁鬧心靈的回音：

33　翁鬧：〈在異鄉〉，原載《台灣文藝》第二卷第四號，1935年4月1日，頁35-36。收錄於陳藻香、許俊雅編譯：《翁鬧作品選集》，頁7-11。

34　翁鬧：〈鳥兒之歌〉，《台灣文藝》第二卷第六號，1935年6月10日，頁32-33。收錄於陳藻香、許俊雅編譯：《翁鬧作品選集》，頁18-20。

鳥兒，
牠在黎明與黑暗之際叫著
吱吱　吱吱　吱吱
妳是否在悲泣？
悲泣妳飛出了漆黑？
或是在高興？
高興妳迎接了光明？
吱吱　吱吱　吱吱
從天空到山谷
從山谷到原野
在這世上
竟沒有妳憩息的地方
午晝太亮了
子夜太暗了
只在晨曦
那短短的一霎那間
你是幸福的
對人類
雖是一段最不幸的時刻
吱吱　吱吱　吱吱
鳥兒啊！
妳的故鄉究竟在何方？
是山嗎?
是海嗎?
當方形的窗口肚白時
山的靈氣
與海的潮香
吱吱　吱吱　吱吱

隨著妳歌聲

飄揚過來

想來瞧瞧

只爲純粹而活的

你的哀思

鳥兒啊！

在世界要揭開

喧囂的序幕之前

吱吱　吱吱　吱吱

我將帶著妳

登上那天庭

把你當做

心靈的回音[35]

　　此詩以短句寫成，模擬鳥語之短促而響亮，而且擬聲詞「チチ　チチ　チチチ」一再重複，是一首以聲取勝的作品。這首詩雖然有「飛出漆黑」或「迎接光明」的疑問，但「在這世上／竟沒有妳憩息的地方」，「妳的故鄉究竟在何方？」仍然隱藏著想家的悲傷情緒。

　　如果說〈在異鄉〉是從反面道出思鄉之情，〈鳥兒之歌〉是從側面藉鳥寫人，那麼，與〈鳥兒之歌〉同時發表的〈故鄉的山丘〉，[36] 則是正面書寫鄉愁。這三首詩以不同的面向，具體寫出翁鬧對八卦山麓家鄉的情義，深濃有味。「孤獨在外的翁鬧，其實可能也並非文友所認爲那般狂妄不近人情，〈在異鄉〉一詩就寫出他對故鄉的苦戀和對父母的思念，以及面對自

35　翁鬧譯：〈逐波飛逝的海鳥〉、〈鵯鳥與鶺鴒鳥〉，陳藻香、許俊雅編譯：《翁鬧作品選集》，頁37-39、43-48。

36　翁鬧：〈故鄉的山丘〉，《台灣文藝》第二卷第六號，1935年6月10日，頁32-33。收錄於陳藻香、許俊雅編譯：《翁鬧作品選集》，頁12-14。

己的頹廢、寂寞和絕望時的痛苦,雖然也想力圖振作,但卻似乎無法走出暗巷。」[37] 回不去的「鄉」在翁鬧心中縈繞不去,是一種苦,悲慘的現實在眼前逼迫而來,是另一種痛,苦與痛的生存壓力之下,無可依傍的虛無感因此在翁鬧心中無限擴大。

不過,去國五年,這樣的鄉愁是否會因時空轉換而褪色?劉捷曾言:「那時為進出日本文壇,畢業後不肯還鄉,在東京苦修流浪的文藝人,翁鬧是典型人物之一。」[38] 翁鬧的土地意象,會不會:社頭逐漸淡出、東京逐漸淡入?

翁鬧最重要的一篇散文〈東京郊外浪人街──高圓寺界限〉,[39] 長達四千五百字,仔細描繪翁鬧落腳高圓寺一帶的生活實境,特寫活躍於此的人物,包括新居格、小松清、伊藤整、上脇進、鈴木清、阪中正夫、直木三十五,以及隱其名姓的K氏、G君、Y君,[40] 多少透露出翁鬧對東京浪人街的認同與嚮往,他說:「仔細一想,我的性向或許跟這浪人街恰恰相吻合,不必想再轉移他處呢。」特別是在講論「今金食堂」時,他說:「在這樣狹窄的小店,卻始終瀰漫著國際人的空氣,中國人,朝鮮人,滿州人,台灣人,長相、言語都屬多彩多樣。」[41] 如此開放的天空,比起閉塞的山腳人家,嚮往自由的鳥或許心中已有選擇。

〈東京郊外浪人街──高圓寺界限〉與〈在異鄉〉是同時

37　楊翠:〈追逐幻影的時代之子〉,施懿琳等著:《八卦山文學步道導覽手冊》(彰化市:彰化縣文化局,2002年),頁101。

38　劉捷:〈幻影之人──翁鬧〉,《台灣文藝》第95期,1985年7月,頁193。

39　翁鬧:〈東京郊外浪人街──高圓寺界限〉,原載《台灣文藝》第二卷第四號,1935年4月1日。收錄於陳藻香、許俊雅編譯:《翁鬧作品選集》,頁68-75。

40　杉森藍認為K氏指江燦林,G君指吳天賞,Y君指楊逸君。杉森藍:《翁鬧生平及新出土作品研究》,台南:國立成功大學台灣文學研究所碩士論文,2007年1月,頁81-83。

41　同前注,陳藻香、許俊雅編譯:《翁鬧作品選集》,頁68、頁71。

彰化學

期的作品，一起刊登於一九三五年四月的《台灣文藝》第二卷第四號，彷彿可以感受到兩個家鄉在翁鬧心中的掙扎與溶接。換句話說，當翁鬧逐漸認同於東京近郊高圓寺界限的生活情境時，他內心其實非常清楚自己所在之地是「異鄉」。

〈在異鄉〉，翁鬧呼喚著：「爹娘啊！請勿怨恨／吾非鬼魔之子，乃時代之子也」。在《有港口的街市》〈作者的話〉中，翁鬧要把這篇重要的小說獻給「失去父親的孩子、跟小孩離別的父親以及不幸的兄弟。」[42] 如此重視親子情緣的翁鬧，對於養子的身分、兩個父親的尷尬，對於亞細亞的孤兒、兩個家鄉的不安，血緣、地緣，翁鬧的抉擇注定是痛苦的。

翁鬧的生父是永靖鄉的貧農，如果不是經濟不好，如何捨得將自己的親生兒子送給別人當養子？翁鬧的養父在戶籍上登錄的職業是「雜貨商」，[43] 依其戶籍遷徙之頻繁來看，顯然不是開雜貨店的老闆，而是挑擔子賣雜細的流動攤販。以這樣的家庭背景而言，生父、養父應該都無法供應翁鬧昂貴的留學經費，但是翁鬧執意出國，執意留在東京，即使窮蹇潦倒，凍餓街頭，爲友人所不齒，爲著心中所追逐的文學理想，爲著身體裡燃燒著的文學熱情，他依然選擇內心思念家鄉所必須忍受的無盡煎熬，他依然面對身體留駐東京所必須忍受的凍餒交迫，這種窘困之境裡對文學的堅毅決志，實爲一般常人所不及。

鷹，高傲盤旋；狐，行蹤如謎。雙父之鷹，雙鄉之狐，翁鬧的情義在面對生父與養父、面對東京近郊與社頭山野，在生活與文學中，同時存在著矛盾、撕扯與掙扎，這種孤寂與掙扎，又豈是旁人、後人所能了解？

---

42 翁鬧著、杉森藍譯：《有港口的街市》（台中：晨星，2009年5月），頁94。
43 參閱附圖8，彰化市戶政事務所提供。

四、記憶之丘與感覺之界的激盪

〈故鄉的山丘〉，正面書寫思鄉愁緒，但在上一節，我們不曾舉證細說，挪至此節詳論，是因為這首詩最能說明記憶之丘與感覺之界的激盪。〈故鄉的山丘〉，標題的字面意義，很清楚標示出這是懷鄉之作，但仔細檢驗他的書寫技巧卻又不止於思念家鄉的表層寫實而已。

〈故鄉的山丘〉

我繞著雛菊綻開的小丘
追逐著，跳向穴洞的青蛙

陽光在我胸前融化
輕柔得使我瞠目

啊，誰在撥弄天庭之琴弦？
這一天，我們遙遙地遠離了死神

甘蔗園上遍地開滿了花朵
夕陽，她，趕忙來湊上一腳

雙親的家，在墓地的彼方
我吹著口哨，歡迎春的到來[44]

屬於家鄉社頭的寫實景物：雛菊、小丘、穴洞、青蛙、陽

---

44 翁鬧：〈故鄉的山丘〉，原載《台灣文藝》第二卷第六號，1935年6月10日發
    行，頁32。收錄於陳藻香、許俊雅編譯：《翁鬧作品選集》，頁12-13。

光、甘蔗園、花朵、墓地，盡是即目所見，隨手拈來，但在這些具體的鄉村風土之間，翁鬧卻又夾雜著天庭、琴弦、死神這類非寫實的名物。正因為家鄉山丘的舊記憶仍然鮮活，日本文學氛圍裡的「新感覺派」理念方興未艾，如何以新的現代化技巧去處理心頭上的衝撞，或許是剛踏上日本土地，亟欲進軍日本文壇的翁鬧，所最想表現的：現實的真與藝術的美。討論到翁鬧的作品，即使是以現實、抗議為主流的日治時代文學，也不能不注意翁鬧的現代性、藝術性與特殊性：「翁鬧的文學，文字凝斂細膩，意象豐富飽滿，手法前衛，特別是關於顏色、氣味、溫度、味覺、觸覺等感官知覺的描寫，在同期台灣新文學作家之中，可說是既獨特又優異。翁鬧的文學成就，也就因而更形璀璨。閱讀翁鬧，猶如觀看在荒原中一步步朝向幻影的追逐者，他的人與他的文學，都有著這樣的悲劇性格。」[45] 試看〈故鄉的山丘〉，第一段「雛菊綻開」、「跳向洞穴」寫的是視覺；其次「陽光融化」、「輕輕柔柔」寫的是觸覺；「撥弄琴弦」、「遠離死神」用的是聽覺加知覺；「開滿花朵」、「夕陽餘暉」又回復了視覺裡的光與色；末段「繫念雙親」、「歡迎春回」，縮結整首詩，呼應題目的故里與山姿，呈現出舊記憶與新感覺相互激盪的歷程。

「新感覺派」如何從舊感覺中汲取新要素，其實並無出人意外之淫技奇巧，朱雙一在檢驗海峽兩岸的「現代性」時，曾言：「所謂新感覺書寫是指以悟性活動調動起觸覺、嗅覺、視覺、聽覺等各感官的機能，以比喻、象徵、自由聯想等手法來突出主觀體驗的文學創作，常傾向於表現超驗的感覺、變形變態的幻覺、錯覺以及聯覺。」這樣的說法，其實可以簡約為八個字：主觀獨攬，通覺開放。與任何現代主義相似度極高。因

---

45 楊翠：〈追逐幻影的時代之子〉，施懿琳等著：《八卦山文學步道導覽手冊》（彰化市：彰化縣文化局，2002），頁107。

此他又說：「其與象徵主義、意象派、未來主義、意識流、表現主義、超現實主義、存在主義等等有著密切關係。台灣的新感覺書寫不具備一般文學流派所具有的固定組織和架構，具有跨地域、跨時段的書寫特性，但其審美感覺方式、思想內涵和寫作模式上都極為相似，可以"新感覺書寫"概稱之。」[46]

稍晚於翁鬧十四年出生的台灣詩哲林亨泰（1924～），對於日本新感覺派的一群年輕作家，如橫光利一、川端康成、中河與一等人作品曾有涉獵，他曾引述橫光利一在〈感覺活動〉文中的話：「我認為未來派、立體派、表現派、達達派、象徵派、如實派等的某些部分，無一不屬於新感覺派。」[47] 又引述川端康成的話：「必須攝取外國文學的新精神——如未來主義、立體主義、達達主義的技法與理論，並且以多采多姿的方式再現現實為目的。」[48] 如是，在這樣的釋義下，所謂「新感覺派」，其實就是採取開放的態度，接納歐美現代文學經驗，所以翁鬧的小說、新詩，都具有這種「現代性」傾向，「新感覺派」可以當之無愧。

細觀日本文學思潮史中，「新感覺派」規模不大，時程不長，重要的主張有如下幾點：

（一）主張主觀是唯一的真實，否定現實世界的客觀性，從而強調文藝要"表現自我"，而"表現自我"又全取決於"新的感覺"。所以他們以為感覺就是將其觸發對象從客觀形式變為主觀形式。

（二）主張文藝創作應把感性、知性放在理性之上，表現

---

46 朱雙一、張羽：〈新文學早期海峽兩岸的現代主義創作〉，《海峽兩岸新文學思潮的淵源和比較》（廈門：廈門大學，2006年），頁207-208。

47 林巾力：《福爾摩沙詩哲林亨泰》（台北：印刻，2007年），頁142-143。文末附註說是引自橫光利一：〈新感覺論〉，日本：《文藝時代》，1925年2月。

48 同前註，《福爾摩沙詩哲林亨泰》，頁143。

自我感受和主觀感情，從而貶低和否定理性的價值和作用，全然以個人的"感覺生活"，取代理性認識。

（三）他們主張形式決定論，認爲形式即內容，內容即形式，而形式是決定內容的，離開了形式，就無所謂內容。

（四）主張文學革命，否定日本文學傳統，全盤接受西方現代主義文學。[49]

主觀獨攬，通覺開放，新感覺派就是以主觀的感覺駕乎一切事物之上。因此，仔細審視〈故鄉的山丘〉這首詩，在「思家鄉」之同時，透露出「齊死生」的豁達之觀：「檢視兩行一節的格式，竟是一生一死交錯而行：雛菊綻開是生機，人追青蛙、青蛙跳向穴洞是避開死亡；陽光融化是潰退，輕柔則是舒適；天庭琴弦是天籟，遠離死神有如青蛙跳向穴洞；甘蔗園開花是喜，夕陽西下則有悲的氣息；『雙親的家在墓地的彼方』可能暗示雙親在另一個國度，吹著口哨則是快樂的行爲。」[50]可以說，〈故鄉的山丘〉不只是單純的懷鄉之作，翁鬧將鄉愁之思緒提升爲生命的體悟，鄉愁是舊記憶，生命的體悟則是新感覺，否則在「雙親的家，在墓地的彼方」之後，怎麼會接上「我吹著口哨，歡迎春的到來」？

翁鬧雖然以小說揚名於文壇，但他極爲重視詩是否蓬勃發展，他說：「有詩的蓬勃發展，才能臻於文學真正勃興之境界。亦即文學的勃興，乃寓於詩的勃興。」[51]翁鬧的詩觀強調

---

49 葉渭渠：《日本文學思潮史》（北京：經濟日報，1997年），頁475-477。轉引自蔡明原：〈上海與台灣新感覺的兩種實踐：以翁鬧與劉吶鷗的作品爲探討對象〉，財團法人台灣文學發展基金會編：《文學與社會學術研討會：2004青年文學會議》（台南市：國家台灣文學館，2004年），頁71-72。

50 蕭蕭：〈八卦山：蘊藏多元的新詩能量——以賴和、翁鬧、曹開、王白淵透視新詩地理學〉，《土地哲學與彰化詩學》（台中：晨星，2007年），頁98。

51 翁鬧：〈新文學三月讀後感〉，陳藻香、許俊雅編譯：《翁鬧作品選集》，頁207。

彰化學

高智慧的表現，不可趨於流俗：「真正的高智慧者，極難同流於庸俗。他永遠是孤獨的。」「他永遠是孤獨，且似孩童，他與庸俗似永不相容，他閱讀陌生的書籍，傾聽陌生的異國音樂，陶醉於無名畫家之畫。他從馬斯尼的〈哀歌〉、畢卡索的〈詩人的出發〉中，悄悄找到了靈魂的桑梓。但當這些歌聲充斥街坊，膾炙人口時，他的靈魂又將匆匆地奔向他方。」[52] 這是翁鬧的詩與小說，在二十世紀三〇年代的「現代性」追求，不斷求新求變，不斷保持感覺的「陌生化」。如果將翁鬧的〈詩人的情人〉拿來與王白淵（1901～1965）的《荊棘之道》（1931）、楊熾昌（1908～1994）的《熱帶魚》（1931）、《樹蘭》（1932）相對照，台灣文學的「現代化」早在三〇年代即已轟轟烈烈展開。

〈詩人的情人〉
她死在他出生之前
然後
在他死後生出來的
Cosmopolitan

在太陽凍結死寂的夜裡，他抱著冰塊遁跑。
在那兒，只有謝肉祭的花車、火炬、無氣息
的舞蹈、海底光的搖曳……淒凜的風，把他
吹襲得像一片樹葉，只吹襲他……。

世界已死了，他坐在岩角上招手。天幕下垂
了。他把沿路捧來的光，向它擲了過去！啊，

52 翁鬧：〈有關於詩的點點滴滴——兼談High brow〉，陳藻香、許俊雅編譯：《翁鬧作品選集》，頁198-200。

世界甦醒了，人們發出驚駭之嘆聲，但，知道
星由來的，僅他一人！[53]

　　這首詩的後兩節，日文原文以「散文詩」的形式排列，這
在台灣新詩發展史裡應該是最早的嘗試者。詩人與其情人（指
寫作的靈感、詩中的靈魂），有生之日似乎絕無相見的可能，
這是詩人必得永世追逐、永世流浪的契機。第二節的散文式排
列，將場景設計在陰森、冷冽的氣息中，「謝肉祭的花車、火
炬、無氣息的舞蹈、海底光的搖曳，淒凜的風」，呈現出一種
遙遠、無聲的祭典，靜而詭異地演出，唯有詩人清醒感受那種
冷酷，這一小節的異國經驗、超現實經驗，正符合「於夢中尋
求眞實，從現實中追求更新的現實；在個性上發揮獨自的創意
──這就是賦予超現實之義者的途徑。」[54]換言之，〈詩人的
情人〉是一首應用超現實主義手法的作品，值得與風車詩社超
現實主義的詩作，相提並論。

　　第三節的散文式排列，則以星的亮光暗示詩人的創作，在
眾人為星光發出驚駭歡聲之前，詩人抱著冰塊遁走，在懸崖、
岩角的危險地帶向世界招手，收集光，擲出光，如此嘔心瀝血
的歷程，又有多少人能經歷、能理解？

　　舊經驗與新感覺的激盪下，翁鬧還有一首精彩的作品：

〈搬運石頭的人〉
在陣陣強風暴雨中
襤褸而疲憊的人在搬運著石頭
　臉色黯淡無光

53　翁鬧：〈詩人的情人〉，《台灣文藝》第二卷第六號，1935年6月10日發行，頁
　　32。陳藻香、許俊雅編譯：《翁鬧作品選集》，頁15-17。
54　翁鬧：〈有關於詩的點點滴滴──兼談High brow〉，陳藻香、許俊雅編譯：
　　《翁鬧作品選集》，頁200。

指甲裂開，甲縫充塞污泥

脛腿削瘦無肉，卻如鋼骨般的堅硬

在白晝如黑暗，慘酷的世界中

他們蹡跟著，幾乎要仆倒

多少歲月，出賣著這低微的努力！

在黑暗之中

他們蹁跚地搬運著石頭

同伴的額頭，幾乎要在跟前相碰

卻辨不出他們的臉容！

暴風雨在狂嘯著

隱約地聽到了呻吟之聲

似是前往屠場的小羊之悲鳴……

我屏息仆伏在泥濘的地面

當我站起來時，在腳邊

發現了他搬運的石頭

啊！驅趕暴風雨

長時間被虐待的他們

黑暗的夜晚逝去不久即將天明

這時候

來哀悼抱著空腹倒下去的朋友之前

他必須抱住即將要倒下的人們[55]

　　整座八卦山台地大部分表層土壤多為紅土，下層則為頭
料山層。「頭料山層包括礫石層及砂岩，粉砂岩和頁岩所相互
交錯的碎屑岩層，此兩層岩層皆具有以下兩種特性：（一）質

55　翁鬧：〈搬運石頭的人〉，《台灣文藝》第三卷第二號，1936年1月28日，頁
　　38。後收錄於翁鬧著，陳藻香、許俊雅編譯：《翁鬧作品選集》，頁24-27。後
　　六行補譯，摘自杉森藍：《翁鬧生平及新出土作品研究》，台南：國立成功大
　　學台灣文學研究所碩士論文，2007年1月，頁120。

地疏鬆，抗蝕力頗差：一經大雨沖刷或人爲墾耕，尤其容易導致崩塌土石流等現象，殃及山腳之沿麓低下地帶住民的屋舍與耕地，成爲當地居民生活上的一大威脅。（二）透水性頗佳、排水良好，土壤保水力弱：然此特性對作物根系之發育卻甚有利，如：鳳梨、薑等深根作物。」[56]因此，八卦山台地有著數以千計的東西向坑谷，處處可見裸露的岩塊，時時可見搬運石頭的人，向陽（林淇瀁，1955～）〈阿爹的飯包〉[57]詩中的阿爹就是在溪埔搬砂石的人，可以見證。翁鬧此詩寫實性極強，搬運石頭的人臉色黝黑，腿肚有力，「指甲裂開，甲縫充塞污泥」；這首詩同時應用「前往屠場的小羊之悲鳴」作爲譬喻，用以關懷家鄉出賣勞力的無產階級。這首詩的舊記憶疊映在新感覺之上，仍然清晰，這一年是翁鬧離鄉赴日的第三年（1936），八卦山麓的勞動階層仍然在翁鬧心中映現著鮮明的圖象。

發表〈搬運石頭的人〉之翌年，一九三七年中日戰爭爆發，日本捲入二次大戰的漩渦中，台灣本土也進入緊張狀態。再一年，翁鬧在軍國主義喧囂的日本，身歷其境，寫出他這一生中最後的詩作〈勇士出征去吧！〉詩中充滿戰鬥性的呼喚之詞，表達出屬於那個時代的、日本制式的昂揚意志，是當下的現實主義作品，卻也充滿浪漫主義的情懷。

> 夜光晃眼的○○車站
> 忽然湧出喇叭的響聲
> 瞅了一下，僅是一片旗海
> 人牆圍繞著旗海

---

56 蔡威立等：〈八卦台地土地利用型態之分析〉，彰化縣文化局：《2006年彰化研究學術研討會八卦台地研究論文集》，2006年，頁23-11至23-12。

57 向陽：〈阿爹的飯包〉，《土地的歌》（台北：自立晚報社，1985年8月），頁9-10。

不知不覺地脫帽止步
莊嚴的區域！
你看，在人牆裡，有個站立不動的勇士
在他前面列隊吹喇叭的是少年們
勇士的臉上充滿著決心與熱情
早已為祖國竭盡獻出生命的姿態
如今他在國民的送別下就要出征去
決心與熱情使他臉頰變得通紅
祝福他光榮出發的少年們的喇叭聲
氣勢沖天彷彿破曉的吶喊
雄姿英發的勇士！
英勇的少年們！
被送行的人和送行的人
崇高的熱情如斯結合在一起還會再現於世嗎？
喇叭的響聲歇了
國民聲嘶力竭地呼叫
「萬歲！萬歲！萬歲！」
勇士簡短而用力地回答
「謝謝！」
勇士出征去吧！
為了祖國的光榮出征去打勝仗吧！
勝不了就不要活著回來！
這就是你的祖先世世代代流傳的教訓
你的祖先用了劍和詩
創造了這個美麗的神的國度
將永久繁榮的大八州傳承給了子子孫孫
你也是為了祖國而成為英雄的國民之一

把理想化成現實、讓現實昇華爲理想（略）……？？？？[58]

這首詩充滿激情、鼓舞與歌頌，但仍清楚地切割爲我與日本國民，翁鬧很清楚自己是一個旁觀者，他清醒地指出「你的祖先用了劍和詩／創造了這個美麗的神的國度」，「你也是爲了祖國而成爲英雄的國民之一」，第一人稱與第二人稱的對話書寫，顯示翁鬧未必有錯亂的祖國認同，但在記憶之丘與感覺之界的激盪裡，家鄉的舊記憶顯然是逐漸淡而遠了！至少，就像〈殘雪〉這篇小說中所說的「北海道和台灣，究竟那個地方遠？他記得在地圖上北海道比較近，但他發覺在內心這兩個地方都同樣遠。」[59]

翁鬧的家鄉的土地意象，在他三十歲以後，淡了遠了！翁鬧所熟悉的「新感覺派」在日本的發展卻也似櫻花一般，瞬間展現絕美，瞬間凋謝無蹤！翁鬧的生命竟然與此二者相似，不免令人感喟。

五、結語：任何現代性之作自有其現實之境

翁鬧曾言，他之所以被黃衍輝的〈牛〉所感動，「與其說它是一首具有技巧的好詩，不如說是，因爲它令我聯想到，這詩背後的現實世界。」[60]這種技巧與現實不可偏廢的堅持，甚至於現實世界的反映要重於技巧之舒展的觀念，一直是翁鬧的文學主張。在一九三六年六月「文聯東京支部座談會」中，

58 翁鬧：〈勇士出征去吧！〉，《台灣新民報》，1938年10月14日，8版。引自杉森藍：《翁鬧生平及新出土作品研究》，頁123-124。此詩爲杉森藍所發現並譯成中文，後兩句，筆者稍加修飾，使成爲此詩之結束語。

59 翁鬧：〈殘雪〉，原載《台灣文藝》第二卷第八、九號，1935年8月1日。收錄於翁鬧著，陳藻香、許俊雅編譯：《翁鬧作品選集》，頁135。

60 翁鬧：〈新文學三月讀後感〉，陳藻香、許俊雅編譯：《翁鬧作品選集》，頁206。

難得發言的翁鬧也曾表示：「就形式而言，我認為採這邊（指東京——譯者）文壇的形式並無不可。宛如日本文學在形式上可相同於世界文學之形式一般，只要內容含有台灣的特色，形式同於日本文學的模樣亦無不可。」[61] 這就是勇於現代化的日治時代作家翁鬧，所開拓出來的無所偏倚的文學觀，一個不以貧窮為苦，不為環境所限的文學追求者，勇於嘗試新技巧的表現：「比去愛一個成熟中年婦人，我更深愛一個笨手笨腳卻充滿希望羞澀的年輕少女。」「比去愛象徵偉人天年般圓熟靜謐的夕暉，我更深愛萬物剛從夢中甦醒般潔淨無邪的晨曦。」[62]就因為這種大膽的嘗試，翁鬧的新詩，篇數雖少，卻都具備這種經緯交錯的、互文的織錦之美。

才無所偏，命有所限，翁鬧的新詩彷彿彰化八卦山之鷹孤傲高飛，又如日本遲疑之狐猶豫難決，一直在已然之痛與未然之苦的間隙裡，不斷撕扯；在記憶之丘與感覺之界中，來回激盪。這樣的作品在日治時代已經走在時代的前端，引人側目。但是我們仍然清晰地在翁鬧現代性的作品中看見他的故鄉山野，仍然具現出翁鬧的現實裡的困境，見證著：「現代性」，必然在「現實性」具足飽滿度後，才能激射而出。

參考文獻

· 台灣文藝社：《台灣文藝》第95期，1985年7月。

· 台灣總督府：《台灣總督府及所屬官署職員錄》，昭和六年至昭和八年，國立中央圖書館台灣分館館藏。

---

61 陳藻香譯：〈台灣文學當前諸問題——文聯東京支部座談會〉，陳藻香、許俊雅編譯：《翁鬧作品選集》，頁230。原載《台灣文藝》第三卷第七、八號，1936年8月28日。

62 翁鬧：〈跛腳之詩〉，《台灣文藝》第二卷第四號，1935年4月1日。後收錄翁鬧著，陳藻香、許俊雅編譯：《翁鬧作品選集》，頁196-197。

· 向陽：《土地的歌》（台北：自立晚報社，1985年）。

· 朱雙一、張羽：《海峽兩岸新文學思潮的淵源和比較》（廈門：廈門大學，2006年）。

· 羊子喬、陳千武主編：《亂都之戀》，《光復前台灣文學全集》卷九（台北：遠景，1982年）。

· 羊子喬、陳千武主編：《廣闊的海》，《光復前台灣文學全集》卷十（台北：遠景，1982年）。

· 李南衡主編：《日據下台灣新文學》「明集」五冊（台北：明潭，1979年）。

· 杉森藍：《翁鬧生平及新出土作品研究》，台南：國立成功大學台灣文學研究所碩士論文，2007年。

· 施懿琳等著：《八卦山文學步道導覽手冊》（彰化：彰化縣文化局，2002年）。

· 翁鬧著、杉森藍譯：《有港口的街市》（台中：晨星，2009年）。

· 財團法人台灣文學發展基金會編：《文學與社會學術研討會：2004青年文學會議》（台南市：國家台灣文學館，2004年）。

· 張恆豪：《翁鬧·巫永福·王昶雄合集》（台北：前衛，1991年）。

· 許俊雅：《台灣文學家年表六種》（板橋市：台北縣政府文化局，2006年）。

· 陳藻香、許俊雅編譯：《翁鬧作品選集》（彰化：彰化縣立文化中心，1997年）。

· 葉石濤：《台灣文學史綱》（高雄市：文學界雜誌，1987年）。

· 葉渭渠：《日本文學思潮史》（北京：經濟日報，1997年）。

· 彰化縣文化局：《2006年彰化研究學術研討會八卦台地研究論文集》（彰化：彰化縣文化局，2006年）。

· 蕭蕭：《土地哲學與彰化詩學》（台中：晨星，2007年）

· 鍾肇政、葉石濤主編：《送報伕》，《光復前台灣文學全集》卷六（台北：遠景，1979年）。

彰化學

00001

（甲號）

明細表

氏名	翁鬧
生月日	四十三年二月二十一日
入學年月日	大正十二年四月二十九日
卒業年月日	昭和四年參月拾八日
家族及家庭情況	
成績 公小學校	修身 八○／身語術 九一／算術 ○一○／日本歷史 地理 九七八／圖畫 唱歌 八七九／體操 實科 九九／漢文 交友 均 行番 中 賞罰 甲
保證人 氏名	翁進益
戶主 氏名	同

族別	福
出生地	同
原籍	臺中、彰化郡彰化街東門三五九
住所 入學前 現住所ニ同	公卒
入學前學歷	

（成績證明專用章　國立臺中教育大學）

學校長報告要 小公
成績 講作 96／讀文 50／算 日本地理 63／衛歷史 61／理科 57／問總員 100／試驗次 36

入學試驗合格；席試驗成績次

現住所 臺中員林郡社頭庄湳雅一八五
原籍 本人ニ同
關係 父
職業 商業
資產 貳千圓也　壹千圓也

適　卆　公小
2/7　4/33

備考

附圖1：翁鬧學籍明細表

彰化學

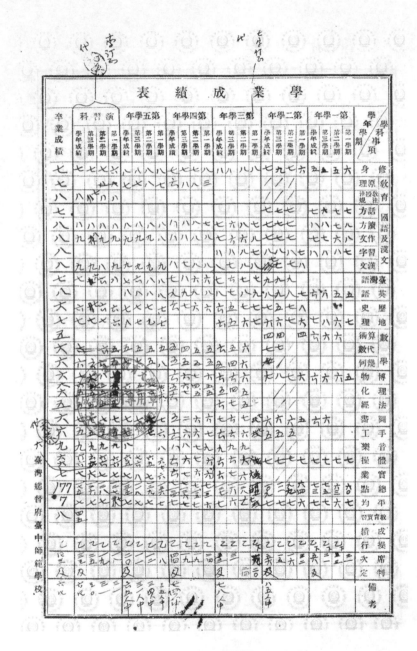

附圖2：翁鬧師範學校學業成績表

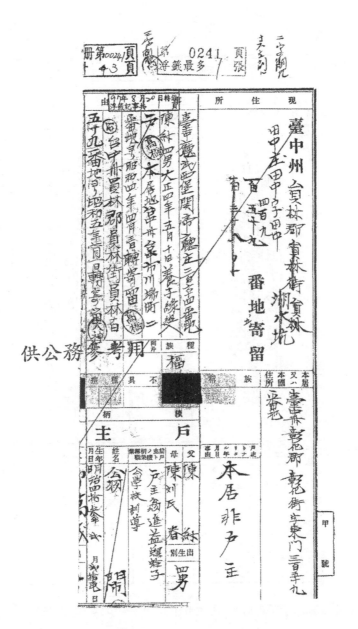

附圖3：戶主翁鬧之戶籍記載（田中戶政事務所提供）

簿冊冊號	0091	除戶年份	昭和9年	戶長姓名	翁　鬧

浮籤記事編號	00241－002	浮籤記事編號	00241－001

日據時期戶籍簿冊浮籤記事專用頁

（由　事）（由　事，手寫直書浮籤記事內容）

公務參考用

浮籤記事項目	當事人記事	浮籤記事項目	當事人記事
當事人姓名	翁邱氏玉蘭	當事人姓名	翁　鬧
本項浮籤記事在本冊第	00241 頁	本項浮籤記事在本冊第	00241 頁
總計 1 頁之第 1 頁		總計 1 頁之第 1 頁	
備　註		備　註	

轉錄日期：97年8月20日

附圖4：戶主翁鬧之戶籍記載浮籤（田中戶政事務所提供）

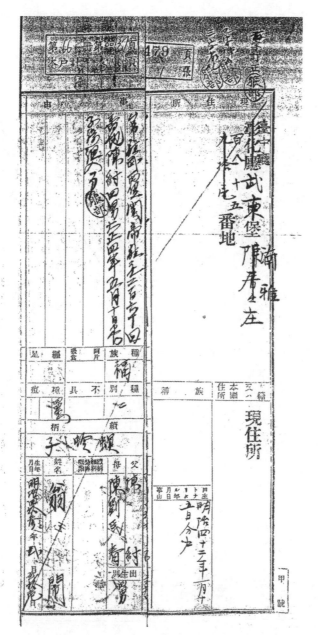

附圖5：戶主翁闆之戶籍記載（社頭戶政事務所提供）

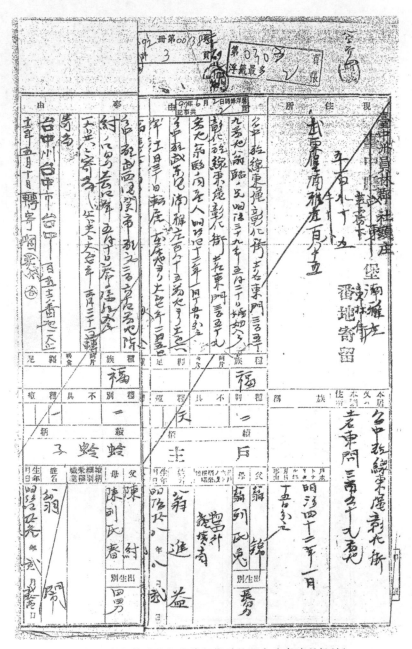

附圖6：戶主翁進益之戶籍記載（社頭戶政事務所提供）

簿冊冊號	0092	除戶年份	昭和8年	戶長姓名	翁進益

日據時期戶籍簿冊浮籤記事專用頁

浮籤記事編號	00138-002	浮籤記事編號	00138-001

由　事

由　事

浮籤記事項目	當事人記事	浮籤記事項目	當事人記事
當事人姓名	翁進益	當事人姓名	翁進益
本項浮籤記事在本冊第 00138 頁		本項浮籤記事在本冊第 00138 頁	
總計 2 頁之第 2 頁		總計 2 頁之第 1 頁	
備註		備註	

轉錄日期：97年6月2日

附圖7：戶主翁進益之戶籍記載浮籤（社頭戶政事務所提供）

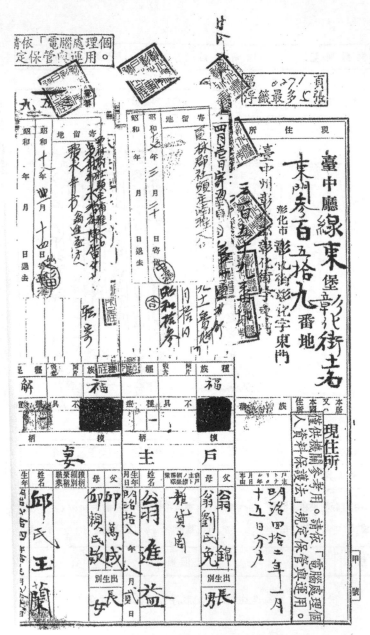

附圖8：戶主翁進益之戶籍記載A（彰化市戶政事務所提供）

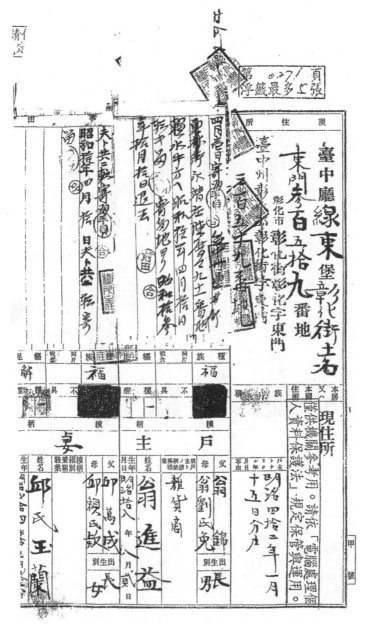

附圖9：戶主翁進益之戶籍記載B（彰化市戶政事務所提供）

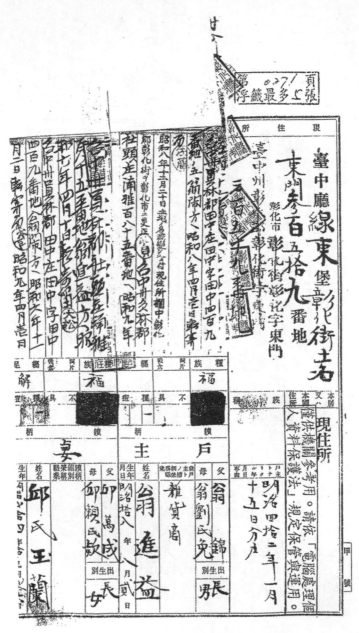

附圖10：戶主翁進益之戶籍記載C（彰化市戶政事務所提供）

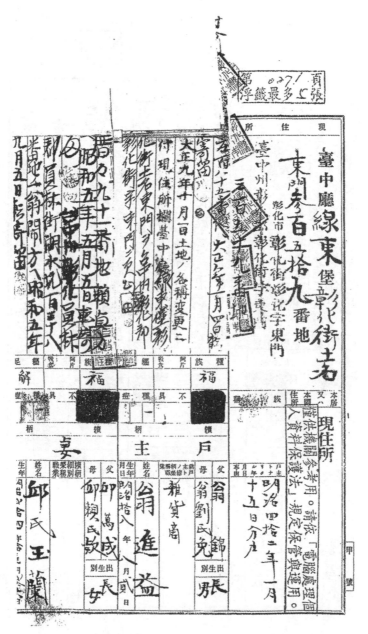

附圖11：戶主翁進益之戶籍記載D（彰化市戶政事務所提供）

臺中廳線東堡彰化街土名
東門參百五拾九番地

現住所
臺中州彰化郡彰化市彰化街字東門

戶主　翁進益

妻　邱氏玉蘭

附圖12：戶主翁進益之戶籍記載E（彰化市戶政事務所提供）

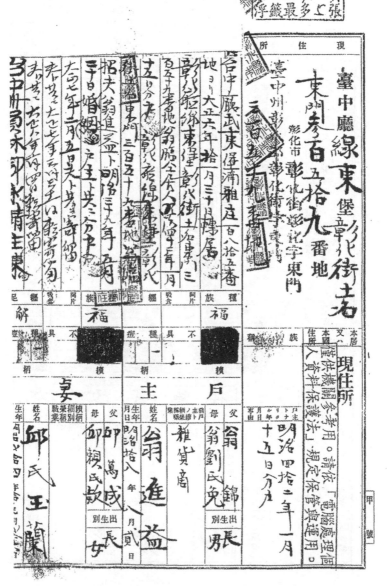

附圖13：戶主翁進益之戶籍記載F（彰化市戶政事務所提供）

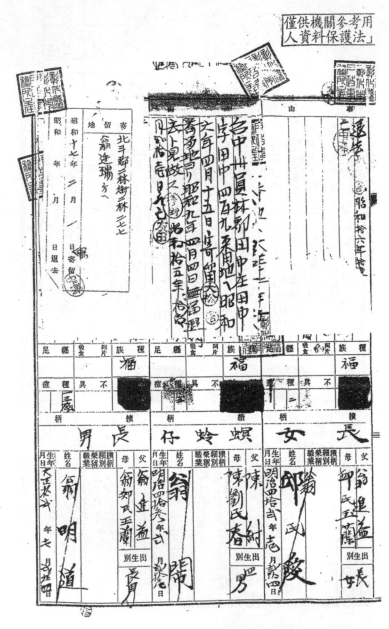

附圖14：戶主翁進益之戶籍記載G（彰化市戶政事務所提供）

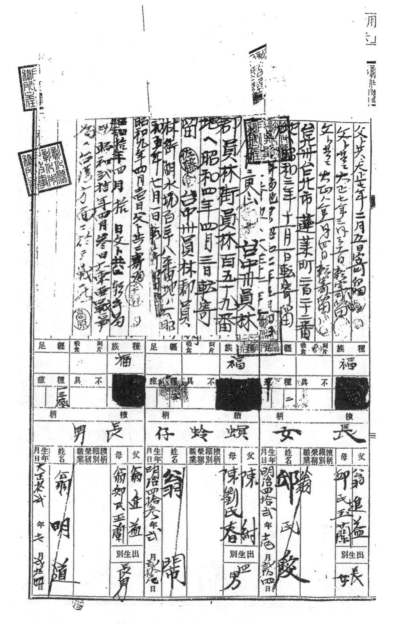

附圖15：戶主翁進益之戶籍記載H（彰化市戶政事務所提供）

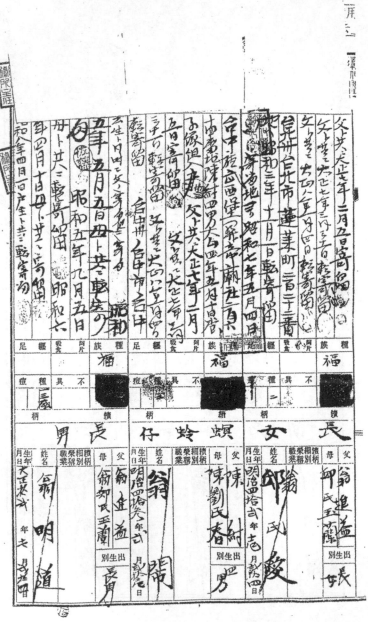

附圖16：戶主翁進益之戶籍記載I（彰化市戶政事務所提供）

臺灣總督府及所屬官署

職員錄

昭和四年

附圖17：台灣總督府及所屬官署職員錄書衣（昭和四年
國立中央圖書館台灣分館館藏）

臺中州　四〇四

○三家春公學校　彰化郡花壇庄三家春
〔本科　五學級〕

訓導　　　　　　　　平野　三男　人三五
學校長六　　　　　　梁氏秀蟾　臺北
准訓導　　　　　　　陳　金蓮　臺中
准訓導　　　　　　　唐　橋　西臺中

蔡　維熊　臺中
松岡　靜子　岡山
廬　安　臺中

○芬園公學校　彰化郡芬園庄社口
〔補習科　一學級〕〔本科　八學級〕

訓導　　　　　　　　手塚　巖　兵庫
學校長五　　　　　　小高　丙午　千葉
　　　　　　　　　　張　四　鐵臺中
　　　　　　　　　　林　有　臺中
准訓導　　　　　　　榎本　加賀助　廣島
准訓導　　　　　　　黃　榮　蒼臺中
教員心得　　　　　　柯王　啟　洪臺中

小林　松代　熊本

○芬園公學校同安寮分教場　彰化郡芬園庄同安寮
〔本科　四學級〕

訓導　　　　　　　　高瀨谷　政　喜長野
准訓導　　　　　　　黃　棟　林臺中
准訓導　　　　　　　黃　天　逢臺中
教員心得　　　　　　洪　樹　火臺中

黃　燦　林臺中
洪　樹　火臺中

○員林公學校　員林郡員林街員林
〔高等科　二學級〕〔本科　一九學級〕

訓導　　　　　　　　明石　要一　值
學校長四　　　　　　大脇　正臣　鳥取
　　　　　　　　　　金城　宮直　沖繩
　　　　　　　　　　江文　欽　臺中
　　　　　　　　　　蘇　春茂　臺中
　　　　　　　　　　張　有火　信臺中
　　　　　　　　　　張　火　樹臺中

丸山　重義　長野

○員林公學校柴頭井分教場　員林郡員林街柴頭井
〔本科　四學級〕

訓導　　　　　　　　游氏　寶　臺中
准訓導　　　　　　　張　寶　才臺中
准訓導　　　　　　　劉　鑑　校臺中
　　　　　　　　　　吳氏　金　臺中
　　　　　　　　　　顏克　忠臺中
　　　　　　　　　　張　鑑　東臺中
教員心得　　　　　　吳　營　堂臺中
　　　　　　　　　　楊　昌　佳臺中

翁　鬧　臺中
川崎　正義　岡山
岩崎　喜代子　岡山
楊氏春水　臺中
孫　美波　臺中
帶刀　誰一郎　大分
王　欽　林臺中
安立子　工大分
吳玉　代　臺中

昭和四年
1929

附圖18：台灣總督府及所屬官署職員錄內容（昭和四年
國立中央圖書館台灣分館館藏）

昭和八年八月一日現在

臺灣總督府
及所屬官署

職員錄

臺灣總督府編

附圖19：台灣總督府及所屬官署職員錄書衣（昭和八年
國立中央圖書館台灣分館館藏）

臺中州（公學校）

四五七

月六〇 邱 ○ 寬 臺中
月七八 陳雲淑 臺中
月五四 胡接似 臺中
月五四 高崇德 臺中
月五三 劉江水 臺中
月五〇 勳八 白川英男 愛知
月五〇 邱創忠 臺中
月五〇 難波重臣 岡山
月四五 吉原元二郎 佐賀
月四〇 陳 寬 ○ 臺中

敎員心得

月四〇 有馬フミエ 鹿兒島

○福興公學校 員林郡永靖庄福興
（本科 七學級）

訓導

六 學校長 勳八 高振德 臺中
月六〇 蕭再枝 臺中
月五四 陳如意 臺中
月四六 林世江 臺中
月四五 楊 ○炭 臺中

准訓導

月三三 陳夢花 臺中
月三三 黃以德 臺中

○永興公學校 員林郡永靖庄崙子
（本科 八學級）

訓導

月七三 學校長 三浦正義 香川
月六三 蕭樹只 臺中
月七八 詹煌娘 臺中
月五六 黃溪樑 臺中
月四八 蕭盧氏婆 臺中
月四五 廖金照 臺中
月四三 白萬居 臺中

准訓導

月三三 張坤○ 臺中

○社頭公學校 員林郡社頭庄社頭
〔本科 一二學級 補習科 一學級〕

訓導

四 月九七 學校長 勳八 橋詰昇司 長野
月五六 陳鐵 高雄
月五六 張錫梯 臺中
月五六 光石正史 岡山
月五四 吳超賢 臺中
月五〇 葉木林 臺中
月五〇 堀部一三男 岐阜
月五〇 陳詩深 臺中
月四四 周燕 臺中
月四五 蕭氏賞 臺中

准訓導

月三四 蕭建 臺中
月三四 蕭德和 臺中

敎員心得

月九〇 加藤友次郎 香川

○湳雅公學校 員林郡社頭庄石頭公
（本科 六學級）

訓導

月六六 學校長 加藤體勝 岐阜
月五六 潘娓娘 臺中
月五四 張良炎 臺中
月五三 陳新泩 臺中
月五〇 林丁娘 臺中
月四三 江文種 臺中

○田中公學校 員林郡田中庄田中（五〇）
〔本科 二〇學級 高等科 二學級〕

訓導

四（八等待遇）學校長 正八 市田清五郎 石川
月六六 金城宮直 沖繩
月六四 簡慶瑞 臺中
月六三 孫萬鎰 臺中
月五八 林ノ口純雄 佐賀
月五八 張迺宮 臺中
月五五 西垣文武 岐阜
月五四 ○翁鬧 臺中
月五四 中原忠迪 鹿兒島

昭和八年 1933

附圖20：台灣總督府及所屬官署職員錄內容（昭和八年國立中央圖書館台灣分館館藏）

翁鬧相關研究資料

李桂媚　整理

一、文本（依出版時間序）

- 鍾肇政、葉石濤編：〈翁鬧作品〉，《送報伕》（台北：遠景，1979年），頁287-387。

- 羊子喬、陳千武編：〈翁鬧作品〉，《廣闊的海》（台北：遠景，1982年）頁213-220。

- 施淑編：〈天亮前的戀愛故事〉，《日據時代台灣小說選》（台北：前衛，1992年），頁183-206。

- 翁鬧著、廖清秀譯：〈可憐的阿蕊婆〉，《台灣文藝》第95期，1985年7月，頁152-168。

- 張良澤譯：〈寄淡水海邊〉，可參見〈關於翁鬧〉，《台灣文藝》95期，1985年7月，頁185。

- 翁鬧、巫永福、王昶雄著，張恆豪編：《翁鬧、巫永福、王昶雄合集》（台北：前衛，1990年）。

- 許惠悰：《天光前ê戀愛故事》（台北：台笠，1996年）。

- 許俊雅、陳藻香編譯：《翁鬧作品選集》（彰化：彰化縣立文化中心，1997年）。

- 林瑞明編：〈翁鬧〉，《現代詩卷I》（台北：玉山社，2005）頁113-119。

- 翁鬧著，涂翠花譯，三澤真美惠校訂：〈《新文學》三月號讀後感〉，收錄於黃英哲主編：《日治時期台灣文藝評論集（雜誌篇）第一冊》（台南：國家台灣文學館籌備處，2006），頁457-461。

- 翁鬧著，涂翠花譯，松尾直太校訂：〈《新文學》五月號感言〉，收錄

於黃英哲主編：《日治時期台灣文藝評論集（雜誌篇）第二冊》（台南：國家台灣文學館籌備處，2006），頁68-69。

- 杉森藍：《翁鬧生平及新出土作品研究》，國立成功大學台灣文學研究所碩士論文，2007年。（有新出土文本）

- 黃毓婷譯：〈東京郊外浪人街——高圓寺界隈〉，可參見〈東京郊外浪人街——翁鬧與一九三〇年代的高圓寺界隈〉，《台灣文學學報》第10期，2007年6月，頁189-195。

- 翁鬧著，杉森藍譯：《有港口的街市：翁鬧長篇小説中日對照》（台中：晨星，2009年）。

二、日治報刊之評述（含翁鬧出席之兩場座談．依出版時間序）

- 《台灣文藝》編輯部：〈文藝同好者氏名住所一覽〉，原載於《台灣文藝》第1卷第1期，1934年11月，頁88-92。可參見池田敏雄編：《台灣新文學雜誌叢刊3》（復刻本）（台北：東方書局，1981年）。

- 劉捷著，涂翠花譯，三澤真美惠校訂：〈台灣文學鳥瞰〉，《台灣文藝》第1卷第1期，1934年11月。可參見黃英哲主編：《日治時期台灣文藝評論集（雜誌篇）第一冊》（台南：國家台灣文學館籌備處，2006年），頁110-116。

- 顏水龍等著，涂翠花譯，三澤真美惠校訂：〈台灣文聯東京分部第一次茶會〉，原載於《台灣文藝》第2卷第4期，1935年4月。可參見黃英哲主編：《日治時期台灣文藝評論集（雜誌篇）第一冊》（台南：國家台灣文學館籌備處，2006年），頁228-234。

- 雷石榆著，涂翠花譯，三澤真美惠校訂：〈我所切望的詩歌——批評四月號的詩〉，《台灣文藝》第2卷第6期，1935年6月。可參見黃英哲主編：《日治時期台灣文藝評論集（雜誌篇）第一冊》（台南：國家台灣文學館籌備處，2006年），頁247-253。（此文為漢文，但文中引用

有日文作品）

- 李禎祥著，涂翠花譯，三澤真美惠校訂：〈文藝短評〉，原載於《台灣文藝》第2卷8-9期，1935年8月。可參見黃英哲主編：《日治時期台灣文藝評論集（雜誌篇）第一冊》（台南：國家台灣文學館籌備處，2006年），頁269-273。

- 楊杏東著，涂翠花譯，三澤真美惠校訂：〈《台灣文藝》的鄉土色調〉，原載於《台灣文藝》第2卷第10號，1935年9月。可參見黃英哲主編：《日治時期台灣文藝評論集（雜誌篇）第一冊》（台南：國家台灣文學館籌備處，2006年），頁279-282。

- 楊逵著，涂翠花譯，清水賢一郎、增田政廣、彭小妍、三澤真美惠校訂：〈台灣文壇近況〉，《文學評論》第2卷12期，1935年11月。可參見黃英哲主編：《日治時期台灣文藝評論集（雜誌篇）第一冊》（台南：國家台灣文學館籌備處，2006年），頁287-292。

- 吳新榮著，張良澤譯：〈致吳天賞〉，原載於《台灣新聞》文藝欄，1935年（日期不詳）。可參見吳新榮原著，葉笛、張良澤譯，呂興昌編訂：《吳新榮選集（一）》（台南：南縣文化，1997年），頁402-403。

- 吳天賞：〈寄語鹽分地帶之春〉，原載於《台灣文藝》第3卷第2期，1936年1月。可參見黃英哲主編：《日治時期台灣文藝評論集（雜誌篇）第一冊》（台南：國家台灣文學館籌備處，2006年），頁376-378。（此文由涂翠花譯，三澤真美惠校訂）

- 河崎寬康著，葉笛譯，松尾直太校訂：〈關於台灣文化的備忘錄（二）〉，《台灣時報》第195期，1936年2月。可參見黃英哲主編：《日治時期台灣文藝評論集（雜誌篇）第一冊》（台南：國家台灣文學館籌備處，2006年），頁353-360。

- 林克敏著，涂翠花譯，三澤真美惠校訂：〈《台灣新文學》創刊號讀後感〉，《新文學月報》第1期，1936年2月。可參見黃英哲主編：《日治時期台灣文藝評論集（雜誌篇）第一冊》（台南：國家台灣文學館

籌備處，2006年），頁388-391。

・東方孝義著，葉笛譯，王惠珍校訂：〈台灣習俗──本島人的文學〉，
《台灣時報》第196期，1936年3月。可參見黃英哲主編：《日治時期
台灣文藝評論集（雜誌篇）第一冊》（台南：國家台灣文學館籌備
處，2006年），頁418-428。

・藤原泉三郎著，張文薰譯，三澤真美惠校訂：〈無顧忌的評論──《台
灣新文學》創刊號作品評論〉，《台灣新文學》第1卷第2期，1936年
3月。可參見黃英哲主編：《日治時期台灣文藝評論集（雜誌篇）第一
冊》（台南：國家台灣文學館籌備處，2006年），頁450-452。

・河崎寬康著，張文薰譯，三澤真美惠校訂：〈關於台灣的文藝運動之若
干問題〉，原載於《台灣新文學》第1卷第2期，1936年3月。可參見黃
英哲主編：《日治時期台灣文藝評論集（雜誌篇）第一冊》（台南：
國家台灣文學館籌備處，2006年），頁453-456。

・郭水潭著，蕭翔文譯，三澤真美惠校訂：〈文學雜感〉，原載於《新文
學月報》第2期，1936年3月。可參見黃英哲主編：《日治時期台灣文
藝評論集（雜誌篇）第一冊》（台南：國家台灣文學館籌備處，2006
年），頁431-435。

・徐瓊二著，涂翠花譯，三澤真美惠校訂：〈《台新》讀後感〉，原載
於《新文學月報》第2期，1936年3月。可參見黃英哲主編：《日治時
期台灣文藝評論集（雜誌篇）第一冊》（台南：國家台灣文學館籌備
處，2006年），頁436-438。

・陳梅溪著，涂翠花譯，三澤真美惠校訂：〈創刊號讀後感〉，《新文
學月報》第2期，1936年3月。可參見黃英哲主編：《日治時期台灣文
藝評論集（雜誌篇）第一冊》（台南：國家台灣文學館籌備處，2006
年），頁441-442。

・吳濁流著，涂翠花譯，三澤真美惠校訂：〈創刊號讀後感〉，《新文
學月報》第2期，1936年3月。可參見黃英哲主編：《日治時期台灣文
藝評論集（雜誌篇）第一冊》（台南：國家台灣文學館籌備處，2006

年），頁444-445。

- 張文環著，涂翠花譯，松尾直太校訂：〈規定的課題〉，《台灣文藝》第3卷第6期，1936年5月。可參見黃英哲主編：《日治時期台灣文藝評論集（雜誌篇）第二冊》（台南：國家台灣文學館籌備處，2006年），頁39-44。

- 楊逵著，涂翠花譯，清水賢一郎、增田政廣、彭小妍、三澤真美惠校訂：〈台灣文壇的明日旗手〉，《文學案內》第2卷第6期，1936年6月。可參見黃英哲主編：《日治時期台灣文藝評論集（雜誌篇）第二冊》（台南：國家台灣文學館籌備處，2006年），頁53-57。

- 莊天祿等著，陳藻香譯，涂翠花校譯，黃英哲校訂：〈台灣文學當前的諸問題──文聯東京支部座談會〉，《台灣文藝》第3卷第7期，1936年8月。可參見黃英哲主編：《日治時期台灣文藝評論集（雜誌篇）第二冊》（台南：國家台灣文學館籌備處，2006年），頁110-121。

- 莊培初著，涂翠花譯，松尾直太校訂：〈從讀過的小說談起──《台新》創刊號到八月號〉，《台灣新文學》第1卷第8期，1936年9月。可參見黃英哲主編：《日治時期台灣文藝評論集（雜誌篇）第二冊》（台南：國家台灣文學館籌備處，2006年），頁157-163。

- 宇津木智等著，陳培豐譯，增田政廣、彭小妍、松尾直太校訂：〈台灣文學界總檢討座談會〉，《台灣新文學》第2卷第1期，1936年12月。可參見黃英哲主編：《日治時期台灣文藝評論集（雜誌篇）第二冊》（台南：國家台灣文學館籌備處，2006年），頁246-256。

- 西川滿著，林巾力譯，松尾直太校訂：〈台灣文藝界的展望〉，《台灣時報》第230期，1939年1月。可參見黃英哲主編：《日治時期台灣文藝評論集（雜誌篇）第二冊》（台南：國家台灣文學館籌備處，2006年），頁336-344。

- 龍瑛宗著，林至潔譯：〈一段回憶──文運再起〉，《台灣新民報》，1940年1月7日。可參見龍瑛宗作，葉笛、陳千武、林至潔譯，陳萬益主編：《龍瑛宗全集（中文卷）第五冊評論集》（台南：國家台灣文

學館籌備處，2006年），頁20-22。

· 《台灣藝術》編輯部著，葉蓁蓁譯，松尾直太校訂：〈台灣文藝雜誌興
亡史（三）〉，《台灣藝術》第1卷第3期，1940年5月。可參見黃英哲
主編：《日治時期台灣文藝評論集（雜誌篇）第二冊》（台南：國家
台灣文學館籌備處，2006年），頁478-483。

· 黃得時著，葉石濤譯，王惠珍校訂：〈輓近台灣文學運動史〉，原載於
《台灣文學》第2卷第4期，1942年10月。可參見黃英哲主編：《日治
時期台灣文藝評論集（雜誌篇）第三冊》（台南：國家台灣文學館籌
備處，2006年），頁390-402。

三、戰後相關評述

（一）一般書籍（含研討會論文·依出版時間序）

· 葉石濤：〈為台灣文學找尋座標——宋澤萊訪葉石濤一夕談〉，《小說
筆記》（台北：前衛，1983年），頁186-203。

· 包恆新：〈郭秋生與翁鬧的創作〉，《台灣現代文學簡述》（上海：上
海社會科學院，1988）年），頁108-110。

· 葉石濤：〈呂赫若的一生〉，《走向台灣文學》（台北：自立晚報，
1990），頁136-140。

· 許建生：〈第三編現代文學第四章呈現繁榮的發展期文學創作第四節
愁洞與翁鬧的小說創作〉，劉登翰編：《台灣文學史》（上卷）（福
建：海峽文藝，1991年），頁506-518。

· 許素蘭：〈「幻影之人」——翁鬧及其小說〉，收錄於林衡哲、張恆豪
編著：《復活的群像》（台北：前衛，1994年），頁95-102。

· 丁鳳珍：〈當愛與不愛的矛盾找上他時——翁鬧〈殘雪〉與巫永福〈山
茶花〉男主角性格比較〉，收錄於林錫麟、吳建儀、王興台編：《第
一屆府城文學獎》（台南：台南市立文化中心，1995年），頁195-
211。

- 李園會：〈台中師範學校演習科（一部）各屆畢業生名冊〉，《日據時期台中師範學校之歷史》（台北：五南，1995年），頁250。

- 古繼堂：〈第三編台灣小說的發展期第四章台灣早期現代派小說的萌芽第二節翁鬧〉，《台灣小說發展史》（台北：文史哲，1996年），頁107-110。

- 施淑：〈日據時代台灣小說中頹廢意識的起源〉，《兩岸文學論集》（台北：新地文學，1997年），頁102-120。

- 葉石濤：〈「台灣文藝聯盟」與《台灣文藝》〉（下），《台灣文學入門：台灣文學五十七問》（高雄：春暉，1997年），頁64-66。

- 施淑：〈日據時代小說中的知識分子〉，《兩岸文學論集》（台北：新地文學，1997年），頁29-48。

- 彭瑞金：〈台灣新文學運動的起源〉，《台灣新文學運動四十年》（高雄：春暉，1997年），頁1-33。

- 施懿琳、楊翠：〈第四章成熟期彰化新文學的花實（1925～1937）　第五節　夢中的幻影之人──翁鬧〉，《彰化縣文學發展史》（上）（彰化：彰化縣文化局，1997年），頁204-207。

- 楊碧川：〈翁鬧〉，《台灣歷史辭典》（台北：前衛，1997年），頁320。

- 施淑：〈感覺世界──三〇年代台灣另類小說〉，《兩岸文學論集》（台北：新地文學，1997年），頁84-101。

- 劉捷：〈在東京訪問與自己無關的名人〉，《我的懺悔錄》（台北：九歌，1998年），頁74-81。

- 葉石濤：〈第二章台灣新文學運動的開展第三節台灣新文學的三個階段（2）成熟期〉，《台灣文學史綱》（高雄：文學界，1998年），頁38-58。

- 許俊雅：〈翁鬧小說作品賞析〉，《日據時代台灣小說選讀》（台北：萬卷樓，1998年），頁417-430。

- 游勝冠：〈誰的「首」？什麼樣的「體」？──施淑〈首與體──日據

彰化學

　　時代台灣小說中頹廢意識的起源〉一文商榷〉，沈萌華編：《巫永福
　　全集19文學會譯卷》（台北：傳神福音，1999年），頁337-336。

· 張明雄：〈翁鬧與龍瑛宗小說意境的比較〉，《台灣現代小說的誕生》
　　（台北：前衛，2000年），頁221-236。

· 張明雄：〈炫麗戀情的火花──翁鬧的小說〉，《台灣現代小說的誕
　　生》（台北：前衛，2000年），頁125-132。

· 康原：〈壯志未酬的作家〉，《文學的彰化：彰化縣新文學作家小傳》
　　（彰化：彰化縣文化局，2002年），頁38-42。

· 楊翠：〈追逐幻影的時代之子──翁鬧（1908～1940）〉，侯秀育、王
　　宗仁執行編輯，康原等著：《八卦山文學步道導覽手冊》（彰化：彰
　　化縣文化局，2002年），頁101-107。

· 樊洛平撰，古繼堂編：〈第五章台灣新文學的發展〉，《簡明台灣文學
　　史》（台北：人間，2003年），頁97-135。

· 王景山編：〈翁鬧〉，《台港澳暨海外華文作家辭典》（北京：人民文
　　學，2003年），頁600。

· 河原功原著，莫素微譯：〈台灣新文學運動的展開〉，《台灣新文學
　　運動的展開：與日本文學的接點》（台北：全華，2004年），頁115-
　　228。

· 陳建忠：〈困惑者──巫永福小說〈首與體〉中的留學生形象〉，《日
　　據時期台灣作家論：現代性、本土性、殖民性》（台北：五南，2004
　　年），頁125-142。

· 陳建忠：〈翁鬧〉，收錄於許雪姬、薛化元、張淑雅等撰文：《台灣歷
　　史辭典》（台北：文建會，2004年），頁671。

· 蔡明原：〈上海與台灣──新感覺的兩種實踐：以翁鬧與劉吶鷗的作品
　　為探討對象〉，封德屏編：《文學與社會學術研討會：2004青年文學
　　會議論文集》（台南：國家文學館，2004年），頁63-84。

· 肖成：〈第三章日據時期小說批判視閾下的知識分子問題研究〉，《日
　　據時期台灣社會圖譜：1920～1945台灣小說研究》（北京：九州，

2004年），頁124-201。

· 陳錦玉：〈劉吶鷗「新感覺派」的藝術追尋〉，中央大學中文系編：《劉吶鷗國際研討會論文集》（台南：國家台灣文學館，2005年），頁169-219。

· 彭瑞金：〈翁鬧──純文藝的忠實信徒〉，《台灣文學五十家》（台北：玉山社，2005年），頁189-192。

· 許俊雅：〈幻影之人──翁鬧及其小說〉，《見樹又見林──文學看台灣》（台北：渤海堂，2005年），頁307-324。

· 許俊雅：〈翁鬧生平著作年表初編〉，《台灣文學家年表六種》（台北：北縣文化局，2006年），頁217-223。

· 許俊雅：〈翁鬧小傳〉，《台灣文學家年表六種》（台北：北縣文化局，2006年），頁214-216。

· 朱雙一、張羽：〈第七章新文學早期海峽兩岸的現代主義創作〉，《海兩岸新文學思潮的淵源和比較》（廈門：廈門大學，2006年），頁207-229。

· 徐秀慧：〈翁鬧〈天亮前的戀愛故事〉（導讀）〉，收錄於向陽編：《二十世紀台灣文學金典：小說卷（日治時期）》（台北：聯合文學，2006年），頁154-155。

· 羅詩雲：〈帝國想像下的故鄉凝視：以翁鬧為主要分析對象旁論福爾摩莎集團等其他作家〉，收錄於中興大學台文所編：《第三屆台灣文學研究生學術論文研討會論文集》（台南：國家台灣文學館籌備處，2006年），頁197-225。

· 陳建忠：〈差異的文學現代性經驗──日治時期台灣小說史論（1895～1945）〉，收錄於陳建忠、應鳳凰、邱貴芬、張誦聖、劉亮雅合編：《台灣小說史論》（台北：麥田，2007年），頁15-110。

· 楊雅惠：〈近現代文明的光與影：文化象徵系統〉，《現代性詩意啟蒙：日治時期台灣新詩的文化詮釋》（高雄：中山大學，2007年），頁47-108。

彰化學

‧蕭蕭：〈八卦山：蘊藏多元的新詩能量——以賴和、翁鬧、曹開、王白淵透視新詩地理學〉，《土地哲學與彰化詩學》（台中：晨星，2007年），頁84-120。

‧黃韋嘉：〈幻影之人的愛爾蘭想像——從翁鬧詩作看台灣新文學三〇年代的轉向〉，靜宜大學主辦，第三屆中區台灣文學研究生論文發表會，2007年，頁149-167。

‧陳芳明：〈殖民的傷痕‧世紀的回眸——日據時期台灣小說選讀〉，《深山夜讀》，（台北：聯合文學，2008年），頁117-121。

（二）期刊（依出版時間序）

‧江燦琳：〈我所敬愛的「文化仙仔」〉，《台灣文藝》第2卷第9期，1965年10月，頁24-28。

‧吳坤煌：〈台灣藝術研究會的成立及創刊「福爾摩沙」前後回憶一二〉，《台灣文藝》76期，1982年5月，頁334-338。

‧劉捷：〈幻影之人——翁鬧〉，《台灣文藝》第95期，1985年7月，頁190-193。

‧巫永福：〈阿憨伯的形象〉，《台灣文藝》第95期，1985年7月，頁187-190。

‧張良澤：〈關於翁鬧〉，《台灣文藝》第95期，1985年7月，頁172-186。

‧楊逸舟：〈憶夭折的俊才翁鬧〉，《台灣文藝》第95期，1985年7月，頁169-172。

‧葉石濤：〈戰前的台灣小說〉，《國文天地》第16卷第5期，2000年10月，頁10-15。

‧許素蘭：〈「幻影的人」翁鬧及其小說〉，《國文天地》第7卷第5期，1991年10月，頁35-39。

‧古繼堂：〈萌生、發展、演變——論台灣的現代派文學和後現代派文學〉，《華東師範大學學報（哲學社會科學版）》104期，1992年11

月，頁57-65。

· 許俊雅：〈日據時期台灣小說中的愛情與婚姻〉，《文學台灣》第7
期，1993年7月，頁98-114。

· 謝肇禎：〈地平線上的幻影──淺談翁鬧小說的特質〉，《文學台灣》
第18期，1996年4月，頁160-177。

· 許俊雅：〈幻影之人──翁鬧及其小說〉，《中國現代文學理論》6
期，1997年6月，頁248-264。

· 許素蘭：〈青春的殘焰──翁鬧〈天亮前的戀愛故事〉〉，《聯合文
學》第182期，1999年12月，頁71-76。

· 張炎憲、曾秋美：〈陳遜章先生訪問記錄〉，《台灣史料研究》14號，
1999年12月，頁161-181。

· 尹子玉：〈日據時期留日台籍作家〉，《文訊》第179期，2000年9月，
頁30-37。

· 陳芳明：〈三〇年代的文學社團與作家風格〉，《聯合文學》184期，
2000年2月，頁154-163。

· 編輯部：〈《中華民國作家作品目錄》增補專欄〉，《文訊》第172
期，2000年2月，頁109-112。

· 陳芳明：〈寫實文學與批判精神的抬頭〉，《聯合文學》185期，2000
年3月，頁138-149。

· 許素蘭：〈荒原之心──無產作家之另類：翁鬧及其文學〉，《淡水牛
津台灣文學研究集刊》第5期，2003年8月，頁133-146。

· 張羽：〈試論日據時期台灣文壇的“幻影之人”翁鬧──與郁達夫比
較〉，《台灣研究集刊》89期，2005年9月，頁82-90。

· 梅家玲：〈身體政治與青春想像：日據時期的台灣小說〉，《漢學研
究》第23卷第1期，2005年6月，頁35-62。

· 王玟珍：〈焦慮、幻滅與感傷──翁鬧小說中的感覺世界〉，《人文研
究期刊》第1期，2005年12月，頁27-52。

· 蔡明原：〈上海與台灣──新感覺的兩種實踐：以翁鬧與劉吶鷗的作品

為探討1996對象〉，《文訊》第232期，2005年2月，頁42-43。

· 廖淑芳：〈國家想像、現代主義文學與文學現代性——以日據時期台灣作家翁鬧為例〉，《北台國文學報》第2期，2005年6月，頁129-168。

· 徐秀慧：〈水蔭萍作品中的頹廢意識與台灣意象〉，《國文學誌》第11期，2005年12月，頁409-428。

· 黃毓婷：〈東京郊外浪人街——翁鬧與一九三〇年代的高圓寺界隈〉，《台灣文學學報》第10期，2007年6月，頁163-195。

· 謝靜國：〈漂泊、邊界、青春夢——二十世紀三〇年代台灣作家私人話語的建構〉，《文學台灣》67期，2008年7月，頁119-158。

（三）報紙（依出版時間序）

· 陳萬益：〈七等生與翁鬧〉，《中央日報·中央副刊》，1998年7月24日。

· 蕭蕭：〈朝興村人翁鬧傳奇〉，《自由時報·自由副刊》，2005年11月5日。

· 林明德：〈歡迎「翁鬧」返回彰化　作品沉埋七十年重新出土〉，《聯合報·聯合副刊》，2009年4月25日。

（四）學位論文（依出版時間序）

· 李怡儀：《日據時代的台灣新文學——以翁鬧的作品為主》，東吳大學日本文化研究所碩士論文，1993年。（以日文書寫）

· 丁鳳珍：《台灣日據時期短篇小說中的女性角色》，國立成功大學中文研究所碩士論文，1996年。

· 許秦蓁：〈第二章　二、三〇年代的小說實驗——在「第一線」上的「無軌列車」〉，《重讀台灣人劉吶鷗（1905～1940）：歷史與文化的互動考察》，國立中央大學中國文學研究所碩士論文，1998年，頁47-91。

· 陳雅惠：〈第五章日據時代兒童的性別遭遇與異性經驗〉，《日據時

代台灣文學的童年經驗》，國立清華大學中國文學系碩士論文，2000
年，頁95-121。

・趙勳達：《《台灣新文學》（1935～1937）的定位及其抵殖民精神研
究》，國立成功大學台灣文學研究所碩士論文，2003年。（提供電子
全文下載）

・曾月卿：〈緒論〉，《舞鶴的小說美學》，國立成功大學台灣文學研究
所碩士論文，2003年，頁4-33。（提供電子全文下載）

・陳美美：〈第三章　台灣三○年代現代主義文學的萌芽〉，《台灣現代
主義文學的萌芽與再起》，佛光人文社會學院文學研究所碩士論文，
2004年，頁42-55。（提供電子全文下載）

・杉森藍：《翁鬧生平及新出土作品研究》，國立成功大學台灣文學研究
所碩士論文，2007年。（提供電子全文下載）

（五）網路資料（依出現時間序）

・吳晟主持、許素蘭演講：「種子落地六——1999年文學原鄉(一)荒原之
心：日據時期台灣作家之另類——翁鬧及其作品」，2000年1月5日。演
講內容可參見http://cls.hs.yzu.edu.tw/laihe/C1/c12_011cc.htm。

・陳瀛州：〈評論：黃韋嘉〈幻影之人的愛爾蘭想像——從翁鬧詩作看
台灣新文學三○年代的轉向〉〉。可參見http://www.wretch.cc/blog/
marxism/17067336。

國家圖書館出版品預行編目資料

翁鬧的世界 / 蕭蕭・陳憲仁編.－－初版.－－台中市
　：晨星，2009.12
　面；　公分.－－（彰化學叢書；22）

　ISBN 978-986-177-326-1（平裝）

　1.翁鬧 2.台灣文學 3.文學評論

863.4　　　　　　　　　　　　　　　98019721

彰化學叢書
016

翁鬧的世界

編者	蕭　　蕭　、　陳　憲　仁
編輯	徐　惠　雅　、　洪　伊　柔　、　張　雅　倫
排版	王　廷　芬
總策畫	林　明　德　・　康　　原
總策畫單位	彰　化　學　叢　書　編　輯　委　員　會

發行人	陳銘民
發行所	晨星出版有限公司
	台中市407工業區30路1號
	TEL：04-23595820　FAX：04-23597123
	E-mail：morning@morningstar.com.tw
	http：//www.morningstar.com.tw
	行政院新聞局局版台業字第2500號
法律顧問	甘龍強律師
承製	知己圖書股份有限公司　　TEL：（04）23581803
初版	西元2009年12月06日

總經銷	知己圖書股份有限公司
	郵政劃撥：　15060393
	（台北公司）台北市106羅斯福路二段95號4F之3
	TEL：（02）23672044　FAX：（02）23635741
	（台中公司）台中市407工業區30路1號
	TEL：（04）23595819　FAX：（04）23597123

定價 320 元
ISBN 978-986-177-326-1
Published by Morning Star Publishing Inc.
Printed in Taiwan
版權所有，翻譯必究

◆讀者回函卡◆

以下資料或許太過繁瑣，但卻是我們了解您的唯一途徑
誠摯期待能與您在下一本書中相逢，讓我們一起從閱讀中尋找樂趣吧！

姓名：＿＿＿＿＿＿＿＿＿　別：□ 男　□ 女　生日：　　／　　／

教育程度：＿＿＿＿＿＿＿＿

職業：□ 學生　　　　□ 教師　　　　□ 內勤職員　　□ 家庭主婦
　　　□ SOHO族　　□ 企業主管　　□ 服務業　　　□ 製造業
　　　□ 醫藥護理　　□ 軍警　　　　□ 資訊業　　　□ 銷售業務
　　　□ 其他＿＿＿＿＿＿＿＿＿＿＿

E-mail：＿＿＿＿＿＿＿＿＿＿＿＿　聯絡電話：＿＿＿＿＿＿＿＿＿

聯絡地址：□□□＿＿＿＿＿＿＿＿＿＿＿＿＿＿＿＿＿＿＿＿＿

購買書名：翁鬧的世界

・本書中最吸引您的是哪一篇文章或哪一段話呢？＿＿＿＿＿＿＿＿＿

・誘使您購買此書的原因？

□ 於 ＿＿＿＿ 書店尋找新知時　□ 看 ＿＿＿＿ 報時瞄到　□ 受海報或文案吸引
□ 翻閱 ＿＿＿＿ 雜誌時　□ 親朋好友拍胸脯保證　□ ＿＿＿＿ 電台DJ熱情推薦
□ 其他編輯萬萬想不到的過程：＿＿＿＿＿＿＿＿＿＿＿＿＿＿＿＿

・對於本書的評分？（請填代號：1. 很滿意 2. OK啦！ 3. 尚可 4. 需改進）

面設計 ＿＿＿＿　版面編排 ＿＿＿＿　內容 ＿＿＿＿　文／譯筆 ＿＿＿＿

・美好的事物、聲音或影像都很吸引人，但究竟是怎樣的書最能吸引您呢？

□ 價格殺紅眼的書　□ 內容符合需求　□ 贈品大碗又滿意　□ 我誓死效忠此作者
□ 晨星出版，必屬佳作！　□ 千里相逢，即是有緣　□ 其他原因，請務必告訴我們！
＿＿＿＿＿＿＿＿＿＿＿＿＿＿＿＿＿＿＿＿＿＿＿＿＿＿＿＿＿＿

・您與眾不同的閱讀品味，也請務必與我們分享：

□ 哲學　　　□ 心理學　　□ 宗教　　　□ 自然生態　□ 流行趨勢　□ 醫療保健
□ 財經企管　□ 史地　　　□ 傳記　　　□ 文學　　　□ 散文　　　□ 原住民
□ 小說　　　□ 親子叢書　□ 休閒旅遊　□ 其他＿＿＿＿＿＿＿＿＿＿＿

以上問題想必耗去您不少心力，為免這份心血白費

請務必將此回函郵寄回本社，或傳真至（04）2359-7123，感謝！
若行有餘力，也請不吝賜教，好讓我們可以出版更多更好的書！

・其他意見：

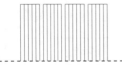
更方便的購書方式：

(1) 網站：http://www.morningstar.com.tw
(2) 郵政劃撥　帳號：15060393
　　　　　戶名：知己圖書股份有限公司
　　請於通信欄中註明欲購買之書名及數量
(3) 電話訂購：如為大量團購可直接撥客服專線洽詢

◎ 如需詳細書目可上網查詢或來電索取。
◎ 客服專線：04-23595819#230　傳眞：04-23597123
◎ 客戶信箱：service@morningstar.com.tw

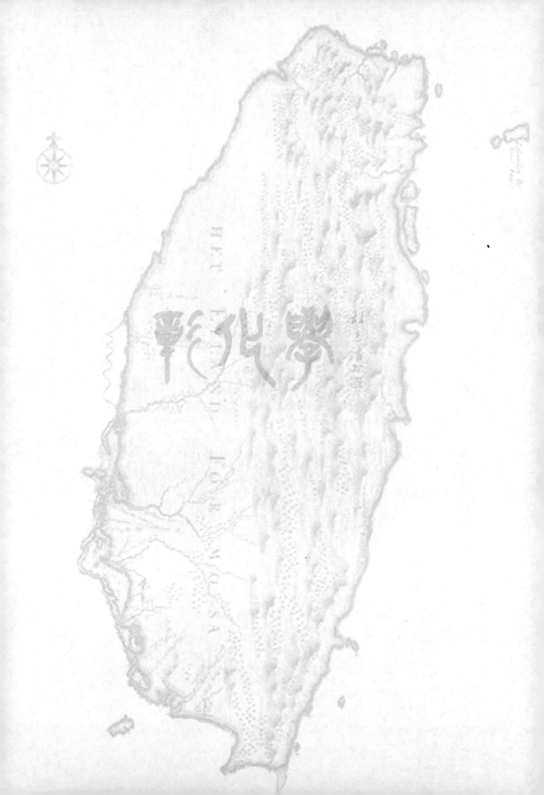

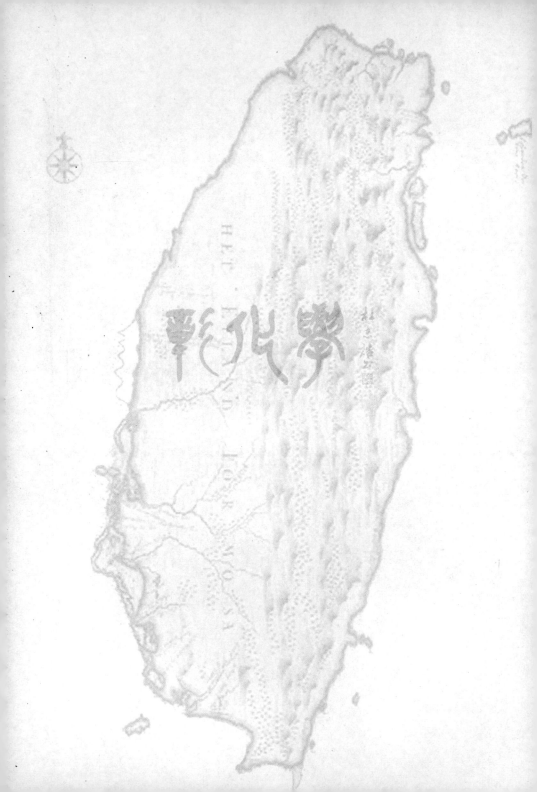

啟動彰化學・見證半線風華

彰化學017
生命之詩
——林亨泰中日文詩集
林亨泰 著／林巾力 譯／定價：250元

此詩集包括〈人的存在〉、〈生命之詩〉以及〈《愛瀾兒》讀後〉。而最特別之處，在於收錄林亨泰一九九五大病之後的作品。

彰化學018
時光千噚
——石德華散文集
石德華 著／定價：300元

以時間為線，所有關於彰化的舊憶，自屬開章第一卷〈我的小村如此多情〉。第七卷〈左文學，右教學〉，僅將文學體認、教學經驗，以數篇文章為記，做為今生的印記。

彰化學019
蕭蕭新詩乾坤
——蕭蕭新詩研究
林明德 編／定價：250元

當今臺灣詩壇，蕭蕭集編、寫、評、教於一身，是位相當重要的詩人。本書延攬了張默、白靈、丁旭輝等知名教授與詩人評析蕭蕭新詩，教您讀懂蕭蕭的文字乾坤與新詩奧妙。

彰化學020
林亨泰的天地
——林亨泰新詩研究
蕭蕭 編／定價：250元

此書延攬郭楓、丁旭輝、林巾力等人的評論，不僅探討林亨泰生平、創作背景、作品結構，更進一步分析林亨泰對本土詩壇的重大影響，是了解林亨泰詩作不可或缺的評論集。

彰化學021
維繫傳統文化命脈
——員林興賢書院與吟社
張瑞和 著／定價：300元

收錄了許多「興賢書院與吟社」相關的歷史背景和重要詩人傳略，是了解彰化儒學、書院發展的重要書籍。

戶　　名：知己圖書股份有限公司
劃撥帳號：15060393
服務專線：04-23595819轉230
傳真專線：04-23597123
E - m a i l：serviec@morningstar.com.tw
如需詳細出版書目、訂書，歡迎洽詢
晨星出版：http://star.morningstar.com.tw
晨星網路書店：http://morningstar.com.tw

往昔,
有一府二鹿三艋舺的符碼;
今天,
人文彰化見證半線風華。

翁鬧（1910～1940），號杜夫，彰化社頭人。台中師範學校演習科第一屆畢業，曾任教於員林國小、田□國小，並於《福爾摩沙》發表處女作，展開文學創□之旅。一九三四年至東京留學，積極參與當地文學□動，發表多篇詩與小說於《台灣文藝》、《台灣新□報》及《台灣新文學》。

翁鬧的創作體裁包括：新詩、隨筆、中短小說□日譯英文詩、感想與評論等，大都在東京的留學歲□中完成。一九三五年發表四篇小說：〈音樂鐘〉□〈戇伯仔〉、〈殘雪〉與〈羅漢腳〉；一九三六年□發表〈可憐的阿蕊婆〉；一九三七年，發表〈天亮□的戀愛故事〉；一九三九年，發表中篇小說〈有港□的街市〉之後，客死異鄉。幾年之間，展現小說與□詩創作的天份與驚人的質量。

翁鬧是台灣新文學的異端，他的行事風格、藝□手法與當時的作家截然不同，翁鬧創作文學，並非□為了忠實呈現客觀的外在世界，他從事的是內省的□考與探索，他所重視和追求的理想境地是藝術手法□提升。換言之，翁鬧的文學世界就是他的內心世界□文學以外的現實世界，對他而言，彷彿是不存在的□

面對這位傳奇人物，他的同學楊逸舟讚嘆他□「夭折的俊才」。

http://www.morningstar.com.tw

晨星出版　　定價 320 元
ISBN 978-986-177-326-1

晨星事業群
Morning Star Group

9 789861 773261　00320